KB271270

코딜리어의

웨딩드레스

Texas Glory
by *Lorraine Heath*

Copyright © 1998 by Jan Nowasky
All rights reserved.

Korean Translation copyright © 2002 by Hyundae Moonhwa Center
Published by arrangement with NAL Signet, a division of Penguin Putnam Inc.,
Through Shin Won Agency Co., Seoul

코딜리어의 웨딩드레스

TEXAS GLORY

레럴인 히스 · 조지현 옮김

HEATHER GRAHAM

현대문화센타

어머님 아버님께

당신의 아들이 내게 아내가 되어 달라고 청혼했을 때
두 분은 저를 친딸처럼 환영하셨죠.
그보다 더 귀중한 선물은 없을 거예요.

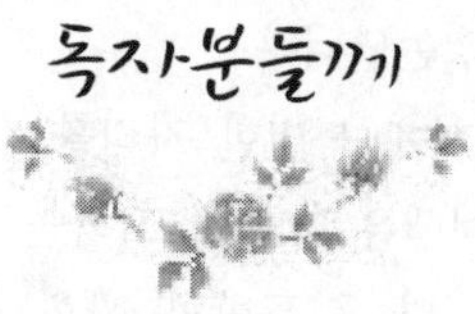

　제가 좋아하는 달라스와 휴스턴, 그리고 오스틴 리의 이야기를 여러분과 함께 나눌 수 있게 되다니 마음이 설레이네요.
　'리' 삼 형제는 광활한 텍사스 땅에서 함께 고통스러운 전쟁의 기억과 싸워 그들만의 꿈을 쟁취해냅니다.
　장남인 달라스는 우연히 손에 넣은 잡지에서 남편을 구하는 아멜리아 카슨의 광고를 보고, 얼마간에 걸친 펜팔 끝에 드디어 그녀에게 청혼을 하고 확답을 얻어내죠. 하지만 다리가 부러지는 바람에 동생 휴스턴에게 대신 마중을 나가달라고 부탁을 합니다. 부상을 당한 그에게 3주간의 여정은 무리였으니까요.
　전쟁으로 인해 내면과 외면에 커다란 흉터를 입은 휴스턴은 이룰 수 없는 꿈들에 괴로워하며 힘겹게 하루하루를 버티고 있죠. 자신의 끔찍한 흉터 뒤에 감춰진 순수한 영혼을 바라봐 주는 아멜리아를 만나기 전까지는요.
　자신의 약혼녀와 동생의 깊은 사랑을 깨달은 달라스는 차마 두 사람의 행복과 두 사람의 운명을 부인할 수 없었죠. 그래서 그는 또 다른 아내를 찾게 됩니다. 아버지가 강을 얻기 위해 자신을 달라스에게 주었다는 사실을 깨닫는 순간 코딜리어 맥퀸은 망연자실하게 되죠. 하지만 그들의 정략 결혼은 서로를 발견하는 여정과 가슴앓이를 거쳐 결국 사랑과 영광의 승리를 얻는답니다.

그리고 제 마음 한구석에 특별한 자리를 갖고 있는 막내 오스틴. 정의를 찾기 위한 그의 여행은 그에게 고독을 함께 할 수 있는 로리 그랜트를 만나게 해준답니다. 하룻밤의 광휘가 두 사람의 삶을 영원히 바꾸어 놓게 되죠.

독자 여러분들이 뛰어난 남자들과 그들이 꿈을 이룰 수 있도록 곁에서 큰 힘이 되어준 사랑스러운 여인들의 이야기들을 즐겁게 읽었으면 하고 바랍니다.

1

1881년 5월

꿈. 대부분의 사람들에게는 그저 잠자리에서나 볼 수 있는 흐릿한 영상들에 불과한 것. 하지만 달라스 리에게 있어 꿈이란 동이 트기 전에 그를 깨우고 자정이 넘을 때까지 그를 밀어붙이는 원동력이었다.

꿈이란 성공으로 가는 단단한 초석이었다.

그것을 추구하는 동안, 그는 대부분의 사람들이 이룰 수 있는 것 이상의 부를 축적할 수 있었고 원했던 것보다 더 많은 것들을 얻을 수 있었다. 땅, 소떼…… 그리고 이루 헤아릴 수 없는 재산.

하지만 절망은 굶주린 개처럼 그를 갉아먹고 이제 살 속에 숨겨진 뼈까지 드러내려 하고 있었다. 이렇게 벨벳처럼 부드러운 하늘 위에 떠오른 별들을 바라보고 있노라면 마치 아무것도 이루어놓은 게 없는 듯한 기분이 들었다.

그에게는 단 하나, 이제까지 이루어놓은 모든 것들을 위한 단 하나의 꿈이 남아 있었다. 그 꿈을 이루지 못한다면 지금까지의 모든 노력들은 아무런 의미가 없었다. 함께 나눌 아들을 얻지 못한다면, 이 모든 것이 물거품이 되지 않을까 두려웠다.

바짝 마른 땅 위에 남아 있는 온기를 등으로 느끼며, 그는 가시 철조망을 지탱하고 있는 수천 개의 휘어진 기둥들을 살펴보았다.

철조망을 치는 데 열정을 쏟는 게 싫었지만, 철길이 점점 길게 뻗어 나아가고 있는 상황에서 목장주들은 살아남기 위해 어쩔 수 없이 철조망에 더 많은 관심을 쏟아야만 했다. 사람들이 여전히 땅을 얻기 위해 서부로 서부로 몰려들고 있으니, 어디가 자신의 땅의 끝이고 어디가 다른 사람의 땅의 시작인지 분명히 할 필요가 점점 커지고 있었다. 철조망은 그런 물음에 대한 답이 되었고, 또한 소유물들에 대한 의심할 여지없는 증거가 되어주었다.

불행하게도 과거의 전통에 매달려 철조망이 의미하는 미래를 무시하려는 사람들이 여전히 존재하고 있었지만.

달라스는 이번 기회에 그 문제를 확실하게 매듭지을 생각이었다.

「달라스 형?」

갑작스러운 거친 속삭임이, 귀뚜라미와 개구리 그리고 여치들의 소리가 한데 어우러진 한밤의 세레나데를 멈추게 했다.

달라스는 온몸을 쭉 펴고 짙은 머리카락 아래로 두 손을 받친 채 땅바닥에 편하게 누워 있는 막내동생을 바라보았다. 동생의 길고 호리호리한 몸이 마치 철조망의 일부처럼 보였다.

「왜?」

「얼마나 더 이러고 있어야 해?」

오스틴이 물었다.

「필요하다면, 밤새라도.」

「뭘 보고 놈들이 올 거라고 그렇게 확신하는 거야?」

「오늘이 바로 보름이잖아. 맥퀸 형제들은 보름달 아래서 도둑질을 하고 소떼들 작살내는 걸 즐기니까.」

「그럼 그건 그렇다 치고, 어떻게 놈들이 바로 이 철조망을 자를 거라고 확신하는데?」

동생의 목소리에는 체념이 가득 묻어 있었다. 스물 한 살의 막내동생은 아직 때를 기다릴 만한 인내심이 부족했다.

「녀석들이 어디를 자를지는 나도 몰라. 하지만 네 놈이 입을 닥치고 있으면, 놈들이 철조망을 자르고 기어 들어오는 소리를 듣고 그쪽으로 달려갈 수 있을 것 같다. 그저 눈을 감고, 네가 바이올린 활로 현을 내리쳤을 때처럼 팽 하는 소리가 나는지 귀를 기울이라고.」

「바이올린 활로는 어떤 것도 때려본 적 없어. 나는 여인의 따스한 입술에 내 입술을 마주대거나 아니면 부드러운 뺨을 어루만질 때처럼 살며시 활을 줄 위에…….」

「그래서, 입은 닥치지 않을 거냐?」

또 다른 나직한 목소리가 으르렁거렸다.

옆으로 고개를 돌려 직접 바라보지 않아도 얼굴을 찌푸리고 있는 휴스턴이 쉽게 상상이 갔다. 바로 아래 동생은 형제들 중 유일하게 아내가 있었다. 지금 그가 땅바닥이 아니라 부드러운 침대 위에서 아내를 꼭 끌어안고 누워 있고 싶어한다는 걸 달라스 또한 분명하게 알고 있었다.

막내 오스틴이 낄낄거렸다.

「지금 한바탕 일을 치르지 못해서 골이 나 있는 것 같은데?」

「입 조심해라, 꼬마야.」

휴스턴이 경고했다.

「만일 지금 내 아내를 대화 속에 끌어들일 생각이라면 이 위험한 곳에 널 거꾸로 매달아놓을 테니까.」

「내가 아멜리아 형수에 대해 나쁜 소리를 하지 않을 거라는 건 형이 잘 알잖아. 난 그냥 형이 여기에 앉아서 무슨 일이 일어나기를 기다리는 것보다는 아늑한 집에서 조카나 하나 더 만들고 싶어한다는 사실을 이해한다, 뭐 그런 말을 하려 했을 뿐이야.」

「걱정 마라, 이미 또 다른 아기를 만들었으니까.」

휴스턴의 목소리에는 애정과 자부심이 가득 담겨 있었다.

달라스는 달빛 아래 동생의 얼굴을 살펴보기 위해 몸을 앞으로 숙였다. 얼굴의 왼쪽을 뒤덮고 있는 커다란 흉터 자국과 그보다 더 심한 상처를 감추고 있는 검은 안대에도 불구하고, 휴스턴은 마치 자신이 원했던 모든 꿈들을 이룬 사람 같은 표정이었다. 달라스는 가끔 동생의 그런 만족스러움이 미치도록 부러울 때가 있었다. 특히…… 그 모든 꿈들이 바로 동생이 자신의 아내를 빼앗아감으로 인해 이루어진 뒤로는 더욱 그랬다.

「언제 또 그렇게 된 거야?」

달라스가 물었다.

휴스턴은 모자의 챙을 어루만졌다.

「젠장…… 그걸 내가 어떻게 알아? 지난달 언제쯤이겠지. 저녁에 말을 타고 나오는데 아멜리아가 그 소식을 들려주더라고.」

「그래, 이제 매기 메이에게 동생이 생기는 거네.」

빠르게 지나가는 구름 사이를 뚫고 달빛이 오스틴의 함박웃음을 비추었다.

「이번에도 아기가 태어난 달을 따서 이름을 짓는 건 아니겠지? 설마 또 그럴 거야?」

휴스턴은 어깨를 으쓱해 보였다.

「아멜리아가 원한다면 뭐라고 이름 지어도 난 상관없어.」

달라스는 등을 뒤로 젖혀 기둥에 몸을 기대었다.

「네 녀석이 내게서 아멜리아를 빼앗아간 게 행운이 분명해. 난 절대로 여자가 원하는 것들을 들어주면서 살고 싶지는 않으니까.」

「형도 나처럼 누군가를 사랑하게 된다면 그게 별로 나쁘지 않다는 사실을 깨닫게 될 거야.」

어쩌면 그럴 수도 있다고 달라스는 솔직하게 인정했다. 하지만 카우보이들과 프레리도그(Prairie dogs, 다람쥣과 마멋속(屬) 짐승의 총칭, 토끼만 하고 온몸이 회색 털로 덮임. 바위가 많은 평지나 평원에 굴을 파고 삶)만 우글거리는 땅에서 사랑할 만한 여자를 찾는다는 건 쉬운 일이 아니었다.

젠장…… 사랑은커녕 결혼해서 아기를 낳아줄 여자를 찾는 것조차 힘들었다.

서부 텍사스 지역에 여자들이 흔하지 않다는 것은 그의 극심한 고통의 일부이자 마음을 괴롭히는 원인이었고, 궁극적인 꿈 - 그 모든 좌절과 고통, 그리고 깨어진 약속들을 이겨내고 일구어낸 그의 모든 유산을 물려줄 아들을 얻는 것 - 을 가로막고 있는 단호한 장벽이었다.

도시를 만들면 주변의 여자들이 몰려들지 않을까 하는 희망을 품고 있지만 리톤은 너무나 느리게 발전해가고 있었다.

은행가인 레스터 헨더슨은 잡화점을 오갈 때마다 그 큰 몸집으로 좁은 판자길을 너끈히 채우며 다니는 여자를 붙들어 아내로 맞이했다. 달라스는, 잡화상 주인이자 예쁘장한 딸을 둔 홀아비 페리 올리버에게 딸을 달라고 구혼해볼까 심각하게 고려한 적이 있었지만, 그 생각은 곧 접어버렸다. 비록 어머니도 열 여섯 살에 아버지를 만나 결혼했다지만, 열댓 살 먹은 어린 여자와 결혼하고 싶지는 않았다. 게다가 오스틴이 자꾸 그녀에게 눈길을 던지고 있는 것 같은 의혹도 들었다. 그렇지 않다면 동생이 필요하지도 않은 물건을 사기 위해 문턱이 닳도록 잡화상을 드나들 이유가 없었다.

보안관이나 술집 주인, 그리고 의사의 경우는 이미 아내를 데리고 마을로 이주를 했다. 읍내 의상실 주인인 미미 세인트 클레어가 미혼이긴 했지만, 이미 나이가 사십 대에 가까웠다.

체념과 함께 달라스는 다시 한 번 마을 밖에서 신부를 찾아야 한다는 결론을 내렸다. 분명 초원너머 어딘가에 그에게 아들을 낳아줄 여자가 존재하리라. 서른 다섯 살이라는 나이가 엄청난 부담이 되어서 달라스를 짓누르고 있었다. 그는 아들이 필요했다.

매순간 자신의 옆을 지켜주고, 다음날에 대한 기대를 함께 공유할 아들이 필요했다. 아들과 함께 별을 세고 싶었고, 부자(父子)의 얼굴 위로 시원하게 스쳐 지나가던 바람이 더 이상 그의 얼굴에 느껴지지 않

게 되었을 때에도 - 달라스가 죽어 땅에 묻힌 뒤에도 - 그 바람이 계속
해서 아들의 얼굴을 스쳐 지나갈 거라는 확신이 필요했다.

근처의 강물은 자연이 만들어내는 음악 속에 유유히 흘러가고 있었
고, 곤충들의 아름다운 노랫소리에 가끔씩 올빼미의 날갯짓 소리와 멀
리서 들려오는 코요테의 울음소리가 뒤섞여 들었다. 달라스는 아들에
게 이 아름다운 음악을 들려주고, 자연의 장엄함에 감사를 드리고 그
것을 길들이고 소유하는 법을 가르치고 싶었다. 몇 년 후, 자신의 옆에
서 있는 아들에게 그가 이루어놓은 것들을 보여주며 진흙탕 위로 떨어
지는 물방울 소리의······.

핑!

파괴의 곡조가 밤의 어둠을 타고 울려 퍼졌다. 달라스가 벌떡 자리
에서 일어서는 것과 동시에 다시 한 번 날카로운 음향이 밤공기를 갈
랐다.

「남쪽이야.」

달라스와 그의 형제들은 지난 몇 년 동안 우르르 몰려다니는 소떼들
을 쫓아다니며 얻어낸 민첩함으로 재빨리 말 위에 올랐다. 은가루처럼
부서지는 달빛이 강가를 따라 달리는 그들을 환하게 비추고 있었다.

단호한 손짓으로 달라스는 안장에 매달린 로프를 움켜쥐었다. 허벅
지의 압력만으로 쉽사리 종마를 몰아 소떼를 북쪽으로 향하게 만들 수
있었다. 불쑥 어둠 속에서 세 명의 사내들이 모습을 드러냈지만, 말은
전혀 동요하지 않았다.

가장 키가 큰 사내가 총을 쏘아대는 동안 다른 두 명은 재빨리 자신
들의 말을 향해 달려갔다. 고함과 욕설이 난무했다. 말들이 콧김을 내
뿜고 울음소리를 내며 허공에 뒷발질을 해대고 있었다.

팔을 들어올린 달라스는 손목을 돌다가 후덥지근한 공기를 가르며
로프를 던져 보이드 맥퀸을 사로잡았다. 그러고는 거칠게 로프를 잡아
당겼다. 맥퀸이 땅에 쓰러지는 것과 동시에 그의 손에서 총이 떨어졌
다. 달라스는 주저 없이 로프의 끝을 안장에 단단히 묶고 발꿈치로 종

마의 옆구리를 차서 말이 바로 앞에 흐르는 강을 향해 달리도록 했다.

달라스는 어깨너머를 살펴보았다. 분노로 번득이는 보이드 맥퀸의 얼굴을 달빛이 비추고 있었다. 분노한 그의 표정에 만족스러움을 느끼며 깊은 강 중앙이 아닌 얕은 강가를 따라 말을 몰았다.

「빌어먹을, 리!」

종마가 막 냇물을 첨벙이며 달리려는 순간 맥퀸이 고함을 질렀다.

달라스의 다리로 물방울들이 튀어 올랐다. 그는 고개를 돌려 맥퀸의 얼굴이 물 밖으로 나와 있는지를 확인했다. 맥퀸을 익사시킬 생각이 아니라 단지 겁을 주고 싶을 뿐이었다.

멀리서 세 차례의 총성이 울렸다. 하지만 거기에 대한 응수는 들리지 않았다. 그 뒤를 따르는 날카로운 침묵이 그에게 경고의 신호를 보내고 있었다. 달라스는 말머리를 잡아당겨 재빨리 말을 세웠다. 바로 뒤를 따라올 거라 생각했던 동생들의 모습이 보이지 않았다. 다시 세 방의 총성이 허공을 갈랐다.

신음소리를 내며 맥퀸이 비틀거리고 일어나 뭐라고 욕설을 퍼부어 댔지만, 달라스는 그에게 응수할 겨를이 없었다. 재빨리 안장에서 로프를 풀어내며 울타리를 향해 말을 몰았다.

멀리 두 명의 남자가 서 있고, 한 사람이 바닥에 무릎을 꿇고 있는 형체를 본 순간 척추를 타고 불안한 예감이 빠르게 스쳐 지나갔다. 그는 말이 채 멈추기도 전에 땅 위로 내려섰다.

「무슨 일이지?」

「오스틴이 보이드가 쏜 총에 맞았어. 조금…… 심각해 보여.」

달라스의 질문에 휴스턴이 대답했다.

「이 빌어먹을 의사는 어디에 있는 거야!」

침실 창 밖을 내다보며 달라스가 으르렁거렸다. 의사를 데려오라고 목장 감독을 마을로 보냈건만 두 시간이 넘게 감감무소식이었다.

「이제 곧 올 거예요.」

아멜리아가 침착하게 말했다. 맥퀸 형제들의 도움 없이 달라스 혼자 오스틴을 집으로 옮기는 동안, 휴스턴은 자신의 집으로 말을 달려 아내와 딸을 데리고 왔다. 어린 매기에게는 한밤중에 삼촌의 집을 방문하는 게 단지 커다란 모험인 것 같았다.

달라스는 동생이 누워 있는 침대로 성큼성큼 걸음을 옮겼다. 동생은 눈을 감은 채 얕은 호흡을 내뱉고 있었다. 그는 아멜리아가 젖은 수건으로 오스틴의 얼굴을 닦아주는 모습을 지켜보았다. 그녀가 흐르는 피를 지혈하고는 있었지만 어깨에 박힌 총알을 빼내기 위해서는 의사가 필요했다. 아무래도 총알이 뼛속 깊숙이 박혀 있는 것 같았다. 재수 없게 한 치만 더 낮게 총알이 날아왔으면 정확히 심장에 꽂혔을지도 모를 일이었다.

「얼굴이 굉장히 창백해 보이는군.」

아멜리아가 그에게 시선을 던졌다. 아멜리아는 달라스가 알고 있는 사람들 중에 가장 아름다운 녹색 눈동자를 가지고 있었다. 한때 이 눈동자라면 쉽게 사랑에 빠질 수 있을 거라고 생각했었다. 정말 그랬을 것이다.

「휴스턴이 총에 맞았을 때만큼 심각한 것 같지는 않아요.」

그녀가 조용히 입을 열었다.

「녀석이 의식이라도 차리면 기분이 조금은 나아지겠는데…….」

아멜리아는 다시 눈을 돌려 오스틴의 이마에 물수건을 올려놓았다.

「그래봤자 오스틴은 아픔만 느낄 뿐이에요.」

죽는 것보다는 고통스러운 것이 나았다. 달라스는 바로 옆 의자에 앉아 불침번을 서고 있는 휴스턴을 바라보았다. 동생의 무릎 위에는 어린 조카딸이 웅크린 채 잠들어 있었다.

「넌 내가 이 문제를 달리 처리했어야 했다고 생각하겠지?」

「마을을 세우고 보안관까지 채용해놓고, 막상 자기 문제를 해결할 때는 그 보안관한테 도움을 청하지 않는다는 게 말이 돼?」

「보안관을 고용한 건 사람들을 지키기 위해서야. 내 문제는 내 힘으로 풀 수 있다고.」

「두 가지 방법을 한꺼번에 사용할 수는 없는 거야. 형이 여기에 법을 끌어들였어. 그럼 형 자신만의 법은 포기해야지.」

「나는 내가 원하는 건 뭐든지 할 수 있어. 여긴 내 땅이라고. 맥퀸 녀석들에게 내가 손수 그 교훈을 가르칠 거라고.」

「하지만 그 대가는?」

걱정이 담긴 휴스턴의 목소리가 방 안에 메아리쳤다. 달라스는 몸을 돌려 부상 당한 동생에게 시선을 던졌다.

「매기는 내 침대에 눕히지 그래?」

그가 조용히 휴스턴에게 제안을 했다.

「그래야겠어.」

휴스턴은 매기를 깨우지 않으려고 조심스럽게 자리에서 일어나, 침대가 있는 곳으로 아이를 옮겼다.

달라스는 침대 기둥을 두 손으로 힘껏 움켜쥐며 자신이 처해 있는 곤경에 대처할 해답을 찾기 위해 노력했다. 3년 전, 맥퀸 일가는 강 양쪽의 땅 전부를 자신들이 소유하고 있다는 착각을 품은 채 이 지역으로 이주를 해왔다. 그들에게 땅을 판 사람이 아무래도 토지 횡령꾼이 분명하다는 의혹이 들었다. 전쟁이 일어난 후로 토지 횡령은 아주 일상적인 일이었다. 조그마한 땅덩이를 사서는 자신이 원하는 만큼 토지 경계선을 확장시킨 뒤, 신문에 그 사실을 올려 사람들에게 공증을 시키는 수법이 대부분이었다. 가끔은 그런 방법이 유효하기는 했지만 실제로 공증 자체가 법적인 효력이 있는 건 아니었다. 달라스는 이미 그 전에 국유지 관리국에 자신이 소유한 모든 땅을 분명하게 신고했다. 하지만 맥퀸 일가는 - 불행히도 많은 목장주들이 그러하듯 - 법보다는 총이 더 강하다고 믿고 있었다. 그들은 토지에 대한 달라스의 소유권을 부인하며 마구잡이로 그의 영토를 침입했다. 결국 달라스는 토지 경계에 가시 철조망을 칠 수밖에 없었다.

솔직히 소들을 먹이는 일이나 그가 생산하는 소고기의 질과 상관이 없다면, 자신의 물이나 풀을 그들과 공유한다고 해도 별로 문제될 것이 없었다. 맥퀸이 그 사실을 순수하게 받아들인다면 그들을 위해 강의 일부를 남겨놓을 생각이었다. 하지만 놈들은 달라스의 일꾼들이 울타리를 완성하기도 전에 그것들을 갈가리 찢어놓았다. 너무나 화가 난 달라스는 당장 앵거스 맥퀸을 찾아가 아들들을 엄하게 다스릴 것을 요구했다. 그런 뒤 달라스는 일꾼들에게 강을 전부 가로막도록 철조망을 치라고 명령했다.

두 달 후, 앵거스 맥퀸의 아들들은 다시 철조망 영역을 침입했다. 그들은 철조망을 자르고 나무 기둥들에 불을 지른 뒤 40마리가 넘는 소들을 도살했다. 대부분 내년을 위해 따로 구분해놓은 질 좋은 송아지들이었다. 달라스는 앵거스에게 손해 보상을 청구했지만, 자신의 아들들이 울타리를 자르고 들어와 소떼를 상해했다는 것을 증명할 수 없다는 이유로 그는 요구를 거절했다. 달라스는 맥퀸이 그의 철조망을 잘랐다는 사실을 오늘밤에는 증명할 수 있을 거라 확신했다. 하지만 휴스턴이 주장한대로 그 대가는?

달라스는 잡념을 떨치고, 조용히 방 안으로 되돌아와 의자 옆에 앉는 휴스턴을 말없이 바라보았다.

복도에서 부드러운 발자국 소리가 들려오자 달라스는 재빨리 방을 가로질렀다. 프리먼 의사가 발을 끌면서 방 안으로 들어오자 안도감이 가슴을 쓸어 내렸다. 키가 크고 배싹 마른 의사는 마치 그 자신이 죽음의 문턱에 서 있는 사람 같았다. 문을 닫기 위해 몸을 돌리자 그의 뼈가 비명을 질렀다. 의사는 검은 가방을 침대 옆 탁자에 놓고는 오스틴의 부상을 살피기 시작했다.

「도대체 어디에 있었던 겁니까?」

달라스가 물었다.

「보이드 맥퀸의 팔을 접골하러 갔다왔네.」

하얗고 가느다란 눈썹을 치켜올리며 프리먼이 어깨너머로 그를 바라보았다. 의사의 단호한 회색 눈동자 속에는 비난의 기색이 담겨 있었다.

「보이드 말로는 자네가 부러뜨렸다던데?」

두 가지 감정이 달라스의 마음을 휘저었다. 오스틴이 자신이 쏜 총에 맞아 쓰러져 있다는 사실을 알면서도 의사를 붙잡아놓은 맥퀸의 이기적인 마음에 대한 분노와, 그를 매달고 강가로 말을 달리면서도 보이드의 팔이 부러졌다는 사실을 깨닫지 못했다는 죄책감이 바로 그것이었다.

「그럼, 맥퀸은 자기가 오스틴을 쐈다고 말하던가요?」

프리먼은 한숨을 내쉬었다.

「아니, 집으로 돌아와 나를 기다리고 있는 자네 목장 감독을 보기 전까지는 아무것도 몰랐네.」

그는 머리를 저으며 오스틴의 찢어진 살 부위를 따라 손가락으로 눌러 보았다.

「이 지역이 전쟁으로 황폐해지기 전에 자네가 맥퀸 형제들하고 담판을 지어야 할걸세.」

「맥퀸 씨는 괜찮은가요?」

아멜리아가 물었다.

「네, 부인. 아주 깨끗하게 부러졌더군요. 여동생에게 그를 간호하라고 맡겨두고 왔죠.」

마치 의사가 외국어라도 한 것처럼 달라스는 그를 빤히 바라보았다.

「여동생? 보이드 맥퀸에게 여동생이 있습니까?」

「그럼. 아주 수줍음을 타는 자그마한 아가씨지.」

의사는 검은 가방을 열면서 무심결에 대답했다.

「말을 들으니까 어렸을 때부터 지난 몇 년간 병든 모친을 보살펴왔다더군. 아마 이제껏 한번도 밖으로 나가지 못한 채 집 안에서만 틀어박혀 살았던 모양이야.」

「얼마나 컸어요?」

달라스가 물었다.

「뭐가?」

「그러니까, 제 말은…… 몇 살이냐구요?」

「스물 여섯.」

「스물 여섯이요?」

달라스가 되물었다.

프리먼은 고개를 들고 달라스를 빤히 바라보았다.

「아무래도 가기 전에 자네 귀를 검진해봐야 하는 거 아닌가 싶네?」

「이제까지 맥퀸에게 여동생이 있다는 소린 들어본 적이 없어서요.」

「그래, 이제 알게 됐잖아. 여기 이 총알을 파낼 수 있게 어서 가서 불이나 더 가져오게.」

몇 시간이 지난 뒤, 달라스는 붕대를 칭칭 동여맨 채 잠들어 있는 막내동생을 내려다보았다. 프리먼은 운이 좋아 오스틴에게 더 이상의 위험은 없을 거라고, 많이 약해졌고 통증이 심하고 불안정하겠지만 그래도 살아남을 거라고 장담했다. 하지만 달라스는 오스틴이 깨어나기까지는 의사의 말을 믿을 수가 없었다.

휴스턴 또한 같은 생각인 것 같았다. 아멜리아에게 매기와 함께 잠을 자라고 말한 뒤에도 휴스턴은 오스틴의 침대 옆에 꿈쩍도 하지 않고 앉아 동생에게서 눈을 떼지 않고 있었다.

깃털처럼 가벼운 아침햇살이 방 안에 내려앉을 때쯤 오스틴이 천천히 눈을 떴다. 낮은 신음소리와 함께 그는 얼굴을 찡그렸다. 달라스가 앞으로 몸을 숙였다.

「많이 아프나?」

「그 빌어먹을 자식이 내 어깨를 쐈어.」

갈라지는 목소리로 오스틴이 중얼거렸다.

「이제 어떻게 바이올린을 켜지?」

「무슨 방법이 있겠지.」

달라스가 응수했다.

「다시…… 회복되는 대로…… 녀석들을 몰아내자고.」

오스틴의 눈이 천천히 감겼다.

「형.」

달라스는 휴스턴의 근심어린 눈동자를 마주보았다.

「형이, 이 반목을 끝내기 위해서 뭔가를 해야만 해. 프리먼 선생의 말이 맞다구. 다음에도 이번처럼 운이 따르라는 법이 없잖아. 난 내 가족이 이런 위험 속에 사는 걸 원치 않아.」

휴스턴이 의자 위에서 불안하게 몸을 뒤척였다.

「내 가족을 위험 속에 방치하지도 않을 셈이고. 만일 뭔가를 해야만 다면…….」

「네가 뭔가를 할 필요는 없어. 나도 지금 이 상황을 곰곰이 생각해 보고 있는 중이니까. 그리고 확실하지는 않지만 문제를 해결할 방법이 있는 것 같다. 며칠 내로 앵거스 맥퀸을 만나 타협점을 찾을 수 있는지 알아봐야겠어.」

「그럼 됐어.」

휴스턴은 자리에서 일어나 허리에 두 손을 짚고 기지개를 폈다.

「가서 눈 좀 붙일게.」

그는 방을 가로질러 걷기 시작했다.

「휴스턴?」

휴스턴은 걸음을 멈추고 고개를 돌렸다.

달라스는 한 마디 한 마디 힘을 주어 물었다.

「네 생각에, 맥퀸의 여동생도, 그들처럼 야비한 사람일 것 같냐?」

「그렇다고 뭐가 달라져?」

달라스는 휴스턴의 창백한 얼굴을 바라보았다.

「아니, 달라질 건 없어, 아무것도 달라질 건 없어.」

「네놈에게는 아무런 권리도 없어!」

앵거스가 고함을 질렀다.

뒤로 등을 젖히며, 달라스는 가죽 의자의 나무 팔걸이에 팔꿈치를 올려놓았다. 그러고 나서 기다란 손가락을 세워 꾹 다문 입술을 눌렀다. 그는 짙은 갈색 눈을 가늘게 뜨고 맥퀸의 입에서 튀어나온 침방울들이 마호가니 책상 위로 떨어지는 광경을 가만히 지켜보았다. 가만히 그걸 지켜보고 있자니 마치 달팽이가 밤새 제 집을 벗고 책상 위를 돌아다닌 끈적끈적한 흔적 같다는 상상이 들었다.

천천히 눈을 들어 자신의 맞수를 바라보았다.

「제게는 내 땅에 철조망을 칠 권리가 충분히 있습니다.」

달라스가 침착하게 말했다.

「하지만 네 놈은 강에다가 울타리를 쳤잖아.」

「거기도 제 땅이니까요. 명망 있는 목장주라면 모두들 제 편을 들 겁니다. 아드님을 나무에 매달았다고 해도 절 비난할 사람은 아무도 없죠. 이 땅에는 대부분의 목동들이 고수하는 관습법이 있습니다. 일단 누군가가 강이나 우물에 대한 합법적인 소유권을 주장하면, 울타리를 쳤건 어쨌건 간에 거기서 사방 40킬로미터에 미치는 땅이 모두 그 사람의 소유가 되는 거 말입니다. 제가 그보다 더 멀찍이 울타리를 친다 해도 제 권리에 대해 뭐라고 할 사람은 없다 이겁니다. 하지만 전 너그럽게도 얼마의 목초지를 그쪽에 양보하지 않았습니까?」

「날 조롱하려고? 내게 필요한 건 목초지 따위가 아니야. 난 물이 필요해.」

「그 땅에도 계곡이 있고 강이 있지 않습니까?」

「바짝 말라버린 계곡밖에 남은 게 없어.」

달라스는 안됐다는 듯 고개를 저었다.

「자연이 그쪽의 물은 모두 메말라버리고, 제 쪽의 강은 범람하게 만들기로 결정했다면 그거야 어쩔 수가 없는 일이죠. 그렇다고 제가 공짜로 뭘 포기할 생각은 없습니다.」

맥퀸의 얼굴이 붉으락푸르락해졌다. 순간 달라스는 그가 혹시 지금 자신의 서재에서 심장마비로 쓰러지는 건 아닌가 걱정스러웠다. 그렇게 되면 달라스는 원하는 걸 얻지 못할 수도 있었다.

「공짜라…….」

앵거스가 중얼거렸다.

「물을 공짜로는 줄 수 없지만, 뭔가와는 바꿀 수가 있다 이건가? 오늘의 만남이 그걸 위한 건가? 그래, 물 대신에 뭘 원하나? 내 땅을 훔쳐간 것만으로는 부족해?」

「그 땅은 1868년부터 제 소유였습니다.」

앵거스가 콧방귀를 꼈다.

「그거야 자네의 주장이고.」

「법도 제 주장을 지지해줍니다.」

앵거스는 거칠게 한숨을 내쉬었다.

「그렇다면 뭘 원하는지 말하게. 그럼 내가 그걸 주지. 뭘 원하는 거야? 돈? 소떼? 아님, 땅을 더 달라는 거야?」

달라스는 손을 내리고, 오른손으로 허벅지에 매달린 총의 상아 손잡이를 어루만졌다. 오늘은 무기를 내려놓고 만나자고 했어야 했다.

「돈은 제게도 있습니다. 소떼도 있고, 땅도 있죠. 전 제게 없는 걸 원합니다. 차가운 물보다 더 소중하고, 흐르는 강물보다 더 아름다운 걸요.」

자신의 말이 맥퀸의 머릿속에 메아리치길 기다리며, 그는 총을 잡은 손에 힘을 주었다.

「햇살에 반짝이는 물보다 더 순수한 존재 말입니다.」

앵거스가 고개를 흔들었다.

「수수께끼 같은 말을 하는군. 나는 그런 순수하고 소중하고 아름다운 어떤 걸 가지고 있지 않아.」

「따님이 한 분 계시다고 들었는데요?」

생각보다 퉁명스럽게 들리지 않았기를 빌면서 그가 말했다.

맥퀸의 이마가 분노로 깊게 패었다.

「그래, 딸이 하나 있지. 하지만 그게 이 일과 무슨 상관인지 모르겠군.」

　달라스는 앵거스와 만나 이 문제를 의논하기로 했던 자신의 생각에
대해 빠르게 재고해보기 시작했다. 어쩌면 보이드를 만나 타협하는 편
이 나았을지도 모른다.
「아직 눈치채지 못하셨을 수도 있지만, 전 아…….」
「오, 하나님. 지금 진심은 아니겠지!」
　맥퀸이 두 눈을 부릅뜬 채 고함을 질렀다.
「심각하게 말씀드리는 겁니다.」
　앵거스가 의자에 깊이 몸을 파묻었다.
「딸을 자네에게 준다면, 자네는 내게 물을 주겠다 이건가?」
　그처럼 뚱뚱한 남자에게서는 결코 기대하지 못했던 속도로 앵거스가
책상 위로 몸을 숙여 달라스의 옷깃을 움켜쥐었다. 달라스는 재빨리
총집에서 총을 꺼내 앵거스의 목에 겨누었지만, 그는 너무나 화가 나
그 사실조차 인식하지 못하는 것 같았다. 달라스의 얼굴 위로 마구 침
이 튀었다.
「네 놈이 죽는 꼴을 먼저 봐야겠다, 이놈.」
　앵거스가 으르렁거렸다.
「그렇게 되면 그토록 원하는 물은 갖지 못할 텐데요.」
　달라스는 차분하게 입을 열었다.
「그렇다고 내 딸을 창녀처럼 네 놈에게 줄 것 같아!」
「창녀로 원하는 게 아니라, 아내로 원하는 겁니다.」
　앵거스 맥퀸이 눈을 끔뻑거렸다.
「내 딸과 결혼하고 싶다고?」
「그럼 안 되는 이유라도 있나요?」
　앵거스가 의자에 털썩 주저앉았다.
「코딜리어와 결혼하고 싶다고?」
　코딜리어? 내가 지금 코딜리어라는 이름을 가진 여자를 위해 울타리
를 치우려 하는 건가? 도대체 맥퀸은 어디서 그런 괴상한 이름을 따다
지은 거야?

「내 딸아이에 대해 아는 게 하나도 없잖나.」

달라스가 앞으로 몸을 숙였다.

「보세요, 맥퀸. 우리는 그 한 조각의 땅 때문에 지난 3년간 싸움을 계속해왔습니다. 법은 그게 제 땅이라고 말했고, 제게는 제 것을 보호하기 위해 울타리를 칠 권리가 있어요. 그런데도 댁의 아드님들은 내 소떼를…….」

「그걸 증명해 보일 수는 없…….」

「이틀 전날 밤, 아드님들은 제 아우를 거의 죽일 뻔했습니다. 전 열네 살에 전쟁터에 나갔고, 양키와 인디언 그리고 탈영병들에 범법자들하고 싸웠습니다. 그리고 이제 이웃과 질긴 싸움을 계속하고 있죠.」

달라스는 의자에 몸을 깊숙이 파묻었다.

「이제는 지쳤어요. 앵거스, 전 제 모든 유산을 물려줄 아들이 필요해요. 합법적인 아들을 낳아줄 아내가 필요하다구요. 이 주위에서 아내를 고르는 건…….」

앵거스가 의자에서 몸을 일으키며 주먹으로 책상을 내리쳤다.

「골라? 내가 십 년만 젊었어도 내 딸을 하찮게 보는 네 녀석을 땅바닥에 패대기쳤을 거다.」

「당신을 존경하듯, 따님 또한 귀하게 생각하고 있습니다. 이제껏 힘겹게 얻은 것이 지금 위험에 처해 있다 이겁니다. 철조망은 우리의 미래의 모습이에요. 제가 세우면 당신이 그걸 넘어뜨리겠죠. 전 다시 철조망을 세우려 할 거고요.」

그는 깊은숨을 들이키며, 마지막 제안을 던질 준비를 했다.

「내일 새벽, 일꾼들에게 제 철조망이나 제 땅에 들어오는 건 누구든 어떤 것이든 쏴버리라고 명령을 내릴 계획입니다.」

「이, 개자식!」

앵거스가 으르렁거렸다.

「그럴지도 모르죠. 하지만 전 이 목장에 마음과 영혼을 바쳤습니다. 당신이 망가트리는 걸 가만히 보고 있진 않을 겁니다. 하지만 따님과

의 결혼이 어쩌면 두 가족에게 새로운 실마리를 제공할 수도 있겠
죠.」

「자넨 그 애에 대해 아무것도 몰라.」

머리를 숙인 채 앵거스가 되풀이했다.

「그 애는…….」

처음으로 달라스의 마음속에 불길한 예감이 들었다.

「그녀가 어떻다는 겁니까?」

「제 엄마처럼 불안정하고 섬세하지.」

그가 시선을 들어올렸다.

「솔직히, 그 아이가 자네와 결혼에서 살아남을 수 있을지는 신도 모
르실 거야.」

「결코 따님께 상처를 주지 않을 겁니다. 그건 약속을 드리죠.」

앵거스가 창문을 향해 걸어갔다. 유리창 너머로 끝없는 대지가 펼쳐
져 있었다.

「그럼, 울타리를 치우겠다고?」

「결혼식이 이루어진 다음날에요.」

앵거스는 천천히 고개를 끄덕였다.

「강 양쪽으로 40킬로미터에 이르는 땅이 다 내 것이라는 증서를 쓰
게. 그럼, 내일 오후에 그 애를 여기에 데려다놓지.」

젠장, 앵거스가 그의 목소리나 눈에 담긴 절박함을 읽은 게 분명했
다. 잘난 척하는 이웃집 남자의 턱이나 번쩍이는 눈동자를 봐도 지금
자신이 우세하다는 걸 분명하게 인식하고 있는 게 확연히 눈에 보였다.

「따님이 제게 아들을 낳아주면, 그때 그 땅문서를 드리도록 하죠.」

앵거스가 그를 향해 손가락을 휘두르며 못박 듯 말했다.

「내가 처음 여기에 왔을 때 내 것이라고 생각했던 땅 모두 다!」

「모두요.」

「지금 미친 거 아니야?」

휴스턴이 으르렁거렸다.

몸을 움찔거리지 않기 위해 안간힘을 쓰며, 달라스는 타오르고 있는 벽난로의 불길로 시선을 던졌다. 다른 사람은 몰라도 휴스턴만은 아내를 갖고자 하는 그의 소망을 이해해야 했다. 바로 그가 달라스에게서 아내를 빼앗아가지 않았던가. 적어도 휴스턴은 달라스를 지지하고 그녀를 대신할 사람을 찾는 데 협조해야만 했다.

「아마 그럴지도 모르지. 하지만 우리가 지금 세우고 있는 마을은 여자들을 불러들일 거라는 기대를 저버리고 있잖아. 결혼할 만한 여자들 말야.」

「그 여자에 대해 아는 게 전혀 없잖아.」

달라스는 자리에서 벌떡 일어나 동생의 눈을 마주보았다.

「아멜리아와 결혼할 생각을 했을 때도 그랬어.」

「그래도 앵거스의 딸보다는 나았지. 서로 편지도 주고받았고. 하지만 그 여자에 대해서 아는 게 뭐가 있어?」

「스물 여섯 살이고…… 섬세해.」

「내가 들은 게 있긴 한데, 아마 외모가 좀 그럴 거야.」

달라스는 고개를 치켜들고 오스틴을 응시했다. 의자에 앉아 어깨를 문지르고 있는 막내동생은 여전히 심한 통증을 느끼는 듯 안색이 창백했다.

「무슨 이야기를 들었는데?」

「캐머론 맥퀸 말이 그녀에게는 코가 없대.」

「코가 없다니, 그게 무슨 말이야?」

오스틴은 다치지 않은 쪽 어깨를 치켜올렸다.

「인디언이 베어 갔대나. 그 일로 그녀가 너무 마음 아파해서, 부친이 밀랍으로 코를 만들어줬대. 철사로 안경 비슷하게 만든 뒤 가운데 고리에 가짜 코를 매달아서 쓸 수 있도록. 왜 사람들이 안경을 쓰는 것처럼 말이야.」

달라스의 뱃속이 부글거렸다. 앵거스는 딸의 결점에 대해 미리 말하지 않은 거지? 하긴 땅과 물을 얻을 수 있는 기회를 놓치기 싫었겠지. 맥퀸이 지금 자신을 얼마나 비웃고 있을지 보지 않아도 뻔했다.

「취소해버려.」

휴스턴이 말했다.

「아니, 난 약속했어. 그리고 무슨 일이 있어도, 내가 한 약속을 지킬 생각이다.」

「적어도, 그녀를 한 번 만나보기는 해야 하잖아.」

달라스는 허공에 손을 내저었다.

「그런다고 달라질 건 없어. 젠장, 난 아들을 원해. 내게 아들을 낳아 주는 데 코는 필요 없잖아.」

휴스턴은 근처 탁자 위에 놓인 모자를 집어들어 이마 위로 깊게 눌 러썼다.

「그거 알아, 형? 오늘 이 순간까지 난 형에게서 아멜리아를 빼앗은 것에 대한 죄책감을 느끼고 있었어. 하지만 이제 그러지 않아도 될 것 같아. 그녀는 형이 절대로 그 가치를 깨닫지 못할 선물이었을 테니 까.」

「그게 무슨 소리냐?」

「무슨 말이냐면, 형이 아무리 광대한 제국을 세운다고 해도, 형은 절 대로 부유한 사람이 되지는 못할 거라는 말이야.」

2

　남자의 그늘 아래서 살아가는 건 여자들의 어쩔 수 없는 운명이었다.
　코딜리어 맥퀸은 그 불운한 현실에 대해 익히 알고 있었고, 그 결과 또한 분명하게 이해하고 있었다.
　두 손을 얌전하게 무릎 위에 올려놓은 채, 그녀는 창문 너머로 강렬한 햇살이 저물어가고 있는 지평선을 바라보았다. 코딜리어는 화려한 푸른빛과 라벤더 빛 아지랑이가 피어 있는 지평선 너머로 도망가고 싶어하던 엄마를 단 한번도 비난한 적이 없었다. 엄마는 그것을 모험이라고 했었다. 하지만 12살의 어린 나이에도 코딜리어는 그게 도피라는 걸 명확하게 인식하고 있었다.
　엄마는 여행용 가방을 챙기며 코딜리어와 캐머론에게 가장 소중한 물건만 챙기라고 일렀다. 보이드와 던컨은 함께 데리고 가기에는 너무 나이가 들었고 코딜리어와 캐머론은 남겨놓기에 너무나 어리다고 설명하면서.
　막 세 사람이 복도를 따라 걸음을 옮기려는 순간, 아버지가 분노로 새빨개진 얼굴로 어디선가 나타났다.

　조우 암스트롱이 자신의 아내를 - 자신의 소유물을 - 빼앗아가지 못하
게 하겠노라고 아버지가 분노에 차 고함을 지르는 동안, 코딜리어는
복도 한구석에 몸을 숨긴 채 캐머론의 얼굴을 자신의 어깨에 묻게 했
다.

　엄마의 얼굴이 공포로 물들었다. 몸을 돌려 도망치려는 엄마의 등을
아버지가 재빨리 움켜쥐었다.

「내가 옳았어. 난 다 알고 있었어. 모든 걸 알고 있었다구.」

　거친 아버지의 손이 엄마의 얼굴을 후려치자, 엄마는 균형을 잃고
계단 아래로 굴러 떨어졌다. 지금도 엄마의 비명소리가 코딜리어의 마
음속에 선명하게 울려 퍼지고 있었다. 지난 십여 년 동안 그녀는 한때
자신을 보살펴주었던 여인을 돌보기 위해 혼신을 다했다. 그 우발적인
실족(失足) 사건으로 인해 - 아버지는 그걸 그렇게 말하곤 했다 - 엄마는
평생동안 침대에 누운 채, 모든 생각들이 혀끝에 걸린 것처럼 아무런
말도 하지 못하고, 슬픈 눈으로 방 천장만을 바라보는 신세가 되고 말
았다. 엄마의 눈에 눈물이 고일 때마다 코딜리어는 그녀가 지금 희망
없는 감옥 속에서 서서히 죽어가고 있는 자신을 한탄하고 있음을 이해
했다.

　엄마의 인생은 이 감옥에서 저 감옥으로 옮겨다니는 것에 불과했다.
그리고 코딜리어 또한 그녀와 같은 운명에 처해 있었다.

「젠장! 아버지. 물을 구할 다른 방법이 있을 거라구요.」

　캐머론이 고함을 질렀다.

　그녀보다 여섯 살 아래인 캐머론은 언제나 누나의 보호자임을 자처
해왔다. 동생의 금발과 푸른 눈동자는 문득문득 엄마가 다친 날 밤 사
라져버린 목장의 십장을 떠올리게 했다.

「그 남자에게 누나를 넘겨줘서는 안 되요.」

　그 남자!

　코딜리어는 달라스 리를 딱 한 번, 그것도 먼 거리에서 어렴풋하게
본 적이 있었다. 훌쩍 큰 키에 우람한 체격이었다. 자신이 서 있는 땅

을 모두 도시를 짓는 데 사용할 거라고 선언하던 그의 정중하면서도 자신감에 찬 목소리가 바람을 타고 주위에 둘러선 사람들 사이로 울려 퍼졌었다. 그때 그녀는, 저 남자는 절대로 거절을 용납하지 않을 사람이라는 걸 직감했다.

이제, 그 남자가 그녀를 아내로 요구하고 있었다. 너무나 끔찍한 현실.

「이 문제에 대해서는 아무런 논쟁도 허용하지 않을 거다, 캐머론.」

보이드가 말했다. 커다란 키에 체격도 듬직한 그는 마치 보초병처럼 아버지의 의자 뒤에 서 있었다. 어머니가 돌아가시고 캔자스에서 텍사스로 이사한 이후로 아버지의 건강은 날로 악화되어 가고 있었다. 가족 사이에서는 보이드가 노골적으로 권력을 휘두르고 있었다. 단지 아버지에 대한 그의 사랑과 존경 때문에 대외적으로는 모든 일에 대해 여전히 아버지가 결정을 내리는 것처럼 보여질 뿐이었다.

「네 결정이 필요하면 곧바로 도움을 청하마. 캐머론.」

아버지가 입을 열었다.

「전 단지…….」

「네가 무슨 말을 하려는지 안다. 하지만 별로 듣고 싶지가 않구나. 그리고 이미 그와 약속했다.」

「그렇다면…… 놈이 오늘밤에 갑자기 죽어버리면 약속을 깨는 게 아니잖아요. 분명 무슨 방법이 있을 거예요.」

던컨이 말했다.

코딜리어는 지평선 너머로 흘러가는 분홍빛 구름에 시선을 고정시켰다. 여기 모인 남자들 사이에 깊게 박혀 있는 증오를 눈으로 보고 싶지가 않았다. 이미 아버지가 엄마와 마주친 순간, 코딜리어는 사람의 증오가 얼마나 무서운 것인지를 분명하게 경험했다. 순간적으로 막을 방도가 없다는 걸 깨달았고, 너무나 어렸던 그녀는 단지 어두운 구석에 몸을 숨기는 것밖에 할 수가 없었다.

어른이 된 지금도 그녀는 때로 방 안에 그리고 책 속에 숨어버리고 싶은 강한 충동을 느꼈다. 지금 던컨이 농담을 하는 게 아님을 잘 알고 있었다. 그리고 아버지의 침묵이 길어질수록 그가 살인이 가져다줄 이점을 심각하게 고려하고 있음을 느낄 수 있었다.

「놈을 죽인다고 물을 얻을 수 있는 건 아니야. 이게 다 그거 때문이라고. 물!」

마침내 아버지가 고함을 질렀다.

「그 자식은 애를 창녀 취급할 거라구요.」

던컨이 맞고함을 질렀다.

몸을 움찔하며 코딜리어는 무릎 위에 올려놓은 두 손에 힘을 주었다. 그녀는 분노와 노여움을, 사랑하는 가족들의 일그러진 얼굴을 혐오했다. 그리고 사랑하는 형제들의 분노에 찬 얼굴에 두려움을 느꼈다.

「코딜리어, 네 오빠들과 몇 가지 의논해야 할 것들이 남아 있으니 방으로 올라가라.」

아버지가 고함을 질렀다.

그녀는 자리에서 일어났다. 얼마나 손을 꽉 쥐고 있었는지 손가락들이 저려왔다. 잠깐동안 코딜리어는 눈물을 흘리거나 아니면 바닥에 무릎을 꿇고 애걸해야 하는 건 아닌가 심각하게 고민했다. 하지만 아버지와 보이드 오빠가 마음을 정했다면 그 무엇으로도 바꿀 수 없다는 사실을 지난 수년간의 경험을 통해 분명하게 알고 있었다. 그녀는 남아 있는 자존심을 그러모아 턱을 치켜올리고 아버지의 눈을 똑바로 마주보았다.

「아버지, 전 이 결혼을 반대하지 않아요.」

마치 코딜리어가 지금 총이라고 겨눈 것처럼 캐머론이 그녀를 바라보았다.

「누나, 좀 심각해지라고.」

그녀는 주저하며 한 발 앞으로 나섰다.

「제발 좀 생각해봐. 아버지의 꿈은 소떼를 키우는 거잖아. 그리고 모두들 그 꿈을 위해 열심히 일해왔고. 하지만 난 그저 창문 너머로 바라보는 것 밖에 아무것도 한 게 없어. 이제야 아버지가 꿈을 이루는 데 일조할 수 있는 기회가 온 거야. 내가 그 사람에게 가면, 우린 필요한 물을 얻을 수가 있어.」

「누난 남자와 여자 사이에 벌어지는 일들에 대해 아는 게 하나도 없잖아.」

캐머론이 조용한 목소리로 속삭였다. 캐머론 또한 그녀만큼이나 폭력을 싫어했기에, 아무런 말없이 보이드의 명령에 복종함으로써 자신의 남자다움을 시험받는 일이 없도록 조심하고 있었다.

여섯 살 무렵, 악몽을 꾸고 놀라서 부모님의 방으로 달려갔을 때를 떠올리며 코딜리어는 아버지를 마주보았다. 엄마는 흐느끼고, 화가 난 아버지는 엄마에게 저주받을 계집이라고 욕을 퍼붓고 있었다. 물론, 당시 코딜리어는 아버지의 말이 무슨 의미인지 알지 못했다. 하지만 그 안에 내포되어 있는 잔혹한 힘은 마음속에 분명하게 각인되었다.

「알고 있어, 캐머론.」

그녀는 조용히 대답했다.

「그렇다면 왜 나랑 던컨 형이 이 결혼을 반대하는지도 알겠네. 달라스 리는 우리를 증오해. 그 사람은 누나에게 일말의 동정도 보이지 않을 거야.」

「그렇게까지 불친절한 사람은 아닐 거야.」

「아니라면, 왜 첫 번째 부인이 결혼한 지 일주일도 되지 않아 그를 떠났겠니?」

그렇게 반문을 던진 둘째오빠는 장승처럼 서서, 진심을 말하라는 듯 안타까운 눈빛으로 그녀를 바라보았다. 검은 머리카락에 검은 눈동자…… 저 차분한 표정만이 보이드와 그를 구분시켜 주었다.

「오빠, 내가 원하고 있잖아.」

그녀는 캐머론을 위해, 그리고 자신의 평화를 위해 그렇게 거짓을 말했다.

아버지가 책상 위를 손바닥으로 내리쳤다.

「그렇다면 신에 의해, 그렇게 결정된 거다.」

코딜리어는 언제인지 기억이 나지 않을 정도로 아주 오래 전부터 남자로 태어나 남자들이 당연하게 여기는 자유를 마음껏 누리고 싶다는 소원을 품었다. 여행용 마차의 작은 창문에 달린 커튼을 한쪽으로 밀고, 그녀는 광활한 불모의 땅을 바라보았다. 왜 사람들의 눈에 이 황폐한 땅이 파라다이스로 보이는지 이해할 수가 없었다. 남자들이 이런 땅을 소유하기 위해 전쟁을 벌이는 것도 코딜리어에게는 무모하게만 여겨졌다.

하지만 그들은 싸움을 계속했다. 보이드의 부러진 팔은 바로 그런 싸움 때문에 생겨난 결과였다. 그리고 오늘밤, 오빠에게 상처를 입힌 그 남자가 그녀의 침대로 찾아오게 될 것이다. 코딜리어는 자신이 그의 손길에 눈물을 흘리지 않기를, 어떤 고통도 보이지 않기를, 그리고 침묵 속에서 강인하게 견디어낼 수 있기를 빌었다.

거대한 어도비(벽돌의 종류, 보통 멕시코와 미국 남서부 지역에서 많이 볼 수 있음) 저택이 한눈에 들어왔다. 2층 창문의 발코니와 지붕 위에 나란히 뚫린 총안(銃眼:방어를 위해 만들어진 총 쏘는 구멍)이 언젠가 책에서 읽은 성을 떠올리게 했다. 코딜리어는 멍하니 그 거대한 직사각형 모양의 저택을 응시하고 있었다.

말을 타고 마차 옆에서 따라오던 캐머론이 몸을 숙이며 모자를 푹 눌러썼다.

「저게 이제부터 누나가 살 곳이야.」

「저기, 저쪽에 보이는 탑 모양으로 생긴 곳?」

「응. 리가 직접 설계했다던데.」

「오늘 오후부터는 너와 오스틴이 조금은 공개적으로 우정을 쌓을 수 있겠구나.」

캐머론이 머리를 저었다.

「아직은 아니야. 누나가 지금 마차 안에 있다는 사실에 감사하라고.

사방에서 밀려드는 증오가 마치 잘 드는 칼날처럼 조여들고 있으니
까.」
「오늘로 그 모든 증오가 사라질 거라고 믿어.」
「누나의 행동은 단지 해변가에 밀려드는 한 번의 작은 물살일 뿐이
야. 아무리 물살이 거세더라도 바닷가의 모래를 전부 쓸어갈 수는 없
는 법이라고.」
그녀는 희미하게 미소를 지었다.
「마치 시인처럼 말하는구나, 캐머론.」
매번 코딜리어가 칭찬할 때마다 그렇듯 그는 얼굴을 붉혔다.
「잘 들어, 누나. 내게 달라스 리는 혼이 도망갈 정도로 무서운 사람
이야. 아무리 아닌 척 해봐야 부인할 수 없다고. 하지만, 잠시 그 남자
와 단 둘만의 자리를 만들어 오늘밤 누나를 부드럽게 대해 달라고 부
탁할 생각이야.」
코딜리어는 창문 너머로 팔을 뻗어 동생의 허벅지를 두드려주었다.
「걱정 마, 부드럽게 대해줄 거야. 난 너의 말에 그 사람이 바뀔 거라
고 생각하지 않아, 캐머론. 그러니까 괜히 힘든 일을 자처하지는 말아.
난 괜찮을 거야.」
그녀는 마차의 좌석에 등을 기대고 앉아 모자 위로 올려놓았던 베일
을 얼굴 위로 내렸다.

동생들과 나란히 현관 옆의 베란다에 선 달라스는 서서히 다가오는
한 무리의 사람들을 가만히 바라보았다. 마치 무슨 전쟁이라도 벌이듯,
맥퀸은 결혼식을 위해 수하의 일꾼들을 죄다 끌고 온 것처럼 보였다.
좋아. 달라스 또한 일꾼들뿐만 아니라 이미 마을 사람들 모두를 초
대해놓았다. 그는 증인들을 원했다. 그리고 많으면 많을수록 좋았다.
심지어 만나기 어려운 순회 목사까지 간신히 시간에 맞추어 데려올 수
가 있었다. 아무래도 운명이 그의 편인 모양이었다.
무리 사이에 끼어 있는 붉은 마차가 언뜻 그의 눈에 들어왔다. 리튼

을 세우기로 계획한 땅을 공개하던 날에도 저 마차를 본 기억이 있었다.

「저 붉은 마차 안에 그녀가 타고 있을까?」

달라스의 시선은 마차에 고정된 채였다. 오스틴이 난간에 몸을 기대며 말했다.

「당연하지. 여행이 허락되면 언제나 저걸로 여행을 하는걸. 하지만 그리 자주 있는 일은 아니라고 캐머론이 그랬어.」

「저 여자에 대해 아는 게 그렇게 많으면서, 왜 진작 그녀의 존재에 대해 내게 말하지 않은 거지?」

달라스의 질문에 오스틴은 그저 어깨를 으쓱해 보일 뿐이었다.

「형이 코도 없는 여자를 원할 줄이야 누가 알았겠어?」

달라스는 동생들을 향해 단호하게 검지손가락을 들어 보였다.

「그녀를 보고 절대로 놀라거나 숨을 헐떡이거나 하지 마! 프리먼 선생의 말씀이 굉장히 수줍음을 탄다니까. 아마도 그런 이유 때문이겠지. 그러니까 빤히 쳐다보지 말라고.」

「나야 얼굴에 흉터가 있으니 누굴 빤히 바라보고 할 입장도 아니지.」

뺨에서부터 눈두덩이까지 길게 나 있는 흉터를 쓰다듬으며 휴스턴이 말했다.

달라스는 고개를 끄덕인 뒤 다시 대열로 시선을 돌렸다.

「코 따위는 전혀 중요하지 않아.」

눈이지. 암, 중요한 건 눈이야. 그녀의 눈이 예뻤으면 좋겠다고 달라스는 생각했다.

말들과 마차가 멈췄다. 모두들 얼굴을 굳힌 채 안장 위에서 꼼짝도 하지 않았다.

「부친은 어디에 계시나?」

달라스가 보이드 맥퀸에게 질문을 던졌다.

「오늘 오후에는 끔찍할 정도로 몸이 좋지 않으시네. 그래서 내가 아버지 대신 왔네. 하지만 식을 올리기 전에 자네에게 한두 가지 약속을 받아야겠어.」

「좋아, 뭔가?」

달라스는 캐머론이 말에서 내려 마차의 문을 여는 모습을 가만히 지켜보았다. 하얀색 장갑을 낀 손이 캐머론의 구릿빛 손 안으로 살며시 미끄러져 들어왔다. 가느다란 손, 긴 손가락들…… 하얀색 신을 신은 작은 발이 시야에 들어오고, 곧 순백의 실크 드레스와 실크와 레이스로 만들어진 보디스, 그리고 눈처럼 흰 베일이 차례로 모습을 드러냈다. 베일이 얼굴을 덮고는 있었지만, 달라스는 그 아래로 흘러내리는 검은 머리카락을 볼 수가 있었다.

「그만 쳐다봐.」

휴스턴이 옆에서 속삭였지만 달라스는 차마 시선을 뗄 수가 없었다.

여인은 키가 상당히 컸다. 프리먼이 '아주 수줍음을 타는 작은 숙녀'라고 해서, 달라스는 아주 당연히 아멜리아와 비슷하게, 자신의 가슴께에 키가 닿는 아담한 몸집일 거라고 생각했다. 하지만 코딜리어 맥퀸은 그녀의 형제들과 거의 비슷할 정도로 키가 컸다. 어쩌면 자신의 코 근처까지 닿을지도 모르겠다고 생각했다. 하지만 호리호리한…… 정말 여성스러운 체형을 지니고 있었다.

달라스는 심호흡을 한 뒤 베란다 밖으로 걸음을 옮겼다. 신부의 손가락이 동생의 손을 꼭 움켜쥐는 것이 눈에 들어왔다. 두꺼운 베일이 얼굴을 가리고 있지만 아마도 검은 눈동자를 가졌을 거라는 생각이 들었다. 검은 눈동자의 여인이라면 함께 살 수 있을 것 같았다. 어쩌면 베일 위로 약간 튀어나온 것이 그녀의 부친이 만들어주었다는 작은 코일지도 몰랐다. 혹시 땅을 바짝 말려버리는 한여름의 더위에 녹아버리지는 않을까 걱정이 되었다. 어쩌면 밀랍이 아니라 나무로 만들어진 것이 있을지도 모른다.

달라스는 모자를 벗었다.

「맥퀸 양, 당신이 이곳에서 행복해졌으면 좋겠군요.」

「저도 그러길 빌어요. 리 씨.」

그녀의 목소리는 떨어지는 눈송이처럼 부드러웠다.

「그렇게 되기까지 내 모든 힘을 다하겠소, 맥퀸 양. 약속하리다.」

베일이 얼굴을 덮고 있어서 확신을 품지는 못했지만, 그녀가 자신을 빤히 쳐다보고 있는 것 같은 기분이 들었다.

「여기 있어라, 코딜리어.」

보이드가 말에서 내려오며 말했다.

「네 남편이 될 사람과 몇 마디 나누어야겠다.」

달라스는 몸을 돌려 보이드를 바라보았다. 처음 길에서 만났을 때부터 달라스는 맥퀸 형제들 중에서 이 남자가 왠지 마음에 들지 않았다.

「아무래도 누이동생에 대한 걱정 때문에 내게 하고 싶은 말이 있는가 본데, 그런 거라면 맥퀸 양도 함께 들어가는 게 좋겠군.」

「좋아.」

이를 가는 듯한 목소리로 보이드가 말했다.

「그리고 증인으로 목사님도 모셔야 할 거야.」

달라스는 팔을 구부린 채 코딜리어를 향해 머리를 숙여 보였다.

「함께 안으로 들어가겠소?」

그녀는 캐머론을 바라보며 동생이 자신을 향해 미소를 지으며 고개를 끄덕이는 걸 확인했다. 그런 뒤 그녀는 동생의 손을 놓고 달라스의 팔뚝 위에 손을 얹었다. 순간, 달라스는 재킷을 뚫고 들어오는 감촉이 느껴지지 않으면 좋겠다고 생각했다. 그의 신부는 지금 바람에 흔들리는 나뭇잎처럼 떨고 있었다.

코딜리어는 태어나 이렇게 웅장한 집은 본 적이 없었다. 달라스 리의 서재로 걸어가는 사람들의 발자국 소리가 사방에 쩌렁쩌렁하게 울리고 있었다.

코딜리어는 남는 시간에 자신이 이 방에 머물 수 있도록 그가 허락을 해줄지 궁금했다. 경외감이 담긴 눈으로 삼면 바닥에서 천장까지 쭉 늘어선 책꽂이를 바라보았다. 한쪽을 제외하고는 모두 비어 있었다. 여기에 자신의 책들이 줄을 맞추어 꽂혀 있는 모습을 상상해보았다.

캐머론은 아직 모든 과정이 완전하게 결정된 것이 아니니, 결혼식에는 몇 가지 중요한 물건들만 가져가는 게 좋을 거라고 충고했다. 그 점에 대해서는 선택의 여지가 없었다. 하지만 커다란 마호가니 책상 위에 앉아 있는 남자를 보고 있노라니 일단 그의 아내가 되고 나면 어떤 주장이나 조건 따위는 아무런 소용이 없을 것 같아 보였다.

어쩌면 엄마처럼 집을 떠나려는 노력만이 유일한 주장이 될지도……. 달라스가 모자를 벗고, 그 그늘아래 숨겨져 있던 얼굴을 드러낸 순간 코딜리어는 조각한 듯한 그의 용모에 깜짝 놀랐다. 그를 빤히 바라보지 않으려고 애를 썼지만 저절로 눈이 돌아가는 것을 어쩔 수가 없었다. 입술 위로 나 있는 검고 짙은 콧수염이 너무나도 부드러워 보였다.

지난 세월동안 바람과 태양에 그을린 얼굴 위에는 자부심과 자신감이 가득했다. 달라스 리는 자신을 둘러싸고 있는 모든 것들을 소유한 남자였다. 그리고 이제 곧, 아버지가 엄마를 소유했듯 그는 코딜리어를 소유하게 될 것이다.

남자 형제들이 방 뒤쪽에 자리를 잡고 섰다. 언뜻 보기에는 아무렇게나 서는 것처럼 보였지만, 멀찍이 떨어져서 서 있는 그녀의 눈에는 형제들이 서로 눈짓을 주고받는 것이 보였다.

보이드가 책상 맞은편에 서고, 캐머론과 던컨이 형 바로 뒤쪽에 바짝 붙어 섰다. 형제들이 그런 식으로 서면 그녀는 언제나 두려움을 느끼곤 했다. 하지만 달라스 리의 앞에서는 오히려 그들이 더 초조해하는 것처럼 보였다.

프레스톤 터커 목사가 방 안으로 들어와 친절하게 자신을 소개했다. 창문에 기대고 선 목사의 표정에는 재미있어 하는 기색이 역력했다.

보이드가 재킷 안주머니에서 종이 한 장을 꺼내 들었다.

「코딜리어가 결혼 증명서에 사인을 하기 전에, 우리가 준비해온 이

계약서에 자네가 먼저 사인을 해야겠어. 아버지가 내걸었던 두 가지 조건 외에 우리는 또 다른 조건을 첨가했네.」

달라스가 눈썹을 살짝 들어올리자, 코딜리어는 문득 까마귀의 검은 날개가 떠올랐다.

「무슨 조건?」

「만일 운명에 의해 내 동생이 과부가 된다면, 자네가 지금 가지고 있는 모든 소유물과 앞으로 얻게 될 모든 소유물이 다 내 동생의 것이 된다는 조건이야.」

코딜리어는 달라스가 입을 꽉 다무는 것을 보았다. 그런 그를 비난할 수는 없었다. 도대체 가족들 모두 제정신인지…… 도대체 그런 조건에 동의를……:

「만일 내 아내가 된다면, 이런 조건이 없어도 내 모든 것이 그녀의 것이 되는 게 당연한 거 아닌가?」

「자네 뒤에 버티고 있는 동생들도 그렇게 생각할까?」

「동생들에게도 그렇게 말해놓으면 돼.」

「그걸로는 충분하지 않아.」

보이드가 말했다.

「우린 그 내용을 글로 쓰고 사인을 한 각서를 받아야겠다고.」

「내 말이면 은행에서도, 주 정부에서도 인정해. 그 누구에게도 내 말한 마디로 충분하다고. 그러니까 빌어먹을 네놈들도 그걸로 만족해야 할 거야.」

캐머론과 던컨은 서로의 얼굴을 쳐다보았다. 하지만 보이드는 그저 어깨를 조금 뒤로 젖힐 뿐이었다.

「아니, 그걸로는 충분하지 않아. 만일 네가 이 서류에 사인을 하지 않는다면, 우리는 집으로 돌아갈 거고, 코딜리어도 우리와 함께 가게 될 거야.」

순간, 코딜리어는 이런 증오를 기초로 한 결혼은 절대로 이루어질 수 없다고 생각했다. 이렇게 어떤 신뢰도 없는 상황에서…… 그녀는 앉아 있던 의자에서 앞으로 약간 몸을 숙였다.

「오빠, 분명 이렇게까지 할 필요는…….」

「입 닥쳐, 코딜리어.」

보이드가 거칠게 말했다.

달라스 리가 책상 위에 두 팔을 올려놓은 채 천천히 자리에서 일어나자 코딜리어는 흠칫 몸을 떨며 의자에 몸을 깊게 파묻었다. 캐머론과 던컨이 뒤로 한 발자국 물러서자, 이제 방을 떠나는 것 외에는 어떤 선택도 없음을 깨달았다. 코딜리어는…… 조금이라도 빨리 자리를 뜨고 싶었다.

달라스의 갈색 눈동자가 검은 색으로 변해 있었다. 그녀는 화를 뿜어내고 있는 이 남자의 옆에 선다면 악마마저 천사처럼 보일지 모른다는 생각을 했다.

「다시는 내 앞에서 여자에게 그런 식으로 지껄이기만 해봐. 특히 내가 결혼하려는 사람에게 말이야.」

「이 서류에 사인을 하지 않는다면 이 애와 결혼할 수 없어.」

보이드가 말했다.

달라스는 마치 칼날처럼 가늘게 눈을 떴다. 코딜리어는 그의 자존심이 서류에 사인을 하는 걸 가로막고 있음을 알았다. 그 자존심이 오늘 그녀가 그의 아내가 되는 걸 허락하지 않고 있었다.

후다닥, 달음질치는 작은 발걸음 소리와 함께 파란 드레스와 곱슬거리는 금발이 코딜리어의 눈에 들어오는가 싶더니 작은 여자아이가 그녀의 앞을 스쳐지나갔다. 아이는 새끼 고양이를 두 팔에 꼭 끌어안은 채 책상 뒤에 서 있는 남자를 향해 달려갔다. 다급히 아이의 뒤를 따르고 있는 여인은 방 안에 가득 차 있는 증오와 분노를 자각하지 못한 것 같았다. 하지만 그 뒤에 서 있는 휴스턴은 분명 주저하는 듯한 기색을 띠고 있었다.

「달스 삼쫀?」

달라스의 바지를 움켜쥐며 아이가 말했다.

　코딜리어는 아이가 걱정되었다. 어떡하면 달라스의 분노로부터 아이를 무사히 구해낼 수 있을지 고민하며, 그녀는 천천히 의자에서 몸을 일으켰다.

　하지만 너무 늦었다.

　달라스가 고개를 숙이자 아이는 그의 코앞으로 손가락을 내밀어 보였다.

「야옹이가 물었쪄.」

　순식간에 달라스의 눈동자 속에 담긴 분노가 걱정으로 뒤바뀌었고, 그의 눈썹이 찌푸려 들었다.

「그랬어?」

　아이가 머리를 끄덕이자, 그 세찬 고갯짓에 곱슬거리는 머리카락이 이리저리 나부꼈다.

「어디를?」

　아이는 발꿈치를 들며 자신의 손가락을 좀더 높이 들어올렸다.

「여기.」

「저런, 우리 매기 많이 아프겠구나.」

　달라스가 자신의 주머니에 손을 집어넣고 뒤적이며 말했다.

　매기가 고개를 끄덕였지만, 코딜리어의 눈에는 어떤 상처도 보이지 않았다. 더군다나 아이는 자신을 공격했다는 짐승을 여전히 꼭 끌어안고 있었다. 달라스는 무릎을 꿇고 매기의 손가락에 키스를 한 뒤 손수건을 꺼내 동여매 주었다. 자신의 손보다 더 큰 붕대에 아이는 깔깔거리며 웃음을 터트렸다.

　그는 손가락으로 아이의 코를 톡 건드렸다.

「이제 가서 놀아라.」

　아이가 재빨리 방 안을 가로질러 휴스턴의 편안한 품안으로 뛰어들자, 달라스는 자리에서 일어나 펜을 집어들어 잉크를 듬뿍 묻혔다. 그리고 보이드의 서류에 자신의 이름을 휘갈겨 썼다.

「이제 이 빌어먹을 일을 마치자고.」

코딜리어는 보이드가 제발 의기양양한 미소를 감추기를 바랐다.

「죄송해요, 도착하셨는데 진작 인사도 못 드리고.」

부드러운 목소리에 코딜리어는 고개를 돌렸다. 아이의 뒤를 따라 방 안으로 들어온 여인이 그녀를 향해 미소를 짓고 있었다.

「전 휴스턴의 아내 아멜리아예요. 매기를 낮잠 재우다가 그만 깜박하고…… 용서해줘요.」

「용서하고 말고 할 문제가 아닌걸요. 여기 계시리라고는 생각도 못했는데요.」

「왜 그렇게 생각하셨어요?」

코딜리어는 얼굴이 화끈 달아오르는 것을 느꼈다. 달라스가 자신을 버린 여인을 환영하리라고는, 그리고 그런 불쌍한 전남편과 그녀가 친구 사이가 되어 있을 거라고는 생각지도 못했다는 것을 설명할 방법이 없었다.

「전 단지…… 그러니까…… 이 결혼이 너무나 빨리 결정된 거라서, 누군가 식에 참석할 거라고는 생각지 못했거든요.」

아멜리아는 따스한 미소를 지었다.

「목장 일꾼들과 마을 사람들이 전부 모였는걸요. 달라스는 결혼식이 성대하게 치러져야 한다고 주장하고 있어요.」

코딜리어는 갑자기 한 무리의 벌떼들이 뱃속을 휘젓고 다니는 듯한 느낌이 들었다. 그녀는 아주 조촐한 예식을 기대하고 있었다. 하지만 미래의 남편은 대담하고 성대한 식을 원하고 있었다.

코딜리어는 달라스를 향해 흘끗 시선을 던졌다. 그는 아주 편안한 모습으로 인내심을 발휘하고 있는 듯했다.

보이드는 터커 목사에게 서류에 증인의 사인이 필요하다는 사실을 설명하고 있었다. 하지만 목사는 사인을 하고 싶은 의향이 없는 게 분명해 보였다.

「젠장, 그냥 여기에 사인을 하라니까요.」

성급한 분노가 오빠의 목소리에 가득 드러나 있었다.

터커 목사는 이를 꽉 다물면서 천천히 고개를 끄덕였다.

「이게 자네가 원하는 거라면 그렇게 하지.」

그는 펜에 잉크를 묻혔다.

「형벌은 나의 몫이라고 주님께서 말하셨네.」

그는 꿰뚫어보는 듯한 푸른 눈동자로 보이드를 가만히 쳐다보았다.

「그 말씀을 명심하게.」

터커 목사가 예식을 집도하는 동안, 달라스는 멍하니 서류에 사인을 한 건 진짜 어리석은 짓이었다는 생각을 했다. 보이드 맥퀸은 그에게 여동생과의 결혼에서 명예롭게 벗어날 수 있는 방법을 제시해준 셈이었다. 하지만 달라스는 아집으로 그걸 거절해버리고 말았다.

그녀에게 함께 서재로 가자고 했던 자신의 제안이 너무나 후회스러웠다. 차라리 그냥 밖에 내버려두었다면 서재에서 일어난 그 추잡한 일들을 직접 목격하는 일은 없었을 텐데……. 사람들이 모두 지켜보는 가운데 목사의 앞에 나란히 서기 위해 자신의 팔에 손을 올렸을 때, 그녀의 손이 처음보다 더 심하게 떨리고 있는 것을 감지할 수 있었다.

달라스는 목사에게 미리 사랑이라는 말을 빼고 신뢰와 명예, 그리고 정직이라는 단어를 넣어 달라고 부탁해놓았다. 아내 될 사람이 앞으로 자신이 받을 대접에 대해 오해하는 일이 생기지 않도록 하려는 배려에서였다.

터커 목사는 예식의 시작을 알리는 말을 끝냈다.

「두 사람은 서로 마주보며 두 손을 마주잡으시오.」

그가 조용히 명령했다.

손을 마주잡자, 마치 우르르 도망가는 소떼로 인해 땅이 흔들리는 것처럼 그녀의 손이 떨리는 것이 달라스에게 느껴졌다.

「코딜리어 제인 맥퀸, 당신은 이 남자를 합법적인 남편으로 맞이하여, 기쁠 때나, 슬플 때나, 아플 때나 건강할 때나, 명예롭고 정직하게 섬기겠습니까?」

주위에서 거칠게 숨을 들이마시는 소리가 들렸다. 달라스는 베일을 벗기고 자신의 신부가 괜찮은지 확인하고 싶은 충동을 느꼈다. 왜 이렇게 두꺼운 베일을 뒤집어 쓴 걸까? 이제까지 단 한번도 직접 눈으로 확인하지 않고 거래를 해본 적이 없었는데……. 더군다나 결혼은 그 어떤 것보다 중요한 일인데……. 한 순간, 달라스는 베일 너머로 여인이 자신을 빤히 바라보고 있다는 느낌을 받았다.

방 안에 침묵이 내려앉았다. 달라스는 터커 목사가 단지 몇 사람만이 들을 수 있을 만큼 작은 목소리로 말하고 있다는 사실에 고마움을 느꼈다. 그리고 방 안에 가족들만 있다는 사실이 더더욱 고마웠다.

터커 목사는 가볍게 앞으로 몸을 숙였다.

「만일 달라스와 결혼을 할 생각이 있다면 간단하게 '네'라고 대답하면 됩니다.」

「저 애는 그렇게 할 거요.」

보이드가 말했다.

「젠장할, 맥퀸. 그녀가 말을 하게 가만 있으라구.」

「그런다고 도대체 뭐가 달라지는데? 빌어먹을, 응?」

보이드가 물었다.

「자네 여동생에게는, 평생을 살아가는 데 있어서 지금이 굉장히 중요한 순간이라고.」

터커 목사가 헛기침을 하며 목을 가다듬었다.

「이 예식이 진행되는 동안에는 주님의 이름을 더럽히는 그런 언사는 삼가시오.」

달라스는 얼굴이 달아오르는 것을 느꼈다.

「죄송합니다, 목사님. 이 부분은 그냥 넘기면 안 될까요?」

「그렇게 넘길 수 없는 문제야.」

「그냥 대충 넘기라고!」

뒤에서 보이드가 으르렁거렸다.

「이런…… 코딜리어 제인 맥퀸, 당신은 이 남자를 법적인 남편으로 맞이하여 늘 정직하게 섬기겠습니까?」

그녀는 여전히 침묵을 지키고 있었고, 달라스는 인내심이 부족한 자신의 천성을 저주했다. 식이 시작되기 전에 잠시 짬을 내서 그녀와 이야기를 나누었어야 했는데, 신부를 맞이할 수 있는 기회가 무산되는 것만 걱정하다가 정작 이 여인의 감정은 전혀 고려하지 못했다. 만일 사람들 앞에서 존경을 잃게 되는 것을 걱정하지 않았다면, 지금 당장이라도 모두들 밖으로 나가라고 고함을 지르고 싶었다.

터커 목사가 코를 어루만지며 다시 입을 열었다.

「달라스를 알아온 지 거의 5년이 넘었죠. 그를 남편으로 맞아도 어려움이 없을 거라는 걸 내가 보장하죠.」

「……네.」

그녀가 조용히 입을 열었다.

달라스는 얼굴에 안도감이 깃든 것을 감추기 위해 안간힘을 썼다.

터커 목사가 그에게로 몸을 돌렸다.

「그리고 달라스 리, 당신은 이 여인을 합법적인 아내로 맞아, 아플 때나 건강할 때나 정직하고 명예롭게 보살필 것을 맹세합니까?」

「네, 맹세합니다.」

「반지를 가지고 있소?」

달라스는 고개를 끄덕이며 주머니에서 한때는 어머니의 것이었던, 그리고 아주 잠깐이지만 아멜리아의 손에 끼워졌던 반지를 꺼내들었다. 그리고 어색하게 코딜리어의 왼쪽 손에서 장갑을 벗겨냈다. 그녀의 손은 장갑만큼이나 하얗고, 한 겨울의 강물만큼이나 차가웠다. 문득, 여자의 손이 차갑다면 그건 마음이 따스하기 때문이라던 누군가의 말이 떠올랐다. 그런 생각에 조금은 희망을 품으며 달라스는 그녀의 손가락에 반지를 끼워주었다.

「이 반지와 함께, 나는 당신을 아내로 맞이합니다.」

그는 터커 목사를 흘끗 쳐다보았다.

「죄송합니다, 목사님. 제가 먼저 말을 해버렸네요.」

목사는 미소를 지어 보였다.

「괜찮네. 그거야 한 번 경험이 있으니, 뭐. 안 그런가? 이제 두 사람이 부부가 되었음을 선언합니다. 이제 신부에게 키스를 해도 좋네.」

천천히 신부의 베일을 들어올리는 달라스의 손가락이 그녀의 것보다 더 심하게 떨리고 있었다. 입안이 바싹 말라왔다.

그녀의 턱은 작고 귀여웠다. 그리고 이처럼 붉은 입술은 처음 보는 것이었다. 어쩌면 피부가 너무나 창백하고, 마치 햇빛을 보지 못한 것처럼 한없이 투명해서 상대적으로 붉게 보이는 것일 수도 있었다. 그녀의 입술은 잘 익은 딸기를 연상시키는, 남자를 고통으로 몰고 가는 그런 모양을 하고 있었다. 하지만 그런 것은 얼마든지 참고 살 수 있었다.

베일을 젖힌 순간, 자신의 의지와는 상관없이 여인의 코에 시선이 박혔다. 작고 완벽한 코.

그는 가늘게 뜬 눈으로 오스틴을 노려보았다. 오스틴의 입도 딱 벌어지기는 마찬가지였다. 오스틴은 달라스와 마찬가지로 놀란 표정을 지으며 캐머론을 바라보았다.

「당신 남동생은 이상한 유머감각을 지닌 모양이오.」

그는 조용하게 서 있는 자신의 신부를 향해 고개를 돌리며 작게 속삭였다. 신부의 갈색 눈동자는 언젠가 본 적 있는 새끼 사슴을 떠올리게 했다. 아몬드 모양의 커다란 눈 속에 담긴…… 두려움까지 모두.

달라스는 그 안에 담겨 있는 두려움이 싫었다. 그리고 가능한 한 그녀를 편안하게 만들어주겠다고, 저 두 눈동자가 행복으로 빛나게 만들어주겠다고 다짐했다. 그렇게 되면 아마도 아름답게 빛나겠지.

달라스는 미소를 지었다.

「당신 형제들이 내 유머감각을 좋아하는지 한번 보고 싶군.」

달라스는 신부에게 가벼운 키스를 할 계획이었지만 가끔씩은 상황에 의해 계획이 변화할 수도 있다는 생각에 마음을 바꾸었다. 처남들이 몸을 움찔거릴 만큼 천천히, 그리고 가능한 한 길고 열정적인 키스를 하기로.

커다란 두 손으로 그녀의 얼굴을 감싸쥐며 앞으로 머리를 숙여 그토록 알고 싶어하던 사실, 아직 한번도 키스를 해본 적이 없다는 사실을 발견해냈다. 그녀는 마치 방금 레몬이라도 씹은 것처럼 입술을 꼭 붙이고 있었다.

마을 사람들 앞에 정식으로 그녀를 소개하고 싶었기에 그는 마지못해 몸을 일으켰다.

「신사 숙녀 여러분!」

멀리서 터커 목사의 목소리가 울려 퍼졌다.

「이제 달라스 리 부부를 여러분께 소개합니다.」

3

그녀는 결혼을 했다.

코딜리어는 섬세하게 선조(線條) 세공이 된 넓은 은가락지를 빤히 바라보았다. 반지가 손가락에 꼭 맞지 않는다는 사실이 별로 놀랍지도 않았다. 반지가 빠지지 않도록 손을 꼭 움켜쥐면서, 그녀는 자신의 삶도 이처럼 위태위태한 건 아닌가 하는 두려움을 느꼈다.

한번도 만나본 적이 없는 사람들이 그녀에게 자신들을 소개하고 있었다. 남자들은 그녀의 남편이 어떤 구속에 묶인 것이 바로 자신들의 행복이라는 듯 드러내놓고 미소를 지었고, 몇몇 여자들은 그녀의 불행한 운명을 이해한다는 듯 손수건으로 눈가에 맺힌 눈물을 닦아냈다. 모두들 그녀를 '리 부인'이라고 불렀다. 낯설음에 마음이 불편했다. 그렇다고 사람들에게 코딜리어라고 불러달라고 요구할 용기는 차마 낼 수가 없었다.

남자들이 손을 잡고 흔들며 축하 인사를 하고, 여자들이 뺨에 키스를 하는 동안에도 달라스는 신부에게서 눈을 떼지 못했다. 이전에 가지고 있던 모든 지식들과 생각들은 모두 지워진 듯 코딜리어의 머릿속은 새하얬다. 달라스의 아내가 되긴 했지만, 어쩔 수 없는 서약에 그를 진실로 섬기겠노라 했던 맹세를 어떻게 지켜야 하는 건지 알 수가 없었다.

어머니가 전혀 움직일 수 없게 된 뒤로, 코딜리어의 세계는 엄마의 침실과 가족 그리고 소설책이 전부였다. 지금 이 순간까지 그녀는 아내가 되기에 자신이 얼마나 부족한지를 미처 깨닫지 못하고 있었다.

그녀의 형제들은 가슴 위로 팔짱을 낀 채 텅 빈 응접실 한쪽 구석에 서서, 먹이감이 마지막 숨을 몰아쉬기를 기다리는 콘도르처럼 달라스가 실수라도 하기를 바라는 눈빛으로 그를 빤히 노려보고 있었다. 그녀는 남편이 아무런 실수도 하지 않기를 빌었다.

음악이 천천히 방 안에 감돌기 시작하자, 사람들은 뒤로 물러서서 방 한가운데 작은 공간을 만들었다. 방 한쪽 구석에서 머리가 하얀 남자가 깡깡이를 켜고 있었다.

달라스가 그녀에게 손을 내밀었다.

「나와 춤을 추겠소?」

코딜리어는 고개를 들었다가 재빨리 다시 눈을 내리깔았다.

「아뇨. 제 말은…… 춤을 출 줄 몰라요.」

「그렇게 어렵지 않소. 내가 가르쳐주지.」

그녀는 짧게 머리를 흔들었다.

「제발요. 전 사람들 앞에 나서는 게 별로 달갑지 않아요.」

「손을 줘요.」

마룻바닥이 갈라져 자신을 집어삼키길 바라면서, 코딜리어는 손톱이 손바닥을 뚫을 정도로 세게 주먹을 움켜쥐었다.

「날 믿어봐요.」

달라스가 조용히 말했다.

순간 코딜리어는 그의 목소리에 절망감이 묻어 있는 것 같은 기분을 느꼈다. 그리고 자신이 그가 내민 손을 무신경하게 거부하는 모습을 그의 친구들과 친척들, 그리고 마을 사람들이 지켜보고 있음을 깨달았다. 아무도 춤을 추지 않는 걸로 보아, 의심할 여지없이, 신랑 신부가 단 둘이서 먼저 춤을 추어야 하는 게 분명했다. 그에게로 눈길을 주지 않은 채, 코딜리어는 떨리는 손을 그의 손바닥 위에 얹었다. 강하고 거친 손가락들이 그녀를 꼭 움켜쥐었다.

「우리는 신선한 공기를 좀 쐬려고 밖으로 나갈 참입니다.」

권위 있는 목소리로 그는 주위에 몰려든 사람들에게 말했다.

「그러니 마음껏 음악을 즐기시죠.」

그가 이끄는 대로 문밖으로 걸어나간 순간, 코딜리어는 안도감에 울음을 터트릴 뻔했다. 베란다로 나가자마자 그녀는 달라스의 손을 놓고는 한쪽 구석으로 걸음을 옮겼다.

「고마워요.」

열려 있는 문틈으로 음악 소리와 함께 부드러운 말소리와 웃음소리가 뒤섞여 들려왔다. 뚜벅뚜벅, 자신을 향해 걸어오는 남편의 발자국 소리가 선명하게 귀를 울렸다. 남편이라…… 오, 하나님. 지금 무슨 짓을 벌인 거지?

「보나마나 당신 부친께서는 날 아주 비열한 자식이라고 말씀하셨을 거요.」

코딜리어는 눈을 동그랗게 뜬 채 재빨리 몸을 돌렸다. 달라스 리가 얼굴에 미소를 지은 채 그녀를 살펴보고 있었다.

「네…… 사실, 그러셨어요.」

「그리고 또 뭐라고 부르시던가?」

「도둑.」

그는 재미있다는 듯이 검은 눈썹을 살짝 들어올렸다. 코딜리어는 자신도 모르게 입 속에 남아 있던 말을 전부 뱉어버렸다.

「사기꾼이라고도 하셨구요.」

「그런데도, 이 결혼을 용케도 허락하셨군.」

수치심에 코딜리어의 눈가가 젖어들었다.

「왜냐하면, 당신이 제안한 것들이 그분에게는 나보다 더 소중한 것들이었으니까요.」

그녀는 몸을 돌린 뒤 눈을 꼭 감고 온몸을 휘감는 치욕을 억누르기 위해 안간힘을 썼다.

「당신을 용서할 수 있을지 아직 모르겠어요.」

「용서받을 생각은 없소. 날 미워한다 해도, 내 생각이 바뀌는 건 아니니까. 당신이 내 아내라는 사실은 절대 바뀌지 않는다는 거요.」

코딜리어는 그 차갑고 무자비한 진실에 움찔 몸을 떨었다. 달라스의 입에서 거친 욕설이 튀어나오자, 순간 그가 자신을 때릴지도 모른다는 두려움이 앞섰다. 저 크고 억센 손이라면 가벼운 손찌검으로도 커다란 상처를 줄 것 같았다.

「자신의 결혼이 이런 식으로 이루어지리라고는 단 한번도 상상해본 적이 없을 거요.」

낭랑하게 울려 퍼지는 그의 목소리가 새벽 안개처럼 그녀의 살에 보대꼈다.

「그 점에 대해서는 미안하게 생각하고 있소.」

코딜리어는 그를 빤히 쳐다보았다.

「날 이 집에서 떠나도록 허락해줄 수 있을 만큼 미안한가요?」

「그건 아니오.」

코딜리어는 절대 애원하지 않을 참이었다. 하지만 이 남자 앞에 무릎을 꿇고 제발 자비를 베풀어 달라고, 자유를 달라고 애원하고 싶은 생각에 마음이 복잡했다.

천천히 달라스의 시선이 그녀의 입술 위로 내려오면서, 그의 갈색 눈동자에는 그녀가 이해할 수 없는 어떤 감정들로 번뜩였다. 화가 난 게 아닌 건 분명했지만, 코딜리어의 경계심은 점점 커졌다.

「키스는 어디서 배웠지?」

그가 물었다.

「책에서요. 책을 많이 읽었거든요.」

그가 가볍게 고개를 끄덕였다.

「그렇지. 그런 책들을 보면 늘 여자들은 키스를 할 때 입술을 오므리곤 하지.」

「네. 그래요.」

그녀는 자신의 간단한 진술에서 어떻게 그런 결론을 끌어낼 수 있었는지 궁금해하며 대답했다. 순간, 한 가지 대답이 마음속에 떠올랐다.

「어쩌면 우리가 같은 책을 읽었을 수도 있겠네요.」

「그럴 것 같지는 않은데.」

낮은 목소리로 말하며, 그는 그녀의 뺨을 감싸쥐었다.

「입술을 오므리지 말아요.」

코딜리어가 미처 저항하기도 전에, 그의 입술이 그녀의 입술에 닿아 있었다. 처음 키스를 했을 때는 느끼지 못했던 따스함…… 그리고 부드러움이 전해졌다. 이 남자가 거친 소문으로 무성한 그 사람이라는 게 믿어지지 않을 정도로.

부드러운 수염이 예전에 키웠던 강아지의 털을 떠올리게 했다. 단 한 번 강아지를 키운 적이 있었는데, 보이드가 그 강아지를 죽였다.

그녀의 턱 아래쪽의 부드러운 살결을 따라 달라스의 엄지손가락이 천천히 움직였다.

「턱에 힘을 빼요.」

코딜리어의 입술에 대고 그가 속삭였다. 그의 숨결이 이상할 정도로 달콤하고 부드럽게 그녀의 뺨 위를 스쳐 지나갔다. 그건 그녀가 기대하지 못했던 또 다른 경험이었다.

「왜…….」

질문을 끝내기도 전에 그 대답을 들을 수 있었다.

탐색하듯 부드러운 혀가 벌어진 그녀의 입술 안으로 미끄러져 들어와, 뒤쪽에서 들려오는 음악에 맞추어 춤을 추었다. 대담하고, 강하게…… 마치 폭풍이 몰아치기 직전에 지평선 너머에서 울부짖으며 달려드는 바람처럼…….

「적어도 손님들이 모두 돌아갈 때까지는 기다려야 하는 거 아닌가?」

　경멸감이 잔뜩 묻어나는 어조로 보이드가 쏘아붙였다.

　달라스가 고개를 들어 올렸다. 밀려드는 굴욕감에 코딜리어는 달라스에게서 떨어지기 위해 걸음을 옮겼다. 하지만 그의 손이 그녀의 목을 단단하게 감싸쥐고 있었다.

　눈 속에 번득이는 분노를 담은 채, 달라스는 보이드를 뚫어져라 바라보았다.

　「신랑이 신부의 입술을 훔치는 게 큰 잘못이라도 되는 줄은 몰랐는데?」

　코딜리어는 달라스의 콧구멍이 벌름거리는 걸 볼 수 있을 정도로 그에게 가까이 붙어 있었다. 그는 마치 성난 황소를 연상시켰다. 방금 전 달라스의 입술이 자신의 것을 어루만지던 순간, 그녀는 그가 가족들이 증오해 마지않는 남자라는 걸, 그가 바로 오빠에게 상처를 입힌 장본인이라는 걸, 그리고 그녀가 아버지에게 어떤 존재인지를 정확히 깨닫게 만든 바로 그 남자라는 사실을 잊어버렸다. 조금 전까지 너무나 따스했던 몸이 다시 차가워지는 걸 느끼며 그녀는 몸을 부르르 떨었다.

　「제발, 놔주세요.」

　코딜리어는 자신의 목소리가 빵 부스러기를 달라고 구걸하는 거지의 애원처럼 들리지 않기를 바라며 속삭였다.

　달라스가 그녀를 내려다보았다. 그의 눈동자 속에는 아무런 분노도 담겨 있지 않았다. 대체 어떤 사람이길래 그렇게 빨리 자신의 감정을 변화시킬 수 있는 걸까. 못이 박힌 그의 손이 천천히 그녀의 목에서 미끄러져 내렸다.

　다시 보이드에게 몸을 돌린 순간, 분노가 달라스를 휘감았다.

　「오늘은 자네 여동생의 결혼식이야. 그러니 지금까지 우리가 해준 것 보다 좀 나은 추억거리를 만들어야 하지 않겠나? 뭐, 나도 그걸 잠시 간과하고 있었네만. 뭐 원하는 거라도 있나?」

　「동생과 잠시 시간을 가졌으면 좋겠어.」

달라스는 잠시 의심의 눈초리로 천천히 두 사람을 살폈다. 코딜리어
는 왜 그런 시선이 자신에게 상처를 주는지 이해할 수가 없었다.

「조금 있다가 야외 피로연이 있을 거네. 만일 그때까지 자네 여동생
이 내 곁에 없다면, 울타리는 사라지지 않을 거야.」

「제 입으로 한 약속을 어기겠다는 말이군.」

달라스가 위협적으로 한 발 다가서자 보이드가 몸을 움찔 떨었다.

「남자 대 남자로.」

나지막한 목소리로 달라스가 입을 열었다.

「내가 울타리를 거둘 거라는 사실은 네 놈도 잘 알고 있어. 그러니
까, 이제 내 것이 된 걸 빼돌려 날 속이는 짓은 하지 말라고.」

그는 어깨로 보이드를 슬쩍 치며 지나쳐서 집안으로 모습을 감추었
다. 코딜리어는 두 팔로 자신의 몸을 감싸며 차가운 벽에 몸을 기댔다.

「여기서 살 수 없어요, 오빠.」

코딜리어가 속삭였다. 그는 두 사람 사이를 가르고 있던 좁은 거리
를 단숨에 좁혀왔다. 오빠의 눈은 차갑게 번뜩이고 있었다.

「네게는 선택의 여지가 없다, 코딜리어.」

누군가 어깨에 팔을 두르고 꼭 끌어안아 위로해주었으면 좋을 텐데.
하지만 가족이라 불리는 남자들에게서는 절대로 기대할 수 없는 일이
기도 했다.

보이드는 동생의 떨리는 손을 잡아주는 대신 베란다의 난간을 억세
게 움켜쥐었다.

「믿던 말던, 너와 이야기를 좀 하고 싶어서 온 거다.」

오빠의 얼굴에는 분노가 사라지고 묘한 기색만 감돌았다. 순간 아버
지가 생각보다 더 몸이 안 좋은 것은 아닌가 하는 의심이 들었다.

「아버지가 어떻게 되셨어?」

그녀가 물었다.

「아니, 그건 아냐. 하지만 아버지도 여기에 안 계시고, 어머니는 돌
아가셨으니 일이 내게 떨어진 셈이지. 네가 무슨 일이 벌어질지 짐작

조차 못한 채 리의 침대로 가는 건 절대 원치 않아.」

뜨거운 열기가 온몸을 감싸면서 그녀의 심장이 거세게 뛰기 시작했다.

「오빠…….」

「널 위해서 하는 말이야, 코딜리어. 만일 네가 완강히 거부하지만 않으면 조금은 쉽게 일을 치를 수 있을 거야. 그냥 그의 침대 속으로 기어 들어가서, 나이트가운을 들어올리고 가능한 한 죽은 듯이 가만히 있기만 해.」

코딜리어는 오빠의 말들이 만들어내는 영상을 지우기 위해 눈을 꼭 감았다.

「난, 난 할 수 없어요.」

「해내지 못하면, 네가 아버지의 꿈을 산산조각 내는 셈이야. 어쩌면 아버지도 그 길을 따라가실지 모르지. 그게 네가 원하는 거냐?」

그녀가 눈을 떴다.

「그냥 멀리 이사를 가요. 물이 풍부한 곳으로 이사하면 되잖아요?」

「젠장! 여기로 이사올 때만 해도 우리는 물과 땅이 다 있다고 생각했어. 하지만 그 자식이 우리 물을 훔쳐갔다고. 이제 우리에게 남은 건, 네가 의무를 다해서 그걸 되돌려놓는 일뿐이야.」

나의 의무……. 코딜리어는 고개를 끄덕이기 위해 안간힘을 쓰며 그런 힘이 자신에게 남아 있다는 사실에 놀라워했다.

달라스는 오늘이 조금이라도 빨리 지나가 그냥 자신의 일생에 단 하루가 되고, 그렇게 오늘을 잊어버릴 수 있기를 바랐다.

하지만 그의 바람대로 되는 건 아무것도 없었다.

그의 팔에 달라붙어 있는 신부는, 반드시 말해야 할 경우를 빼고는 단 한마디도 하지 않았다. 그 어떤 일에도 자신의 의견을 제시하지 않았고 그가 말하는 것들에 단지 고개를 끄덕이는 걸로 반응할 뿐이었다.

그는 속으로 보이드 맥퀸에게 저주를 퍼부었다. 무슨 말을 했는지 몰라도 여동생에게 잔뜩 겁을 준 것이 분명했다. 가끔 그를 향해 시선을 들기는 했지만 오히려 그의 셔츠 단추를 응시하고 있다는 표현이 더 나았다. 그가 조심스럽게 단추를 잡아당겨 뜯어버리자 그녀는 또 다른 단추를 찾아 바라보기 시작했다. 그는 자신 정도의 위치에 있는 남자가 단추가 떨어진 셔츠를 입고 사람들과 환담을 나누게 될 줄은 꿈에도 생각지 못했다.

사람들이 이리저리 서성거리고 있었다. 일꾼들의 오두막 옆에 지은 옥외 조리실로 향하는 사람들의 웃음소리와 목소리가 들렸다.

그 안의 커다란 식탁에는 음식과 음료가 푸짐하게 차려져 손님을 기다리고 있었다. 이 근방에 사는 대여섯 명의 여인들은 계속되는 쿠키의 깡깡이 연주에 맞춰 밤이 깊어가도록 춤을 추고 있었다.

휴스턴과 왈츠를 추는 아멜리아를 바라보며 달라스는 처음 그녀와 춤을 추었던 날을 기억해냈다. 그때 아멜리아는 그와 함께 지옥이라도 가는 것 같은 표정을 짓고 있었지만, 무언가를 두려워하는 표정은 아니었다. 아니, 무언가를 두려워하는 아멜리아를 본 적은 아직 없었다.

그는 아래쪽으로 흘끗 시선을 던졌다. 아내는 흔들리는 의자 위에 앉아 있는 고양이보다 더 불안한 표정을 짓고 있었다.

「뭐라도 좀 들겠소?」

그녀의 시선이 재빨리 달라스를 스쳐갔다.

「아뇨, 고마워요.」

「그럼 뭔가 마실 거라도?」

「아뇨.」

「이런, 이렇게 가만히 서 있자니 좀이 쑤시는군…… 이 주위를 한번 둘러보겠소?」

코딜리어가 고개를 끄덕였다.

「좋아요.」

춤추고 있는 사람들에게 몸을 돌려 달라스는 한곳을 가리켰다.

「저게 우리 집이오.」

코딜리어는 그가 자신을 놀리는 건 아닌지 의심스러웠다. 하지만 그에게 유머감각이라는 게 있다는 말은 한번도 들어본 기억이 없었다. 그리고 그의 말투에도 그런 흔적은 전혀 보이지 않았다.

「크군요.」

「내가 설계했지. 원하는 대로 집을 짓기 위해 오스틴에서 온 남자를 고용했는데, 그게 아멜리아가…… 음…… 오기 몇 년 전의 일이었소.」

코딜리어가 어떤 대답을 하기 전에 그가 몸을 돌려 걷기 시작했다. 그녀는 그의 보폭을 따라잡으려고 애쓰며 힘주어 그의 팔을 움켜쥐었다.

「커다란 성을 보는 것 같아요.」

조금 전에 보이드가 했던 말들을 지워버리기 위해 안간힘을 쓰며 그녀가 대답했다.

달라스가 보폭을 줄였다.

「그럴 거요. 내가 처음 이곳으로 왔을 때에는, 아무것도 없었지. 나는 뭔가…….」

그는 무언가 자신이 생각하는 것이 눈앞에 나타나기라도 할 것처럼 손을 들어올렸다.

「뭔가 굉장한 것을 원했지.」

자신의 말에 갑자기 부끄러움을 느낀 듯 그는 재빨리 그녀에게서 시선을 돌렸다.

「저쪽에 저건 옥외 조리실.」

그는 조그마한 석조 건물을 가리켰다. 메스키트(북미산 콩과 식물) 냄새와 함께 굴뚝 위로 나선형의 연기가 모락모락 피어오르고 있었다.

「가축을 모는 동안에는 요리사가 음식 마차를 몰면서 일꾼들을 따라다니지. 가끔은 먹을 걸 나르기도 하고 가끔은 이쪽으로 와서 먹기도 하고. 쿠키가 우리 식사를 날라다줄 거요.」

'쿠키'라는 이름은 기억이 났다. 그가 바로 깡깡이를 연주하던 그 신사였다.

「저건 일꾼들용 오두막. 지금은 12명의 일꾼을 고용하고 있고, 가축 몰이 시기가 되면 12명을 더 고용할 계획이오.」

코딜리어는 무슨 말이든 하고 싶었다. 하지만 12명의 일꾼이 많은 건지 어떤지 알 수가 없었고, 아버지는 과연 몇 명이나 고용하고 있는지조차 몰랐다.

「가축우리하고, 마구간.」

코딜리어는 그와 나란히 마구간을 스쳐 지나갔다. 그가 걸음을 멈추고 작은 통나무집을 향해 고갯짓을 했다.

「저기에서 대장장이가 일을 하지.」

「달라스?」

두 사람은 그들을 향해 다가오고 있는 터커 목사를 향해 몸을 돌렸다. 목사의 움직임과 함께 그의 기다란 외투가 펄럭거리며 허벅지에 매달려 있는 총이 눈에 띄었다.

「달라스, 내가 할 일이 더 이상 없는 것 같으니, 나는 길을 잃은 영혼을 찾는 본연의 임무로 돌아가야겠네.」

따스한 미소를 짓고 있는 달라스의 눈동자에 즐거운 빛이 매혹적으로 반짝였다. 순간, 코딜리어의 눈에 그는 그녀의 가족들이 경멸하는 장본인이 아니라, 행복에 겨운 여자들이 다정하게 남편이라고 부를 수 있는 그런 남자처럼 보였다.

「뭘 좀 드셨습니까?」

달라스가 물었다.

터커 목사는 자신의 배를 슬슬 문질렀다.

「더 이상은 먹지 못할 정도라네. 아무래도 식탐의 죄를 저지른 게 아닌가 몰라.」

「그것보다 더 사악한 죄도 많은 세상인데요, 뭘.」

「우리가 진 죄를 계산하지는 말자고.」

「그거 아세요, 목사님? 제 도시에서 설교를 하실 수 있도록 교회 건물을 짓자던 제안, 정말로 심각하게 말씀드린 겁니다.」

「자네 맘은 알아. 나도 그 제안을 받아들이고 싶지만, 그럴 수 없네.」

달라스는 함박미소를 지으며 고개를 흔들었다.

「제 생각에는 이 주변에도 길 잃은 영혼들이 무수히 많다고 생각되는데요.」

「하지만 나는 특별한 한 사람을 찾는 중이네.」

달라스가 자신의 손을 내밀었다.

「그렇다면, 그를 꼭 찾으시기 바랍니다.」

「그녀야.」

달라스의 손을 흔들며 터커 목사가 말했다.

「그리고 날 믿게. 반드시 찾아낼 테니까. 늦든지 빠르든지 반드시.」

목사는 코딜리어를 향해 머리를 살짝 숙였다.

「리 부인, 행복하시길 빕니다.」

코딜리어는 마음대로 떠날 수 있는 그에게 부러움을 느꼈다.

「고맙습니다. 목사님.」

「남편을 잠시 빌려도 될까요? 단둘이 나눌 이야기가 있어서요.」

코딜리어는 남편의 옆에서 떠날 수 있는 기회가 주어진 것을 오히려 환영했다. 지금이라도 당장 캐머론을 찾아 이야기를 나눌 수만 있다면…… 동생이 자신의 두려움을 가라앉혀 주리라는 걸 알고 있었다.

「물론이죠. 안 그래도 캐머론과 잠시 이야기를 나누고 싶었어요. 그럼, 실례합니다.」

달라스는 거의 달리다시피 걸어가는 아내의 모습을 바라보았다. 그녀가 캐머론을 만나 떠날 계획을 세우는 것이 아니기를 빌었다.

「두 사람 사이가 조금 어색해 보이는데?」

터커 목사가 물었다.

달라스는 크게 심호흡을 했다.

「제가 이제까지 알아온 여자들을 한 손으로 꼽을 수가 있을 정도예요. 더군다나 여자들과 적당한 이야기를 나눌 수 있는 주변머리도 없구요.」

「하지만 아멜리아와 이야기할 때는 별 문제 없어 보이던데.」

「젠장, 아멜리아에게는 말뚝조차도 말을 걸어올 겁니다. 그녀에게는 사람들에게서 이야기를 끌어내는 묘한 재능이 있어요.」

터커 목사는 미소를 지었다.

「그렇긴 하지.」

「그녀와 이야기를 할 때는 적당한 단어를 찾기가 힘들어요…… 코딜리어 말입니다.」

달라스는 얼굴을 찡그렸다.

「코딜리어라니…… 도대체 그녀의 아버지는 어디서 그런 이름을 따온 걸까요?」

「'바다의 보석'이라는 의미네.」

달라스는 눈썹을 들어올렸다.

터커 목사는 얼굴을 붉히며 대답했다.

「한때 이름의 뜻풀이에 흥미를 가진 적이 있었지. 아마도, 그녀는 자네의 이 드넓은 초원의 보석이 될 거야.」

「상당히 예쁘죠. 젠장, 솔직히 아름다워요. 그런 건 예상조차 못했는데. 아마 그래서 적당한 말이 떠오르지 않는 걸지도 모르죠.」

「가끔은 말이 필요하지 않을 때도 있네. 행동이 모든 걸 대변해줄 때가 있거든.」

「그래도, 전 약속을 받고 싶어요. 젠장, 내 아들만 낳아준다면 그녀가 원하는 걸 뭐든지 다 줄 수 있다구요.」

「자네의 삶에 빠진 게 아들이라고 생각하는 건가?」

「물론입니다.」

그가 확신을 갖고 대답했다.

터커 목사는 저물어가는 태양을 향해 시선을 돌렸다.

「한때 내 삶에 빠진 것이 무엇인지 안다고 생각하던 때가 있었지.」

그가 씁쓸하게 미소를 지었다.

「하지만 내가 틀렸다는 걸 너무 늦게야 깨달았어.」

「전 틀리지 않습니다.」

터커 목사는 달라스의 시선을 마주보았다.

「오늘 자네가 자신의 사형 허가서에 서명한 건 알고 있나?」

「보이드 맥퀸은 그 정도로 어리석지는 않아요.」

「그런 유형의 인간에 대해 좀 알지. 그자는 양심이라고는 없는 사내야. 그러니 등뒤를 조심하게나.」

「항상 그러고 있습니다.」

저택의 한쪽 벽에 등을 기대고 앉아, 오스틴은 지평선 너머로 저물어가는 태양을 바라보았다. 그는 위스키 병을 입술에 대고 한 모금 들이킨 뒤 뱃속을 타고 지나가는 그 뜨거운 기운을 즐기며 자신의 가장 가까운 벗에게 병을 건넸다.

캐머론은 병을 받아들고 한 모금 들이킨 뒤 다시 되돌려주었다.

「네가 달라스에게 누나의 코에 대한 이야기를 했다니 정말로 믿을 수가 없어.」

「네 누나가 왜 마을에 잘 나오지 않는 거냐고 물으니까 네가 그렇게 말했잖아. 거짓말을 했으리라고는 생각도 못했다구.」

「그냥 장난을 친 것뿐이야. 그런 터무니없는 말을 믿으리라고 누가 생각했겠어?」

오스틴은 또 한 번 위스키를 들이켰다. 석양 속에는 갖가지 색이 뒤섞여 녹아 있었다.

「왜? 넌 내 친구잖아. 그러니 내게 거짓말을 할 이유가 없지.」

캐머론은 병을 받아들고는 크게 한 모금을 삼켰다.

「정말로 날 괴롭히는 게 뭔지 알아?」

오스틴은 어깨를 으쓱해 보인 뒤, 온몸으로 파고드는 통증에 몸을 움찔하고 떨었다. 두 사람은 이미 위스키를 한 병 비우고 두 병째에 들어간 참이었다. 오스틴은 그들을 둘러싸고 빙글빙글 돌고 있는 세상이 어떻게 친구를 괴롭힐 수 있는 것인지 알 수가 없었다.

갑자기 캐머론이 그의 멱살을 움켜쥐었다.

「네 형이 왜 코가 없다는 말을 듣고도 우리 누나와 결혼을 했냐 이거야.」

오스틴은 병을 낚아챘다.

「젠장, 그래. 결혼을 했다고. 네 누난 얼굴조차 보여주지 않았는데도, 형은 결혼을 했지.」

병을 건네주며, 그는 계속 말했다.

「'아들을 낳아주는 데 코는 필요 없잖아' 이렇게 말하면서 말이야. 형이 원하는 건 그것뿐이야. 아들. 아들만 얻을 수 있다면, 머리가 없다고 해도 결혼했을걸.」

「머리가 없으면 죽은 사람 아니냐?」

키득거리던 캐머론의 눈이 번뜩였다.

「굉장한 주제인걸.」

「언제나 느끼는 거지만, 네겐 작가적인 재능이 있어, 캐머론.」

오스틴은 여인의 서글픈 목소리가 들려온 쪽으로 서서히 고개를 돌렸다. 앞에 서 있던 두 여인의 그림자가 하나로 겹쳐지더니, 이제 막 형수가 된 여인으로 변해갔다.

「오, 젠장.」

오스틴은 뱃속에 가득 찬 위스키의 후끈거림과 함께 속이 울렁거리는 것을 느꼈다.

「여기서 뭘 하는 거야, 누나?」

혀가 잔뜩 꼬인 말투로 캐머론이 물었다.

「널 찾고 있었는데…… 관둘 걸 그랬구나.」

그녀는 갑작스럽게 몸을 돌려 재빨리 걸음을 옮기기 시작했다.

캐머론이 비틀거리며 자리에서 일어났다.

「젠장, 누나를…… 쫓아가야 하는데.」

「우리 이야기를 전부 들었을까?」

캐머론이 고개를 끄떡이더니 그냥 바닥에 쓰러져 코를 골기 시작했다.

젠장! 오스틴은 가장 친한 친구의 누나를 쫓아가야 한다고 생각했다. 하지만 다리가 생각처럼 말을 들어주지 않았다. 그는 남아 있던 황금색의 액체를 모두 입안으로 털어넣었다. 불행하게도, 목구멍을 태우며 들어간 그 액체도 아픈 마음을 달래주지는 못했다.

「여기 있었군요.」

오스틴은 그보다 더 아름다운 목소리를 들어본 적이 없었다. 뿌옇게 보이는 눈을 비비며 그는 자신의 앞에 서 있는 여인을 흘끔 올려다보았다.

베키? 베키 올리버. 사랑스러운 베키 올리버. 여름 하늘빛을 닮은 눈동자에…… 석양처럼 부드러운 적갈색 머리카락. 그녀의 부친은 마을에서 잡화상을 하고 있었다. 오스틴은 그녀를 향해 미소를 지어보았다. 곧 자신이 그녀 때문에 이렇게 취할 때까지 술을 퍼마시고 있다는 사실을 기억해내고는 손에 들려 있던 병을 입에 물었다. 두 어 방울의 위스키로는 성이 차지 않았다.

그녀가 그의 앞에 무릎을 꿇자, 달콤한 향이 퍼졌다. 그녀에게서는 언제나 입안에 맴도는 듯한 바닐라 향기가 났다.

「내게 화가 난 거죠?」

그녀가 부드럽게 속삭였다.

머리를 젓던 오스틴이 이내 고개를 끄덕였다.

「그래, 던컨 맥퀸과 춤을 추었잖아.」

「나도 당신과 춤을 추고 싶었어요. 하지만 당신은 내게 묻지도 않았잖아요.」

「한쪽 팔 밖에 없는데 어떻게?」

어깨를 으쓱해 보이며 대답한 그는 다시 얼굴을 찡그렸다.

「한쪽 팔만으로도 춤을 출 수는 있잖아요.」

그는 머리를 흔들었다.

「여자들을 꼭 끌어안으려면 두 팔이 다 있어야만 한다구.」

베키는 오스틴의 손에서 병을 빼앗아 옆으로 밀어놓았다.

「이전에 얼마나 많은 여자들이 있었죠?」

오스틴은 삐뚤어진 미소를 지었다.

「하나, 단 하나뿐이야.」

그는 그녀의 뺨을 어루만졌다. 하늘에 떠 있는 구름보다도 더 부드러웠다.

「당신을 위해 바이올린을 켜고 싶었어. 하지만 그것도 할 수가 없지.」

베키는 자신의 무릎으로 시선을 떨구었다.

「키스를 하는데도 두 팔이 필요해요?」

「제대로 하려면.」

어도비 벽에 기대고 있던 몸이 스르르 미끄러졌다. 거친 땅에 머리가 처박히는 게 당연했지만, 오스틴은 자신의 머리가 그 어떤 베개보다도 부드럽고 향기로운 그녀의 무릎 위에 올려져 있음을 발견했다.

베키가 그의 머리카락을 손가락으로 빗겨주었다. 머릿속에서 작은 소용돌이가 치는 것을 느끼며, 그는 성한 팔을 그녀의 허리에 둘렀다. 그러고는 가능한 한 빨리 어깨가 나아야만 한다고 스스로에게 다짐을 하며 그녀에게 제대로 된 키스를 했다.

코딜리어는 어딘가에 숨어 자신의 슬픔을, 모든 생각들을 홀로 곱씹을 수 있기를 빌었다. 그저 자신의 방으로 돌아가 침대 위에서 무릎에 책을 올려놓은 채 쉬고 싶었다.

하지만, 여기 이 거대한 저택에 그녀를 위한 장소는 존재하지 않았다. 그녀에게는 어떤 사적인 공간도 없었고, 내 것이라고 부를 만한 것도 존재하지 않았다.

그녀는 등뒤로 육중한 문을 닫으며 한숨을 몰아쉬었다. 아무런 발자국 소리도, 말소리도 들려오지 않았다. 모두들 밖으로 몰려나가 그녀의 결혼을…… 원하지도 않은, 가족의 의무가 강제로 몰아붙였던 그 결혼을 축하하고 있었다.

그녀는 낮에 한 번 가본 적이 있는 달라스의 서재로 향하는 계단을 따라 발꿈치를 들고 조심스럽게 걸음을 옮겼다.

조용히, 코딜리어는 문을 열고 안쪽을 살펴보았다. 초저녁의 석양이 방 한구석을 어둠으로 물들이고 있었다. 방 안으로 들어간 그녀는 문을 닫았고 의자를 향해 걸어가 부드러운 쿠션에 두 다리를 올려놓고 앉았다.

그리고 이제까지 참아온 눈물을 소리 없이 떨구었다.

달라스 리는 아내를 원하는 게 아니었다. 아들을 원하고 있었다.

코딜리어는 자신이 번식을 위해 선택된 암말처럼 느껴졌다. 달라스 리는 그녀의 외모나 욕구, 꿈, 그런 것들에는 전혀 관심이 없었다. 그녀는 그가 삶이라는 긴 여정을 함께 나누고 싶어하는 그런 존재가 아니었다. 단지 자신의 꿈을 이루기 위한 한 가지 수단에 불과했다.

달라스가 베란다에서 했던 키스로 생각이 흘러갔다. 그냥 두었으면 그 키스가 어디로 흘러갔을까. 아마도 보이드 오빠 또한 그 키스의 끝을 알기에 훼방을 놓았으리라.

달라스의 키스에도 불구하고…… 보이드의 끔찍한 말들이 그녀의 머릿속에 떠오르자 온몸에 소름이 돋았다. 그가 그녀를 바라보고…… 그녀를 만지는 게 느껴지고, 어쩌면 다시 키스를 하려고 하면…….

코딜리어는 두 손에 얼굴을 묻었다. 여기에 머물고 싶지가 않았다. 누군가의 아내가 되는 걸 원하지도 않았다. 그리고 그에게 아들을 주고 싶은 생각도 없었다.

순간, 희미하게 부스럭거리는 소리가 들려왔다. 그녀는 온몸을 긴장시킨 채, 빠른 속도로 뛰는 심장을 느끼며 손을 내리고 방 안을 둘러보았다.

방 안에는 아무도 없었다.

하지만 다시금 들려온 부스럭거리는 소리가 방 안에 누군가가 있음을 알려주었다. 그녀는 천천히 자리에서 일어났다.

책상 뒤쪽에서 들려오는 것이 분명했다. 쥐가 내는 것이라고 하기에는 너무나 큰 소리였다. 그녀는 도대체 달라스가 어떤 동물을 키우는 건지, 그리고 과연 자신이 그의 애완동물 중의 하나와 맞부딪쳤다는 사실을 그가 어떻게 생각할지 궁금해하며 숨을 죽인 채 기다렸다.

쾅 소리와 함께 또 다시 부스럭거리는 소리가 들렸다.

코딜리어는 책상을 살펴보았다. 누군가가 의자를 멀리 밀쳐놓고 떠났는지, 책상과 의자 사이가 상당히 떨어져 있었다. 그 사이로 파란 천 조각이 보였다.

아까 그 여자아이가 입고 있던 옷 색깔과 같은데?

조용히, 그녀는 방 안을 가로질러 다가가 책상 주위를 살펴보았다. 허공을 향해 들려 있는 검정색의 작은 신발이, 코딜리어의 귀에는 들리지 않는 노랫가락에 맞춰 흔들리고 있었다.

코딜리어는 무릎을 꿇고 책상 안쪽을 바라보았다. 꼬마가 불룩한 작은 봉지를 무릎 위에 올려놓은 채 앉아 있었다. 동그랗게 뜬 녹색 눈동자.

코딜리어는 부드럽게 미소를 지었다.

「안녕? 매기 맞지? 그렇지?」

꼬마가 고개를 끄덕이고는 몸을 일으키더니 작은 손가락으로 코딜리어의 축축한 뺨을 어루만졌다.

「많이 슬퍼요?」

코딜리어는 속눈썹에 매달려 있는 눈물방울들을 닦아냈다.

「아니, 아니란다.」

「그런 거 같은데. 난 슬픔이 멀리 사라지게 할 수 있쩌요.」

「네가?」

매기는 열심히 고개를 끄덕였다. 아이는 책상 아래에서 기어 나와 낑낑대며 서랍을 열었다.

코딜리어는 꼬마 옆에 몸을 웅크리고 앉았다.

「삼촌 책상 근처에서 놀면 안 되는 거 아니야?」

매기는 입술 위에 손가락을 살짝 얹었다.

「쉬이.」

아이는 책상 서랍에서 작은 봉지를 꺼낸 뒤 서랍을 다시 밀어넣었다.

환한 미소를 지으며, 아이는 조금 전까지 숨어 있던 장소로 다시 기어 들어가 손가락을 까닥거렸다.

「들어와요.」

몸을 구부려 거대한 책상 아래로 들어가며 코딜리어는 달라스의 삶 속에 존재하는 모든 것들은 이렇게 다 큰지 궁금해했다.

「눈을 감아요.」

「왜?」

「달스 삼쫀이 그렇게 말하니까요.」

달라스가 이 꼬마에게 슬픔을 없애는 법을 가르쳤다고? 코딜리어는 눈을 감았다.

「아, 해봐요.」

주저하며, 코딜리어는 아이의 말대로 했다. 다시 부스럭거리는 소리가 들리더니 무엇인가가 그녀의 이에 딸깍 걸렸다가 혀 위로 들어왔다. 기대하지 못했던 달콤하며 새콤한 맛이 느껴지자 코딜리어는 재빨리 그것을 뱉어내었다. 그러고는 손바닥 위에 놓여진 레몬사탕을 가만히 바라보았다.

「달스 삼쫀이 그러는데, 그걸 먹으면 슬픔이 사라진대요.」

아이는 자신의 입에 사탕을 하나 밀어넣고는 코딜리어에게 몸을 기대었다. 아이를 꼭 끌어안으며, 코딜리어는 사탕을 입안에 다시 집어넣었다. 그녀는 사탕의 달콤함을 음미하면서 매기가 입맛을 다시는 소리를 들었다.

그리고, 정말로 슬픔이 약간은 가시는 듯한 기분에 놀라움을 느꼈다.

새신부를 혼자 떠나게 한 건 분명한 실수였다. 실수투성이였던 하루를 되새겨보면 그리 대단한 일도 아니었지만.

터커 목사가 떠난 뒤, 달라스는 아내가 가져온 물건들을 집안으로 들여놔야겠다고 결정했다. 작은 트렁크 하나뿐인 짐을 옮기는 데는 시간이 얼마 걸리지 않았지만, 그런 후에도 아내는 보이지 않았다.

어둠이 내려앉고 있는 가운데, 사람들이 하나 둘씩 자리를 뜨기 시작했다. 아내를 찾지 못한 달라스는 사람들의 눈에 들어 있는 질문을 애써 피하며 돌아가는 사람들에게 고맙다는 말을 전했다.

마을 사람들을 가득 태운 마지막 마차가 어둠 속으로 사라지자, 온몸에 긴장감이 돌기 시작했다. 이제 달라스는 아내를 찾아 그녀의 형제들에게 작별인사를 할 기회를 주고 나서, 그의 마지막 꿈을 이룰 수 있는 작업에 들어가야 했다.

그는 울타리에 기대어 서 있는 휴스턴을 보고는 재빨리 동생을 향해 걸어갔다.

「네 형수 봤냐?」

「아니.」

「트렁크는 찾아 침실에 들여놓았는데, 그녀는 찾을 수가 없구나.」

몸을 돌리며 휴스턴은 모여 있는 목장 일꾼들과 아직 남아 있는 몇 몇 사람들을 훑어보았다.

「여기 어딘가 있겠지.」

「다 찾아봤어. 심지어는 그녀가 타고 온 그 요란한 물건 속까지 말이야.」

「어쩌면 여길 떠난 걸 수도 있어. 우선 오스틴을 찾아서…….」

휴스턴은 그런 가능성을 지우려는 듯 거칠게 고개를 휘저었다.

「휴스턴!」

아멜리아의 흥분한 목소리에 두 사람은 동시에 몸을 돌렸다.

「매기가 보이지 않아요.」

그녀는 미끄러지듯 달려와 휴스턴의 품속으로 파고들었다.

「애가 보이지 않다니 그게 무슨 말이야?」

두려움이 가득한 목소리로 휴스턴이 물었다.

「아이가 사라졌어요. 사람들이 교대로 아이를 봐주기로 했는데, 그만 누군가 자기 차례를 잊었나 봐요. 오, 내가 애를 보고 있어야 했는데. 춤추러 가지만 않았어도…….」

휴스턴은 몸을 숙여 자신의 입술로 아내의 말을 가로막았다.

「찾을 수 있을 거야.」

「하지만 만일…….」

「난 어디 있는지 알 것 같은데요.」

아멜리아의 얼굴에 화색이 돌았다.

「그 애를 봤어요?」

「그건 아니에요. 하지만 어디에 숨어 있는지 알겠는데요. 제 생각이 맞는다면, 집에 갈 때쯤이면 배앓이를 할 것 같고 말이죠.」

달라스가 집을 향해 걷기 시작하자, 직접 아이를 찾는 게 마음이 편한지 아멜리아가 재빨리 뒤를 따랐다.

「혹시 말입니다, 제 아내 못 봤어요?」

집에 가까워지자 그가 아멜리아에게 물었다.

「아뇨, 두 분이 함께 산책을 나간 뒤로는 못 봤어요. 왜요?」

「그녀가 떠나버린 모양이에요.」

달라스가 현관문을 밀며 말했다.

「아니, 그럴 리가 없어요.」

아멜리아가 부드럽게 말했다.

「그 사람이 보이지 않아요. 그렇다고 매기와 내 책상 아래에 숨어 있을 리도 없고.」

달라스는 복도를 따라 걸음을 옮겼다. 서재 앞에 도착한 그는 조용히 문을 열고 안을 슬쩍 살펴보았다. 조카가 입 안에 레몬사탕이라도 물고 있다면, 놀래키지 말아야 했다.

부스럭거리는 종이 소리를 들으며 그는 미소를 지었다. 달라스는 진심으로 이 아이를 사랑했다.

등뒤에서 휴스턴과 아멜리아의 인기척이 느껴지자, 그는 슬며시 방 안으로 들어가 또 다시 들려오는 부스럭거리는 소리가 멈추기를 기다렸다. 그건, 이제 조카 녀석이 또 다른 레몬사탕에 손을 뻗었다는 의미였다. 분명 그는 한 번에 한 개 이상의 사탕을 입에 넣지는 말라고 가르쳤었다.

달라스는 재빨리 책상 뒤로 움직이며 마디진 손을 내렸다.

「잡았다.」

새된 비명소리가 사방으로 울려 퍼졌다. 달라스는 자신의 책상 아래 웅크리고 있는 아내를 멍하니 바라보았다. 그녀는 연신 비명을 질러댔다. 매기 또한 그 작은 손을 마구 흔들며 고함을 질렀고, 새끼 고양이는 허공에 발톱을 세운 채 새된 울음소리를 냈다.

달라스가 아내를 향해 손을 뻗자, 그녀는 다시 비명을 지르며 가녀린 다리로 그를 향해 발길질을 했다. 그는 재빨리 뒤로 손을 빼며 툴툴거렸다. 고양이는 이미 방 안을 가로질러 멀리 도망을 갔고, 매기는 울기 시작했다.

휴스턴이 밀어내는 바람에, 달라스는 책상 모서리에 엉덩이를 부딪쳤다.

「쉬, 쉬, 괜찮단다, 아가야.」

가끔 말들을 진정시킬 때 그랬던 것처럼 부드러운 목소리로 휴스턴이 아이를 달랬다.

「괜찮아. 이젠 됐어. 자, 괜찮아.」

매기가 책상 아래에서 기어 나와 아빠의 품안으로 파고들었다. 휴스턴은 아이를 아멜리아에게 건네었다. 얼굴에 눈물 자국을 그린 채, 매기가 비난 어린 녹색 눈동자로 달라스를 바라보았다.

「우린 슬펐쩌요!」

달라스는 마치 자신이 괴물이라도 된 듯한 기분이었다. 휴스턴이 코딜리어에게 손을 내밀었다.

「자, 일어나세요. 괜찮아요. 마음대로 레몬사탕을 먹었다고 형이 화를 내지는 않을 거예요.」

달라스는 책상 아래로 시선을 돌려 조심스럽게 아내를 살펴보았다. 그녀가 울고 있었다는 사실이 마음을 불편하게 만들었다. 그녀는 휴스턴의 손을 붙잡고 자리에서 일어났다.

「죄송해요.」

두 뺨에 반짝이는 눈물을 닦으며 그녀가 속삭였다.

「모두 내 잘못이야.」

달라스가 말했다.

「난 결코…….」

결코, 뭐? 그냥 조카딸을 놀래키려 했다고? 아니면 코딜리어가 책상 아래로 기어들어 갔으리라곤 생각하지 못했다고?

천둥과도 같은 발소리가 복도를 메아리치더니 코딜리어의 남자 형제들이 방 안으로 들이닥쳤다. 캐머론은 아예 허공을 향해 총을 휘두르고 있었다.

「우리 누나에게서 떨어져, 이 개자식아!」

캐머론이 고함을 질렀다.

「캐머론!」

코딜리어가 입을 열었지만, 달라스는 그녀의 어깨를 가볍게 잡아 입을 다물게 했다.

그는 책상 주위를 돌아 천천히 그녀의 남자 형제들에게로 걸어가 책상과 권총 가운데 섰다. 하지만 보이드나 던컨 중 그 누구도 캐머론의 총을 뺏을 생각은 없어 보였다.

「총을 주게, 캐머론.」

냉정하고 낮은 목소리로 달라스가 말했다. 캐머론은 고개를 저었다.

「당신이 누나에게 상처 주는 꼴은 절대로 볼 수 없어요.」

「자네 누나에게 상처를 주려던 게 아니네.」

「비명소리를 들었다구. 그게 누나의 비명이었다는 걸 안다니까.」

그가 총을 오른쪽으로 휘젓자, 달라스는 그쪽을 향해 몸을 약간 틀었다.

「내가 자네 누나를 놀라게 만들었네. 하지만 다시는 그런 일 없을 거야.」

캐머론의 얼굴은 아픈 사람처럼 파랗게 질려 있었고, 이마에서는 땀이 송송 맺히고 있었다. 달라스는 총을 향해 손을 뻗었다.

「코딜리어를 해치지 않을 거야.」

그가 되풀이했다.

「맹세해줘요.」

점점 더 떨리는 손을 제대로 가누려 노력하며 캐머론이 헐떡거렸다.

「약속하겠네.」

그렇게 말하며 달라스는 재빨리 캐머론의 손아귀에서 총을 빼앗았다.

순간, 캐머론은 몸을 숙이며 저녁으로 먹은 것을 모조리 토해냈다. 방 안의 모든 사람들이 헛구역질과 함께 신음성을 토해내는 가운데, 달라스는 재빨리 몸을 뒤로 젖히며 이를 득득 갈았다. 굉장하군. 이제 아예 서재에 게워놓은 토사물까지 치우게 생겼군.

코딜리어가 재빨리 그의 옆을 지나가 캐머론의 이마에 손을 얹었다.

「오, 캐머론.」

「괜찮아, 누나.」

소맷자락으로 입가를 닦아내며 그는 달라스의 시선을 피해 고개를 돌렸다. 달라스는 보이드를 노려보았다.

「맥퀸, 누이동생이 편하기를 바란다면, 동생들을 데리고 내 시야에서 사라져주게.」

코딜리어의 눈에 그가 마치 뱀처럼 사악하게 보였다.

「캐머론은 떠날 수가 없어요. 지금 아프잖아요.」

「집안에 뛰어들어온 것보다 더 빨리 밖으로 내던져질 수도 있어.」

「이 냉혈한!」

「이제 괜찮아, 누나.」

캐머론이 되풀이했다. 그는 달라스를 향해 손을 뻗었다.

「내 총을 돌려주세요.」

「며칠 뒤, 자네가 진정되고 나면 사람을 통해 돌려 보내주겠네. 지금은 그냥 떠나는 편이 자네한테도 좋을 것 같은데?」

캐머론은 고개를 끄덕이며 누나를 바라보았다.

「잘 지내, 누나.」

그는 재빨리 누나에게서 벗어났다.

「꼭 가야겠니?」

「네 남편이 그렇게 명령을 하잖냐.」

보이드가 끼여들었다.

「가자.」

보이드가 몸을 돌려 거칠게 걸어나가자, 나머지 형제들이 꼬리를 내린 개처럼 힘없이 그의 뒤를 따랐다.

이건 달라스가 계획했던 그런 저녁이 아니었다.

매기가 다가와 달라스의 허벅지에 매달린 채 그를 올려다보았다.

「우린 아주아주 슬펐쩌요. 아주아주.」

그는 아이를 두 팔로 들어올렸다.

「이제는 안 슬퍼?」

마치 자신이 아이를 해칠지도 모른다는 듯한 표정으로 바라보고 있는 아내에게 시선을 고정시킨 채 그가 물었다.

매기는 고개를 끄덕인 뒤 그의 어깨에 얼굴을 묻었다.

「근데 배가 아파요.」

「삼촌은 하나도 놀랍지가 않구나.」

그는 동생을 향해 시선을 던졌다.

「아내에게 침실을 안내해주고 올 테니, 매기를 좀 돌보고 있어라. 이 난장판은 내가 돌아와서 치울게.」

그는 조카딸을 휴스턴에게 안겨준 뒤 아내를 향해 손을 뻗었다.

「리 부인.」

자신의 목소리가 너무 차갑게 들린다는 걸 잘 알고 있었지만 그래도 어쩔 수가 없었다. 결혼식 날 밤 아내를 잃는 고통을 다시 겪고 싶지 않았다.

코딜리어는 마치 그가 침실이 아니라 교수대로 데려가겠다고 말한 것처럼 주저하며 걷고 있었다. 그녀의 손톱이 자신의 손바닥을 뚫을 듯이 파고드는 걸로 보아 떨고 있는 게 분명하다고 달라스는 생각했다.

「이쪽으로.」

코딜리어는 그를 따라 서재를 나와 복도를 지나, 널따란 계단을 올라갔다. 그는 복도 오른쪽 맨 끝에 있는 방 앞에서 걸음을 멈추었다.

「이곳이 우리 침실이오. 트렁크는 미리 안에 운반해놓았어.」

우리 침실. 그녀의 침실이 아니라 그들의 침실이었다. 그건 그가 오늘밤 모든 걸 완전히 이룰 생각임을 의미했다.

「레몬사탕, 모두 먹어버려서 미안해요.」

제발 태양이 지지 않게 해달라고, 밤이 오지 않게 해달라고 빌며 코딜리어는 멍하니 말했다.

「효과가 있던가?」

「뭐라구요?」

「그게 슬픔이 사라지게 만들어주던가 말이오?」

「아주 사라지게 하지는 못했어요.」

「안타깝군.」

「소란 피워서 미안해요.」

「매기가 내 책상 아래 숨어 있다는 걸 미리 알고 있었소. 당신이 같이 있다는 걸 알았다면, 아이를 놀래키지 않았을 거야.」

「당신에게 냉혈한이라고 했던 것도 사과할게요.」

그의 입술 끝이 살짝 올라갔다.

「이렇게 밤새 서로에게 했던 말과 생각들에 대해 사과만 하다 날이 새는 건 아닌지 모르겠군. 아무래도 우린 첫 단추를 잘못 끼운 것 같은데, 여기서 다시 시작합시다.」

달라스는 문고리 위에 손을 얹었다.

「그 처음 두 가지 조건이…….」

그는 문고리에서 손을 떼고, 몸을 꼿꼿이 세운 채 그녀를 돌아보았다. 코딜리어는 입술을 살짝 깨물었다가 다시 입을 열었다.

「아버지가 동의했다는 처음 두 가지 조건이…… 뭐죠?」

「아무런 말씀도 안 하시던가?」

「내가 당신과 결혼하면 당신의 물을 공유할 수 있게 해줄 거라고만 하셨어요. 물이 없으면, 양떼도 없으니까요.」

「그게 바로 첫 번째 조건이었지. 당신과 결혼하는 다음날로 강에 쳐놓은 울타리를 없애겠다는 게.」

「당신 생각이었나요?」

「내 생각이었소.」

「그럼, 두 번째 조건은요?」

「당신이 내게 아들을 낳아주면, 내 땅의 일부를 당신 아버지께 드리기로 했지.」

「그것도 당신 생각이었나요?」

그는 잠시 주저했다.

「아니.」

코딜리어는 마치 누군가가 가슴에서 심장을 끄집어낸 것처럼 심한 고통을 느꼈다.

「한 여자에게 자신의 이름을 주기 위해 거래라는 방법을 쓸 수밖에 없었나요?」

「그냥 흔한 여자가 아니라 남편을 구하는 숙녀여야 했어. 그리고 당신은 내 아내지, 창녀가 아니야.」

「이 경우에는요, 리 씨. 아무래도 똑같은 것 같네요. 잠시 혼자 있어도 될까요?」

그는 고개를 끄덕이며 침실문을 열어주었다.

「막내 녀석을 살펴보고, 가족들이 떠나는 걸 챙긴 뒤 돌아오겠소.」

그녀는 문틈으로 미끄러져 들어가 문을 닫고는 거기에 등을 기대고 섰다.

코딜리어가 어렸을 적의 경험으로 인해 느끼는 공포를 아버지는 잘 알고 있었다. 아버지가 어머니를 때리고 결국은 계단에서 밀어내는 동안 그녀는 두려움에 떨며 계단 한구석에서 바라보고만 있어야 했다.

그 이후로, 아버지는 그 어떤 남자도 그녀를 만지지 못하게 하겠노라고 약속했다. 하지만 한 뙈기의 땅 때문에 아버지는 그 맹세를 저버리고 달라스 리에게 딸을 넘기기로 결정을 내렸다.

달라스는 베란다 난간에 기대서서 휴스턴이 딸아이를 조심스럽게 마차 안에 태우는 걸 바라보았다. 친절하게도 아멜리아가 서재를 치우는 걸 도와주었다. 달라스는 그 더러운 것들을 깨끗하게 닦아낸 것처럼 코딜리어가 자신에 대해 품고 있는 의심들도 쉽게 닦아낼 수 있기를 빌었다.

남자가 아들을 원한다는 게 그렇게 지독한 꿈인가?

「조심해서 가라.」

휴스턴이 고개를 들고 형을 바라보았다.

「그럴게.」

「뭐 필요한 게 있으면…….」

「우린 괜찮으니까 신부에게나 가보세요, 어서요.」

아멜리아가 재촉했다.

집안으로 돌아간 달라스는 등뒤로 문을 닫았다. 손님들이 북적거리던 집은 이제 참을 수 없을 만치 공허해 보였고, 그의 발자국 소리가 복도를 타고 메아리쳤다. 그는 계단을 오르기 시작했다.

아내가 그를 기다리고 있었다. 그의 아내. 달라스는 아내와 함께 춤을 추고, 그녀의 행복을 위해 건배하고, 또한 그녀를 매혹시킬 계획이었다. 하지만 계획과는 달리 그녀는 매번 그의 성질을 긁었고 그는 매번 그녀를 겁에 질리게 만들었다. 그녀의 비명 속에는 잠재되어 있던 공포가 가득했다.

달라스는 침실 문 앞에서 서서 잠시 걸음을 멈추었다. 복도에는 창백한 불빛만 비추고 있었다. 그리고 방 안에서는 신부가 그를 기다리고 있었다. 오늘밤에는 누군가가 그의 옆에 눕게 될 거고, 운만 좋다면 몇 달 뒤에는 그의 심장을 내어줄 수 있는 누군가를 갖게 될 수도 있었다.

그는 진심으로 맹세했다. 아내를 위해 두 사람의 사이가 좋아지게 최선을 다할 생각이었다. 만일 그렇게 하지 못하면, 평생을 불행하게 살 수도 있었다.

그는 문고리를 잡고 돌렸다. 하지만 문은 잠겨 있었다.

맙소사…… 하루 종일 그의 앞에 나타난 온갖 종류의 도전들 때문에 이미 지칠 대로 지쳐 있었다. 순간, 머리끝까지 치밀어 오르는 분노를 참지 못한 그는 거친 발길질로 문을 부수고 들어갔다.

그녀가 가슴 위에 빗을 움켜쥔 채, 초저녁에 미리 피워놓은 벽난로 옆에 놓인 의자 뒤로 재빨리 달아났다.

「다시는 문 잠그는 짓은 하지 마.」
위협하듯 나지막한 목소리로 그가 말했다.
「내 집에서는 절대로 안 돼.」
그녀는 머리를 휘저으며 뒤로 물러났다.
「아뇨. 아니에요. 그런 게 아니에요. 나도 내 의무를 알아요. 난……
난 단지 마음의 준비를 하고 있었어요.」
　의무…… 그 단어가 믿을 수 없을 만큼 달라스에게 상처를 입혔다.
그럼, 뭘 기대했지? 달라스가 그녀에 대해 아는 게 없는 것처럼 코딜
리어 또한 그에 대해 아는 게 없었다. 더구나 그녀가 그에 대해 아는
거라곤 단지 형제들을 통해 들은 이야기들이나, 아니면 결혼식 전에
그의 서재에서 있었던 사건과 그후 아주 잠깐 동안 나눈 몇 마디를 통
해 느낀 게 전부일 터였다.
　그녀의 눈이 보름달처럼 동그랗게 떠져 있었고, 빗이 머리카락 사이
에 엉켜 있는 게 눈에 들어왔다. 헝클어진 머리카락이 마치 잔잔한 폭
포처럼 가느다란 허리 아래로 흘러내렸다.
　그녀는 가장자리가 레이스로 장식되어 있고, 앞쪽에 진주 단추가 달
린 잠옷을 입고 있었다. 여자들은 다 저런 잠옷을 입는 게 분명했다.
　앞으로 한 발 내딛는 순간, 그는 아내의 맨발이 슬쩍 뒤로 움직이는
걸 볼 수 있었다. 이해할 수는 없지만, 그 작은 반응이 그 어떤 것보다
더 그의 마음을 동요시켰다. 달라스는 위쪽 경첩이 떨어져나간 채 이
상한 모양으로 매달려 있는 문으로 시선을 던진 뒤 다시 코딜리어를
바라보았다.
「사람을 보내서 문을 고쳐놓도록 하지.」
　코딜리어는 그를 향해 조심스럽게 고개를 끄덕였다. 달라스는 방에
서 걸어나가 재빨리 계단을 내려간 뒤 폭풍처럼 어두운 집밖으로 달려
나갔다. 그는 마차 옆에 서서, 하루종일 서로를 보지 못한 사람들처럼
그리고 앞으로 평생 만나지 못하게 될 사람들처럼 아멜리아와 키스하
고 있는 휴스턴을 발견했다.

「휴스턴!」

휴스턴은 재빨리 고개를 돌리며 아멜리아를 자신의 몸으로 감싸안았다. 달라스는 얼간이가 된 듯한 기분이었다. 빌어먹을 얼간이.

「네 도움이 필요해…… 침실문을 좀 고쳐야 하는데…….」

「문을 고쳐? 무슨 일이라도 있었어?」

「사소한 오해. 문을 박차고 들어갔는데, 경첩이 떨어져 나갔어. 아무래도 누가 좀 고쳐야 할 것 같아.」

아멜리아가 힘껏 그의 배를 때리자 달라스는 신음을 질렀다.

「매기나 보고 있어요.」

아멜리아와 휴스턴이 서둘러 집안으로 들어가고 난 뒤, 달라스는 마차 뒤편으로 걸어가 안을 살펴보았다. 매기가 담요에 돌돌 말린 채 잠이 들어 있고, 그 작은 가슴 위에 달라스가 선물한 아기 고양이가 몸을 말고 있었다.

「함께 놀 수 있는 남동생이 있으면 좋겠지?」

그는 시야 한쪽 구석에서 무언가 움직임을 발견했다. 마차를 향해 휘적휘적 걸어오고 있는 오스틴이었다.

「오스틴?」

오스틴이 비틀거리며 걸음을 멈추었다.

「왜?」

「매기를 보고 있어. 목 좀 축여야겠다.」

그는 신음소리를 내는 오스틴을 무시한 채 집안으로 몸을 돌렸다.

몸이 너무나 심하게 떨려 코딜리어는 따스함이 무엇인지 다시는 경험하지 못하는 건 아닌가 하는 의심이 들었다. 아멜리아가 난로 속에 장작을 더 집어넣었지만, 더욱 심한 한기만 느껴질 뿐이었다. 아멜리아가 어깨 위에 담요를 덮어주었지만, 여전히 아무런 온기도 느껴지지 않았다.

「여기서 살 수는 없어요.」

코딜리어가 속삭였다. 아멜리아가 그녀의 앞에 무릎을 꿇고 앉아 두 손을 잡아주었다.

「괜찮아질 거예요.」

코딜리어는 고개를 저었다.

「당신도 달라스와 결혼을 했지만 잔인한 그를 견디지 못하고 일주일 만에 도망쳤다고 던컨 오빠가 말하는 걸 들었어요.」

코딜리어는 아멜리아의 녹색 눈동자 속에서 갑자기 섬광이 이는 것을 볼 수 있었다.

「정말 그렇게 말했나요?」

코딜리어가 고개를 끄덕였다.

「당신이 왜 그를 떠났는지 이해할 수 있어요.」

아멜리아는 코딜리어의 머리카락을 어루만져 빗을 떼어내며 부드럽게 미소를 지었다.

「내 생각엔 코딜리어가 오해하고 있다는 생각이 드네요. 우리가 결혼하고 며칠 뒤 달라스는 나와 휴스턴이 사랑하고 있다는 걸 깨달았어요. 그래서 달라스가 우리의 결혼을 무효화시켜 주었죠.」

「내게도 그렇게 해주었으면 좋겠어요.」

아멜리아는 그녀의 머리카락을 빗어주기 시작했다.

「그날 밤, 그가 내게 했던 말을 절대로 잊지 못할 거예요…… 그가 날 놔줄 때 말이에요.」

자신과 오늘 결혼한 남자가 무슨 말을 했건, 코딜리어는 알고 싶지 않았다. 아니, 알아야 할 건 모두 알고 있었다. 그는 이제까지 봤던 그 어떤 사람보다도 고약한 성격에 마치 흔들리는 촛불처럼 변화무쌍했다.

하지만 조카딸이 바지를 잡아당기자마자 분노가 봄눈 녹듯 사라진 것도 기억하고 있었다. 결혼식장에서 보이드가 그녀 대신에 맹세를 하려 했을 때에도 그가 대신 막아주었던 것이 떠올랐다. 그리고 레몬사탕도. 자신의 의지와는 달리 그녀는 질문을 던졌다.

「그가 무슨 말을 했는데요?」

「내겐 사랑은 필요치 않아요, 아멜리아. 하지만 당신에게는 필요한 것 같아요. 특히 말을 기르는 꿈을 가진 남자에게서 그 사랑을 찾고 싶다면, 저도 기꺼이 축복해드리고 싶다는 걸 알아주세요'라고 하더군요.」

아멜리아는 자리에서 일어서며 코딜리어에게 빗을 건네주었다.

「작은 비밀 하나 알려주고 갈게요. 달라스에게는 사랑이 필요해요. 우리들 중 그 누구보다 더 절실하게. 이 결혼이 그리 좋은 상황에서 시작된 게 아니라는 건 알아요. 하지만 그에게 기회를 준다면 달라스는 곧 당신이 발을 딛는 땅바닥까지 숭배하게 될 거예요.」

팔꿈치를 허벅지 위에 괸 채, 달라스는 서재 벽난로의 불꽃을 멍하니 바라보았다. 아멜리아와의 결혼식이 떠올랐다. 그녀의 눈동자 속에 들어 있는 실망과 깊은 슬픔, 그리고 그 안에 숨어 있는 희미한 희망과 믿음을 볼 수 있었다. 그리고 그녀가 휴스턴과 결혼하던 날을 떠올렸다. 그녀의 눈동자는 행복과 사랑으로 빛을 발하고 있었다.

솔직히 달라스는 오늘 결혼한 여인의 눈동자에서 그런 빛을 기대한 것은 아니었다. 그렇다고 그녀의 눈동자를 두려움으로 채울 생각은 없었다. 무슨 생각으로 한번도 만나보지 못한 여자와 결혼을 하려고 했던 것일까? 그는 마치 순종의 암말을 사듯 결혼을 계획했다. 그러니 저토록 두려움에 질려 비우호적인 태도를 보이는 그녀를 비난할 수도 없었다.

「문을 고쳐놨어.」

휴스턴이 말했다.

불꽃에 시선을 고정시킨 채 달라스는 가볍게 고개를 끄덕였다.

「형수를 굉장히 겁에 질리게 만들었어…… 또 다시 말이야.」

달라스가 얼굴을 찡그렸다.

「알아.」

그는 깊은 한숨을 내쉬었다.

「침대에서 창녀들을 상대하는 법은 알지만 아내는 어떻게 대해야 할지 영 모르겠다.」

「아멜리아와 결혼할 때는 별 어려움이 없었잖아.」

동생의 목소리에 담긴 분노의 기색에 달라스가 고개를 들었다. 그러고자 한 게 아닌데, 그만 자신이 무심코 내뱉은 말이 동생에게 상처가 된 모양이다.

「너도 알다시피, 아멜리아와의 사이에는 아무 일도 없었어. 결혼식 날 밤에 아멜리아가 납치를 당했고, 우리가 그녀를 구출하다가 네가 총상을 입었잖아. 키스할 기회조차 없었다고. 얇은 가운만 입고 불가에 서 있는 그녀를 본 적도 없고, 온몸의 굴곡이 드러나는 그림자 따위는 더더욱 보지 못했다고.」

「그림자라…… 잘 알지.」

휴스턴이 피식 웃으며 알겠다는 듯한 미소를 지어 보이고는 목청을 가다듬었다.

「저기, 형. 이건 내가 상관할 일은 아니지만, 그 어떤 법에도 형이 오늘 당장 형수와 잠자리를 해야 한다고 쓰여 있지는 않아. 그 아버지 되는 사람의 됨됨이를 봐서는, 형수가 이 결혼에 대해 자신의 생각을 한마디도 못해보고 그냥 떠밀려 온 것 같은데, 그녀에게 며칠 정도 익숙해질 시간을 주는 것도 나쁘지 않잖아?」

달라스는 자리에서 일어났다.

「그래, 나도 지금 비슷한 생각을 하고 있었어. 많이 늦었다. 여기서 자고 가지 그러나?」

「달도 밝고, 하늘도 깨끗하니까 그냥 가는 게 낫겠어. 다 괜찮을 거야, 형.」

달라스는 동생의 뒤를 따라 서재를 나선 뒤, 위층으로 올라가는 계단 아래 서서 현관 밖으로 걸어나가는 휴스턴을 바라보았다. 그리고 흘끗 위쪽을 올려다보았다. 단 한번도 계단이 이토록 높아 보인 적이 없었다. 계단을 오르면서 상처 입은 아내의 마음을 달래줄 수 있는 사과의 말들을 머릿속에 떠올려보았다.

침실 앞에 이르러 가볍게 노크를 한 뒤 코딜리어가 문을 열어줄 때까지 기다리는 순간이 그에게는 마치 억만년처럼 길게 느껴졌다.

코딜리어는 문 앞에 서 있는 남자를 바라보았다. 자신이 방금 문을 열었고, 이제 그를 방 안으로 들여야 한다는 걸 또한 그를 받아들여야 한다는 걸 알고 있었다. 그녀는 그의 목울대가 천천히 올라갔다 내려오는 모습을 바라보았다.

「새벽이 되기 전에 승마할 준비를 갖추고 내려오도록 해요.」

퉁명스럽게 말을 내뱉은 달라스는 몸을 돌려 계단을 향해 걷기 시작했다. 깜짝 놀란 코딜리어는 복도로 발을 내디뎠다.

「그 말은…… 내일 아침에 말을 탄다고요?」

그는 걸음을 멈추고 코딜리어를 바라보았다.

「그럼 뭐 다른 거라도 타겠다는 거요? 소?」

코딜리어는 머리를 흔들었다.

「아니요. 난 단지…… 뭘 입어야 할지 몰라서…… 한번도 말을 타본 적이 없어서…….」

순간 코딜리어는 만일 자신이 크게 숨을 내뱉으면 그가 계단 밑으로 굴러 떨어질지도 모르겠다는 생각이 들었다.

「말을 타본 적이 없다?」

「너무 위험한 일이라고 아버지가 그러셨어요. 그래서 항상 마차를 타고 다녔죠.」

「내 아내는 절대 그런 이상한 상자를 타고 이 동네를 돌아다닐 수 없어. 그리고, 당신 형제들에게 그걸 가져가라고 했으니 그리 알아요.」

「저기…….」

그녀는 손을 목에 대고 머릿속에 떠오른 생각들을 말로 표현하지 않기 위해 노력했다.

「당신에게 어울리는 얌전한 말이 한 마리 있소. 당신이 그 녀석을 원하지 않는다면, 내 말을 함께 타도 괜찮고.」

재빨리 그녀는 고개를 흔들었다.

「얌전한 말이라면 괜찮아요.」

「좋아. 그럼 내일 새벽에 데리러오겠소.」

그는 몸을 돌려 달리듯 계단을 내려가기 시작했다. 코딜리어는 미끄러지듯 침실 안으로 들어가 문을 닫고 거기에 등을 기대고 섰다. 그녀는 손가락 끝으로 입술을 꼭 눌렀다. 오빠들에게 그 끔찍한 마차를 끌고 가라고 시켰다니…….

내일이면 말 타는 법을 배우게 될 것이고 곧 여기저기를 마음껏 돌아다닐 수 있게 되리라. 코딜리어는 두 팔로 자신의 몸을 감싸 안았다. 그는 내일 아침에 보자고 말했다. 그럼 오늘밤은 아무 일 없이 무사히 지나간다는 의미인가? 혼자 잘 수 있다는 건가?

코딜리어는 침대로 걸어갔다. 담요를 젖힌 순간, 그녀는 베개 사이에 놓여 있는 작은 꽃다발을 발견했다. 이제는 시들어버렸지만, 그 향기는 여전히 침대 주위를 맴돌고 있었다. 그녀는 노란 꽃 한 송이를 집어들고 그 부드러운 꽃잎을 손가락으로 어루만졌다. 초원에 자라는 야생화였다. 어디서든 쉽게 찾아낼 수 있고, 쉽게 꺾을 수 있는…….

갑자기 그녀의 눈가에 눈물이 고이기 시작했다. 너무나 소박한 선물…… 아멜리아가 자신을 위해 갖다놓은 거라 믿고 싶었다. 하지만 왠지 몰라도, 달라스가 준비한 선물임을 분명하게 알 수 있었다.

코딜리어는 방을 가로질러 걸어가 두꺼운 커튼을 살짝 밀치고 창문을 열어 발코니로 걸어갔다.

멀리, 가축우리의 울타리 위에 앉아 있는 남편의 실루엣이 보였다. 그는 하늘에 떠 있는 달에 시선을 고정시킨 채 몸을 웅크리고 있었다.

5

코딜리어는 큰 떡갈나무 침대에 누워 계단을 오르는 남편의 발자국 소리를 들었다. 자정이 훨씬 지난 시간이었다. 발자국 소리가 복도를 지나 방문 앞에서 멈추자 그녀는 숨을 삼키며 문고리가 돌아가는 소리가 들리기를, 그리고 남편이 방 안으로 들어와 아내로서의 의무를 다할 것을 주장하기를 기다렸다.

하지만 그의 발자국 소리는 복도를 따라 사라졌다.

그녀는 몸을 돌려 어둠 속에서 희미하게 보이는 방 안을 둘러보았다. 그녀의 방. 달라스가 '그들의 방'이라고 주장하기까지 얼마나 많은 시간이 남아 있을지 궁금했다.

밤새 선잠으로 뒤척이던 코딜리어는 결국 동이 트자마자 침대에서 빠져나와 그녀의 인생에 있어서 최초로 말을 탈 준비를 하기 시작했다. 아침이 오기 전의 고요함 속에서 지난밤 간과했던 것들이 하나하나 눈에 들어왔다.

그녀는 단단한 떡갈나무 세면대 위에 담겨 있던 물로 얼굴을 닦았다. 그리고 벽에 걸린 커다란 타원형의 거울에 얼굴을 비추어보았다. 여기

서서 면도를 하는 달라스의 모습이 상상되었다. 그의 면도 도구들이 세면대 옆의 작은 탁자 위에 가지런히 놓여 있었다. 그가 면도날을 능숙하게 사용한다는 건, 상처나 흉터도 없이 매끄러운 얼굴을 보아 익히 알 수 있었다. 왼쪽 눈가에 있는 작은 흉터를 빼곤. 하지만 그 상처는 면도를 하다 저지른 실수 때문인 것 같지는 않았다. 그리고 콧수염도 말쑥하게 정리되어 있었다.

그녀는 세면대 옆에 놓여 있는 두 개의 수건 중 하나를 집어들고 얼굴의 물기를 닦아내었다. 그리고 옷장에 붙은 거울 앞에 놓여진, 등받이가 높은 의자에 앉아 땋아놓은 머리채를 풀기 시작했다.

서랍 위에는 작은 병에 담긴 베이럼(머리용 향수)이 놓여져 있었다. 그녀의 형제들도 가끔씩 베이럼을 이용했지만, 달라스에게서는 그들과는 다른 냄새가 났다. 커다란 농장을 소유하고 있지만, 아버지처럼 서재에서 그렇게 많은 시간을 보내는 것 같지도 않았다. 갈색으로 그을린 달라스의 피부는 빛 바랜 듯 보였다.

코딜리어는 머리칼을 정리하고는 서둘러 붉은 색 승마복을 입었다. 미미 세인트클레어가 옷을 배달해주었던 날, 딱 한 번 이 승마복을 입어본 적이 있었다. 그녀가 말을 타는 걸 아버지가 허락해줄 거라고 확신한 캐머론이 누나를 위해 주문한 선물이었다. 코딜리어는 남자의 속박 없이 말을 타고 마음껏 돌아다니는 여자들을 언제나 부러워했었다.

코딜리어는 아버지에게 자신도 자유롭게 살 수 있도록 해달라고 애원했다. 하지만 그는 여전히 경호 없이 집밖으로 나가는 것을 금지했다. 마치 그녀가 다시는 돌아오지 않을 거라고 확신하는 것처럼. 하지만 달라스가 강에 울타리를 친 뒤로는 형제 중 누구도 그녀를 마을에 데려다줄 시간을 낼 수 없는 것처럼 보였다.

그리고 하루의 대부분을 엄마를 간호하는 데 쓰다 보니, 결국은 집에만 머무는 것이 일상이 되어 별 다른 요구를 하지 않게 되었다. 더군다나 귀에 못이 박히도록 '여자의 자리는 남자들이 보살펴줄 수 있는 집밖에 없다'라는 아버지의 금언을 들으며 살아야만 했다.

성급한 노크 소리에 코딜리어는 화들짝 놀랐다. 그녀는 깊게 숨을 내쉬며 방을 가로질러가 문을 열고는 조각한 듯 잘생긴 달라스의 얼굴을 보고 다시 한 번 크게 놀랐다. 그의 시선이 천천히 그녀의 머리끝에서 발끝까지 움직여 갔다.

「지금 가야 하는데, 괜찮겠소?」

마치 목이라도 졸리는 듯한 괴로운 목소리로 그가 말했다.

코딜리어는 그를 따라 계단을 내려가 이른 아침의 어둠 속으로 발을 내디뎠다. 베란다 앞에 두 마리의 말이 묶여 있었다.

「이 아가씨가 ‘뷰티’야.」

밤색 암말의 엉덩이 위에 손을 올려놓으며 달라스가 말했다.

「앞으로 당신이 만나게 될 말 중에서 가장 유순한 놈이지. 걸음을 멈추기 위해서는 힘을 주어 고삐를 잡아당기고, 앞으로 가게 하려면 부드럽게 고삐를 양쪽으로 잡아당기면 될 거요. 대부분의 경우는 내 말의 뒤를 따라오게 테니까 걱정하지 않아도 되고.」

「굉장히 쉽게 들리네요.」

달라스가 눈을 가늘게 뜨고 그녀를 바라보았다.

「아예 말을 타본 적이 없는 건가?」

어젯밤 그녀의 말을 믿지 않고 있었다는 듯 그가 물었다. 그녀는 머리를 흔들었다.

「아버지는 여자가 말을 타는 건 너무나 위험하고 보기 좋은 일이 아니라고 생각하세요.」

달라스가 조금 뒷걸음질을 쳤다.

「안장 손잡이를 잡고, 등자에 발을 집어넣어요. 그리고 몸을 끌어올리며 반동을 줘서 다리를 반대쪽에 두는 거요.」

그녀의 키도 상당히 큰 편이었지만, 안장 손잡이는 그보다 훨씬 더 높은 곳에 있어서 손을 대는 것조차 힘겨웠다. 등자에 밀어넣으려던 발이 두어 번 허공을 휘젓자 달라스는 등자가 움직이지 못하도록 단단히 고정시켜주었다. 코딜리어는 부츠를 신은 발을 등자에 밀어넣은 채 심호흡을 하고는 펄쩍 뛰어올랐다. 달라스가 한 손을 그녀의 등에 대고 다른 손으로 엉덩이를 밀어 그녀를 올려주었다. 두 뺨이 화끈 달아오르는 것을 느끼며 코딜리어는 안장 위에 자리를 잡았다. 그 누구도 이토록 친밀하게 그녀에게 손을 댄 적이 없었다.

말이 이리저리 몸을 움직거리자 그녀는 안장 손잡이를 꼭 움켜쥐었다. 달라스가 고삐를 잡자 말은 곧 진정되었다.

「이걸 잡아요.」

그녀에게 고삐를 내주며 그가 말했다. 코딜리어는 그의 손가락 사이로 흘러내리는 기다란 가죽끈을 가만히 바라보다가 손을 뻗어 고삐를 받아 쥐었다.

「고마워요.」

「그런 말을 할 필요는 없소.」

자신의 말을 향해 걸어가 유연한 동작으로 말 등위로 오르며 그가 투덜거렸다.

「이쪽으로 와요. 뷰티 옆구리에 가볍게 발길질을 하면 돼.」

코딜리어는 달라스가 가르친 대로 했다. 그러자 뷰티는 달라스의 말을 따라 천천히 걷기 시작했다. 문득 초원 위를 빠르게 달리며 바람을 맞는 건 어떤 기분일지 궁금해졌다. 지금도 얼굴 위로 불어오는, 숨결처럼 부드러운 바람이 느껴졌다. 그녀의 옆에서 말을 몰고 있는 남자는 마치 안장 위에서 태어난 것처럼 말과 한 몸이 되어 있었다.

코딜리어는 뒤를 따르는 사람들이 더 있으리라 생각하고 주위를 둘러보았다.

「경호원들은 어디 있죠?」

달라스가 그녀를 빤히 바라보았다.

「무슨 경호?」

「내가 여행을 할 때마다 아버지는 항상 6명 이상의 경호원들이 있어야 한다고 말씀하셨어요. 난 당연히 당신의 일꾼들이…….」

「내게도 내 것을 보호할 능력쯤은 있소.」

빈정대는 듯한 목소리로 그가 말했다.

「그…… 말의 이름은 뭐죠?」

「사탄.」

사탄을 타고 있는 검은 악마라. 아주 어울리는 이름처럼 들렸다.

「녀석을 길들이는 데 끔찍할 정도로 힘이 들었거든. 결국, 휴스턴에게 녀석을 길들여 달라고 부탁해야 했지만.」

달라스가 설명했다.

「많이 실망하셨나 봐요?」

그가 어깨를 으쓱해 보였다.

「그게 휴스턴의 재능이요. 말을 길들이는 거.」

「당신의 재능은 뭐죠?」

달라스는 코딜리어의 시선을 마주보았다.

「난 제국을 건설했소.」

한참동안 두 사람은 불어오는 부드러운 바람을 맞으며 침묵 속에서 서쪽으로 말을 몰았다.

달라스는 아내가 아니라 지평선에 시선을 고정시키기 위해 안간힘을 써야 했다. 어제 하얀 드레스를 입은 그녀를 보고 너무나 사랑스럽다는 생각을 했었다. 그런데 지금 붉은 드레스를 입은 그녀는 절망적일 만큼 아름다웠다. 그 풍요로운 색에 창백하리만큼 하얀 피부와 검은 머리카락, 그리고 갈색 눈동자까지…….

그 절묘한 조화는 그가 오늘 아침에 무슨 마음을 먹었던 간에 모조리 바꾸어놓기에 충분했다. 하지만 자신에게 말을 거는 그녀의 목소리에 담겨 있는 주저함과 눈동자 속에 여전히 자리잡고 있는 두려움이 계획을 고수할 것을 주장하고 있었다.

달라스는 자그마한 언덕 위에서 말을 멈추고, 약간 말머리를 돌렸다. 뷰티가 그의 옆에 와서 걸음을 멈추었다.

「왜 멈춘 거죠?」

「해 뜨는 걸 보려고.」

　왜 자신이 이 여자와 함께 해 뜨는 걸 보고 싶은 충동이 드는 것인지는 설명할 수가 없었다. 동틀 무렵이 하루 중 가장 좋아하는 시간인 것도 아니었다. 오히려 그는 구름이 사라지고 별이 보이기 시작하는 밤을 더 좋아했다. 무수히 많은 날들을 그 별들을 보며 집으로 돌아가곤 했고, 어렸을 적에는 그 별에 많은 소원을 빌기도 했다.

　솔직히, 지난밤 잠들지 못해 뒤척일 때도 그는 코딜리어에게 말을 타고 나가지 않겠냐는 제안을 하고 싶었다. 하지만 그에게는 혼자 생각할 시간이, 전혀 의도하지 않았던 곤경에 빠진 자신을 추스를 시간이 필요했다. 엉켜버린 실타래를 어떻게 풀어야 할지는 알 수 없더라도, 적어도 풀어나갈 실마리를 만들 수 있기를 빌었다.

　해가 떠오르고 어둠이 씻겨가는 순간 그는 아내가 숨을 들이마시는 작은 소리를 들었다. 순간, 그녀가 아침이 시작되는 이런 풍경을 한번도 본 적이 없는 게 아닌가 하는 생각이 들었다. 그녀에 대해 아는 게 별로 없었고, 어제까지는 별로 중요하게 느껴지지도 않았지만…….

「너무 아름다워요.」

코딜리어가 조용하게 속삭였다.

‘당신도 그렇소.’

　그 말이 혀끝에 매달렸지만, 오늘 아침이 어떻게 끝날지도 모르는데 차마 입 밖으로 낼 수가 없었다.

　갑자기 그를 향해 얼굴을 돌린 그녀가 주저하듯 미소를 지었다.

「고마워요.」

달라스는 얼굴을 찡그렸다.

「해를 떠오르게 한 건 내가 아니오. 난 그저 당신을 여기에 데려왔을 뿐이지.」

　코딜리어는 가볍게 고개를 끄덕인 뒤 시선을 돌렸다. 달라스는 할 수만 있다면 자신의 목소리에 묻어 있는 그 퉁명스러움을 없애고 싶었다. 왜 그녀에게 이야기를 할 때면 이렇게 화난 듯한 목소리가 되는 건지 이해할 수가 없었다. 아마도 그녀의 자발적인 동의 속에서만 자신의 마지막 꿈을 이룰 수 있기 때문일지도 몰랐다.

그는 손을 뻗어 뷰티의 고삐를 집어들고는 떠오르는 태양과 반대 방향으로 말들의 머리를 돌렸다.

코딜리어는 강을 빤히 바라보았다. 강을 따라 길게 이어져 있는 철조망 앞에 남자들이 줄을 지어 서 있었다. 그리고 반대편 철조망 너머에는 하늘을 가릴 듯 흙먼지를 일으키며 소떼가 울타리를 향해 움직이고 있었다.

소떼를 몰고 있는 사람들이 자신의 형제들임을 한눈에 알 수 있었다. 보이드는 여전히 팔에 하얀 붕대를 감고 있었고, 그의 양옆에서 던컨과 캐머론이 말을 몰고 있었다. 그들이 말을 멈추자 일꾼들이 앞으로 나가려는 소떼를 멈추어 세웠다.

코딜리어는 흐르는 물소리와 소들의 낮은 울부짖음을 들었다. 달라스가 왜 자신을 여기로 데려왔는지를 깨닫는 순간 그녀는 가슴이 욱죄어왔다. 그녀의 가족들이 자신을 무엇과 바꾸었는지를 보여주기 위해.

코딜리어는 자신에게 말을 다룰 수 있는 기술이 있었으면, 그래서 이 자리에서 도망을 칠 수 있었으면 싶었다.

그녀의 옆에 선 달라스는 모자를 벗어 안장 손잡이 위에 올려놓았다.

「가끔 다른 사람들 눈에는 내가 참 쉽게 사는 것처럼 보일 거라는 생각을 했소. 나는 많은 땅을 소유하고 있고 내 가족들이 평생을 쓰고도 남을 정도로 충분한 돈이 있거든. 어떤 여자라도 나 같은 남자를 남편으로 맞게 된다면 기뻐할 거라고 생각했지. 어제 당신이 여기 도착하기 전까지, 당신의 가족과 나는 이 작은 땅덩어리를 가지고 끝없이 싸움을 벌여왔소. 솔직하게 난 아들을 원해. 그리고 이 싸움이 끝나기를 원하고. 당신과 결혼하는 게 그 두 가지를 한꺼번에 이룰 수 있는 좋은 방법이라고 생각했지. 불행하게도…… 당신의 감정을 고려해야 하는 것을 잊었소.」

그는 시선을 들어 코딜리어를 바라보았다.

「저 울타리 앞에 서 있는 남자가 보이나?」

　그녀는 철조망 가까이에 서 있는 장신의 창백한 금발을 바라보았다.
「이름은 슬림이고, 내 목장의 감독이지. 당신이 저 아래로 내려가면, 그가 울타리를 잘라줄 거야. 당신이 강을 건너가 오빠들을 만날 수 있도록.」
「그런 뒤에도 당신은 울타리를 모두 치울 건가요?」
　달라스는 흔들림이 없는 눈동자를 돌려 그녀를 바라보았다.
「이 땅에는 내 피와 땀이 물들어 있어. 그리고 내 동생들의 노력도. 아무 대가 없이는 다른 사람에게 한 뼘의 땅도 거저 줄 수 없지.」
　코딜리어의 희망이 산산이 깨져버렸다.
「만일 내가 여기 남는다면요?」
「당신이 손을 올렸다 내리면 되는 거요. 그럼 내 일꾼들이 모든 울타리를 치울 거야. 하지만 그전에 당신에게 줄 것이 있어. 어제 당신의 가족들이 당신에게 마땅히 줘야 했던, 선택의 기회. 머물 것인지 떠날 것인지…… 당신의 선택에 따르도록 하지.」
「하지만 우린 이미 결혼을 했잖아요.」
「그거야 쉽게 무효화시킬 수 있소.」
「아버지와 오빠들이 굉장히 화를 낼 거예요.」
　달라스가 그녀의 시선을 마주보았다.
「그것도 내가 알아서 처리하겠어.」
「당신이 보이드 오빠의 팔을 부러뜨렸죠. 이번에는 뭘 할 건데요? 오빠를 죽일 건가요?」
　달라스의 시선은 결코 움츠러들지 않았다.
「필요하다면, 그럴 수도 있지.」
　그녀의 위가 욱죄어왔다. 코딜리어는 달라스 리가 자신의 말을 지키지 못하는 겁쟁이라고는 생각하지 않았다. 그녀의 입술이 메말라왔다.
「당신은 지금 내게 선택이라는 헛된 환상을 보여주고 있어요.」
「가끔씩, 우리에게 닥치는 삶이 그런 것일 뿐이야.」
　조금 전까지만 해도, 그녀는 아름다운 일출에 환성을 질렀는데 이제는 남자들의 탐욕과 추함을 직시해야만 했다.

「당신은 정말로 자신을 증오하는 여자와 결혼하길 원하는 건가요?」

이 남자에 대한 증오심을 키우는 것이 의외로 어렵다는 사실을 깨달으며 그녀가 물었다. 그는 모자를 써 얼굴을 그늘 속에 감추었다.

「사랑을 원하는 게 아니오. 내가 원하는 건 당신의 선택이지. 내 일꾼들은 해야 할 일들이 많아.」

그녀는 온몸을 훑고 지나가는 분노를 느꼈다.

「아버지가 옳았어요. 당신은 인정머리 하나 없는 빌어먹을 인간이에요.」

그녀의 목소리에 담긴 흉포함에 놀란 듯 달라스의 고개가 재빨리 돌아갔다. 코딜리어는 한번도 이토록 거친 말을 내뱉어본 적이 없었다. 오빠들이 아버지에게 거친 말투로 대들 때 아버지가 손등으로 그들을 내리치는 것처럼, 그도 자신을 그렇게 다룰 거라고 생각했다.

「나는 지금 당신 아버지는 당신에게 줄 생각조차 없었던 기회를 주려는 것뿐이야.」

긴장한 그의 목소리를 들으며, 그의 자제력에 놀라움을 느꼈다.

「그럼, 고맙게 받아들이도록 하죠.」

그렇게 말하며 그녀는 말 옆구리를 발로 걸어찼다. 암말이 대여섯 발자국 걸음을 옮기 뒤, 그녀는 고삐를 잡아당기고 어깨너머를 흘끗 바라보았다. 달라스는 근육조차도 움직이지 않았다. 순간 어젯밤 울타리에 앉아 달을 바라보던 그의 뒷모습이 떠올랐다.

그에게 아내를 맞을 기회가 얼마나 있었을까? 세어보지는 않았지만, 결혼식 날 참가했던 여자들은 대여섯 명에 지나지 않았던 것 같았다. 그녀의 형제들도 여자들이 드물다는 사실에 늘 불평을 늘어놓고 어디로 가야 아내를 찾을 수 있을지 의논하곤 했었다. 심지어는 신문에 광고를 내는 것까지도.

선택이라는 헛된 망상이 어쩌면 그에게는 진심일지도 몰랐다.

코딜리어의 선택은 아버지와 형제들의 그늘 속에서 사느냐 아니면

이 남자의 그늘 속에서 사느냐에 제한되어 있었다. 아마 어느 쪽이든 평생 해를 갈망하게 될 것이다.

달라스의 그늘도 감옥은 감옥이었다. 하지만 적어도 이번 간수는 그녀에게 말을 탈 자유는 제공하고 있지 않은가. 어리석은 이유였지만, 남편에게서 눈을 떼지 않은 채 그녀는 손을 들었다 내렸다. 순식간에 새된 휘파람소리와 밧줄 던지는 소리, 고함소리가 허공을 가득 메웠다.

달라스가 말을 몰아 그녀의 옆에 와서 섰다.

「당신이 저들에게 준 것이 무엇인지 잘 봐두라고.」

그가 낮은 목소리로 말했다.

코딜리어는 그에게서 시선을 돌려 울타리에 올가미를 걸고 잡아당기는 일꾼들을 바라보았다. 그녀의 형제들은 모자를 벗어 머리 위로 흔들며 말을 몰아 소떼를 강 쪽으로 유인하고 있었다.

「난 아들을 원해.」

달라스가 앞을 응시한 채 나지막이 말했다. 코딜리어의 심장이 미친 듯이 날뛰고 있었다.

「알고 있어요. 그러면 내 가족들은 저들이 그토록 바라는 땅을 갖게 되겠죠. 그럼 난 뭘 얻게 되나요?」

그는 모자를 벗고 그녀를 마주보았다.

「당신이 원하는 건 뭐든지.」

코딜리어는 자유를 요구할까 고려해보았다. 하지만 아이를 버리고 떠날 수는 없었다. 그들의 아이는 어제 했던 그 맹세보다도 달라스와 자신을 단단하게 묶어주리라.

코딜리어는 평생 누군가를 증오한 적이 없었고, 갑자기 그런 감정을 느끼는 지금도 마음이 불편하기 그지없었다. 이제껏 아버지가 그녀의 피난처가 되어주고 보호해주었지만, 결국은 아주 하찮은 땅덩어리와 그녀를 맞바꾸었다.

「사랑은 어때요?」

달라스의 눈동자가 어두워졌다.

「내게 아들을 줘…… 그럼 나도 당신이 원하는 것을 줄 수 있는 방법을 찾아보도록 하지.」

오스틴은 자신의 머릿속에 작은 마을을 짓고 있는 난쟁이들을 잔인하게 죽이고 싶었다. 그들의 끝없는 망치질 소리에 관자놀이가 찢어질 듯이 쑤셔왔다.

그는 억지로 자리에 일어나 앉아 침대에서 벗어나기 위해 두 다리를 휘저었다. 그러자 망치질 소리는 더욱 커졌다.

「아침 준비됐다.」

달라스의 천둥 같은 고함소리에 오스틴은 신음처럼 중얼거렸다.

「갈게.」

오스틴은 머리를 베개에 파묻은 채 코딜리어가 늦잠을 자도록 해달라고 빌었다. 제발 큰형이 형수를 깨우지 않았기를. 어떻게 그녀의 눈을 마주봐야 할지 난감했다. 억지로 자리에서 일어나 서둘러 얼굴을 씻은 그는 깨끗한 셔츠로 갈아입고 아침을 먹기 위해 아래층으로 향했다.

달라스와 코딜리어는 이미 마주보고 앉아 있었다. 달라스는 음식을 씹고 있었고 코딜리어는 접시에 담긴 달걀을 이리저리 옮겨놓고 있었다. 오스틴은 두 사람 사이에 자리를 잡았다.

「아주 끔찍해 보이는구나.」

「기분도 아주 끔찍해.」

달라스는 계란 프라이가 담긴 접시를 그의 앞으로 밀어주었다. 흔들거리는 노른자를 보자, 오스틴의 위가 부글거리기 시작했다.

「그래도 뭔가 먹어둬.」

달라스가 명령을 했다. 오스틴은 커피 주전자로 손을 뻗어 김이 모락모락 나는 검은 액체를 컵에 한가득 부었다.

「커피면 돼.」

그는 식탁에 팔꿈치를 얹고 손바닥으로 턱을 지탱하며 얼굴이 식탁 위로 떨어지는 것을 방지했다.

「고맙게도 형이 날 침대에 끌어다놓은 거야?」

오스틴이 말했다.

「차마 네 녀석을 휴스턴의 마차 뒤에 그냥 재울 수가 없더라.」

오스틴은 마차 안에서 편안하게 웅크리고 자는 조카의 모습을 보고 아이의 옆으로 기어올라 갔던 것까지 기억해냈다. 어째, 고양이 꼬리를 삼킨 것처럼 입 속이 깔깔하더니…….

「울타리는 언제 치울 거야?」

「이미 치웠다.」

형의 목소리에 담긴 퉁명스러움을 감지한 오스틴은 억지로 눈을 들어 달라스의 시선을 마주보았다.

「나도 갔어야 했는데.」

「부르려고 했는데 일이 그렇게 됐다. 오늘도 마을에 나갈 거냐?」

「말에서 떨어지지 않고 5분 이상 앉아 있을 자신이 없는데.」

달라스는 머리를 흔들었다.

「도대체 어제 네 녀석과 캐머론은 무슨 생각을 했던 거냐?」

「생각을 안 하려고 노력했던 것뿐이야.」

달라스가 의자에 등을 기댔다.

「오늘 난 잠시 장부를 정리한 다음에 소떼를 점검하러 갈 거야. 형수에게 필요한 것들이 있으면 네가 좀 돌봐주겠냐?」

오스틴은 재빨리 코딜리어를 향해 시선을 던지며 고개를 끄덕였다.

「좋아.」

달라스는 의자를 뒤로 밀치며 접시를 들고 일어났다.

「내가 정리할게요.」

코딜리어가 부드럽게 말했다.

오스틴은 이제까지 어쩔 줄 몰라하는 큰형의 표정은 한번도 본 적이 없었다. 하지만 지금 형의 얼굴에 떠오른 건 분명 주저하는 표정이었다. 하긴 그도 욕구를 해소하기 위해 여자를 만난 걸 빼고는 여성이란 존재를 옆에 두는 게 어색하긴 마찬가지였다.

「식탁을 치우는 것 정도는 할 수 있어요.」

「그럼, 부탁하겠소.」

주저하던 달라스는 접시를 식탁 위에 내려놓고 성큼성큼 걸어서 방을 나갔다. 오스틴은 형이 함께 있어주기를 바랐지만, 한편으로는 한 집에 살아가려면, 이 기회에 자신과 코딜리어 사이의 문제를 해결해야 한다고 생각했다.

오스틴은 조금이라도 머리가 맑아지기를 빌며 커피를 들이켰다. 그런 뒤 그녀를 향해 몸을 숙였다.

「디라고 불러도 괜찮아요? 캐머론은 그렇게 부르던데.」

코딜리어는 흘끗 시선을 던진 뒤 다시 고개를 숙였다.

「그러세요.」

「내키지 않으시나 봐요. 하긴 그러시겠죠.」

오스틴이 손을 뻗어 자신의 손 위에 올려놓자 코딜리어는 놀란 눈으로 그를 바라보았다. 그는 슬픈 미소를 지어 보였다.

「형수가 어제 들었던 이야기는 아마 상상하지도 못했던 이야기였을 거예요.」

그녀는 다시 시선을 내리깔았다.

「상관없어요.」

오스틴은 형수가 자신을 바라볼 때까지, 그녀의 손을 약간 세게 움켜쥐었다.

「남자들은 술에 취하면 해서는 안 될 말까지 늘어놓는 경향이 있어요. 형이 아들을 원한다는 건 사실이지만…… 하지만…… 형이 형수를 제대로 대접할 거란 것도 알아요. 보통 남편이 아내를 대하는 것처럼요.」

「캐머론이 내가 코가 없다고 하던가요?」

오스틴은 얼굴을 찡그렸다.

「네, 하지만 녀석이 왜 그런 말을 했는지는 모르겠어요.」

「그리고 당신이 달라스에게 그 말을 옮겼고요.」
「네, 내가 왜 그랬는지도 모르겠어요.」
「그런데도 형님은 나와 결혼했고요. 그만큼 절박했나 보군요.」
오스틴은 그녀의 두 손을 감싸쥐었다.
「충분히 그럴 수 있어요. 작은형을 만나보셨죠? 남자들마저도 지레
겁을 먹고 형에게 접근하지 않으려고 해요. 하지만 작은형수는 그런
형과 사랑에 빠졌어요. 우린 가까이서 두 사람을 지켜보면서 외모가
전부가 아님을 분명하게 깨달았죠.」

「네놈이 오늘 아침에 한 짓은 대체 뭐야?」
책상 위에 튀긴 침방울을 바라보던 달라스는 고개를 들고 앵거스 맥
퀸의 성난 눈동자를 마주했다.
「울타리를 뒤로 치웠는데요?」
「내 딸아이를 왜 말에 태워서 나타났느냔 말이다. 그렇게 말에 태웠
다가는 떨어져 죽을 수도 있다는 걸 몰라? 내가 말했지. 그 아이는 굉
장히 섬세하다고.」
「따님은 말 위에 잘 앉아 있었습니다, 맥퀸 씨. 그 말은 세 살 짜리
내 조카딸을 태울 정도로 유순한 녀석이에요. 그리고 따님도 무사했고
말이죠.」
「자네가 말했지. 분명 그 아이를 잘 보호할…….」
「물론 따님은 제가 보호할 겁니다. 하지만 제 방식대로 합니다.」
앵거스가 털썩 자리에 주저앉았다. 그의 아들들은 여전히 가슴 위로
팔짱을 낀 채 앵거스의 곁에 서 있었다. 캐머론은 어제 먹은 것들을
모조리 쏟아낸 덕분인지 오스틴보다는 조금 나아 보였다.
「제대로 이해하지 못하는 모양인데, 여자들은 스스로를 보호할 능력
이 없네. 자네가 잘 보호해주지 않으면, 결국 스스로를 해치고야 말 거
야. 내 아내가 그랬던 것처럼.」
달라스는 두통이 가라앉기를 바라며 이마를 문질렀다. 그는 싸움을

끝내고 싶었는데, 이제 그 싸움이 새로운 국면으로 접어들고 있는 듯
한 기분이었다.

「보세요, 맥퀸 씨. 이제 따님은 제 아냅니다. 따님은 제가 알아서 잘
돌볼 테니 걱정 마세요.」

「딸아이를 다른 사람의 손에 넘겨주는 게 그리 쉬운 일은 아니네.」

「어제는 그렇게 보이지 않던데요. 적어도 결혼식에는 직접 참석해서
도대체 어떤 괴물이 자신의 딸을 아내로 맞아들이는지 정도는 지켜봤
어야 하는 거 아닙니까?」

맥퀸의 눈이 가늘어졌다.

「어제는 내 몸이……」

「전날 밤새 술이라도 드신 모양이군요. 그래서 술이 덜 깨서 못 오
신 건가요?」

그가 자리에서 벌떡 일어서자 달라스는 손을 들어올렸다.

「더 이상 아무 말도 듣고 싶지 않습니다, 맥퀸 씨. 변명이나 걱정이
나 관심 따위에는 흥미 없어요. 가끔 따님이 보고 싶으시면 언제든 만
나러 오셔도 좋습니다. 하지만 제게 따님을 어떻게 보살펴야 하느니
따위의 설교는 마십시오. 물과 따님을 맞바꿀 때, 이미 그 권리까지 제
게 주신 거 아닙니까? 저만 상관없으면 따님은 안장 없이 말을 탈 수
있고, 알몸으로 초원을 뛰어다닐 수도 있는 겁니다.」

순간 달라스는 그가 심장마비로 쓰러지는 건 아닌가 하는 의혹이 들
었다. 맥퀸의 얼굴이 그 정도로 붉게 변해 있었고, 입을 뻐끔거리는 데
도 아무런 말이 새어나오지 않고 있었다.

「아내에게 여기 와 계신다고 알리죠.」

달라스는 자리에서 일어나 방을 걸어나가 계단을 올라갔다. 오스틴
은 코딜리어가 방으로 다시 돌아갔다고 전했다. 오늘 아침에 계획했던
모든 일들이 다 틀어져버렸다는 기분이 들었다. 그녀는 여전히 자신을
겁내고 있고.

달라스는 가볍게 방문을 두드렸다. 그리고 반대편에서 들려오는 발

소리를 들었다. 그녀가 문을 열고, 마치 무슨 괴물이라도 찾아왔다고 생각하는 듯 조심스레 고개를 내밀다.

「당신 가족이 내 서재에 와 있는데, 당신을 만나고 싶어서 온 것 같으니 원한다면 만나러 가도록 해요.」

「네, 저도 가족을 보고 싶어요.」

「난 소떼를 살펴보러 갈 거요. 아마도 저녁 해가 질 때까지는 돌아오지 못할 거야. 하지만 오스틴이 집에 있을 거니까 뭐 필요한 것이 있으면 녀석에게 부탁해요.」

「고마워요.」

그건 정확히 그가 듣길 원한 말이 아니었다. '조심해요. 빨리 오세요. 기다리고 있을게요' 그런 말들이 듣고 싶은데…….

장갑을 손바닥에 내리치자, 그녀가 몸을 움찔했다. 그녀의 반응에, 마치 벌침에라도 찔린 듯 달라스는 몸을 돌려 자리를 떴다. 하지만 곧 걸음을 멈추고 어깨너머로 시선을 던졌다.

「당신이 그들을 만나는 동안, 내가 옆에 있어주길 바라나?」

「아니요. 혼자 만나는 게 좋아요.」

그는 아침나절 동안 아무것도 이룬 것이 없음을 한탄하며 계단을 향했다.

코딜리어는 서재 밖에 서서 용기를 그러모았다. 가족들이 자신을 방문하는 걸 조금 기다려주었더라면, 아픈 마음이 조금은 가신 뒤였더라면 좋았을 텐데 하고 생각했다. 흔들리는 한숨을 내쉬며 그녀는 서재 안으로 들어갔다.

캐머론이 의자에 앉아 머리를 감싸쥐고 있었다. 하지만 그녀는 그게 몸이 아파서가 아니라 위스키 때문이라는 것을, 자신의 행동에 대해 책임을 지고 있다는 것을 알고 있었다. 아침을 먹기 위해 내려왔던 오스틴도 같은 표정을 짓고 있었다.

보이드와 던컨은 아버지의 옆에 서 있었다. 아버지가 의자에서 몸을 일으켰다. 그녀는 그가 이토록 늙어 보이지 않았으면 싶었다.

「좀 어떠냐, 애야.」

코딜리어는 의자 근처로 걸어갔다.

「좋아요. 전 좋아요.」

아버지는 의자에 주저앉아 앞으로 몸을 숙였다.

「어젯밤에 그 빌어먹을 녀석이 널 아프게 했냐?」

순간 그녀는, 달라스는 자신의 가족을 언급할 때 그런 모욕적인 언사를 사용하지 않는다는 사실을 깨달았다. 그는 단 한번도 그녀 집안에 대한 비아냥거림이나 모욕적인 욕설을 한 적이 없었다.

「아뇨, 아버지. 그 사람은 아무런 고통도 주지 않았어요.」

「그가 널 아프게 하지 않았다고?」

보이드가 물었다.

그녀는 시선을 들어 보이드의 당황한 시선을 마주보았다.

「보이드 오빠, 대체 뭘 기대하고 있는 거야?」

「그가 너와 잠자리를 했는지 묻잖아?」

캐머론이 번쩍 머리를 치켜들었다.

「왜 우리가 거기까지 신경을 써야 하는 거야?」

「이 애는 여기 올 때 처녀였어.」

보이드가 대답했다.

「처녀들은 첫날밤엔 고통을 겪는 법이야. 코딜리어, 어젯밤에 그 녀석과 잠자리를 했냐니까?」

코딜리어는 자신에게 어떤 감정도 사생활도 없는 듯 이런 질문을 해대는 보이드의 행동을 차마 믿을 수가 없었다. 어제 자신의 결혼 조건에 대해 들었을 때 마음이 모두 부서졌다고 생각했다. 하지만 지금 이 순간 그녀는 심장이 또다시 부서지는 것을 느꼈다. 그리고 그들에게 떠나달라고 부탁할 수 있는 용기가 자신에게 있기를 빌었다.

「대답해라, 아가야.」

그녀의 아버지가 말했다.

이 사람들이 정말 그동안 내가 함께 살아온 가족이 맞나, 생각하면서 그녀는 남자들을 빤히 바라보았다. 자신이 그 질문에 대답을 해야 하는지, 그게 그렇게 중요한 문제인지 이해할 수가 없었다.

「오, 맙소사. 혹시 어젯밤에 그를 거부한 건 아니겠지?」

「아버지, 누나가 거부했다면 그 사람이 오늘 울타리를 치웠을 것 같아요?」

캐머론이 되물었다.

「난 간단한 대답을 원한다, 코딜리어. 그런 거냐, 아니냐?」

「그건 당신들이 알아야 할 문제가 아닌 것 같은데요.」

코딜리어는 소리가 난 쪽으로 재빨리 고개를 돌렸다. 휴스턴이 허벅지 위에 매달린 권총집에 손을 올려놓은 채 문 앞에 서 있었다. 그는 코딜리어를 향해 살짝 고개를 숙였다.

「죄송합니다. 이렇게 불쑥 쳐들어올 생각은 아니었어요. 형을 찾고 있었거든요.」

「형님은…… 소떼를 점검하러 갔어요.」

「이런, 그럼…… 제가 대신해서 작별인사를 드려야겠군요. 아무래도 신사분들 모두 떠날 때가 된 것 같습니다.」

신사분들이라고 말하는 휴스턴의 말투가 전혀 그들을 신사로 생각하지 않는다고 분명하게 선언하고 있었다.

보이드가 휴스턴을 노려보았다.

「명령처럼 들리는데 그래. 여긴 네 놈 집이 아니야.」

「그럼, 부탁을 드리죠, 맥퀸 씨. 오늘 이 방에서 들은 이야기를 형에게 옮기고 싶은 생각은 없습니다. 그러니 이제 누이동생에게 작별인사를 하고 집으로 돌아가시죠.」

코딜리어의 아버지가 자리에서 일어났다.

「안 그래도 막 떠나려던 참이네.」

그는 마치 잘 훈련받은 개라도 되는 듯 코딜리어의 머리를 토닥였다.

「자주 연락하자꾸나.」

아버지가 발을 끌며 문을 향해 걸음을 옮겼다. 휴스턴이 살짝 비켜
서자 아버지를 따라 그녀의 형제들이 커다란 방에서 떠나기 시작했다.
캐머론만 방을 떠나기 전에 몸을 돌려 누나를 바라보았다. 그 모습이
너무나 절망적으로 보였다.

휴스턴은 문을 닫고는 방금 전까지 그녀의 아버지가 앉아 있던 의자
에 앉았다.

「괜찮으세요?」

코딜리어는 고개를 끄덕이며 떨리는 손가락으로 입술을 누르고 새어
나오는 눈물과 싸웠다.

「형 책상 서랍에 레몬사탕이 남아 있을 것 같은데요?」

그녀는 머리를 흔들었다.

「슬픔이 너무 커서 레몬사탕으로도 감당이 되지 않을 것 같아요.」

어떻게 그런 일이 벌어졌는지는 모르지만, 코딜리어는 휴스턴의 품
에 안겨 그의 어깨에 얼굴을 묻고 있었다.

「자, 괜찮아요. 울어도 돼요.」

휴스턴의 다정한 말에 흐느낌이 힘겹게 터져나왔다.

「가족들은 내 걱정을 하는 게 아니에요. 원하는 건 그저 땅뿐이죠.
달라스는 아들만을 원하고요.」

휴스턴은 그녀를 감싸안은 팔에 힘을 주었다.

「지금 상황이 그런 식으로 보일 거라는 건 알아요. 하지만 가끔은
보이는 것과는 다를 수도 있는 법이죠.」

눈물을 참으며 코딜리어는 그의 품에서 빠져나왔다. 그가 건네준 손
수건을 받아 눈물을 닦은 뒤 그녀는 심호흡을 했다.

「매기는 어때요? 복통은 좀 가라앉았어요?」

「그 애야 아주 건강하죠.」

코딜리어는 축축하게 젖은 손수건을 그에게 건네었다.

「고마워요.」

「뭘요. 그나저나 오늘 아침에는 좀 괜찮았는지 모르겠네요.」

그녀는 머리를 흔들었다.

「그 사람은 너무나 위협적이에요.」

「알아요. 형은 가끔 저도 겁에 질리게 만들죠.」

휴스턴의 고백에 그녀는 깜짝 놀랐다. 형제들에게마저 위협적인 사람이라면, 도대체 그의 주위에서 어떻게 편안함을 느낄 수가 있을까?

「어제, 모두 이 방에 있을 때…… 매기가 그에게 달려갔잖아요. 그때 얼마나 두렵던지…….」

그녀는 숨을 들이마셨다.

「당신도 여기 있었죠. 형님께서 얼마나 화가 났는지 알고 있었을 텐데…… 무슨 생각으로 아이가 그에게 다가가도록 내버려두었어요?」

그녀는 조심스레 그를 살펴보았다. 휴스턴은 아주 천천히, 그리고 침착하게 다리를 움직였다.

「그 어떤 경우에도, 형은 자신의 분노를 순진한 아이에게 쏟아 붓는 사람은 아니니까요.」

아침에 오스틴이 그랬던 것처럼 휴스턴이 그녀의 두 손을 감싸쥐었다. 그 작은 행동이 믿을 수 없을 만큼 큰 평안을 주었다. 결혼식 날 밤 무슨 일이 있었는지를 가지고 가족들이 윽박질러대는 대신에 이런 행동을 보여주었으면 얼마나 좋았을까 하는 아쉬움이 밀려들었다.

「제가 이런 말을 해도 될지는 모르지만…….」

휴스턴이 조용히 입을 열었다.

「아무래도 형에 대해 조금 알아두시는 게 형을 이해하는 데 도움이 될 것 같아서요.」

그는 시선을 내리깔았다. 어떤 경각심이 그녀를 감쌌다. 코딜리어는 의자 위로 몸을 숙였다. 휴스턴은 그녀를 향해 어색한 미소를 지어 보였다.

「아멜리아에게는 스스럼없이 전쟁에 대해 이야기를 할 수 있지만, 다른 사람에게는 그런 말을 꺼내기가 참 힘들어요.」

「남북전쟁을 말하는 건가요?」

「달라스는 '북부 연합의 침입'이라고 말하곤 하죠. 아버지가 우리 형제를 입대시켰을 때 전 열 두 살이고 형은 열 네 살이었어요.」

「열 네 살이요?」

「그래요. 전 아버지의 고수(鼓手)였고, 형은…… 아버지의 명령을 전달하는 임무를 맡았어요. 많은 병사들이 어린 소년에게서 명령받는 걸 탐탁지 않아 했죠. 처음에는 형을 굉장히 괴롭혔어요. 일부러 형이 명령하는 것과 반대로 행동하기도 하고. 그게 형을 굉장히, 아주 굉장히 힘들게 했어요. 어느 날, 사람들이 멋대로 행동하자 명령을 제대로 전달하지 않았다는 이유로 아버지는 형에게 군복을 벗으라고 호되게 야단을 치셨죠. 그때 아버지는 '사람들이 널 좋아할 필요는 없다. 단지 그들이 널 존경하고 네 말에 복종하게 만들면 돼'라고 하셨어요.」

휴스턴은 머리를 흔들었다.

「그 뒤로 형은 사람들이 자신을 좋아하는지 아닌지에 대해서는 관심을 끊었어요. 사람들에게 부탁하는 걸 그만두었고, 뭐든 명령하기 시작했죠. 그 버릇이 전쟁이 끝난 뒤에도 여전히 남아 있는 거예요.」

그는 앞으로 몸을 숙였다.

「제가 드리고 싶은 말은…… 형이 일부러 화난 것처럼 말하거나 거칠게 대하려는 건 아니라는 거예요. 형에게 기대고 있는 사람들이 너무나 많으니까…… 어떻게 부탁하는지를 잊어버린 것뿐이에요.」

휴스턴은 그녀의 손을 놓고 일어섰다.

「형을 만나 보고 집으로 돌아가야겠어요. 이제 좀 괜찮아요?」

코딜리어는 그가 말하는 '집'이라는 어감이 좋았다. 마치 세상에 그보다 더 편안한 장소가 없다는 듯한 말투였다.

「괜찮을 거예요.」

휴스턴이 떠난 뒤에도 한참동안, 코딜리어는 가만히 의자에 앉아 그의 편안한 손길과 침착한 반응과 말투를 떠올렸다. 아멜리아가 그의 흉터에도 불구하고 사랑에 빠질 수 있었던 것이 이해가 되었다.

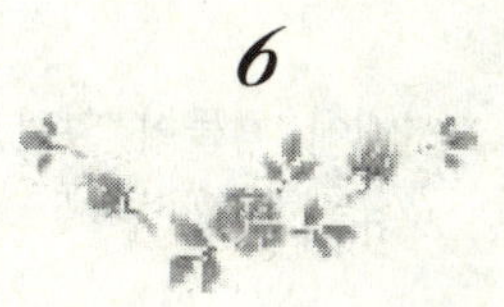

6

아래층의 시계가 열 두 번을 울리자, 코딜리어는 침대 밖으로 나왔다. 달라스는 그녀의 방을 찾아오지 않았다. 아니, 그가 집에 돌아왔는지조차 의심스러웠다.

집을 떠나올 때 책들을 챙겨오지 않은 게 후회스러웠다. 한 남자의 아내로서 상당히 바쁜 나날을 보내게 될 거라고, 그래서 책 읽을 시간도 전혀 없을 거라고 생각했는데, 남는 건 시간밖에 없었다. 문득, 달라스의 서재에 반정도 채워져 있던 책꽂이가 떠올랐다. 그녀는 가운으로 몸을 감싸고 램프의 불을 키운 뒤 살며시 계단을 내려가 서재 문을 열었다.

책상 위에 앉아 있는 달라스의 모습을 본 순간, 그녀는 숨이 멎고 말았다. 그가 고개를 들자, 위험을 감지한 암사슴 마냥 꼼짝도 할 수가 없었다. 책상 위의 램프는 조명이 낮아서 방안이 대체로 어두웠다. 창문 커튼이 걷혀 있어, 그의 등뒤로 수천 개의 별들이 빛나는 밤하늘이 보였다.

의자를 밀어내고 일어난 달라스가 마루를 가로질러 다가오려 했다.

코딜리어는 머리를 흔들었다.

「아니, 아니에요. 일어나지 말아요. 미안해요. 방해할 생각은 없었는데. 당신이 여기 있는 줄 모르고.」

「뭐 필요한 거라도?」

「잠이 오지 않아서요. 서재에 책들이 있던 게 생각났어요. 한 권쯤 빌려도 될 것 같아서.」

「원하는 대로.」

코딜리어는 메마른 입술을 혀끝으로 축였다.

「오늘 오후에 휴스턴이 찾아왔어요.」

「만났소. 떡갈나무가 도착했다는군. 일요일 오후엔 집을 증축하는 것을 도울 생각이야. 물론, 당신도 간다면 환영이고.」

그녀는 매기와 휴스턴 그리고 아멜리아를 떠올렸다. 늘 화가 난 얼굴을 하고 있는 사람이 아닌, 평범한 사람들과 하루를 즐기는 것도 좋을 듯했다.

「그것도 좋을 것 같아요.」

「좋아, 그럼 같이 가지. 가족들과의 만남은 어땠소?」

「좋았어요. 정말 좋았어요.」

그녀는 재빨리 책장을 향해 걸어갔다.

「금방 골라서 나갈게요.」

「천천히 고르도록 해요.」

대충 대여섯 권의 책이 책장 위에 놓여 있었다. 표지가 모두 낡고 해어져 있었다. 그녀는 램프를 높이 들어올려 가장 먼저 눈에 들어오는 책제목을 살펴보았다. 낙농백과사전! 책 제목 옆에는 작게 '프랙터컬 허즈번드맨(실용적인 축산법, 코딜리어는 허즈번드맨(husbandman, 농부)이라는 단어를 허즈번드(남편)와 동일한 의미로 착각하고 있다)'이라는 부제가 달려 있었다.

그녀는 책 제목을 따라 손가락을 움직였다. 자신의 옆으로 걸어오는 남편이 느껴졌다.

「이걸 다 읽었나요?」

「모두 다.」

낮은 목소리와 함께 목덜미에 그의 숨결이 느껴졌다.

「남편이 되는 방법에 대한 책을 읽는다고요?」

코딜리어가 놀라며 되물었다. 고개를 돌린 코딜리어는 자신을 빤히 바라보고 있는 달라스를 발견했다.

「몰랐어요…… 이런 주제에 대한 책이 있다는 건. 내가 읽어볼 만한 주제를 가지고 쓰여진 책들도 있나요?」

달라스는 그녀의 말을 듣다가 웃음을 터트렸다. 깊고 풍요로운…… 함박웃음을 지으며 그는 손가락 끝으로 그녀의 뺨을 톡 건드렸다. 순간 몸을 타고 흐르는 따스한 온기에 그녀는 움찔 몸을 떨었다. 갑자기 심장이 세차게 뛰고 숨이 탁 막히는 기분이었다.

갑자기 미소를 지우며, 그는 책상 뒤로 돌아갔다.

「아무 책이나 원하는 걸 읽으면 돼.」

그녀는 '프랙터컬 허즈번드맨'을 움켜쥐었다. 남편에게 적용되는 충고들이라면 분명 아내에게도 도움이 될 것 같았다. 책을 가슴에 끌어안은 채 종종걸음으로 문 앞에 이른 코딜리어는 걸음을 멈추고 어깨너머로 남편을 바라보았다. 그녀를 바라보고 있는 그의 눈동자에는 이제 웃음기라고는 티끌만큼도 남아 있지 않았다.

「방에…… 방에 올 건가요?」

「그러길 바라나?」

그녀는 책을 움켜쥔 손에 힘을 주었다. 이건 또 다른 선택일까?

「그러지 않는 편이 좋겠어요.」

「그럼 그렇게 하지.」

마치 더 이상 그녀에 대한 관심이 사라진 듯, 달라스는 펜에 잉크를 찍어 원장 위에 끄적거리기 시작했다.

「고마워요.」

코딜리어는 뛰듯 복도를 가로질러 계단을 올라 방으로 돌아왔다. 침대 옆 탁자 위에 램프를 놓은 뒤 가운을 벗고 담요 아래로 미끄러져 들어갔다. 그녀는 등뒤에 베개를 고인 뒤 무릎을 세우고 앉아, 그 안에 모든 풀리지 않은 수수께끼들의 실마리가 존재하기를 빌며 책을 펼쳐 들었다.

하지만 그 책은 그녀가 바라던 열쇠가 아니었다.

복도 끝 창을 통해 들어오는 이른 아침햇살을 맞으며 달라스는 자신의 방문 앞에 섰다. 방 안으로 들어가는 것쯤이야 어떤 변명도 필요없는 자신의 권리였지만, 아직은 일렀다.

달라스는 자신을 볼 때마다 그녀의 눈동자 속에 떠오르는 두려움의 그림자가 너무나 싫었다. 시간이 갈수록 그 두려움은 더욱 커져가는 것 같았다. 도대체 왜 그러는 거지? 강간이라도 할까봐서?

문밖에 무슨 두려운 존재라도 서 있는 것처럼 문을 빠끔히 열고 밖을 내다보는 것도 너무나 싫었다. 문을 열 때마다 그 눈동자 속에 드러나는 감정들이 달라스를 좌절하게 만들고 있었다.

「오늘 아침에 일꾼 하나를 마을로 보내서 생필품을 사오게 하려고 하는데, 필요한 게 있으면 적어줘요. 그것도 함께 사오라고 시킬 테니.」

「잠깐만요, 얼마 안 걸릴 거예요.」

달라스는 서랍이 달린 작은 책상으로 달려가 종이를 꺼내드는 아내를 따라 방 안으로 들어갔다. 아마도 일기장의 일부인 것 같았다. 그녀에 대해 별로 아는 게 없었지만, 방금 그는 글을 적기 위해 구부린 아내의 등이 참 마음에 든다는 생각이 들었다. 그녀가 등을 펴고 몸을 돌렸다. 그리고 약간은 망설이며 그에게 종이를 건넸다.

「고마워요.」

달라스는 그녀에게서 고맙다는 말을 듣는 것도 싫었다. 그는 밖으로 걸어나와, 마차 옆에 서서 자신을 기다리고 있는 피트를 향해 뜰을 가로질렀다. 그리고 종이 쪽지를 청년에게 건네주었다.

「가는 길에 내 아내에게 필요한 물건들도 사오도록 하게.」

피트는 시선을 떨군 채 발끝으로 애꿎은 땅바닥을 툭툭 걷어차기 시작했다.

「이거 안 받을 건가? 하루 종일 이러고 있을 거냐구.」

달라스는 목록이 적힌 쪽지를 그의 코앞에 흔들었다.

고개를 든 피트의 얼굴은 모자 속에 감추어져 있는 머리카락보다도 더 붉게 변해 있었다.

「전 글을 읽을 줄 몰라요.」

「글을 모른다니 무슨 말이야. 매주 내가 목록을 적어주면 자네가 그걸 받아서 생필품들을 사오곤 했잖아.」

피트는 난감한 표정으로 자세를 바꾸었다.

「사실은, 쿠키가 목록을 읽어주면 그걸 모두 기억했을 뿐이에요. 나리가 제게 다른 목록을 주실 거라곤 생각지도 못했어요. 오늘은 쿠키도 소떼들과 함께 나가는 바람에…… 하지만 나리가 목록을 읽어주시면 전부 기억할 수 있어요. 전 기억력이 좋거든요.」

일꾼들 중 반 이상이 글을 읽을 줄 모른다는 걸 달라스도 알고 있었다. 모두들 그의 밑에서 일할 만큼 영리하기는 했지만, 그 일이라는 게 글을 읽는 능력이 필요한 게 아니었다. 만일 몇 년 안에 마을에 학교가 세워지지 않는다면 그의 아들에게는 가정교사가 필요할 것이다. 또한 배우기를 원하는 일꾼들이 있다면 기꺼이 그들을 위해 교사를 알아볼 생각이었다. 그렇게 된다면 모두들 지금보다 훨씬 더 나은 기량을 발휘할 수 있겠지.

달라스는 코딜리어의 목록을 펴고는 그 안에 적혀 있는 단 한 줄의 글을 가만히 바라보았다.

피트가 헛기침을 했다.

「나리도 글을 읽지 못하는 건가요?」

달라스는 청년의 걱정스러운 눈동자를 마주보았다.

「아니, 그건 아니네만. 이 물건은 내가 직접 가서 사는 편이 낫겠다

는 생각이 들어서. 지금 당장 마을로 가서 필요한 생필품들을 사오도
록 하게.」

「네, 나리.」

피트가 마차 위에 올라 마을을 향해 출발하기 전까지 달라스는 차마
아내의 목록을 다시 쳐다볼 수가 없었다. 그는 당혹스러움에 고개를
절레절레 흔들며 어떻게 하면 여자들의 마음을 이해할 수 있을지, 아
니 과연 아내를 이해할 날이 올는지 궁금해했다.

집안으로 들어간 달라스는 아내가 여전히 침실에 머물러 있지는 않
을 거란 생각에 아래층부터 방을 하나하나 뒤지기 시작했다. 아내는
이미 옷을 완전하게 차려입고 있었으니, 하루 종일 방안에만 머물지는
않을 것이다.

마지막으로 침실 문을 두드리자, 언제나 그랬듯 그녀가 조심스럽게
문을 열었다. 달라스는 그녀의 목록을 흔들어 보였다.

「꽃이라고? 정말 내 일꾼이 마을에 가서 꽃을 사왔으면 하고 바라는
건가?」

코딜리어는 눈을 깜박이며 두 손을 맞잡았다.

「목장으로 돌아오는 길에 몇 송이 꺾어 올 수 있을 거라고 생각했어
요.」

「왜 당신이 직접 꺾으러 가지 않고?」

그녀의 갈색 눈동자가 놀라움으로 동그래졌다.

「꽃은 밖에 있잖아요.」

「꽃이 어디에 있는지 정도는 나도 알아.」

「나는 밖에 나가는 것을 허락받지 못했어요. 위험이…….」

「젠장, 당신 부친의 집에서는 죄수처럼 지냈던 건가?」

그녀의 두 눈에 눈물이 맺혔다.

「캔자스에서는 어머니를 간호해야만 했어요. 그리고 여기…… 여기
서는…… 아버지는 집 안에 머무는 편이 좋을 거라고 하셨어요. 온갖
위험과 추방자들, 그리고 범법자들이 우글거린다고. 그래서 여자들에게

는 안전한 곳이 못 된다구요.」

달라스는 엄지와 검지로 콧수염을 문지르면서 그녀가 방금 한 말을 이해하기 위해 안간힘을 썼다.

「그럼 하루 종일 이 방에만 머물고 있었던 건가?」

그녀는 고개를 끄덕였다.

「내가 들어가도 되는 방이 또 있나요?」

달라스는 눈을 꼭 감았다. 코딜리어는 자신만 두려워하는 게 아니었다. 그녀는 모든 걸 다 두려워했다. 도대체 무슨 운명으로 자신과는 정반대인 여자와 결혼을 하게 된 건지…….

무겁게 한숨을 내쉬며 그는 다시 눈을 떴다.

「방 안에만 있을 필요는 없소. 집 안에만 머물 필요도 없고. 만일 꽃을 원하면 직접 나가서 꺾으면 되는 거라고.」

그녀의 표정에 다시 당혹감이 어렸다.

「하지만 위험…….」

「디, 여기 당신 혼자 내버려둔 게 아니야. 내 일꾼들이 주위에 널려 있어. 부탁하고 싶은 게 있으면 그저 고함만 지르면 돼. 입을 다물기도 전에 누군가가 당신의 옆에 와 있을 테니까. 자, 이제 꽃을 따러 나가라고.」

그는 몸을 돌려 걸음을 옮겼다.

「당신은 어디로 갈 건데요?」

「소떼들을 점검하러.」

고개를 돌린 달라스는 순간, 그녀의 눈 속에 스머드는 안도감을 보고는 속으로 다시 한숨을 삼켰다.

코딜리어는 베란다 난간에 서서 땋아올린 머리단을 헝클어뜨리며 살포시 불어오는 따스한 바람을 기분 좋게 만끽했다. 그리고 심호흡을 하며 자유의 향기를 맡았다. 집과 목장에서 벗어나 이리저리 다닐 수 있는 자유, 집에서 멀리 떨어진 들판을 산책할 수 있는 자유.

그녀는 끊임없이 들려오는 망치질 소리에 귀를 기울였다. 그리고 울타리 너머 목장 저편으로 향하는 길을 따라 걸음을 옮겼다. 한 남자가 뜨거운 석탄불 옆에서 일을 하고 있었다.

「안녕하세요?」

코딜리어가 부드럽게 인사를 건넸다. 남자가 검은 눈동자를 들어 그녀를 바라보았다. 어마어마한 덩치에 검은 피부가 땀으로 번들거리고 있었다.

「네, 부인.」

「산책하는 중이에요.」

「산책하기 좋은 날이죠. 날이 더 지나면 무더워서 제대로 산책을 즐기지 못할 겁니다.」

그녀는 아랫입술을 살짝 깨물었다.

「결혼식 날 만났던 것 같은데…… 죄송해요. 성함을 기억하지 못하겠어요.」

「샘슨입니다.」

셔츠 사이로 드러나는 근육질의 맨살과 그 위로 흐르는 땀방울들을 보면서 그녀는 자신도 모르게 얼굴에 홍조를 띠었다.

「샘슨…… 정말 잘 어울리는 이름이네요.」

「네, 부인. 제 주인도 이름을 지을 때 그런 생각을 하셨죠.」

「노예였나요?」

「네, 부인. 그랬습죠.」

코딜리어는 그의 뒤편에 넓게 펼쳐진 초원으로 시선을 던졌다.

「자유라는 게 조금은 두려운 거예요. 그죠, 샘슨?」

「그럼요, 부인. 분명 그렇죠. 하지만 그게 가져다주는 기쁨은 굉장합니다. 자유의 몸이 되어서 처음 공기를 들이마시던 순간을 아직 기억하고 있어요. 그 어떤 것보다 달콤한 향기가 났죠. 솔직히, 그 전에는 제대로 숨을 쉬지 못했으니까요.」

「꽃을 좀 꺾을 생각이에요.」

「그러세요. 그리고 꽃들이 피어 있는 아름다운 장소에 가시거든 잠시 멈추어 서서 심호흡을 해보세요.」

그녀는 수줍게 미소를 지었다.

「그럴게요.」

목장 반대쪽으로 걸음을 옮기자 또 다른 남자가 마구간에서 걸어나오는 모습이 보였다. 바로 철조망 울타리 앞에서 그녀의 결정을 기다리고 있던 남자였기에 그의 이름은 분명하게 기억하고 있었다.

「안녕하세요, 슬림.」

주저하며 그녀는 입을 열었다. 그는 재빨리 자리에 멈추어 서며 모자를 벗었다.

「리 부인.」

순간 코딜리어는 속이 울렁거렸다. 그 이름에 익숙해지는 날이 결코 오지 않을 것 같다는 생각이 스쳤다.

「뷰티는 마구간에 있나요?」

「아뇨, 부인. 이미 휴스턴에게 데려다주었죠.」

실망감이 그녀의 가슴을 파고들었다. 코딜리어는 '뷰티'가 마음에 들었다.

「다른 말에 안장을 놔드릴까요?」

코딜리어는 머리를 흔들었다.

「아뇨, 오늘은 그냥 산책할 생각이에요.」

「말이 타고 싶으시면 언제든 말씀하세요. 그럼 바로 부인을 위해 말을 골라드릴게요.」

「결혼은 하셨어요?」

검게 그을린 남자의 얼굴 위로 홍조가 스쳐 지나갔다.

「아뇨, 부인.」

「목장 주위에 결혼한 남자가 있나요?」

「달라스요. 하지만 그건 굳이 말할 필요가 없을 것 같은데요?」

그는 마치 두 사람만의 비밀스러운 농담이라도 주고받는 듯 은근한 미소를 지었다.

「네, 그거야 알죠.」

그녀는 손사래를 쳤다.

「저쪽으로 가서 꽃을 좀 꺾으려는데, 안전할까요?」

「그럼요. 부인. 하지만 마못 구멍은 조심하세요. 거기에 빠져 발목을 접질리시면 큰일이니까요.」

「고마워요. 명심할게요.」

코딜리어는 얼굴 위로 내리쬐는 따스한 햇살의 감촉을 즐기며 긴 들풀 사이를 거닐었다.

사고가 나기 전까지, 엄마는 정원에 아름다운 꽃들을 기르셨고 그때가 코딜리어에게는 유일하게 평화롭던 시절이었다. 몇 년이 지난 후에도, 코딜리어는 가끔씩 정원과 꽃을 가꾸면서 흥얼거리던 엄마의 아름다운 목소리와 엄마의 손에서 나던 신선하고 향기로운 흙 냄새, 그리고 모든 방들을 아름답게 꾸며주던 그 꽃들을 떠올리곤 했다.

코딜리어는 몸을 숙여 야생화를 꺾었다. 베란다 근처에 꽃을 심겠다고 하면 달라스가 반대하지는 않을까. 분명 그러지는 않으리라. 그가 반대한다 해도 이렇게 집밖으로 나와 꽃을 꺾으면 될 일이었다.

코딜리어는 어깨너머로 돌아보았다. 그리 멀리 온 것도 아닌데, 집이 보이지 않았다. 하지만 여전히 대장장이의 망치질 소리가 들려오고 있었다.

아이들처럼 그녀는 땅바닥에 주저앉아 머리를 뒤로 젖히고 눈을 감았다. 코딜리어는 오랫동안 엄마에게 책을 읽어주며 하루를 보내왔다. 엄마를 간호하는 동안에는 갈 수 있는 곳이 제한되었고 결국 외출을 하지 않게 되었다. 엄마가 돌아가신 후로 그녀는 점점 더 책에 파묻혀 살았다. 수년에 걸쳐 아버지가 쌓아올린 단단한 울타리를 부수고 걸어 나오려는 시도보다 그쪽이 훨씬 더 수월했기 때문이었다.

달라스와 결혼하기 전까지 그녀는 현실보다는 공상에 가까운 삶에 만족하며 살았다. 이제서야 자신이 그 작은 세계에 갇혀 무엇을 놓치고 살았는지를 깨닫고 놀라워하고 있었다.

문제는 그녀에게 남편과 대화를 나눌 기술이 없다는 것이었다. 매번 그의 어두운 눈동자를 볼 때마다 심장은 더욱 빨라지고, 손바닥은 축축해졌으며 숨을 쉬는 것조차 어려웠다. 늘 그렇게 화난 표정이 아니라면 좋으련만.

「이런, 이런, 혼자 여기서 뭘 하시는 거예요?」

코딜리어는 눈을 뜨고 함박웃음을 짓고 있는 오스틴을 반겼다. 그가 옆에 와 쭈그리고 앉았다. 오스틴은 아름다운 푸른색 눈동자를 가지고 있었고, 그 안에는 뜨거운 불꽃이 몸부림을 치고 있었다.

그녀는 손에 들고 있던 꽃 한 송이를 들어 보였다.

「꽃을 꺾고 있었어요.」

「더 가면 훨씬 아름다운 꽃들이 많아요.」

오스틴은 자리에서 일어나 그녀에게 손을 내밀었다.

「자, 일어나세요.」

코딜리어가 손을 맞잡자, 그가 훌쩍 일으켜주었다. 걷기 시작한 뒤에도, 그는 여전히 코딜리어의 손을 잡고 있었다. 남편과 함께 있을 때에도 이런 편안함을 느낄 수 있다면 얼마나 좋을까.

어디선가 희미하게 짖는 소리가 들려왔다. 주위를 둘러보았지만, 동물의 흔적은 보이지 않았다. 다시 낑낑거리는 소리가 들려왔다.

오스틴은 그녀의 손을 놓고 권총집에서 총을 꺼내들었다.

「뭐죠?」

걸음을 빨리 하며 코딜리어가 물었다.

「여기 가만히 계세요.」

이전까지 한번도 남자들의 명령에 불복종해본 적이 없었는데, 이제서야 왜 그런 마음이 들었는지 코딜리어 자신도 이해할 수 없었다. 아마 애처로운 울음소리가 상처 입은 아이의 울음소리처럼 들려서 그랬는지도 모르고, 어쩌면 오스틴이 그녀에게 캐머론을 떠올리게 만들어서 그랬는지도 몰랐다. 코딜리어에게 동생은 남자가 아닌 그저 어린아이처럼 생각되었다.

살며시 오스틴의 뒤쪽으로 걸어간 그녀는, 그의 발에 코를 들이밀고 연신 핥아대는 작은 갈색 짐승을 바라보았다.

「오, 안 돼요.」

코딜리어는 재빨리 그 작은 생명체 앞으로 달려가 무릎을 꿇고 다리를 욱죄고 있는 덫을 바라보았다.

「누가 이런 짓을 한 거죠?」

오스틴이 그녀의 옆에 몸을 구부리고 앉았다.

「집으로 돌아가세요. 녀석의 고통을 끝내줘야 하니까요.」

그녀는 머리를 치켜올렸다.

「다리가 부러진 것 같진 않아요. 달라스가 보이드 오빠를 부러뜨렸을 때와는 달리 뼈가 밖으로 나오지도 않았다구요.」

「하지만…….」

코딜리어의 이마에 주름이 졌다.

「이 쇳덩어리를 벌려주면 제가 덫에서 발을 빼낼게요. 집으로 데려가서 상처를 치료해야겠어요.」

오스틴은 그녀를 빤히 바라보았다.

「이놈은 야생 마못이에요.」

코딜리어는 조심스럽게 그 작은 짐승의 머리를 어루만졌다.

「어린 아기잖아요. 제발, 도와줘요.」

디가 커다란 갈색 눈동자에 너무나 많은 갈망을 담아 자신을 바라보는 바람에, 오스틴은 뭘 어떻게 해야 할지 갈등했다. 결국 그는 권총을 총집에 집어넣었다. 다행스럽게도 디와 결혼한 건 자신이 아니라 형이었다. 형이라면 그녀의 마음을 아프게 할 수 있을지 몰라도, 오스틴은 그럴 수 없었다.

석양이 내려앉을 무렵, 달라스는 가축우리 앞에 말을 세웠다. 손에 들려 있는 야생화들은 이미 조금씩 시들어가고 있었다. 그는 말에서 내리면서 과연 아내가 이 꽃들을 좋아할지 생각해보았다.

「보스?」

주저하는 듯한 슬림의 목소리에 그는 몸을 돌렸다.

「문제가 생겼어요.」

별로 놀라운 일이 아닐 거라는 생각에 달라스는 한숨을 내쉬었다. 우물 중 하나가 메말랐다던가, 북쪽 끝의 소떼가 죽어간다거나 뭐 그런 일이겠지.

「무슨 문제인데?」

「마못이요. 오스틴이 산책 나가셨던 리 부인을 따라갔는데, 거기서 마못을 발견했대요. 그리고 그걸 데려오겠다는 걸 허락했다나 봐요.」

「녀석이 뭘 어쨌다고?」

「리 부인이 다친 마못을 집안으로 데려와 치료하는 걸 도왔다구요. 말하는 걸 들으니까, 놈에게 우유를 먹일 생각인 것 같던데요? 도대체 그런 이야기를 들어본 적 있어요? 알고 계셔야 할 것 같아서…….」

달라스의 손에서 꽃이 떨어졌다.

「사탄을 돌봐주게. 그럴 수 있지?」

「놈을 없애실 거죠? 그렇죠?」

「그래, 없앨 거야.」

직접 겪기 전까지는 잘 알지 못하는 여자와 결혼하는 게 그리 나쁜 생각은 아니라고 여겼는데…… 마못을 집에 들였다니, 대체 생각이 있는 걸까?

달라스는 집을 향해 성큼성큼 걸음을 옮겼다. 오스틴이 기다란 다리를 쭉 뻗고 계단에 앉아 바이올린을 조율하고 있었다.

달라스가 걸음을 멈추자 오스틴이 고개를 비스듬히 들어올렸다. 오스틴의 눈동자는 막 태어난 어린아이처럼 순진해 보였다.

「오늘 저녁에 마못 스튜를 먹을 거라고 말해라, 오스틴.」

달라스의 요구에 오스틴이 피식 미소를 지었다.

「그렇게 말해봤자 거짓말인걸. 거짓말을 해봤자 문제가 더 커질 뿐이라는 걸 아주 오래 전에 터득했다고.」

「그럼 도대체 무슨 생각으로 마못을 집안에 들여놓겠다는 코딜리어를 막지 않은 거냐?」

달라스가 고함을 질렀다. 오스틴은 상관없다는 듯이 어깨를 으쓱 들어올렸다.

「내 아내도 아니잖아. 형수한테 놈을 키울 수 없다고 말하는 건 내 의무가 아니라구. 아무리 생각해도 그건 형의 결정에 따라야 해.」

「마못을 애완용으로 키우겠다는데, 결정은 무슨 결정. 마못은 해를 끼치는 동물이라고.」

「형수한테 그렇게 말할 거야?」

「그래, 지금 당장.」

「정말 그 녀석을 키울 수 없다고 말할 거야?」

「젠장, 그렇다니까. 키울 수 없다고 확실하게 말해준다구.」

오스틴은 고개를 흔들었다.

「과연 형이 안으로 들어가서 그 흙 묻은 발로 놈을 차서 내쫓을 수 있을까?」

「약해 빠진 너야 하고 싶어도 못하지. 하지만 난 한다구.」

그는 행진하듯 복도를 지나 부엌을 향해 성큼성큼 걸음을 옮겼다. 낑낑거리는 작은 물체를 안고 등받이가 높은 의자에 앉아 있던 코딜리어가 고개를 들어올렸다.

「오, 정말 다행이에요.」

안도한 듯 한숨을 내쉬며 코딜리어가 그를 반겼다. 두려움이라고는 전혀 담겨 있지 않는 사랑스러운 눈동자를 본 순간, 그의 분노는 순식간에 사라져버렸다.

「여기요.」

자리에서 일어나 그 '해충'을 달라스에게 내밀며 그녀가 말했다.

「여길 잡아요.」

「뭐?」

「잡으라구요.」

그 말을 되풀이하며 코딜리어는 마못을 달라스의 팔에 안겨주고는 의자를 향해 그를 잡아당겼다.

「앉아요.」

그녀의 목소리에 담긴 긴박감에 놀라, 달라스는 의자에 주저앉았다.

「지금까지 얘의 상처를 치료하고 약을 발랐어요. 지금 다리에 붕대를 감으려고 안간힘을 쓰는 중이에요.」

바닥에 떨어져 있는 붕대를 집어들며 그녀가 설명했다.

「발을 좀 잡고 있어요. 붕대를 감지 않으면, 연고를 모두 핥아먹으려 할 거예요.」

달라스는 코딜리어가 깨끗한 헝겊으로 상처 부위를 감쌀 수 있도록 그 작은 동물이 움직이지 못하게 꽉 붙잡아주었다. 코딜리어가 잠시 손놀림을 멈추고는 그를 올려다보았다.

「누가 당신의 땅에 덫을 놓았어요. 도대체 어떤 잔인한 사람이 그런 짓을 했을까요?」

갑자기 죄책감이 그의 목을 짓눌렀다.

「마못이 얼마나 위험한 놈들인지 아는 사람이 그랬겠지.」

그녀의 손이 다시 멈추었다.

「왜 위험한데요?」

「이 놈들은 초원 여기저기에 구멍을 뚫고 살거든. 말이 그 구멍에 다리가 빠지면, 보통은 다리가 부러지기 마련이고, 그럼 우리는 어쩔 수 없이 녀석들을 쏴 죽여야만 하는 상황이 된다고.」

「그렇다면 구멍이 위험한 거지, 마못이 위험한 건 아니잖아요.」

「그 말은 권총이 위험하지 그걸 들고 있는 사람은 위험하지 않다는 말과 똑같은 거야.」

「그게 뭐가 똑같아요.」

앞발에 붕대 감기를 마치며 그녀가 말했다.

「오스틴은·애를 '골칫거리'이라고 불러야 한대요. 하지만 나는 ·'귀염둥이'라고 부르고 싶어요. 그 이름 어때요?」

달라스는 어떡하면 그녀에게 겁을 주지 않으면서 계속 대화를 이끌어나갈 수 있을까 고민했다. 중요한 건 우선 이 불쾌한 대화를 끝내는 거였다.

「마못 무리는 카우보이들에게 최악의 적이오. 이걸 키울 수는 없어.」

「왜요? 제가 늘 귀염둥이와 함께 있으면 되잖아요. 절대 굴을 파지 못하게 할게요.」

「난 마못 따위는 키우고 싶지 않다니까 그러는군.」

코딜리어는 마못을 가슴에 끌어안고 마치 동물과 자신을 동시에 보호하려는 듯 주춤거리며 구석으로 뒷걸음질을 쳤다.

「이 가엾은 애에게 무슨 짓을 하려는 거죠?」

모든 상황을 파악했다는 표정이 그녀의 얼굴에 그대로 드러났다.

마못이 갑자기 낑낑거렸다. 달라스는 차마 그 녀석을 죽여야 한다고 말할 수가 없었다. 그가 자리를 박차고 일어나자, 의자가 커다란 소리를 내며 옆으로 쓰러졌다. 아내가 움찔 몸을 떨었다.

「놈을 위해 목줄을 만들어주겠어. 만일 놈이 그걸 풀고 돌아다니면, 뒷일은 책임지지 않을 거야.」

달라스는 폭풍처럼 부엌을 걸어 집 뒤쪽으로 나와 마구간으로 향했다. 그는 마구간 벽에 걸린 고삐 하나를 잡아당겼다. 그리고 그걸 흠집투성이인 탁자 위에 올려놓고는 칼을 꺼내 자르기 시작했다.

만일 딸이 생긴다면, 달라스는 그 아이에게 세상의 거친 일들을 전부 가르칠 생각이었다. 그의 딸은 남자들처럼 담배를 피우고 술을 마실 수 있을 뿐만 아니라, 아버지의 그림자나 남편의 목소리를 두려워하는 그런 연약한 여자로는 절대로 키우지 않을 생각이었다.

나지막한 발자국 소리가 들리자, 달라스는 들고 있던 칼에 힘을 주었다.

「그래서, 형수한테 그 슬픈 소식을 전했어?」

문가에 기대어 선 채 오스틴이 물었다.

「그래.」

악다문 입술 사이로 내뱉듯 대답을 하며 그는 칼끝을 이용해서 가죽 끝에 구멍을 냈다.

「형수가 그 소식을 어떻게 받아들여?」

「괜찮을 거야.」

오스틴이 고개를 저었다.

「아무래도 사람을 다루는 형의 그 기술을 배워야 할 것 같아. 아무리 생각해도 마음에 상처를 주지 않으면서 설득시킬 방법은 떠오르지 않더라고.」

오스틴은 느릿느릿 마구간 안으로 들어와 달라스의 어깨너머로 시선을 던졌다.

「그런데 지금 뭐 하는 거야?」

「일해.」

「나도 보고 있어. 근데, 뭘 만드는 거냐고.」

달라스는 턱에 통증이 느껴질 때까지 이를 악다물었다.

「목줄.」

「목줄? 뭐 하려고 그런 걸 만들어. 그리고 그건 너무 작…… 오, 맙소사. 마못을 그냥 키우게 허락했구나.」

달라스는 몸을 돌려 동생의 얼굴 앞에 칼을 들이밀었다.

「아무 말도 하지 마. 단 한마디도. 목숨이 아까우면 그 히죽거리는 웃음도 지우고 당장 여기서 나가.」

양손을 들어올린 채, 오스틴은 뒷걸음질치기 시작했다.

「아무 말도 하지 않을게, 정말이야.」

하지만 동생의 모습이 시야에서 사라진 순간, 달라스는 사방에 메아리치는 커다란 웃음소리를 들었다.

7

「목줄을 단 마못은 한번도 본 적이 없어.」

휴스턴이 말했다. 달라스는 숨을 죽여가며 웃고 있는 휴스턴을 보고 칵 숨이나 막혀버려라, 생각하며 또 다른 목재에 못을 박았다.

「지각 있는 어떤 남자가 리톤에 상점을 여는데, 거기는 특별히 마못을 위한 목줄을 판다더군.」

오스틴이 짓궂은 미소를 지으며 덧붙였다. 달라스는 망치질을 멈추고 막내동생을 노려보았다.

「한 대 얻어터지고 싶지 않으면 닥치고 있는 게 좋을 거다.」

「거 좋은 생각인데!」

휴스턴이 끼여들었다.

「이 주위에 살고 있는 마못의 수를 생각해보라고. 목줄을 파는 일은 돈벌이가 꽤 쏠쏠할 거야. 특히 위대한 제국을 건설하는 데 흥미가 있는 누구에게는 말야.」

「그야 당연하지.」

오스틴이 말을 받았다.

「더군다나 그거 하나를 만드는 데 시간도 얼마 안 걸리더라고. 형이 형수에게 만들어준 것도 10분도 채 걸리지 않던데 뭐. 형이 목줄에 이름까지 새긴다 해도 그 이상은 걸리지 않을걸.」

「정말 녀석을 잃어버릴 수도 있으니까, 목줄에 이름을 새겨야 할 거야. 그렇지 않으면 그 놈이 누구 소유인지 어떻게 알겠어?」

그 말과 함께 휴스턴은 애써 참고 있던 웃음을 터트리고 말았다. 오스틴의 갑작스런 웃음소리도 가세했지만, 달라스는 지금의 상황이 전혀 즐겁지 않았다.

「휴스턴, 너 정말 집을 증축하고 싶은 거 맞냐?」

달라스는 웃음을 참느라 안간힘을 쓰고 있는 동생을 바라보았다. 순간, 그는 동생을 잡아놓고 그 머리 위에 망치질을 하고 싶은 강한 충동을 느꼈다.

「물론이지.」

마침내 휴스턴이 대답했다.

「진심이면 헛소리 그만 하고 나무나 자르지 그러냐?」

「형이 옳아.」

한순간 휴스턴의 표정이 정말로 심각해지는가 싶더니 다시 웃음을 터트리고 말았다.

「오, 하나님 맙소사, 달라스 형. 목줄을 맨 마못이라니. 형이 여자 손에 쥐어 살게 될 줄은 몰랐는데?」

「누가 여자 손에 쥐어 살아? 네가 잘 웃지 않던 시절이 그립다.」

휴스턴의 웃음소리가 잠잠해졌다.

「하지만 난 그런 나를 별로 좋아하지 않았어.」

아멜리아가 그의 심장을 앗아가기 전까지, 휴스턴이 스스로를 별로 존중하지 않았다는 사실을 달라스도 잘 알고 있었다. 코딜리어와 자신 사이에는 그런 일이 절대 일어나지 않으리라는 것도. 그녀의 손이…… 그의 심장 근처에 오는 일은…… 그건 그의 방식이 아니었다.

달라스는 몸을 쭉 폈다.

「자, 이 뼈대를 세우자고.」

「형제들의 웃음소리를 들으니까 너무 좋아요. 함께 보내는 시간을 즐기고 있다는 의미잖아요.」

코딜리어는 옆에 서 있는 여인을 흘끗 쳐다보았다. 아멜리아가 배에 손을 올린 채 만족스러운 미소를 짓고 있었다.

「처음 이곳에 왔을 때만 해도, 웃기는커녕 서로에게 말도 제대로 건네지 않았거든요.」

아멜리아가 조용히 털어놓았다.

「왜요?」

「죄책감과 오해 때문이었죠.」

당시의 고통스러운 기억들이 떠오른 듯, 아멜리아는 길고 나직한 한숨을 내쉬며, 소고기가 요리되고 있는 모닥불 앞으로 걸음을 옮겼다. 코딜리어는 증축할 뼈대를 일으켜 건물에 고정시키는 남자들의 모습을 지켜보았다. 금세, 그녀는 달라스가 문제를 해결하고, 일을 마무리짓기 위한 모든 일을 신속하게 풀어나가고 있음을 깨달았다.

새벽빛이 물들 때쯤, 오스틴을 포함한 세 사람은 휴스턴의 농장으로 출발했다. 도착하자 달라스는 코딜리어를 마차에서 내려준 뒤, 아멜리아가 건네주는 커피를 받아들고 현관 베란다를 향해 걸음을 옮겼다.

「계획은 세운 거야?」

아멜리아를 어루만지며 그녀의 뺨에 키스하는 동생을 바라보며 달라스가 물었다.

「그럼.」

종이 뭉치를 달라스에게 넘겨주며 휴스턴이 대답했다. 달라스는 종이를 펼쳐들고는 따갑게 쏟아지는 아침햇살에 비추어보았다.

「그러니까 집 뒤쪽으로 방을 두 개 더 짓고, 그 위에 다락을 올리겠다고?」

「아멜리아가 원해.」

「그렇다면, 그렇게 해줘야지.」

측량하고, 톱질을 하고, 나무에 망치질을 하는 소리가 초원에 메아리 치기 시작했다.

대충 집의 뼈대가 세워지자 달라스는 첫 휴식을 가졌다. 코딜리어는 귀염둥이를 꼭 끌어안으면서, 모자를 집어던진 뒤 땀에 젖은 셔츠를 머리 위로 벗고 강물에서 막 나온 강아지처럼 머리를 흔드는 달라스의 모습을 바라보았다. 그는 손에 들고 있던 셔츠를 근처 덤불 위에 던진 뒤 바닥에 떨어진 모자를 쓰고 다시 일로 돌아갔다. 이곳에 도착한 뒤로 그는 코딜리어에게 눈길 한 번 던지지 않았지만, 그녀는 달라스에 게서 시선을 뗄 수가 없었다.

햇빛에 그을린 근육들이 팔을 접었다 폈다 하는 일련의 동작을 따라 빛을 발하고 있었다. 쌓여 있는 목재들과 새로 세워진 나무 기둥 사이를 긴 다리로 누비고 다녔다. 그는 한 손으로 가볍게 판자를 들어 나무 기둥에 맞춘 뒤 가볍게 망치질했다. 바지가 엉덩이 부분에 꽉 달라 붙어 있었다. 이제까지 그의 허리가 그토록 늘씬한지 미처 알지 못했다. 넓은 어깨와 아래로 내려가면서 차츰 좁아지는 구리빛 등……

「저러지들 말았으면 좋겠어요.」

한숨을 내쉬며 아멜리아가 말했다. 얼굴을 붉힌 채 코딜리어는 아멜리아를 바라보았다.

「뭘요?」

「저렇게 셔츠를 벗어 던지는 거 말이에요. 이제 저녁을 준비할 참이었는데…… 저러면 저 남자들이 일하는 모습만 보고 싶잖아요.」

코딜리어는 다시 남자들에게로 시선을 돌렸다. 그들이 언제 셔츠를 벗어 던졌는지는 모르지만, 휴스턴과 오스틴의 벗은 등은 달라스의 것처럼 그녀의 관심을 끌거나 만져보고 싶은 충동을 일으키지는 못했다.

매기가 남자들을 향해 달려갔다. 들고 있는 바가지가 아이의 곱실거리는 금발처럼 이리저리 흔들리고 있었다. 바가지에 과연 몇 방울의

물이 남아 있을까 궁금해하는 동안, 아이는 갑자기 걸음을 멈추고 달라스에게 바가지를 내밀었다.

콧수염 아래로 따스한 미소를 지으며, 그는 바가지를 받아들고 머리를 뒤로 젖힌 채 천천히 그리고 한참동안 물을 마셨다. 매기가 녹색 눈동자를 동그랗게 뜨고 신이 나서 박수를 치자, 코딜리어는 달라스가 조카딸을 위해 연극을 하고 있음을 깨달았다. 그는 입술에서 바가지를 뗀 뒤 손가락으로 아이의 코를 톡 치며 코딜리어의 귀에 들리지 않는 나직한 목소리로 무슨 말을 했다. 매기는 환한 미소를 지으며 바가지를 받아들고 다시 물이 담겨 있는 양동이를 향해 달려왔다.

숨쉴 여유도 없이, 아이는 엄마를 올려다보았다.

「달스 삼쫀이 한번도 마셔본 적이 없는 가장 달콤한 물이라고 했어. 그래서 삼쫀에게 더 갔다줄 거예요.」

아이는 바가지를 양동이에 깊게 담갔다가 꺼내어 다시 삼촌을 향해 달리기 시작했다. 물이 아이의 치마를 흠뻑 적시고 있었다.

「불쌍한 달라스. 저 애는 삼촌을 아예 흠모한다니까요. 보세요, 이제 아무 일도 하지 못할걸요.」

「그런 감정은 서로 주고받아야 통하는 법이죠.」

그가 자신에게도 그런 따스한 미소를 지어주길 빌면서 코딜리어가 말했다.

「맞아요. 달라스가 아이 버릇을 다 버려놓았다니까요. 친자식들한테는 어떨지…… 벌써부터 걱정이에요.」

아내로서의 의무가 떠올라 코딜리어는 두 뺨이 화끈거렸다.

「나는…… 그러니까…… 결혼식 날, 침대 위에 올려놓은 꽃 말인데요. 얼마나 감사한지 몰라요.」

아멜리아는 미소를 지었다.

「꽃이라뇨? 그런 적 없는데요.」

「어머!」

코딜리어는 다시 달라스를 향해 시선을 돌렸다. 남자들은 이제 막

집의 뼈대를 세우는 일을 끝내고, 바닥에 나무 판자를 까는 일에 착수했다. 매기가 망치질을 할 수 있도록, 달라스가 못을 붙잡고 있는 모습이 보였다. 몇 번의 망치질 끝에, 달라스는 아이에게서 망치를 받아 못을 제자리에 박아넣었다.

시간이 갈수록 코딜리어는 달라스 리가 어떤 남자인지 감을 잡을 수 없었다. 입술에 못을 물고 힘껏 망치질을 하는 모습을 보면, 꽃을 따다 침대 위에 올려놓을 사람으로는 보이지 않는데……

그녀의, 아니 그들의 침대 위에 꽃을 올려놓은 사람이 달라스라는 것이 분명해지자, 더욱 미워하기가 어려워졌다. 그렇다고 이런 결혼을 계획한 그를 완전히 용서한 것은 아니었다.

매기는 바닥을 깔기 위해 잘라서 쌓아놓은 목재 위에 기어올라가, 이제 오스틴에게 못을 건네주기 시작했다. 한쪽 팔에 붕대를 감고 있었지만, 오스틴은 제 몫을 충실하게 해내고 있었다. 코딜리어는 문득 자신은 그렇지 않다는 사실을 인식했다.

「아멜리아, 뭐 도울 일은 없나요?」

「현관 베란다 위에 돗자리를 내놨어요. 그걸 나무 아래에 깔아주겠어요? 그늘아래 앉아서 쉴 수 있도록?」

코딜리어는 귀염둥이를 바닥에 내려놓은 뒤, 마침내 자신에게도 할 일이 생겼다는 사실에 감사하며 - 비록 맘속으로는 남편이 지금 무엇을 하는지 궁금해하고 있지만 - 목줄을 움켜쥐고 서둘러 현관을 향해 걸음을 옮겼다.

달라스는 현관을 향해 종종걸음치는 아내를 곁눈질로 바라보았다. 그는 지금 자신이 하고 있는 일에 정신을 집중하기 위해 안간힘을 쓰고 있었다. 하지만 생각은 자꾸만 아내를 향해 흘러가고 있었다. 간혹 부는 바람에 아내의 라벤더 향이 묻어왔다. 그녀와 믿을 수 없을 만큼 멀리 떨어져 있는데도 그 향기가 느껴지면, 자신이 미쳐가는 것은 아닌가 하는 의심이 들었다.

달라스는 결혼 초야에 남편의 의무를 수행하지 않는 엄청난 실수를 저질렀다. 그 결과 이제는 어떻게 그녀에게 접근을 해야 할지, 집행유예가 끝났음을 어떻게 알려야 할지 도저히 감이 잡히지 않았다.

방문을 두드리면 코딜리어는 분명 두려움에 질린 눈으로 문을 열어줄 것이다. 그건 생각만으로도 참을 수가 없었다. 코딜리어의 눈은 전쟁 중 그를 쳐다보던 수많은 병사들을 떠올리게 만들었다. 모두들 적들에 대한, 그리고 죽음에 대한 두려움을 안고 그의 명령에 따라 전쟁터를 향해 돌진했다.

이제까지의 삶에 대해 후회는 없었다. 하지만 가끔씩, 얼마나 많은 남자들이 자신의 모진 명령에 의해 죽음 속으로 떠밀려갔던가, 하는 생각이 들 때가 있었다.

함께 잠자리에 들면서 코딜리어가 그들과 같은 두려움을 품은 눈으로 자신을 바라보는 것은 원치 않았다. 하지만 어떻게 해야 아내의 눈에 담긴 두려움을 없앨 수 있는지는 알지 못했다. 아주 잠시 동안이지만, 마못을 돌보던 그녀의 눈에는 두려움이 사라지고 없었다. 그렇다고 매일 밤마다 상처 입은 마못을 선물할 수도 없는 노릇 아닌가.

달라스는 자리에서 일어나 판자와 못들을 더 가지러 갔다. 목재들이 쌓여 있는 곳에 도착한 그는 잠시 멍하니 서서, 몸을 숙여 바닥에 돗자리를 깔고 있는 아내의 모습을 바라보았다.

진심으로 아내의 눈에서 두려움을 없앨 수 있는 방법을 알고 싶었다. 영원히.

매번 침묵 속에서 식사를 했다. 물론 오스틴은 제외하고. 아내에게 무슨 말을 해야 할지 하나도 떠오르지 않았다. 그건 아멜리아에게 처음으로 편지를 쓰던 때를 상기시켰다. 그의 첫 편지는 단 몇 줄에 지나지 않았다. 하지만 일년 정도 지나자, 그는 편지를 통해 자신의 모든 삶을 그녀와 공유할 수 있었다. 코딜리어에게도 편지를 쓸까 생각해보았지만, 겁쟁이 같은 짓처럼 느껴져 행동으로 옮기지 못했다. 어쩌면 휴스턴을 쳐다볼 때마다 아멜리아의 눈 속에 어리는, 그런 감정들을 불러일으키는 말들을 배워두면 좋을지도 몰랐다.

달라스는 몇 개의 판자를 집어들고 건물 테두리가 있는 곳으로 돌아와 그것들을 배열했다. 그리고 그 옆에 무릎을 꿇으며 입에 물고 있던 못들을 빼냈다.

「휴스턴…… 너와 아멜리아가 함께 이곳까지 여행할 때 말이야…… 무슨 말들을 나누었냐?」

마룻바닥 위에 못들을 뱉어놓은 뒤, 휴스턴이 어깨를 으쓱해 보였다.

「아멜리아가 원하는 건 뭐든지.」

달라스는 절망감에 고개를 숙였다.

「아멜리아는 무슨 말을 하고 싶어했는데?」

휴스턴은 이마 위로 모자를 들어올렸다.

「대부분은 형에 관한 거. 목장에 대한 것들과 형이 어떤 사람인지, 집이 어떻게 생겼는지 그런 걸 물었어.」

「설마 그래서 형의 집에 대해 자세하게 설명한 건 아니겠지?」

오스틴이 물었다. 달라스는 시선을 돌렸다.

「내 집이 뭐 잘못됐냐?」

오스틴은 얼굴에서 미소를 지우며 작은형을 바라보았다. 휴스턴은 고개를 설레설레 흔들며 '이번에는 정말로 입 닥치고 있어야 했어'라는 표정을 지었다. 그러고는 다시 판자에 망치질을 시작했다.

「내 집이 뭐가 잘못됐는데?」

달라스가 재차 다그쳤다.

「어…… 글쎄, 음…… 크잖아.」

「당연히 크지. 난 대가족을 생각하고 있으니까.」

「그래, 그렇다면 잘못된 게 없지.」

오스틴은 매기에게서 못을 건네받았다.

「매기 메이, 오스틴 삼촌을 위해 잘 잡고 있어야 돼.」

달라스는 동생을 노려보며 지금 자신이 들은 말을 이해하기 위해 노력했다.

「지금 네 말은 집과 전혀 상관이 없잖아. 그 말의 진의가 뭐야?」

오스틴은 달라스의 시선을 마주보기 전에 눈을 감고 한차례 심호흡을 했다.

「전혀 집처럼 보이지 않잖아. 그 집은…… 그집은…….」

오스틴은 망치질을 멈추고 자신들을 바라보는 작은형을 향해 시선을 돌렸다. 달라스는 동생이 용기를 그러모으기 위해 노력하고 있다고 생각했다. 물론 그도 자신의 집이 평범하지 않다는 것은 알고 있었다.

오스틴이 다시 달라스를 마주보았다.

「솔직히 난 그 집이 추하다고 생각해. 전에도 내가 그랬잖아. 하지만 그건 내 생각이고 작은형은 다르게 생각할 수도 있지.」

휴스턴이 눈을 가늘게 떴다.

「난 대화에서 빼줘라, 꼬마야.」

달라스는 마치 한 무리의 소떼가 가슴을 짓밟고 지나간 듯한 기분이 들었다.

「너도 오스틴의 말에 동의하냐?」

그가 묻자 휴스턴은 턱을 악물었다.

「그건 아냐. 단지 내가 살고 싶은 집이 아니라는…….」

「식사 준비됐어요.」

아멜리아가 소리를 쳤다.

「오, 하나님 감사합니다.」

자리에서 일어나며 휴스턴이 중얼거렸다.

「굶어죽기 직전이었어. 넌 어떠냐, 우리 귀염둥이?」

그가 아이를 허공으로 집어던지자 매기는 새된 비명을 질렀다. 오스틴이 도망을 치기 전에 달라스는 몸을 일으키고 막내의 팔을 움켜쥐었다.

「그런데 왜 미리 말해주지 않은 거야?」

오스틴의 얼굴이 새빨갛게 달아올랐다.

「형이 너무나 그 집을 자랑스럽게 여기니까…… 우리 의견은 별로 중요하지 않을 거라고 생각했어. 문제는 형수가 어떻게 생각하느냐 하는 거지. 아마도 형수에게 물어봐야 할 것 같은데.」

그녀에게 남편을 증오하는 만큼 그의 집도 증오하냐고 물어보라고? 백년이 지나도 그런 질문은 할 수 없었다.

「난 내 집이 좋아.」

달라스가 단호하게 말했다. 오스틴이 그를 바라보며 힘없는 미소를 지었다.

「그렇다면 뭐가 문제야. 자, 밥 먹으로 가자고.」

귀염둥이를 근처 덤불에 묶어놓은 뒤 코딜리어는 점점 더 거칠게 뛰는 마음을 달래며 남자들이 다가오는 모습을 지켜보았다. 모두들 재빨리 손을 씻고 다시 셔츠를 입었다. 그 작은 행동에 그녀는 엄청난 고마움을 느꼈다. 만일 달라스가 맨 가슴으로 자신의 옆에 온다면 아무것도 먹지 못할 것만 같았다.

코딜리어는 나무 상자 주위에 세 장의 돗자리를 깔아놓았다. 아멜리아는 토막낸 스테이크와 감자를 담은 큰 접시들을 상자 위에 올려놓고 접시와 다른 것들을 돗자리 위에 내려놓았다.

아멜리아가 한 장의 돗자리 위에 자리를 잡았다. 휴스턴이 그녀의 옆에 앉자 매기가 그의 품안에 둥지를 틀었다.

「맛있어 보이는데?」

오스틴이 다가오며 말했다. 코딜리어는 쓸데없는 희망임을 알면서도 그가 자신의 옆에 앉기를 바랐다. 예상대로 오스틴은 그녀에게 미소를 지어 보인 뒤 바로 맞은편 돗자리에 자리잡았다. 오스틴보다 훨씬 덩치가 큰 달라스가 그녀의 옆 작은 돗자리 위에 앉았다.

「설마 내 소는 아니겠지? 그런 거야?」

달라스의 말에 휴스턴이 미소를 지었다.

「녀석이 겁도 없이 내 땅으로 설렁설렁 들어왔더라고. 내가 어떻게 해야 했겠어?」

「달래서 집으로 보냈어야지.」
「그거야 형 생각이고.」
오스틴이 손을 흔들었다.
「여기 좀 봐주지 않겠어? 내 옆에만 여자가 없잖아. 매기 메이. 이리
와서 외로운 삼촌 옆에 앉아라.」
매기는 펄쩍 뛰어올라 그 좁은 거리를 달려 오스틴의 품안으로 뛰어
들었다. 오스틴은 날카로운 신음소리를 내며 아이를 자신의 성한 팔
쪽으로 옮겨 안았다.
휴스턴이 재빨리 딸을 당겨 품안에 끌어안았다.
「괜찮아?」
오스틴은 창백한 얼굴로 고개를 끄덕였다.
「괜찮아.」
「미안해요.」
아랫입술을 부들부들 떨며 매기가 사과했다.
「괜찮아, 이쁜아. 삼촌 팔이 좀 아파서 그래.」
오스틴은 미소를 지어 보인 뒤 자신의 허벅지를 두드렸다.
「이쪽으로 와서 앉아, 삼촌 옆에. 좋지?」
아이는 돗자리 위를 기어 얌전하게 삼촌 옆으로 이동했다.
「팔은 왜 다쳤어요?」
코딜리어의 질문에 갑자기 침묵이 깔렸다. 그리고 모두의 시선이 그
녀에게로 모아졌다. 코딜리어는 얼굴이 화끈거렸다.
「미안해요. 때늦은 질문이죠?」
오스틴이 불편한 표정으로 대답했다.
「총에 맞았어요.」
「오, 맙소사. 범법자들 짓인가요?」
생각만으로도 너무나 끔찍했다.
「소도둑놈들한테.」
자신의 접시에 감자를 덜면서 달라스가 대답했다.

「하지만 더 이상 우리를 괴롭히지는 않을 거야.」
「정말 다행이네요.」
코딜리어는 접시에 놓인 고기를 잘게 썰어 입에 한 조각 집어넣었다.
「당신은 새 모이보다 더 적게 먹는 것 같아.」
그녀는 자신의 접시를 바라보며 투덜대는 달라스를 흘끗 쳐다보았다.
화가 난 듯, 그의 눈썹이 약간 올라가 있었다. 그렇다고, 당신이 옆에
있으면 속이 울렁거려서 아무것도 삼킬 수가 없어요, 라고 말해버릴
수도 없는 노릇이었다.
코딜리어는 접시 위로 시선을 떨구면서 조용히 대답했다.
「원래 많이 먹는 편은 아니에요.」
「아마도 내가 많이 퍼먹는 사내들에게 익숙해졌나 보군.」
달라스가 여전히 툴툴거리며 말했다.
갑자기 어색한 침묵이 휘돌았다. 코딜리어는 무슨 말이든 해야 한다
는 다급한 충동을 느꼈다.
「철도는 언제쯤 마을에 들어올 것 같아요?」
아멜리아가 물었다. 달라스가 감자 접시로 다시 손을 뻗었다.
「몇 년 뒤에나 들어올 것 같아요.」
「그때쯤이면 여기도 많이 변하겠군.」
오스틴이 조용히 말했다.
「그렇게 돼야지. 운이 따른다면 리톤도 아빌린처럼 빠르게 성장할
거야. 지금 계획으로는 학교도 짓고 싶은데. 아멜리아, 훌륭한 선생을
찾는 일을 맡아주지 않겠어요?」
달라스의 질문에 아멜리아는 미소를 지었다.
「좋은 생각이네요. 게다가 광고에는 제가 경험이 좀 있잖아요. 분명
동부에서 자격이 있는 사람을 찾아낼 수 있을 거예요.」
「헨더슨 씨와 이야기를 끝내기 위해 은행에 갈 참인데 그 전에, 필
요한 물품이랑 비용 같은 것을 적어서 내게 줘요.」
아멜리아는 몸을 숙여 코딜리어의 손을 잡았다.

「디, 도와줄 거죠?」

코딜리어는 달라스를 흘끗 바라보았다. 그는 마치 대답을 기다리는 것처럼 그녀를 빤히 쳐다보고 있었다. 만일 자신의 도움이 필요하다면, 그가 직접 말하리라.

「학교에 대해서 아는 게 전혀 없어요. 전 가정교사 밑에서 공부했거든요.」

「그렇다면, 함께 배워나가면 되겠네요.」

「하지만, 내가 뭘 할 수 있을지…….」

「우리 아들이 그 학교에서 공부하게 될 거요.」

달라스가 끼여들었다.

「그러니 당신도 바라는 게 있으면 말해요.」

코딜리어는 재빨리 고개를 끄덕였다.

「그렇다면, 좋아요. 해볼게요.」

「좋아.」

달라스가 무뚝뚝하게 말했다. 아멜리아는 코딜리어의 손을 꼭 붙잡았다.

「분명 재미있을 거예요.」

그래, 분명 그럴 거라는 생각이 들었다. 접시와 헝겊을 가지고 노는 것 외에 다른 경험을 하게 될 것이다. 달라스와 오스틴이 집에서 시간을 보내는 일은 거의 드물었고, 계속 이렇게 무료한 시간을 감당해야 한다면 미칠지도 모른다고 걱정하던 참이었다.

대화가 리톤의 발전이라는 쪽으로 흘러가자, 코딜리어는 정신을 차릴 수가 없었다. 그녀는 달라스가 땅을 기부하던 날 이후로는 마을에 가본 적이 없었다. 몇 번이고 마을에 데려가 달라고 형제들에게 애원했지만, 그 누구도 그녀에게 시간을 내줄 생각은 없어 보였다. 그저 무(無)에서 유(有)로 가는 과정이 엄청 흥미진진할 거라고 상상만 했을 뿐이었다.

달라스는 땅을 기부한 뒤에도 마을을 발전시키기 위해 많은 씨를 뿌리고 있는 모양이었다. 언젠가 보이드 오빠가 그를 일컬어 '치사한 탐욕꾼'이라고 했었다. 그게 오빠가 달라스를 칭하는 말 중에서 가장 점잖은 표현이었다. 사업에 대해 문외한인 그녀지만, 학교를 세우는 거나 터커 목사님을 위해 교회를 짓는 사업이 돈벌이를 위한 일이 아니란 것쯤은 알고 있었다.

결혼한 지는 얼마 되지 않았지만, 그녀가 자기 곁을 떠나면 울타리를 도로 돌려놓을 거라고 말했던 그날 아침을 제외하고는 그에게서 어떤 탐욕의 기미도 발견하지 못했다. 더군다나 그녀의 형제들은 강을 얻은 반면 그는 마지못해하는 아내를 제외하고는 얻은 것이 없었다.

결국 그는 아들을, 그리고 그녀의 가족들은 땅을 갖게 되리라.

달라스가 자신의 탐욕스러운 본성을 잘도 숨기고 있다는 생각이 들자, 문득 보이드는 어떻게 그런 그의 본성을 보자마자 깨달았는지 궁금해졌다.

「새로 집을 증축하는 일이 생각보다 잘 진행되는 것 같네요.」

리톤에서 화제를 돌리기 위해 아멜리아가 말했다.

「그래도 해지기 전까지 1층과 벽 마무리를 대충 끝내려면 서둘러야 해요.」

달라스가 말했다.

「그 말은 귀중한 하루를 우리 집을 짓기 위해 포기하겠다는 뜻으로 들리는데요?」

「그래서 가족이 있는 거죠.」

달라스가 대답했다.

「하지만 보답할 것이 없는걸요. 아무리 생각해도 아주버님 댁을 증축할 필요는 없을 테고요.」

「아, 형네 집에 대한 이야기가 나와서 하는 말인데요…….」

잘됐다는 듯 오스틴이 불쑥 말을 꺼냈다.

「큰형수, 그 집에 대해 어떻게 생각해요?」

코딜리어는 오스틴에게 시선을 던진 뒤, 숨을 멎게 할 만큼 강렬한 시선으로 자신을 바라보는 달라스를 마주했다. 순간, 무심코 신음이 그녀의 입술 사이로 새어나왔다.
「이제 일을 시작하자.」
빈 접시를 돗자리 위에 내려놓으면서 달라스가 말했다. 휴스턴이 신음소리를 내며 배를 문질렀다.
「배가 불러서 숨쉬기도 힘들어. 조금만 더 앉았다가 하자구.」
「저건 네 집 아니냐?」
「누가 뭐래. 다음 일요일까지 끝내면 되지 왜 그리 서둘러.」
「다음 일요일쯤엔 오늘보다 날이 더 뜨거울 거다.」
자리에서 일어나며 달라스가 말했다.
「난 일하러 가겠어.」
코딜리어는 셔츠를 벗어 던지고 다시 집을 향해 성큼성큼 걸어가는 남편을 바라보았다.
「오스틴 너도 입을 닥치고 있어야 할 때를 구별하게 될 날이 어서 왔으면 좋겠다.」
휴스턴이 중얼거렸다.

달라스는 판자를 들어올려 집의 반대편으로 옮기거나 바닥에 못박는 일에 정신을 집중하기 위해 애를 썼다. 휴스턴과 오스틴도 낮잠에서 깨어나면 마루를 끝내는 일을 도와주리라 믿으며. 두 사람 다 지금 나무 그늘 아래 누워 잠이 들어 있었다. 휴스턴은 아멜리아의 무릎을 베고, 오스틴은 매기를 꼭 끌어안은 채.
코딜리어는 가만히 그늘 속에 앉아 있었다. 두 손을 가지런히 무릎 위에 올려놓고 있는 모습이 너무나 아름다워 보였다.
그녀가 자신을 제외한 모든 사람들에게 '디'라고 불러도 좋다고 허락한 건 아닌지 궁금했다. 만일 그가 원한다면 허락을 해줄까?. 사실 코딜리어보다는 디가 훨씬 더 혀끝에 부드럽게 맴돌았다. 그리고 그녀에게 어울리는 이름인 것 같다는 생각도 들고.

그는 판자를 수직으로 세운 뒤 기둥에 맞추어 망치질을 했다. 땀이 등줄기를 타고 비오듯 흘러내리자 목욕을 하고 싶다는 생각이 간절했다.

또 다른 판자를 세운 뒤 다시 망치질을 시작했다.

집에서 따끈따끈한 물에 목욕을 했으면 좋으련만. 자신의 웅장한 집에서…….

몸을 돌리던 그는 갑자기 얼어붙은 듯 동작을 멈추었다. 물이 담긴 바가지를 들고 바로 옆에 코딜리어가 서 있었다. 그녀의 눈동자에는 두려움이 자리잡고 있었다.

「아멜리아가 목이 마를 거라고 해서요.」

「당신을 억지로 사자굴로 밀어넣다니, 그리 친절한 행동은 아니군. 어쨌건 물은 고맙게 마시지.」

달라스는 떨리는 그녀의 손에서 바가지를 받아들고는 맑은 물을 단숨에 들이켰다. 시선을 그녀에게 고정시킨 채, 달라스는 손등으로 입술 주위를 문지른 뒤 바가지를 돌려주었다.

「고마워.」

그는 다른 판자를 집어들어 건물의 뼈대에 고정시켰다.

「당신 집 말인데요…….」

그녀가 입을 열었다.

「당신을 위해 또 다른 집을 지어주겠소. 어려운 일도 아니니까.」

판자를 일으켜 세우며 그가 말했다.

「솔직히…… 전 지금 집이 좋은걸요.」

달라스는 어깨너머로 시선을 던졌다. 코딜리어는 손가락 마디가 하얗게 변할 정도로 두 손을 세게 맞잡고 있었다.

「진심으로?」

그녀가 거칠게 고개를 끄덕였다.

「음…… 조금 황량하다는 생각은…… 그러니까, 제 말은…… 집에 장식을 좀 하면 아늑하게 보일 거…….」

「작은 장신구 같은 걸 의미하는 건가?」

「맞아요, 작은 그림이나 아니면 벽걸이 같은 거요. 현관 앞에 꽃을 심는 것도…… 하지만 당신 생각이…….」

「그냥 원하는 대로 해요.」

판자에 못을 고정시키려고 몸을 구부리며 그가 말했다.

「당신 마음에 안 들면 어쩌죠?」

「내 취향이라고 다른 사람들과 별다르진 않겠지.」

못을 문 채로 그가 말을 이었다.

「당신 판단을 믿을 테니까. 내 서재에 몽고메리 워드의 카탈로그가 있소. 그걸 보고 원하는 물건이 있으면 주문해. 아니면 올리버의 잡화상에 가서 원하는 걸 갖다달라고 하던가.」

코딜리어가 무슨 말이건 할 거라는 예상에, 그는 못을 손에 들면서 어깨너머를 흘끗 바라보았다. 그러나 그녀는 눈을 동그랗게 뜨고 그들이 점심을 먹었던 곳을 빤히 쳐다보고 있었다. 그곳에서는 막 잠에서 깨어난 듯한 휴스턴이 아멜리아를 끌어안고 후식으로 그녀의 달콤한 입술을 맛보고 있었다.

「그렇게 빤히 쳐다보는 건 예의가 아냐.」

망치질을 하면서 달라스가 말했다.

「하지만…… 지금…… 지금…….」

「키스하고 있잖아.」

새빨개진 얼굴로 코딜리어가 시선을 돌렸다.

「하지만 지금 너무 가까이 붙어 있잖아요.」

「좋으니까 그렇겠지. 빌려간 그 책에는 그런 내용은 없던가?」

그녀의 홍조가 더 이상 붉어질 수 있을 거라고는 생각하지 못했는데 그래지고 있었다.

「그 책제목이 잘못된 것 같아요.」

마치 누군가 들을까봐 두려운 듯 그녀는 목소리를 낮추어 속삭였다.

「남편의 역할에 대해서는 전혀 쓰여 있지 않더라구요.」

달라스는 미소를 감출 수가 없었다.

「하지만 그건 허즈번드리에 관한 한은 완벽하게 설명되어 있는 책인데.」

「도대체 이해할 수가 없어요.」

「허즈번드리란 말은 가축을 길들이고 돌보는 일을 정중하게 표현한 말이야.」

「알면, 내가 그 책을 선택하기 전에 설명해줬어야죠.」

그는 어깨를 으쓱해 보였다.

「당신은 목장주와 결혼했잖소. 그래서 그 책을 읽어두는 것도 그리 나쁘지 않을 거라는 생각이었지. 저녁식사 시간에 이야기 나눌 공통 화젯거리도 생길 것 같고.」

그녀의 눈이 동그래졌다.

「그건 안 되죠.」

한순간에 그의 미소가 사라지며 다시 굳은 표정으로 변해버렸다.

「그럼 내가 침묵 속에서 밥을 먹는 데 익숙해져야 한다는 말인데. 그렇게 되느니 차라리 밖으로 나가 일꾼들하고 밥을 먹겠어.」

「당신이 식탁에서 이야기를 나누고 싶어하리라고는…… 사실 집에서는 식사 중에 대화하는 것은 예의에 어긋난다고 배웠어요.」

「당신의 부친과 내가 비슷한 예의범절을 익힌 것 같군. 아이들은 보지도 듣지도 말아라. 하지만 당신은 아이가 아니라 성숙한 여인이야.」

「그럼, 성숙한 여인은 보고 들어도 된다는 말인가요?」

달라스는 믿을 수가 없다는 듯 고개를 저었다.

「난 하루 종일 소떼의 울부짖는 소리와 사내들의 거친 목소리만 듣는다구. 최소한, 저녁식사 시간에는 아름다운 여인의 목소리를 듣고 싶어.」

「그럼…… 뭔가 식사 시간에 함께 나눌 수 있는 이야기거리를 생각해볼게요.」

「좋소.」

그는 몸을 돌려 다시 작업에 들어갔다.

「집으로 가기 전에 휴스턴에게 말 한 마리만 골라 달라고 해요. 뷰티는 매기의 말이니까 계속 빌리는 것도 그렇잖아.」

휴스턴의 목장 나무 기둥에 기댄 채 달라스는 천천히 움직이는 이른 저녁 햇살의 그림자 속에 서서 코딜리어를 가만히 응시했다. 그녀는 지금 밤색 구렁말 옆에 서서 동생과 이야기를 나누고 있었다. 이야기를 나누고, 미소를 짓고 편안하게 웃으면서……

달라스는 한번도 그녀의 달콤한 웃음소리를 들어본 적이 없었다. 너무나 순수한 웃음소리.

「뭘 좀 마실래요?」

아멜리아가 그에게 말했다.

아내에게서 시선을 떼지 않은 채, 달라스는 아멜리아가 건넨 레모네이드 잔을 두 손으로 감싸쥐었다.

「휴스턴은 여자들이 원하는 그런 남자인 것처럼 보여요.」

「그이는 디를 위협하지 않으니까요.」

달라스는 갑자기 머리를 치켜올렸다.

「그럼, 난 그렇다고 생각하는 건가요?」

「디가 그렇게 생각해요.」

「젠장, 왜 그렇게 생각하는지 모르겠군. 결혼식 날부터 지금까지 손가락 하나 대지 않았는데.」

「결혼한 이후로 얼마나 자주 그녀를 사랑스러운 이름이나 애칭으로 불러주셨어요?」

「그게 이거랑 무슨 상관이에요?」

「새벽에 여기에 온 이후로 디의 이름을 부르는 소리를 전혀 듣지 못한 것 같아요. 여자들은 가끔 자신의 이름이 불려지는 걸 좋아해요.」

「그녀의 이름이 자꾸 혀끝에 엉키는 기분이라서.」

「디의 이름이 내 이름보다 더 어려운 것도 아니잖아요. 그리고 내 이름을 부르는 데는 별 어려움이 없었군요.」

「그건 굉장히 달라요. 당신 이름은 부드럽지만, 그녀의 이름은……
딱딱해. 마치…… 장작처럼.」

「난 그 이름이 좋은걸요.」

「글쎄, 난 아니라니까요.」

그녀가 달라스의 팔을 툭 치자, 잔 속의 레모네이드가 그의 손 위로
튀겨 올랐다.

「이런, 젠장…….」

아멜리아가 다시 그를 쳤다.

「그럼, 다른 이름으로 불러요.」

「어떤?」

「자기.」

달라스의 얼굴이 일그러졌다.

「스위트하트, 달링.」

「그런 말들이 내 입에서 자연스럽게 튀어나올 것 같아요?」

「그럼, 다른 말들을 좀 찾아봐요. 그녀만의 특별한 호칭을.」

「내가 왜? 그녀도 절대로 내 이름을 부르지 않는데.」

「지금 두 살 짜리 어린애처럼 행동하는 거 알아요?」

다른 남자와 함께 있는 아내를, 자신과는 단 한순간도 즐거워하지
않던 아내가 긴장을 풀고 미소짓고 있는 모습을 바라보는 자신이 얼간
이 같다는 기분이 들었다.

아멜리아가 그의 팔을 문질렀다.

「미안해요. 내가 상관할 문제가 아니라는 건 알아요. 하지만 전 당신
이 정말로 행복해졌으면 좋겠어요.」

「아들을 갖게 되면 곧 그렇게 될 테죠.」

아멜리아의 얼굴에 슬픔이 스치고 지나갔다.

「아들이 그토록 중요한가요?」

「당연하죠. 그거야말로 아직까지 이루지 못한 유일한 꿈이니까요.」

「왜 결혼 서약에서 사랑과 애정이라는 단어를 뺐어요?」

그는 손에 들고 있던 레모네이드로 시선을 돌렸다. 진실은 손에 들고 있는 음료수만큼이나 씁쓸했다.

「난 그리 편한 남자가 아니에요, 아멜리아. 나도 그걸 알아. 사랑은 그녀가 내게 줄 수 있는 그런 감정이 아니죠. 그렇기에 이룰 수 없는 맹세를 시키는 건 그녀에게 못할 짓이라고 생각했어요.」

달라스는 그녀에게 잔을 건네주었다.

「어두워지기 전에 집으로 돌아가야겠어요.」

그는 현관 베란다에서 걸어나왔다.

「자신에게 그리 후한 점수를 주지 않는군요.」

아멜리아가 부드럽게 말했다.

슬픈 미소를 지으며 달라스는 그녀를 돌아보았다.

「오히려 내 자신에게 너무 많은 점수를 준 것 같은데. 만약 그녀에게 내 곁을 떠나도 좋다고, 그래도 울타리를 다시 세우지 않겠노라고 말하면 그녀는 첫별이 뜨기도 전에 집을 나갈 거예요.」

달라스는 울타리 위에 걸터앉아 별들을 응시했다. 동생의 집에서 보낸 하루는, 자신이 얼마나 많은 것들을 놓치고 사는지 뼈저리게 느끼게 했다. 단지 아들뿐만이 아니라, 휴스턴과 아멜리아가 교환하던 따스한 눈길과, 말이 없어도 서로에게 전달되는 깊은 사랑까지.

단 한번도 아멜리아가 휴스턴을 바라보는 식으로 코딜리어가 자신을 바라보게 되리라고는 생각하지 않았다. 심지어 그가 하늘의 별과 달을 다 따다준다고 해도. 만일 그가 관대한 남자라면, 코딜리어의 입술 감촉을 느끼지 않고 그 따스한 살결에 손을 대지 않은 채, 그리고 자신의 씨를 그녀의 몸 안에 뿌리지 않은 채 그녀를 부친에게 되돌려보내야 했는지도 몰랐다.

하지만 그는 관대한 남자가 아니었다. 다시금 그녀와의 키스를, 전보다 더 깊은 키스를 원하고 있었다. 그녀의 젖가슴부터 가냘픈 손목과 매끄러운 허리에 이르기까지 모든 부분을 다 어루만지고 싶었다. 그녀의 혈떡임과 신음소리 그리고 한숨소리를 듣고 싶었다. 달라스는 자신의 침대에 누운 그녀를 원했다.

절망감에 한숨이 나왔다. 이미 그녀는 그의 침대에 누워 있었다. 문제는, 어떻게 하면 노크를 하지 않은 채, 조심스럽게 문을 열어주는 그녀의 두려움에 찬 눈동자를 마주하지 않은 채 자신의 침실로 돌아가는가 하는 거였다. 한밤중에 몰래 방 안으로 들어가 잠에 든 그녀를 깨우고 키스를…….

「달라스?」

주저하는 듯한 코딜리어의 작은 목소리에 그는 재빨리 몸을 돌렸다. 집에 도착한 뒤 그녀는 카탈로그를 가져가기 위해 잠시 서재에 들린 모양이었다. 그는 코딜리어가 서재에 머물면서 내용을 살펴보기를 바랐지만, 그녀는 겁에 질린 토끼 마냥 카탈로그를 움켜쥐고 도망치듯 침실로 사라졌다.

그는 맨가슴 위로 팔짱을 끼며, 신발까지 벗지는 말았어야 했다고 후회했다. 마치 자신이 알몸에 분노라는 헝겊을 두르고 있는 듯한 기분이었다.

「여기서 뭘 하는 거요?」

「오스틴이 당신과 이야기하러 가보라고 해서요.」

처음에는 아멜리아, 이번에는 오스틴. 온 가족이 이 여자를 쿡쿡 찔러 나에게 보내려고 안간힘을 쓰는군. 달라스는 그녀가 원해서 자신에게 오길 바랐다.

코딜리어는 주뼛주뼛 울타리 쪽으로 걸어와 손가락으로 나무를 어루만졌다.

「가끔 당신이 여기에 나와 있는 걸 봤어요. 잠이 안 와서 그래요?」

「머릿속에 여러 가지 문제들이 복잡해서.」

「무슨 문제요?」

'당신의 눈동자가 얼마나 아름다운지. 당신의 피부가 얼마나 부드러워 보이는지. 당신에게서 얼마나 달콤한 향기가 나는지. 얼마나 내가 당신을 안길 원하는지.'

「내 목장의 상표. 그걸 바꿔야 하거든.」

「왜요?」

'왜냐하면 지난 수년간 어떤 여자도 안아본 적이 없으니까. 아멜리아를 포함해서.'

「왜냐하면 그 상징이 더 이상 적절하지 않으니까.」

「왜요? 뭐가 잘못됐나요?」

'운명 때문이야.'

「처음 이 목장을 샀을 때, 나는 달라스의 D를 사용했소. 그리고 아멜리아가 내 청혼을 받아들였을 때 D를 옆으로 살짝 기울인 뒤 그 옆에 A를 덧붙인 상표를 만들었지. 하지만 당신과 결혼했으니 이제 그 표식을 바꾸어야지. 하지만 당신의 이름은 D를 기울여서 덧붙이기에는 조금 어려워. C를 기울여서 D에 덧붙이면 마치 D가 서로 등을 맞대고 있는 것처럼 보이잖아. 그래서 어떻게 하면 C하고 D를 보기 좋게 하나로 만들 수 있을까 생각 중이야.」

'도대체 뭐라고 중얼거리고 있는 거야, 이 얼간아.'

코딜리어는 달빛을 머금은 그의 눈동자를 가만히 바라보았다.

「그녀를 사랑했나요?」

「누구?」

그녀는 얼른 눈을 내리깔았다.

「아멜리아요. 사랑했나요?」

달라스는 엄지로 자신의 콧수염을 문질렀다. 단 한번도 자신에게 그 질문을 던진 적이 없었다. 하지만 한번쯤은 생각해봤어야 할 문제였다.

「좋아했었지. 여기에 있는 동안, 내 삶에 여유를 주었으니까. 하지만 사랑은 아니었어. 휴스턴이 했던 사랑은 아니었어. 지금 휴스턴이 가진 그런 깊은 감정은 아니었다구.」

「두 사람은 굉장히 행복해 보였어요.」

코딜리어가 울타리 딛자, 그녀의 발가락이 나무 위로 동그랗게 구부러졌다. 달라스는 자신의 맨발로 그녀의 복사뼈를 문지르며 간질이는 모습을 상상해보았다.

갑자기 코딜리어가 몸을 돌려 울타리에 등을 기대고 섰다. 밤의 그림자 속에서도 가운에 감싸인 그녀의 가슴 윤곽이 눈에 들어왔다. 그녀의 어깨를 어루만지고, 그녀의 가슴을 감싸쥐고 자신의 거친 손바닥에 닿는 비단 같은 살결을 느껴보고 싶은 충동에 고통스러웠다. 그러나 너무나 평화로운 아내의 표정을 보며 그는 손을 뻗고 싶은 충동을 억누르기 위해 손가락을 있는 힘껏 움켜쥐었다.

「아무래도 등을 맞대는 편이 좋을 것 같아요.」

등을 맞대? 이 여자는 믿을 수 없을 만치 순진했다. 등과 가슴을 맞대야 일이 돼지. 개인적으로야 가슴과 가슴을 맞대는 편을 더 선호하지만. 늘씬한 그녀를 꼭 끌어안고 있으면, 자신의 온몸이 그녀의 살과 맞닿아서 따스할 거라는 생각이 들었다. 허벅지와 허벅지를, 허리와 허리를, 가슴과 젖가슴을…… 그의 어깨가 그녀보다는 약간 높이 올라가겠지만 그 정도야 상관없었다.

코딜리어가 그를 흘끗 쳐다보았다.

「캐머론은 항상 날 디라고 불러요. 나도 코딜리어보다는 디가 더 편하구요. 차라리 두 개의 D가 등을 맞대게 만드는 편이 더 나을 것 같아요.」

「두 개의 D? 등을 맞대?」

그는 재빨리 머리를 뒤로 젖히고 숨을 들이마셨다.

「내 상표…… 지금 그 이야기를 하고 있는 거군.」

「그럼 내가 무슨 이야기를 하고 있다고 생각했어요?」

그는 당연하다는 듯 고개를 끄덕였다.

「내 상표. 당신은 지금 내 상표에 대해 이야기하고 있잖소.」

코딜리어가 고개를 약간 꺾은 채 믿을 수 없다는 표정으로, 지금 그가 무슨 생각을 하고 있었는지 반드시 알아야겠다는 듯 바라보았다. 달라스는 땀에 젖은 손바닥을 바지에 문질렀다.

「왜 동생이 당신을 디라고 부르지?」

「그 애가 어렸을 적에, 코딜리어라는 이름이 부르기에 좀 어려웠나 봐요. 언제부턴가 디라고 부르기 시작했죠. 한번도 코딜리어라는 이름이 좋다고 생각해본 적은 없지만, 그렇다고 우리에게 이름이나 가족을 선택할 권리가 있는 게 아니니까요.」

지난주 이후로 달라스는 그녀의 가족에 대해 코딜리어가 생각하는 것보다 더 많은 사실들을 알게 되었다. 지난번 그의 서재에서 있었던 일을 휴스턴에게서 모두 들은 터였다. 그때 달라스는 당장이라도 맥퀸의 집으로 달려가 그 대가를 치르게 만들어주고 싶은 충동을 억누르기 위해 몸부림을 쳐야 했다. 아무것도 모르는 것처럼 행동하겠다고 해야만 이야기해주겠다는 휴스턴과의 약속 때문에, 그는 분을 삭히기 위해 한참동안 애꿎은 동생에게 마구 욕설을 퍼부어댔다.

「오스틴과 아멜리아가 당신을 디라고 부르는 걸 듣긴 했는데, 괜찮다면 나도 그렇게 부르겠소.」

「난 그게 편해요.」

「좋아, 그럼 우리 농장의 상표는 두 개의 D를 사용하기로 하지.」

디는 고개를 젖혀 별들을 바라보았다.

「당신네 일꾼들은 결혼을 하면 보통 어떻게들 살죠?」

긴 그녀의 몸처럼, 그녀의 목도 길고 매끄러워 보였다. 달라스는 울타리 앞으로 가까이 다가가 울타리에 팔꿈치를 기대고 그녀를 더 잘 볼 수 있도록 몸을 앞으로 기울였다.

「그들은 결혼하지 않아.」

「절대로요?」

「농장 일꾼들은 별로 원하지 않을 거요. 가정을 꾸리려면 농장을 사기 위해 월급을 모두 모아야 하지. 더군다나 자신의 가족들이 살 수 있는 집도 마련해야 하고.」

「거기에 대해 별로 아쉬움이 없나 봐요?」

「삶이 그러니까 결혼에 대해 깊이 생각하지 않지. 카우보이는 처음부터 그 사실을 알고 시작하거든.」

그녀는 달라스의 대답을 곰곰이 생각해보는 듯했다. 그녀가 지금 무슨 생각을 하는지 알고 싶었다. 만일 발로 그녀의 발등을 건드리면, 커다란 손으로 그녀의 두 뺨을 감싸쥐고 키스를 하면 디가 어떻게 반응할지 알고 싶었다.

그에게는 그럴 권리가 있……

그녀가 별들에게서 시선을 돌렸다.

「오스틴이 내일 마을에 갈 거라고 하던데, 함께 가도 될까요?」

달라스는 자존심을 한 방 세게 얻어맞은 기분이 드는 것을 무시했다. 그녀가 마을에 가고 싶어한다는 걸 알았다면, 자신이 기분 좋게 데려다주었을 것이다.

「당신은 이 집에 죄수로 온 게 아니야. 그러니 원하는 곳이면 어디든 갈 수 있어. 그때마다 내 허락을 구할 필요는 없다고.」

「뭐든 할 수 있나요?」

「집으로 돌아가는 것만 빼고.」

달라스의 생각이 어느 쪽으로 흘러가고 있는지 확신한 그가 재빨리 대답했다. 그녀는 부드럽게, 하지만 단호하게 턱을 치켜올렸다.

「내게 자유를 주겠다고 말하고는 늘 선택에 한계를 두는군요. 그것도 자유를 빼앗아가는 쪽으로.」

코딜리어가 울타리에서 몸을 떼었다.

「허락을 해줘서 고마워요.」

그러고는 멀어져갔다. 달라스는 그녀의 머리카락을 잡아 손에 말아쥐고는 그녀의 얼굴이 가까이 다가올 때까지, 두 사람 사이에 그 어떤 선택의 여지도 없을 때까지 키스를 하고 싶었다.

*　　*　　*

코딜리어는 비스킷을 씹으며 어젯밤 잠자리에 들기 전에 써놓은 글을 살펴보았다. 그녀는 자유가 환상임을 알고 있었다. 진심으로 바라는 곳 - 자신의 그림자를 숨길 수 있는 특별한 곳 - 을 제외하고 어디든 마음대로 갈 수가 있다니.

그렇다고 해도, 오늘 하루를 마음껏 즐길 생각이었다. 자신이 선택한 화젯거리에 달라스가 별 흥미를 보이지 않는다고 해서 자신의 기분을 망칠 생각은 추호도 없었다. 그녀는 노트를 흘끗 바라보았다.

「왜 가을이 되면 나뭇잎 색깔이 변한다고 생각해요?」

달걀을 얹은 포크를 입으로 가져가던 달라스가 동작을 멈추었다.

「나뭇잎이 죽었으니까 그렇지.」

「그렇군요.」

그녀가 이번엔 오스틴에게 시선을 던졌다.

「똑같은 감정을 느끼나요?」

뜨거운 김이 모락모락 피어오르는 컵 가장자리로 그녀를 곁눈질하며 오스틴은 고개를 끄덕였다. 그의 눈동자에는 재미있다는 기색이 가득 담겨 있었다.

코딜리어는 다시 목록으로 시선을 돌렸다.

지난밤 말을 타고 오스틴과 함께 마을에 다녀와도 좋겠냐고 달라스의 허락을 구하러 갈 때만 해도 그녀는 믿을 수 없을 만큼 즐거웠다. 물론 오스틴이 그녀를 문밖으로 밀어내고 문을 잠가 남편을 마주할 용기를 그러모을 수 있게 도와주어 가능한 일이었지만, 어쨌든 그녀는 그때까지만 해도 너무나 좋았다.

「좋아하는 색은 뭐예요?」

「갈색.」

양미간을 찌푸리며 그녀가 시선을 들어올렸다.

「갈색이요? 세상에 많은 색들이 있는데, 왜 하필이면 갈색이에요?」

달라스는 차마 진실을 말할 수 없었다. 그녀의 눈이 갈색이기 때문에 갈색이 좋다고…… 아무런 두려움이나 경계심이 담겨 있지 않은 눈동자를 본 순간, 그만 매혹 당하고 말았다고.

「그냥.」

「음…….」

그녀가 다시 뭔가를 끄적거려 놓은 종이로 시선을 떨구자, 그는 속으로 자신을 향해 노골적인 욕설을 퍼부었다. 아무 말도 하지 않으면 밖으로 나가 식사하겠다고 위협을 한 덕에, 오늘 아침 아내가 대화거리를 적은 쪽지를 가져와 손가락으로 하나하나 집어가면서 이야기가 될 만한 무언가를 찾게 만들었으니 그래 마땅했다.

바람, 비, 구름의 모양……. 끝없이 재잘거리는 그녀를 바라보며 자신이 진심으로 화제로 삼고 싶은 건 바로 그녀임을 깨달았다. 어렸을 적에는 무얼 두려워했는지, 어떤 꿈을 갖고 있었는지, 외로움을 느낀 적은 없는지…….

달라스가 의자를 뒤로 밀치고 일어나자 그녀가 재빨리 머리를 들었다. 그는 걸음을 옮겨 식탁 끝에 앉은 아내의 옆으로 걸어가 접시 옆에 봉투 하나를 내려놓았다.

「이게 뭐예요?」

「용돈.」

거의 한 시간이 넘게, 달라스는 아내에게 돈을 얼마나 줘야 하는지를 가지고 고민했다. 얼마나 넣어야 너무나 많다는 느낌도, 적다는 느낌도 들지 않을지. 여자들이 얼만큼의 돈을 필요로 하는지 알 수가 없어서 결국은 20달러를 집어넣었다.

「모자라면 그냥 내 이름을 대고 물건을 사면 될 거요. 다음에 내가 마을로 나갈 때 처리하면 되니까.」

그녀가 손가락 끝으로 봉투를 문지르자, 그 가냘픈 손가락이 자신의 가슴을 문지르면 어떤 기분이 들지 궁금해졌다.

그녀가 그를 흘끗 바라보았다.

「고마워요.」

「당신은 내 아내야. 필요한 게 없는지 살펴보는 게 바로 내가 해야 하는 일이고.」

그는 오스틴을 빤히 쳐다보았다.

「네 형수 잘 챙겨라. 무슨 일이 생기면 네놈을 매달아 말려 죽일 테
니까.」

왜 그녀의 뺨에 키스를 하며 즐거운 하루 보내라는 말도 못하는 건
지 자신을 나무라며, 달라스는 성큼성큼 걸음을 옮겨 방 안을 빠져나
갔다.

코딜리어는 오스틴과 함께 말을 탈 수 있게 된 것이 다행이다 싶었
다. 오스틴은 큰형보다는 인내심이 강한 것 같았다. 이미 어떡하면 레
몬드롭을 빨리 달리게 할 수 있는지도 가르쳐주었다. 그녀는 뺨을 스
치는 바람과 자신이 타고 있는 황금색 암말의 움직임과, 자신이 그 커
다란 짐승을 다룰 수 있다는 사실이 너무나 좋았다.

남편도 이렇게 쉽게 다룰 수가 있다면, 그가 자신을 자유롭게 풀어
주기만 한다면 얼마나 좋을까.

그녀는 말을 천천히 걷게 만들었다. 오스틴도 속력을 낮추었다.

「정말 잘 타는데요.」

환하게 미소를 지으며 그가 말했다. 코딜리어는 얼굴을 붉히며 대꾸
했다.

「정말 좋은 말이에요.」

「휴스턴 형이 키우는 말들은 다 그래요.」

「다음 일요일에도 우리가 작은형 댁에 가서 일을 하게 될까요?」

「그럴 거예요. 큰형은 하던 일을 얼른 해치워버려야 하는 성격이거
든요.」

「그런 그는 상상이 가지 않네요.」

안장 위에서 약간 엉덩이를 들어올리며 그녀가 대답했다.

「그런데 왜 부모님께서는 텍사스의 도시 이름을 따서 형제들의 이름
을 지으신 거죠?」

「작은 형 말로는, 우리 아버지가 방랑벽이 있는 분이셨대요. 그래서
각자 태어난 마을의 이름을 따서 우리 이름을 지으셨던 거죠. 난 아버

지에 대한 기억이 없어요. 달라스 형이 아버지를 가장 많이 닮았다나 봐요. 형도 참 많은 곳을 여행 다녔는데, 이제는 정착한 것 같아요.」

코딜리어는 잠시 생각에 잠겼다. 그녀가 지금 떠나고 싶어하는 것만큼, 달라스는 자라는 동안 뿌리를 내리고 정착할 곳을 갈망했던 것은 아닐까.

그녀는 승마복 가장자리에 묻은 덤불을 털어냈다.

「내가 궁금한 건요…….」

오스틴이 모자를 눈썹 위로 들어올렸다.

「네, 형수님?」

「우리 아버지는 생필품을 사기 위해 일주일에 한 번씩 누군가를 마을로 보내셨거든요. 마차를 이용한다면 이렇게 필요한 게 생길 때마다 번거롭게 마을로 갈 필요가 없이 한꺼번에 사올 수 있지 않을까요?」

오스틴은 모자를 내려 홍당무처럼 새빨개진 얼굴을 가렸다.

「생필품을 사러 마을에 가는 게 아니에요. 형은 피트에게 그 일을 시키는데요 뭐.」

「그럼, 왜 날마다 마을엘 가죠?」

그가 헛기침을 했다.

「그러고 싶으니까요.」

「형이 뭐라고 안 해요?」

「내 할 일을 다하는 이상, 형은 신경 안 써요.」

코딜리어는 그의 대답을 곰곰이 생각해보았다. 그녀의 하루는 길고, 밤은 더더욱 길었다. 어쩌면 마을에서 시간을 보낼 만한 어떤 일을 찾아낼 수 있지 않을까.

고삐를 움켜쥐며, 코딜리어는 조금씩 드러나는 리톤의 풍경을 바라보았다. 반쯤 지어진 목조건물들이 먼지 날리는 길목 양쪽에 서 있었고, 마을 가장 자리에는 아무렇게나 세워놓은 텐트들이 보였다.

일꾼들이 건물의 뼈대에 망치질을 하고 있었다. 나무 향기가 사방에 가득 차 있었다. 코딜리어는 한번도 이런 광경을 본 적이 없었다. 달라스가 이 땅에 마을을 짓겠다고 선언했던 날, 그녀의 눈에는 그냥 휑하니 펼쳐진 초원밖에 보이지 않았다. 그 뒤로 마을에 내려오기는 처음이었다.

마을에 옷가게와 잡화점이 있다는 건 알고 있었지만, 그 외에 살롱이나 은행, 그리고 감옥까지 있다는 건 미처 알지 못한 사실이었다.

「지금 뭘 짓고 있는 거죠?」

두 사람의 말을 마을 안으로 몰고 있는 오스틴을 향해 그녀가 물었다.

「말 대여업소하고 대장간이요.」

「정말로 마을이 되어가네요.」

그녀가 감탄하듯 중얼거렸다.

「보이드 오빠는 그런 일은 절대로 이루어질 수 없을 거라고 했어요. 달라스더러 멍청이라고.」

「멍청이는 보이드예요. 난 단 한번도 형이 뭔가를 실패하는 건 본 적이 없어요.」

오스틴은 '올리버의 잡화상'이라고 적힌 간판이 달린, 아직 완성되지 않은 건물 앞에서 말을 멈추었다. 그는 말에서 내려 고삐를 기둥에 묶고 손을 뻗어 말에서 내려오는 코딜리어를 도와주었다.

마을 전체가 한눈에 들어왔다. 물론, 아직은 마을이라는 말이 어울리지 않았지만 언젠가는 그렇게 될 것처럼 보였다. 그리고 남편이 그 일을 책임지고 있었다. 제국의 건설자. 아니, 꿈의 건설자.

그는 어떻게 이런 거대한 일을 꿈꿨을까?

오스틴이 문을 열고 그녀를 잡화상 안으로 안내했다. 건물 안으로 들어서자마자, 그는 모자를 벗고 입가에 부드러운 미소를 지었다.

베키 올리버가 사다리 위에 올라서서 선반에 물건들을 진열하고 있었다. 뒤로 돌아보는, 그녀의 푸른 눈동자에 따스한 빛이 감돌기 시작했다.

코딜리어는 오스틴이 매일같이 마을에 오는 이유를 짐작할 수 있을 것 같았다.

「뭘 제가 도와드릴까?.」

계산대 뒤에 서 있던 대머리 남자가 말을 했다. 베키는 눈동자를 굴리며 사다리에서 내려왔다.

「오, 아빠. 또 순서를 바꾸어 말씀하시네요.」

그는 코딜리어에게 윙크했다.

「아이들이란. 자식들은 도통 제 부모에 대해 만족할 줄을 모른다니까요.」

그는 오스틴을 바라보았다.

「이런, 젊은이. 오늘은 뭘 사러 마을엘 나왔나?」

「저희 형수님이 뭐가 필요하다고 하셔서 안내하러 왔을 뿐이에요.」

코딜리어는 얼굴에 떠오르는 감정을 감추기 위해 안간힘을 썼다. 필요한 건 아무것도 없었다. 오스틴이 애원하는 듯한 표정으로 그녀를 바라보고 있었다. 그 푸른 눈동자에 담긴 간청을 어떻게 거절할 수가 있겠는가?

「리 부인, 뭐가 필요하시죠?」

리 부인? 절대로 익숙해지지 못할 이름.

「저…… 음…… 책이…… 그래요 책이 좀 필요해요.」

올리버의 눈동자가 커다래졌다.

「이미 지난주에 부군께서 사 가신 책이 있을 텐데요.」

코딜리어는 오스틴을 바라보았다. 하지만 그는 그저 어깨를 으쓱해 보일 뿐이었다. 그녀는 남편이 샀다는 책에 대해 아는 게 없었다. 보나마나 농장 경영에 대한 책들이겠지.

「그건, 그건 그이가 읽을 책이었어요.」

올리버는 자신의 빛나는 정수리 부분을 손바닥으로 문질렀다.

「것 참 이상한데요. 분명 부인을 드릴 거라고 했는데…… 책 읽는 걸 좋아하신다면서 말이에요.」

그는 투명한 푸른 눈동자를 가늘게 뜨고 장부를 바라보았다.

「음, 어디 보자. '두 도시 이야기' 하고 '사일러스 마너(영국의 여류 작가 조지 엘리엇의 소설, 1861년 작)' 이렇게 두 권을 사갔어요.」

순간 말문이 막혔다. 달라스가 자신을 위해 그 책들을 샀다면 왜 아무런 말도 하지 않았을까? 그녀를 위해 책을 산 게 아니라면 왜 올리버에게는 그렇게 말했을까?

「모두 제 가게에 있던 책이죠.」

올리버가 말을 이었다.

「제가 다른 책들을 구하게 되면 자신이 먼저 살펴볼 때까지 팔지 말고 한쪽에 밀쳐놔 달라고 부탁까지 하던걸요.」

문에 붙어 있는 작은 종이 울리자, 어린 소년이 주저하며 가게 안으로 들어왔다. 아이의 검은 머리카락은 끔찍할 정도로 덥수룩했고, 얼굴은 박박 문질러 닦아야 깨끗해질 것 같아 보였다. 아이는 작은 작업복 주머니에 손을 찔러넣은 채 맨발로 휘적휘적 나무 바닥 위를 걸어 계산대로 다가왔다. 단추가 떨어졌는지 위쪽 옷자락이 힘없이 늘어져 있었다. 남은 단추도 곧 떨어져 어디론가 달아날 것처럼 위태롭게만 보였다.

페리 올리버는 계산대 앞으로 몸을 숙였다.

「이런, 로울리 쿠퍼. 오늘은 뭘 제가 도와드릴까요?」

소년은 계단대 위에 몇 개의 동전을 꺼내놓았다.

「아버지가 담배 재료가 필요하시대요.」

「지금 당장 갖고 나오지.」

그렇게 말하며 올리버는 재빨리 계산대 뒤쪽으로 사라졌다.

아이의 시선이 계산대 위에 놓인, 색색의 사탕이 담긴 항아리에 고정되어 있었다. 대충 여덟 살 정도 되었을까. 올리버가 한 뭉치의 담배와 약간의 종이를 계산대 위에 올려놓자, 아이의 검은 눈동자가 재빨리 그에게 돌아왔다.

「감사합니다.」

아이는 물건들을 주머니 속에 집어넣고는 가게를 나가기 위해 몸을 돌렸다.

「잠깐만 기다려라, 로울리. 돈을 좀 많이 줬구나.」

올리버는 통통한 손가락으로 구리 동전을 하나 집어 계산대 앞으로 밀어놓았다. 로울리는 의심스러운 시선으로 가게 주인과 동전을 번갈아 바라보았다. 그러고는 주저하면서 때가 꼬질꼬질한 작은 손을 뻗어 동전을 집어들었다.

「오늘 하루에만 말린 감초를 1페니에 팔고 있단다. 네 아버지에게는 1페니 정도야 아무것도 아니겠지만.」

로울리는 페니 동전을 움켜쥐고는 서둘러 문밖으로 걸어갔다.

「그냥 공짜라고 하지 그러셨어요.」

오스틴의 말에 올리버는 고개를 저었다.

「그것도 이미 해봤지. 공짜로 뭔가를 받기에는 아이 자존심이 너무 세. 연신 얻어맞으면서도 말이야. 아비가 누군지 생각해보면, 저 아이에게 그런 자존심이 있다는 것 자체가 이해할 수 없는 일이지만.」

「아이 아버지가 누군데요?」

코딜리어가 물었다.

「건물을 짓는 일꾼들 중 한 사람이에요. 그를 일꾼이라고 부르는 것조차 후한 대접일지 모르지만요. 조금 일을 해서 돈이라도 생기면 곧바로 술을 마시거든요.」

「아이 엄마는요?」

그녀가 다시 물었다.

「아마 죽었을 거예요.」

오스틴이 항아리에서 사르사파릴라(중남미가 원산지인 사르사 뿌리, 혹은 그것으로 맛을 낸 탄산수나 사탕) 막대를 두 개 빼들었다.

「이거 두 개, 내 장부에 달아주세요.」

문을 향해 걸어가며 오스틴이 말했다.

「받으려고 하지 않을걸.」

그의 등뒤에 대고 올리버가 소리를 쳤다. 그 말에 오스틴은 천진해

보이는 미소를 지었다

「제가 원하기만 하면 전 언제든지 사람들에게 매력을 발휘할 수 있다고요.」

그의 등뒤로 문이 닫히자, 코딜리어는 오스틴과 함께 자신의 자신감도 반쯤 사라진 것 같은 기분을 느끼며 계산대에서 약간 물러섰다.

「좀 둘러볼게요.」

올리버가 고개를 끄덕였다.

「필요한 게 있으면 말씀하세요.」

코딜리어는 사고 싶은 물건이 생기면 어떻게 해야 할까 고민하며 가게 안쪽으로 걸어 들어갔다. 마치 혼란스러운 사람들 틈에서 엄마의 손을 놓쳐버린 아이처럼 나약하게 느껴졌다.

비록 나이는 스물 여섯 살이나 되었지만, 자신의 머리에 묶을 리본이 어떻게 팔리고 있는지조차 몰랐다. 어머니를 간호하는 동안 아버지와 남자 형제들이 필요한 물건들을 사다주었고, 그러한 습관은 어머니가 돌아가신 뒤에도 계속 되어왔다.

한때는 보살핌을 받으며 살았다고 느껴졌던 곳이 이제는 너무나 두렵게 느껴졌다. 그녀는 가족들의 친절에 의지해 살아가는 걸 용납했고, 가족들은 그 친절을 가장해 그녀를 구속해왔다. 그러나 이제 비틀거리긴 하지만 자신의 두 다리로 서 있다는 느낌이 들었다.

베키가 그녀를 향해 미소를 지었다.

「사고 싶으신 게 있으세요?」

코딜리어는 두 손을 움켜쥐었다. 그녀는 달라스의 저택을 아늑한 집으로 바꾸는 일을 시작해야 한다고 생각했다.

「깔개들을 좀 보고 싶어요.」

「이쪽에 여러 종류의 깔개가 있어요.」

코딜리어는 베키를 따라 상자와 깡통들을 지나 가게 반대쪽으로 걸어갔다. 베키가 깔개들을 어루만졌다.

「천천히 살펴보시고, 원하는 게 있으면 말씀하세요.」

깔개더미가 쓰러지지 않게 조심하면서, 코딜리어는 하나씩 꼼꼼히 살펴보았다. 그녀는 달라스가 좋아하는 갈색이 들어간 깔개를 원했다.

「달라스 씨가 당신하고 결혼한다고 했을 때 모두들 굉장히 놀랐어요.」

물건을 바라보던 시선을 들며 코딜리어는 미소를 지었다.

「아마 맥퀸 형제들에게 여자 형제가 있다는 사실조차 알지 못했을 거예요.」

「오, 그런 소문은 미리 듣고 있었죠. 놀란 이유는, 오스틴이 보이드가 쏜 총에 상처를 입은 뒤에도 당신과 결혼을 했다는 거예요.」

코딜리어는 심장이 갈비뼈를 뚫고 튀어나올 것처럼 거세게 뛰고, 얼굴로 온몸의 피가 몰리는 듯한 기분이 들었다.

베키의 두 눈이 커다래졌다.

「오, 맙소사. 몰랐군요.」

코딜리어는 마루로 시선을 내리깔았다. 왜 마루가 갈라져 나를 삼켜 버리지 않는 걸까?

「달라스가 보이드를 용서한 게 분명해요. 그렇지 않으면 당신하고 결혼하지 않았겠죠.」

문이 활짝 열리더니, 사르사파릴라 막대를 입에 문 오스틴이 어슬렁 거리며 가게 안으로 들어왔다.

「짠! 해냈어요. 그 애가 내가 건넨 사탕 중 한 개를 받았다고요.」

그는 자신감 있는 걸음으로 코딜리어를 향해 다가왔다.

「뭐 좀 골랐어요, 디?」

「깔…… 개요. 집에…… 깔아야 할 것 같아서요.」

「좋은 생각이네요.」

사르사파릴라를 입에 문 채 오스틴이 대답했다.

「어떤 거요?」

코딜리어는 재빨리 헝겊더미를 뒤적거려 갈색 깔개를 꺼냈다.

「이거요.」

베키가 그녀에게서 물건을 받아들었다.

「제가 포장해놓을게요. 물건값은 달라스 씨의 장부에 올려놓겠어요. 이따가 마을을 떠날 때 가져가세요.」

「지금 집으로 갔으면 하는데요?」

그녀는 오스틴에게 애원하는 시선을 보냈다.

「마을을 둘러보고 싶어했잖아요?」

「맞아, 그랬죠. 깜박했어요.」

오빠가 그에게 상처를 입혔다는 사실을 알게 되자, 그녀는 차마 오스틴을 똑바로 바라볼 수가 없었다. 오스틴이 그녀의 팔을 붙잡았다.

「이리 와요, 디. 표정이 창백해요. 바람을 좀 쐬야겠어요.」

코딜리어는 그에게 이끌려 밖으로 걸어나갔다. 그러고는 그에게서 벗어나 좁은 목재 인도를 따라 세워진 난간을 떨리는 손으로 꼭 움켜쥐었다. 오스틴은 마치 목숨줄이라도 되는 듯 난간을 움켜쥐고 있는 여인을 가만히 살펴보다가, 막대사탕을 입에서 꺼냈다.

「무슨 일이에요, 디?」

코딜리어는 상처와 분노가 뒤섞인 눈동자로 그를 바라보고 있었다. 순간 심장이 철렁하고 내려앉은 오스틴은 손을 뻗어 그녀를 감싸안고 그 상처와 분노를 없애주고 싶은 충동을 억눌러야 했다.

「내가 뭘 잘못했어요?」

낮은 목소리로 그가 물었다.

「오스틴을 쏜 사람이 보이드 오빠가요?」

그는 눈썹을 찌푸렸다.

「네?」

「소도둑들이 그랬다고 했잖아요.」

「소도둑이라고 말한 건 달라스 형이죠.」

「왜 그랬죠?」

오스틴은 어깨를 으쓱해 보였다.

「아마 형수가 형의 말을 믿을 거라고 생각하지 않았을 거예요. 아니

면 당신이 상처 입는 걸 원하지 않았거나. 제가 보기에도 함께 앉아서
식사를 하는 중이라…… 사실대로 말하는 게 별로 좋은 생각처럼 들리
지 않던걸요. 아마 형도 같은 생각이었을 거예요.」
　「하지만, 보이드 오빠가 총을 쐈어요.」
　「베키가 그러던가요?」
　코딜리어가 힘겨운 듯 천천히 고개를 끄덕였다.
　「젠장, 그 아가씨는 입이 좀 싸다니까.」
　「왜 오빠가 당신을 쏜 거죠?」
　「그럴 생각은 아니었을 거예요. 단지 형수 오빠가 총을 쏘고 있었고,
내가 그 총알이 가는 방향에 있었던 거죠.」
　눈물이 그녀의 두 눈에 가득 고였다.
　「난 친구가 하나도 없어요, 오스틴. 지금 난 친구가 필요한데…….
내 친구가 되어줄래요.」
　「그럼요, 원한다면 얼마든지요.」
　「친구는 서로에게 절대로 거짓말하지 않는 법이에요」
　그녀의 친구가 된다고 동의하기 전에 조금 신중하게 생각했어야 했
다고 후회하며, 오스틴은 엄지손가락 끝으로 모자를 들어올렸다.
　「뭐가 알고 싶으세요?」
　「보이드 오빠의 팔이 부러진 날 무슨 일이 있었는지 알고 있나요?」
　「그럼요. 그날 저도 팔을 다쳤는걸요.」
　「보이드 오빠가 소떼를 지키고 있었나요? 당신하고 달라스하고 휴스
턴이 그를 공격했어요?」
　오스틴은 모자를 치켜들고 하늘을 바라보며, 하늘에서 어떤 지혜가
뚝.하고 떨어지기를 빌었다.
　「진실을 말해줘요. 내가 칠흑 같이 어두운 밤에 오빠의 영토에 숨어
들어와 그의 팔을 분지른 파렴치한 남자와 결혼한 건가요?」
　오스틴이 시선을 내려 그녀를 응시했다. 그녀의 갈색 눈동자 속에
실낱같은 희망의 빛이 어른거렸다. 순간 어떤 것이 그녀를 덜 아프게

할지 고민했다. 진실인지, 거짓인지…….

「진실을 말해줘요.」

마치 그의 주저함을 꿰뚫어본 듯 그녀가 속삭였다.

「아뇨, 형은 그 어떤 곳에도 숨어 들어간 적이 없어요. 그건 형의 방식이 아니에요. 단 한번도 그런 적이 없죠. 어떤 문제는 직접 부딪쳐서 해결해야 하는 사람이에요, 형은. 형수의 오빠들이야말로 달라스 형의 울타리를 뚫고 들어와 소떼들을 죽이는 버릇이 있었어요. 그날 밤, 우리는 그들을 기다리고 있었죠. 총알이 내 어깨를 관통하는 고통을 느낀 순간 정신이 혼미해졌지만, 큰형이 보이드를 끌고 강가로 갔다고 말하는 걸 작은형이 들었어요. 아마 바위나 어떤 다른 것에 부딪쳐서 보이드의 팔이 부러졌을 거예요. 난 큰형이 일부러 그런 게 아니라고 확신해요.」

「하지만 달라스는 날 두렵게 해요, 오스틴.」

오스틴은 자신도 모르게 앞으로 걸어가 그녀를 두 팔로 감싸안았다.

「알아요. 형을 바라보는 눈빛에서 두려움이 느껴져요. 아마 형도 느낄 거예요. 그게 형을 미치게 만드는 거겠죠. 그럼 형수는 더 겁에 질리고, 형은 더욱 분노하게 되고. 빠져나갈 수 없는 최악의 상황이죠.」

「보이드 오빠 말로는…… 난 더 이상 뭘 믿어야 할지 모르겠어요.」

오스틴이 몸을 젖히고 그녀의 뺨을 감싸쥐었다.

「이제 보이드의 눈으로 형을 바라보려는 노력은 그만두세요. 자신의 눈으로 달라스라는 남자를 바라보라구요. 마치 처음 만난 것처럼, 형에 대해 어떤 것도 들은 적이 없는 것처럼.」

「그래도 여전히 그 사람은 날 두렵게 만들 거예요.」

오스틴이 웃음을 터트렸다.

「형은 나조차도 무서움에 떨게 만들죠. 작은형도 마찬가지고.」

그의 눈동자가 탁해졌다.

「하지만, 디. 형이 당신을 해치는 일은 결코 없을 거예요. 그건 확신해요.」

「하지만, 날 자유롭게 풀어주지는 않아요.」

「만일 그렇게 해주면, 뭘 어떻게 할 건데요? 형수네 가족들과 함께 사는 게 지금보다 나을 것 같아 그래요?」

「오스틴, 난 무언가를 원해요. 그게 뭔지는 모르지만, 달라스나 가족들이 내게 행사하는 힘 말고, 다른 무언가를 원해요.」

오스틴은 그녀를 꼭 끌어안고 그녀의 정수리에 턱을 고였다.

「꼭 그 무언가를 찾기를 빌어요, 디.」

9

　은행 밖으로 걸어나오면서, 달라스는 마을로 나올 핑계를 필사적으로 찾던 바보 같은 자신을 질책했다. 어쩌면 자연스럽게 아내와 길에서 만나 함께 마을을 둘러볼 수 있을지도 모른다고 기대했다. 하지만 그 길 위에서 동생의 품안에 안겨 있는 아내의 모습을 보게 되리라고는 상상조차 해보지 않았다.

　오스틴이 시선을 들어 올렸다가 그를 보고 눈을 동그랗게 떴다.

「형!」

　마치 작은 나무를 감싸고 있던 뱀처럼, 오스틴은 코딜리어에게서 천천히 팔을 풀었다.

「형이 마을에 올 계획인 줄은 몰랐는데.」

「그런 것 같군.」

　두 사람에게 시선을 고정시킨 채, 달라스는 주먹을 움켜쥐고 이를 악다물었다. 코딜리어의 눈동자 속에 다시 두려움이 자리를 잡았다. 순간, 그녀가 자신을 두려워하는 이유가 너무나 분명해 보였다.

　느긋한 걸음으로, 오스틴이 그에게 다가왔다.

「날 쏜 사람이 보이드라는 사실을 디가 알아냈어. 우리가 사실을 털어놓지 않고 소도둑떼가 그랬다고 둘러댄 것 때문에 약간 화가 나 있어. 그래서 지금 화를 풀어주려고 노력하는 중이야.」

달라스는 동생을 바라보았다.

「내가 화가 났을 때는 끌어안지 않았잖나.」

오스틴이 갑자기 웃음을 터트렸다.

「형이 원하는 줄 알았다면 그렇게 했지. 지금 당장 형을 꼭 안아줘야 할 것 같은데?」

두 팔을 뻗으며 오스틴이 매력 넘치는 미소를 지었다. 만일 주위에 다른 여자들이 있었다면, 분명 모두들 동생의 저 미소에 넋을 잃었으리라.

「껴안아줄까?」

달라스는 뒤로 주춤 물러섰다.

「젠장, 됐어.」

달라스는 시선을 돌려 디를 바라보았다. 그녀는 마치 처음 그를 만난 사람처럼, 이방인을 바라보는 듯한 시선으로 자신을 관찰하고 있었다. 하긴 그녀가 자신에 대해 정말로 알고 있는 게 있을까? 그리고 자신은 그녀에 대해 뭘 알고 있을까?

「그런데, 네 형수가 그걸 어떻게 알아낸 거냐?」

오스틴은 고갯짓으로 잡화점 쪽을 가리키며 대답했다.

「베키한테서. 형, 디는 한번도 리톤을 구경한 적이 없대. 난 잠시 베키와 이야기를 나눌 테니까, 형이 형수랑 마을을 돌아보지 않겠어?」

오스틴은 그녀를 보며 주위를 향해 머리를 휘휘 저었다.

「큰형이랑 마을을 둘러봐도 괜찮죠? 그렇죠, 디?」

달라스는 마지못해 고개를 끄덕이는 아내의 얼굴이 창백하게 변해가는 과정을 지켜보았다.

「재미있을 것 같네요.」

「그래요. 그럼, 내가 나중에 두 사람을 따라갈게요.」

　　오스틴이 잡화점 안으로 모습을 감추었다. 달라스는 디가 진실을 알았을 때 그녀를 꼭 끌어안아준 사람이, 그녀의 화를 녹여준 사람이 자신이었으면 좋았을 거라고 생각했다.

「마을엔 한번도 와본 적이 없는 거요?」

　　그녀는 고개를 끄덕였다.

「이 마을은요. 당신이 이곳에 마을을 짓는 데 쓰겠다고 발표한 날 이후로는 못 와봤어요. 가족 중 누구도 절 마을에 데려다줄 만한 시간이 없었거든요.」

「그럼…….」

　　달라스는 인도 밖으로 발을 내디디며, 제대로 지어진 건물이 하나도 없다는 사실을 무심결에 떠올렸다.

「완공을 마친 건물은 아직 없어.」

　　그는 앞쪽을 향해 손짓했다.

「잡화상.」

　　그리고 손을 왼쪽으로 움직였다.

「저쪽엔 은행.」

「은행에는 무슨 일로 갔던 거예요?」

　　그의 옆으로 걸어오며 코딜리어가 물었다.

「건물을 더 짓기 위해서 헨더슨 씨와 대출 문제를 의논하느라고.」

「어떤 건물을요?」

　　달라스는 목청을 다듬었다.

「어떤 남자가, 가구제조업자인데…… 내게 편지를 보냈어. 이쪽으로 이주하고 싶은데 자기 사업을 시작할 만한 자본이 충분하지 않다고. 내가 보기에 괜찮은 투자처럼 보이더군.」

「당신이 그에게 돈을 빌려줄 거란 말인가요?」

「은행 도움이 있으면, 사업을 시작하는 것쯤은 도울 수 있지. 결국은 그도 자력으로 사업을 꾸려나가게 되겠지만. 그런 식으로 리튼에 사람들을 많이 끌어 모을수록 마을은 더욱 성장하게 될 거고.」

「어떤 사업이 좋은 투자 대상인지를 어떻게 판단하죠?」

코딜리어의 입에서 그런 질문이 나오리라고는 예상하지 못한 듯, 하지만 그런 질문을 던질 만큼 그녀가 잘 이해하고 있다는 것이 기쁜 듯 달라스는 흐뭇한 표정으로 디를 살펴보았다. 그는 구부린 팔꿈치를 내밀고 코딜리어가 팔짱을 끼기를 기다렸다. 그녀는 침을 꿀꺽 삼킨 뒤 그 팔에 손을 올려놓았다. 두 사람은 천천히 거리를 따라 걷기 시작했다.

「사람들에게 무엇이 필요한지를 생각하면 판단이 서지.」

설명을 시작하면서 달라스가 옷가게를 가리켰다.

「휴스턴은 항상 아멜리아의 옷을 사기 위해 포트워스로 가곤 했어. 주로 미미 세인트클레어 양장점을 다녔는데, 새로운 마을에 대한 동생의 말이 그녀의 흥미를 끌었고, 결국 마을이 더 번창하리라는 예상으로 그녀는 이곳으로 사업장을 옮겼어. 앞으로 훨씬 더 많은 여자들이 이주해올 거라고 생각해. 하지만 그때까지는 그녀도 남자 옷과 여자 옷을 모두 만들어야겠지.」

「여자들이 별로 없던데요.」

「대충 대여섯 명 정도? 무엇이 여자들을 리톤으로 끌어들일 수 있을지 전혀 감이 잡히지 않더군. 지금은 아멜리아가 남편을 찾는 광고를 냈던 것처럼, 신부들을 구한다는 광고를 낼까 생각중이고. 가능한 많은 여자들이 이쪽으로 왔으면 좋겠어. 그럼 그녀들을 기다리는 신랑감들에게 도움이 될 테니까. 여자들만 모여든다면 그들을 도울 수 있는 몇 가지 생각이 있거든. 그렇다고 특별히 내가 중매쟁이 역할을 전담하겠다는 말은 아니지만.」

코딜리어가 천천히 고개를 끄덕였다. 순간, 달라스는 그녀의 머릿속에 맴도는 생각들을 볼 수 있으면 좋겠다는 생각이 들었다. 마을에 대해 어떤 생각을 품고 있는지 궁금했다. 그는 리톤이 단순한 마을이 아니라 그 이상의 터전, 사람들을 끌어들이고 정착하게 하는 삶의 터전이기를 바랐다.

살롱 근처에 도착하자, 주저하며 그녀가 시선을 들어올렸다.

「살롱 안을 살펴봐도 될까요?」

「그럼.」

조심스럽게, 코딜리어는 격자문 가까이로 다가가 안을 훔쳐보았다. 담배 연기가 자욱한 방 안의 냄새가 그리 좋지만은 않았다. 카드 테이블에 앉아 있는 남자들의 모습이 보였다. 그 중 한 사람은 그녀의 오빠였다.

「던컨 오빠가 지금 여기서 뭘 하는 걸까요?」

달라스가 그녀의 어깨너머로 시선을 던졌다.

「카드를 하고 있잖아.」

「내 말은, 왜 오빠가 지금 농장에서 일하지 않고 여기에 와 있냐는 거죠.」

「휴식이 필요한가 보지.」

뒤로 물러서며, 그녀는 남편을 살펴보았다.

「당신은 어떨 때 이런 곳을 찾죠?」

달라스가 그녀를 살롱 앞에서 잡아당겼다.

「난 이런 곳엔 별 관심이 없어. 힘들게 일해서 번 돈을 카드놀이로 낭비해버리고 싶은 충동은 단 한번도 느껴본 적이 없으니까.」

「하지만, 당신도 가끔은 휴식을 취할 거 아니에요.」

「휴식이 필요하면, 밤에 말을 타고 나가서 내 숙녀들을 방문하지.」

코딜리어는 자신을 후려치는 고통에 아무런 대비도 되어 있지 않았다. 어떻게 결혼 서약을 했다는 이유만으로 그가 자신에게 충실할 거라고 기대했던 거지? 아무런 이유도 없이, 자신의 행동을 생각해볼 시간도 없이 그녀는 인도 아래로 내려갔다.

「보고 싶은 건 대충 다 본 것 같네요.」

달라스가 팔을 움켜쥐자 그녀는 벗어나려고 몸을 뒤척였다.

「날 만지지 말아요. 어떻게 당신 정부들에 대해 내게 그렇게 떳떳하게 말할 수 있는 거죠?」

「내 정부들?」

그는 눈썹을 찌푸린 채 당황함이 가득 찬 눈으로 아내를 살폈다. 그러다가 갑자기 웃음을 터트렸다.

「내 숙녀들!」

「그게 그렇게 재미있는 이야기인 줄 몰랐군요.」

「그럴 생각은 아니었어.」

「적어도 신사라면 자신의 부인에게 다른 여자들에 대한 언급을 하지는 않아요. 당신이 그 여자들 중에 한 사람과 결혼했더라면 우리 모두 훨씬 더 행복했으리라 생각되는군요.」

그녀는 재빨리 몸을 돌려 그에게서 벗어나기 위해 걸음을 옮겼다.

「디?」

코딜리어는 계속 걷고 싶었다. 하지만 그의 목소리에 담긴 갈망이 마음을 흔들며 몸을 돌리게 만들었다. 더 이상 미소도 웃음도 담기지 않은, 뭔가를 탐색하는 시선으로 달라스가 그녀를 바라보고 있었다.

「숙녀들이란 내 풍차들을 말하는 거야.」

그가 조용히 말했다.

「나는 한밤중의 고요 속에서 풍차가 만들어내는 소리가 너무나 좋아. 날 평화롭게 하거든. 언젠가는 당신도 함께 가서 들어봤으면 좋겠군.」

믿을 수 없을 만큼 창피해하며 그녀는 눈을 꼭 감았다.

「미안해요. 미친 여자처럼 행동해서.」

「조금 더 자주 화를 내야겠는걸.」

그녀의 눈이 번쩍 뜨였다. 단 한 번, 엄마는 아버지에게 분노를 드러냈다가 그로 인해 사고를 당했다.

「왜요?」

「분노가 당신의 눈에 불꽃을 심어주거든. 난 당신 눈동자가 두려움에 잠기는 것보다 그런 불꽃으로 타오르는 편이 좋아.」

「달라스!」

누군가가 고함을 질렀다.

코딜리어는 달라스를 향해 달려오는 호리호리한 남자를 바라보았다.
「타일러, 무슨 문제라도 생겼어?」
남자는 미끄러지듯 그들 앞에 멈추었다.
「아무 문제도 없네.」
갑자기 그녀의 존재를 깨달은 듯, 타일러는 머리에서 모자를 획 벗
겨냈다. 그러고는 눈썹 위로 흘러내린 금발을 쓸어 올리며 코딜리어를
향해 미소를 지었다.
「오, 리 부인, 결혼식 날 뵀는데 아마 기억하진 못하실 거예요. 타일
러 커티스라고 합니다.」
「죄송해요, 이름을 외우는 데는 영 소질이 없어서요.」
그녀가 수줍게 대꾸했다.
「부인처럼 아름다운 사람들을 제외하고는 저도 얼굴을 기억하는 데
영 소질이 없죠.」
마치 여성과 말장난하는 게 쑥스럽다는 듯 타일러의 얼굴이 붉어지
자, 지켜보고 있던 달라스는 얼굴을 찌푸렸다.
「타일러는 건물을 설계하고 짓는 일을 총 감독하고 있어.」
긴장된 어조로 달라스가 소개하자, 코딜리어는 흥미를 느낀 듯 미소
를 지었다.
「마을을 짓고 계시는 분이군요.」
「다른 사람들의 도움이 절대적으로 필요한 일이죠. 괜찮으시면, 몇
가지 일에 대해 남편분의 의견을 구하고 싶은데요. 잠깐이면 됩니다.」
「네, 괜찮아요.」
달라스는 조금 주저하는 표정을 짓고 있었다.
「오스틴을 찾아갈 수 있겠어?」
그녀는 고개를 끄덕였다.
「아직 잡화상에 있을 거예요.」
「그럼, 집에서 보도록 하지.」
코딜리어는 걸어가는 남편의 뒷모습을 바라보았다. 정신없이 중얼거

리는 타일러의 말에 신중하게 귀를 기울이고 있었다.

그가 자신의 숙녀들에 대해 언급했을 때 왜 그녀는 마음이 상하는 기분이 들었을까? 숙녀란 단어가 풍차를 의미한 거란 얘길 듣고 왜 안도감을 느꼈을까?

코딜리어는 잡화상 앞 기둥에 묶여 있는 말들을 향해 천천히 걸음을 옮겼다. 터무니없는 분노를 터트린 그녀에게 달라스는 앙갚음을 하는 대신 자주 화를 내라고 했다.

왠지 그의 제안이 괜찮은 생각인 것 같았다. 분노를 표출하는 것이 또 다른 탈출구처럼 느껴졌다.

침실 밖 발코니에 서서 코딜리어는 깊은 밤을 응시했다. 집 근처에 세워진 풍차가 - 달라스의 숙녀들 중 하나가 - 규칙적으로 딸깍거리는 소리가 들려왔다.

달라스는 그녀의 아버지나 형제들과는 달랐다. 쉽게 화를 내고, 갈색 눈동자에 뜨거운 분노를 드러내긴 하지만, 그는 자신의 성질을 다스리는 능력이 있었다.

그녀의 가족들은 자신들이 원하는 것과 필요로 하는 일들에 대해서만 관심을 쏟았다. 하지만 달라스는 더 넓은 곳을 바라보고 있었다. 사람들이 마을로 이주해오는 것도 자신의 꿈을 공유하고 함께 나눌 수 있는, 그리고 함께 그 꿈을 키워나갈 수 있는 기회를 그들에게 주었기 때문이었다.

보이드라면 그런 행동을 이기적이고 탐욕적이라고 표현하겠지만, 코딜리어는 자신의 아들을 위한 미래…… 그녀로서는 감히 꿈도 꿀 수 없을 웅장한 미래를 짓겠다는 달라스 리를 차마 비난할 수가 없었다.

도시, 사회. 그 사회의 사람들.

문득 자신도 그 꿈의 일부가 되길 원한다는 사실을 깨닫고 코딜리어는 놀라움에 양미간을 찌푸렸다. 그녀는 남편이 이루지 못한 것, 리톤에 여자들을 몰려들게 만들 방법을 찾아내고 싶었다.

울타리 근처에서도 남편의 모습은 찾을 수가 없었다. 그리고 복도를 따라 울리는 발자국 소리도 아직 들리지 않았다. 문득 그가 어디에 있는지 궁금해졌다. 그가 구입했다는 책 두 권의 행방도.

달라스를 두려워하고 싶은 마음도 없었지만, 그렇다고 그에게 의지하고 싶은 마음도 없었다. 독립 없이는 진정한 자유를 얻지 못한다는 사실을 깨달았기 때문이었다. 늘 자유를 갈망해왔는데 이제야 알게 되다니…… . 독립으로 가기 위한 첫걸음은 바로 자신의 두려움을 정복하는 것이었다.

그녀는 남편에게서 빌려온 책 - 실용적인 축산법 - 을 들고 침실을 나섰다. 책을 빌리던 날 밤에 들었던 그의 깊은 웃음소리가 기억났다. 마음을 흔들던 웃음소리.

램프를 손에 들고 그녀는 달라스의 서재로 향했다. 문틈으로 흘러나오는 불빛을 본 순간 하마터면 마음을 돌릴 뻔했지만, 마음을 다잡고 노크를 했다.

「들어와.」

안쪽에서 우렁찬 목소리가 들려왔다.

심장이 빠르게 뛰기 시작했다. 그녀는 떨리는 숨을 내쉬고는 문을 열었다. 원장을 앞에 놓고 앉아 있던 달라스가 재빨리 자리에서 일어났다.

「일어나지 말아요.」

방안으로 미끄러져 들어가며 그녀가 말했다.

「그냥 책을 돌려주려고요.」

「음.」

그녀는 책장을 향해 걸음을 옮겼다.

「항상 이렇게 늦은 밤에 원장을 정리하나요?」

「보통은.」

그녀는 바싹 타들어가는 입술을 핥으며 다시금 마음을 추슬렀다.

「아버지는…… 우리 아버지는…… 매일 오후에 그런 잡무를 보셨는데요.」

「그분이야 목장을 돌봐줄 아들이 셋이나 있으니까. 난 혼자뿐이고.」

「오스틴도 있잖아요.」

「이건 그 녀석의 임무가 아니야. 언젠가, 자기 할 일이 무엇인지 깨닫고 나면 녀석도 제 갈 길을 갈 거야.」

오스틴이 떠나고 나면 당신만 남게 되겠지. 아들만을 원하는 남자와 함께.

「방해가 된 게 아니면 좋겠군요.」

그녀는 책을 가슴께로 들어올렸다.

달라스가 자리에 앉자, 코딜리어는 서둘러 방을 가로질렀다. 그녀는 책을 꽂은 뒤, 새 책들 중 한 권을 반쯤 꺼내 겉표지를 손가락으로 문질렀다. '두 도시 이야기'

그녀는 달라스를 흘끗 바라보았다. 그는 그녀의 존재에 별 영향을 받지 않는 듯 다시 원장을 정리하고 있…… 아니, 뭔가를 기다리는 것처럼 보였다.

코딜리어는 책장에서, 그 책을 꺼내들었다.

「두 도시 이야기는 아직 읽어보지 못했어요.」

「당신 거야.」

달라스가 퉁명스럽게 대꾸했다.

「다른 책도 그렇고. 고맙다는 말은 사양하겠어. 너무 오래된 책들뿐인 것 같아서 산 거니까. 책을 꽂아놓지 않는다면, 애써 만든 책장도 무용지물이잖아.」

「처음 이곳에 들어왔을 때 바로 그런 생각을 했었어요. 그리고 순식간에 사랑에 빠졌죠.」

달라스가 머리를 치켜들고 그녀를 빤히 바라보았다.

「내 생각에는…….」

코딜리어가 목청을 가다듬었다.

「이 정도의 책장이라면 천 권도 넘게 들어갈 것 같은데요.」

달라스가 의자에 몸을 쭉 기대며 물었다.

「천 권?」

그녀는 고개를 끄덕였다.

「그 이상도 들어갈 것 같구요.」

「이 책장들을 가득 채운 다음에 몇 권이나 되는지 세어보기로 하지.」

달라스는 다시 원장을 정리하기 위해 고개를 숙였다.

책을 꽉 움켜쥔 채 방을 가로지르다 말고 코딜리어는 걸음을 멈추었다. 이따금 펜이 종이를 끄적이는 소리를 제외하고는 방 안이 굉장히 고요했다.

「엄마가 돌아가시기 전까지, 늘 엄마를 위해 책을 읽어드렸어요.」

그녀가 작게 웅얼거리자, 달라스가 머리를 들고 그녀를 쳐다봤다.

「엄마한테 책을 읽어주던 일이 너무나 그리워요. 엄마도 그립고.」

달라스는 팔꿈치를 책상에 기댄 채, 엄지와 검지로 콧수염을 문질렀다. 그가 키스를 했을 때 수염이 굉장히 부드럽게 느껴졌던 것이 떠올랐다.

「프리먼 선생님의 말이, 당신 어머니께서는 사고로 거동이 불편하셨다던데.」

코딜리어는 한번도 그때의 일을 입 밖에 내본 적이 없었다. 진실을 알고 있다는 사실만으로도 그 오랜 시간 충분히 고통스러웠다.

「엄마와 아버지가 심하게 다투셨어요. 몸싸움 도중에 그만 균형을 잃고 계단 아래로 떨어지셨죠. 목숨은 부지하셨지만, 그 이후로 전혀 움직이지 못하셨어요. 그래서 제가 돌봐드렸죠.」

「몸싸움? 지금 당신 아버지가 어머니를 때렸다는 의미인가?」

그 사건을 완전히 잊어버릴 수 있기를 빌며 코딜리어는 고개를 끄덕였다. 말을 꺼내는 것만으로도 마음이 부서질 듯 아팠다. 그가 의자에서 일어나 다가오자, 코딜리어는 빨리 도망을 쳐 방으로 돌아갔어야 했다고 후회했다.

달라스가 아주 조용하고 차분한 목소리로 입을 열었다.

「아무리 화가 나더라고, 난 절대로 당신을 때리지 않을 거야, 디. 약속하지.」

확신이 담긴 조용한 말이 그녀에게 믿음 이외의 선택을 허락하지 않았다.

「당신을 위해 책을 읽어드릴까요?」

생각지 못한 말이라도 튀어나온 것처럼, 그의 얼굴 위로 지나가는 화들짝 놀란 표정에 코딜리어는 하마터면 웃음을 터트릴 뻔했다. 그의 표정은 마치 머리 위로 한 양동이의 차가운 물을 뒤집어 쓴 듯했다.

「당신에게는 한가한 시간이 별로 없다는 걸 알아요. 그러니까, 당신이 장부를 정리하는 동안 내가 옆에서 책을 읽어줄게요.」

그런 결심을 한 동기가 의심스러운 듯, 달라스는 조심스럽게 고개를 끄덕였다.

「그거야 좋지.」

코딜리어는 작은 탁자 위에 램프를 올려놓고, 그 옆의 폭신한 의자에 앉아 맨발을 의자 위로 올려놓고 속이 드러나지 않도록 치맛자락을 가지런히 했다. 그가 자신을 바라보고 있는 게 느껴지자, 당황하지 않기 위해 안간힘을 써야 했다.

코딜리어는 책장을 펼치고 목을 가다듬었다.

「최고의 시간이나, 최악의 시간에…….」

그녀는 슬쩍 시선을 들었다. 그의 펜이 장부 위 허공에 떠 있고, 잉크가 종이 위에 똑, 똑 떨어지고 있었다.

「옆에서 책을 읽어도 일할 수 있을 것 같아요?」

달라스는 고개를 끄덕이고 다시 펜을 잉크병에 넣었다.

그가 다시 장부를 정리하는 동안, 코딜리어는 어두운 방 안을 이야기로 가득 채웠다.

책을 읽어주겠다던 아내의 말을 허락한 자신의 결정을 언제부터 후회하게 되었는지는 정확하지 않았다. 아마도 자정이 지난 어느 때부터인 것 같았다.

그녀의 눈동자가 천천히 감겨들고, 목소리가 조금씩 작아지고 느려졌다. 졸리면 가서 자라는 말에, 그녀는 번쩍 머리를 치켜들고는 피곤하지 않다고 우겼다.

달라스가 보기에는 언제 책 읽는 걸 마쳐야 하는지, 그리고 어떻게 자러 가겠다는 말을 해야 할지 난감해하는 것 같았다.

두 시간이 넘게 책을 읽던 그녀의 목소리가 천천히 갈라지고 가끔씩 눈이 감기더니 결국은 눈을 감은 채 머리를 옆으로 떨구고 말았다. 불편해 보이는 자세로 의자에 몸을 기댄 채 어색한 각도로 머리를 숙이고는, 세상 걱정과 두려움이 모두 사라진 듯한 사랑스러운 표정이었다.

어떡하면 잠에서 깨어 있는 순간에도 그녀의 얼굴에서 걱정과 두려움을 걷어낼 수 있는지 그 방법을 알고 싶었다. 어쩌면 그가 한번도 배워본 적이 없는 부드러운 말들을 원할지 몰랐다.

가능한 조용히, 그는 의자를 뒤로 밀고 일어나 그녀가 잠들어 있는 의자를 향해 다가갔다. 아주 조심스럽게 그녀의 손에서 책을 빼내 의자 옆의 테이블 위에 올려놓았다.

그러고 나서 달라스는 한 팔은 그녀의 등에 다른 팔은 무릎 아래로 집어넣어 아내를 가슴에 끌어안았다. 코딜리어는 한숨을 내쉬며 그의 쇄골 부분의 움푹 파여진 곳에 뺨을 문질렀다.

그녀가 마치 여름의 산들바람처럼 가볍고 부드러울 거라고는 예상치 못했다. 키가 크니 이보다는 무게가 더 나가리라고 생각했다. 하지만 부드러움과 따스함만이 느껴질 뿐이었다.

달라스는 그녀를 침실로 옮긴 뒤, 침대 위에 조심스럽게 내려놓았다. 그녀가 한쪽으로 몸을 굴린 뒤 무릎을 가슴 가까이로 구부린 채 한 손을 뺨 아래에 밀어넣었다. 담요를 덮어준 뒤, 달라스는 침대 옆에 쭈그리고 앉아 잠이 든 아내를 바라보았다.

오늘 오후, 숙녀들에 대한 자신의 언급에 눈동자가 불타오르던 그녀의 모습이 너무나 좋았다.

코딜리어의 어머니에 대해 알게 되자, 비록 아주 미미하지만 그녀의 분노를 이해할 수 있을 것 같았다. 이제 조금씩 자신을 둘러싼 울타리를 치우고 천천히 그녀에게 다가가야 하는 것일지도 몰랐다.

솔직하게 이야기를 나누어볼까? 하지만 그런다고 그녀가 그의 말을 믿을 것 같지는 않았다. 그저 보여주는 것만이 가장 좋은 방법일 듯했다.

방 안으로 흘러 들어온 희미한 아침햇살에, 코딜리어는 서서히 잠에서 깨어났다. 몽롱한 정신으로 담요를 턱 위로 치켜올리며, 어떻게 침대로 들어왔는지를 곰곰이 생각해보았다.

달라스가 이 방에 왔던 것 같은데. 어쩐지 그 기억은 확실했다. 잊혀지지 않는 향기처럼 그의 존재감이 여전히 방 안을 맴돌고 있었으니까. 그럼, 그가 침대로 데려다준 뒤 그냥 방을 나갔다는 말인가?

코딜리어는 혼란스러웠다. 그를 결코 이해하지 못할 것 같은 기분.

아내에게 원하는 건 단지 아들뿐이라면서, 결혼식 날을 제외하고는 아직까지 자신의 몸에 손끝도 대지 않고 있었다. 그가 자신과 결혼한 것을 후회하는 건 아닌지, 아니면 아예 그녀의 남편이 될 생각이 없는 건지 궁금했다.

침대에서 빠져나온 코딜리어는 발코니 창문을 향해 걸어가 커튼을 옆으로 밀쳤다. 울타리 옆에 서서 목장 감독, 슬림과 이야기를 나누고 있는 달라스의 모습이 보였다. 슬림이 떠나자, 그는 자신의 검은 말 위에 뛰어올라 발코니 쪽으로 고개를 들었다. 순간, 두 사람의 시선이 마주쳤다.

갑자기 숨이 멎고 심장이 마구 뛰기 시작했다. 그의 입이 뻐끔거렸지만, 무슨 소리인지 알아들을 수가 없었다. 그녀는 빗장을 열고 발코니 밖으로 걸어나갔다.

「뭐라고요?」

「말을 타게 승마복으로 갈아입으라고.」

「지금요?」

「그래.」

다시 말에서 내려오는 그를 보고 난 후, 코딜리어는 서둘러 방 안으로 들어가 발코니의 창문을 닫아걸고 커튼을 쳤다. 그러고는, 가만히 침실에 있을 걸 괜한 모험을 했다고 후회했다.

달라스는 왜 갑자기 자신이 아내에게 함께 승마를 하자고 초대했는지 확신할 수가 없었다. 물론, 그녀가 자신의 제안을 초대로 받아들이지 않을지도 모른다는 사실을 인정했다.

뭔가를 부탁하는 것은 그의 적성에 맞지 않았다. 어렸을 때는 그랬는지도 모르겠지만 말이다. 그를 바꾸어놓은 것은 전쟁이었다. 열 네 살 때 그는 처음으로 다른 이들에게 명령을 내렸고, 전쟁이 끝난 뒤에도 줄곧 그런 식으로 일을 처리했다. 그게 원하는 일을 가장 빠르게 성취할 수 있는 방법이기에.

코딜리어에게는 불행한 일이지만, 그가 무작정 명령을 내리는 성격을 바꾸지 않는다면 그녀에게는 어떤 식의 자유도 허락되지 않는 것이었다. 이유야 어찌되었든 그녀는 결혼으로 인해 그에게 묶여 있었다.

그녀가 지난밤 책을 읽어주겠노라고 제안했을 때, 달라스는 두 사람이 편안한 관계를 만들어가는 과정에 약간의 진전이 있는 거라고 희망을 품었다. 하지만 쇠막대기처럼 꼿꼿하게 등을 세우고 손가락 관절들이 하얗게 변할 정도로 세게 고삐를 움켜쥔 채 그저 정면만을 바라보며 말을 타고 있는 아내를 보자 그것도 아니라는 생각이 들었다.

두 마리 말이 나란히 서서 터벅터벅 걸음을 옮기고 있었다.

「당신은 약속을 잘 지키는 편인가?」

퍼뜩 놀라면서 그녀는 눈썹을 찌푸린 채 그를 향해 고개를 돌렸다.

「난 거짓말은 하지 않아요. 지금 그런 뜻으로 하는 말이라면요.」

「내 아버지는 사내란 자고로 자신이 한 약속을 지킬 줄 알아야 한다고 귀에 못이 박히도록 말씀하셨어. 그래서 난 약속을 어겨본 적이 없지. 당신 부친도 당신에게 그러셨는지 궁금했을 뿐이야.」

코딜리어는 순간 할말을 잃고 말았다. 여자의 자리는 남자들의 세계 안에 존재한다고 수없이 들은 것 외에 아버지에게서 배운 다른 것은 떠오르지가 않았다. 그 가르침이 남편의 세계에는 적용되지 않는다는 사실을 발견하기 전까지는 그 말에 의심을 품어본 적도 없었다.

「약속은 반드시 지켜야 한다는 건 알아요. 당신 생각처럼.」

그는 고개를 끄덕였다.

「그렇다면, 내게 약속 하나 해줬으면 좋겠어.」

「어떤 약속인데요?」

달라스가 고삐를 잡아당겨 말을 세우자, 코딜리어도 똑같이 했다. 그는 모자를 벗고 아내를 똑바로 바라보았다.

「만일 내게 무슨 일이 생기더라도 내 땅을 당신 형제들에게 주지 않겠노라고 약속해줬으면 좋겠어.」

「당신에게 무슨 일이 생기다니요?」

「이곳에 사는 사람들에게는 언제 무슨 일이 생길지 모르는 법이야. 당신 형제들이 내 죽음으로 인해 이득을 보는 일이 없기를 원해.」

그 죽음? 그 단어가 코딜리어의 머릿속을 메아리치고 심장을 관통하고 지나갔다.

「왜 당신이 죽는다는 거죠?」

그의 입술이 미소를 짓듯 가볍게 휘어 올라갔다.

「그럴 계획은 아냐. 우리에게 아들이 생긴다면, 그 아이를 위해 당신이 땅을 꼭 움켜쥐고 있기를 바라는 것뿐이야.」

「만일 아들이 생기지 않는다면요?」

「그럼, 당신 자신을 위해 지키고 있어. 아니면 팔던가. 단…… 당신 형제들에게는 주지 마.」

「하지만, 난 땅을 어떻게 관리해야 하는지 몰라요.」

달라스는 멀리 지평선 너머를 바라보았다.

「무슨 일이 있어도 땅을 당신 형제들에게 넘기지 않겠노라고 약속해줘. 그럼, 당신에게 어떻게 농장을 관리해야 하는지 가르쳐주겠어.」

코딜리어는 주위의 평원을 향해 시선을 돌렸다. 달라스는 지금 그의 유산을 자신에게 위탁하겠노라 말하고 있었다. 만일 정말 남편에게 무슨 일이라도 생긴다면 아들에게 목장일을 가르치는 것은 그녀의 몫이 될 수밖에 없는 일이었다. 그럴 경우를 생각한다면, 그녀도 일을 배워두는 게 옳기는 했다. 그녀는 뚫어져라 자신을 바라보고 있는 남자에게로 시선을 돌렸다.

「당신이 일구어놓은 모든 걸 내가 망쳐놓을 수도 있어요.」

「그런 끔찍한 가능성이 조금이라도 보였으면 이런 제안은 아예 하지 않았을 거야.」

그 말의 강렬함이 코딜리어를 휩쓸고 지나갔다. 달라스는 지금 그가 세운 제국을 맡길 만큼 자신을 믿고, 그에게 맹세를 하면 그 맹세를 지킬 만큼 명예로운 사람이라고 신뢰하고 있었다.

그는 지금 두 사람의 흔들리는 결혼 생활을 단단하게 지탱해줄 반석을 세울 기회를 자신에게 주고 있었다.

「약속할게요.」

콧수염 아래로 천천히 미소가 번져나갔다.

「좋아.」

다음날부터, 코딜리어는 농장 일꾼들의 얼굴을 익히고 그들이 맡은 역할에 대해 배우기 시작했다. 카우보이들은 그저 소떼나 지켜보면 되는 거라고 추측했는데, 그건 잘못된 생각이었다. 카우보이들은 끊임없이 울타리 주변을 살피고 부러진 울타리나 망가진 철조망을 손봐야 했다. 제재소의 일꾼들은 연신 풍차를 살펴보고 기름칠을 하고 망가진 부분을 수리해야 했다. 습지를 지키는 일꾼들은 진흙탕에 빠진 소는 없는지, 강이 진흙이나 덤불로 막히지는 않았는지 끊임없이 점검해야만 했다. 그 수많은 분야의 일꾼들과 다양한 일거리들이 그녀를 놀라게 했다.

쉴새없이 모든 것을 점검하고 또 점검해야 하는 것 같아 보였다. 울타리, 풍차, 소떼들, 수원(水源), 방목지. 게다가 소떼를 언제 어디로 이동시킬 것인지 하는 많은 결정들.

한 주가 지나자, 코딜리어는 자신이 습득한 그 많은 정보들로 인해 기절할 지경이었다. 또한 남편과 그가 이룬 엄청난 결과에 대해 더 큰 존경과 이해를 품을 수 있었다.

일요일이 다시 돌아왔고, 풍경은 지난 일요일과 별반 달라 보이지가 않았다. 달라스는 마룻바닥을 깔기 위해 내려놓은 판자 위로 거세게 망치를 내리쳤다. 동생들이 시시덕거리고 노는 동안, 그 혼자 다락방에서 일을 하고 있는 중이었다. 그가 보기에 저런 게으른 녀석들이 1층의 마루를 제대로 깔았다는 사실이 놀라울 지경이었다.

달라스는 깊고 우렁찬 웃음소리와 그 뒤를 잇는 가는 웃음소리에 귀를 기울었다. 의지와는 달리, 그는 자리에서 일어나 조심스럽게 2층의 대들보 위를 걸어 다락방 끝으로 걸어갔다. 그리고 휑한 뼈대에 몸을 기대고 밖을 내다보았다.

코딜리어가 앞뜰 한 쪽 끝에 서 있고, 모두들 정반대 쪽에 자리를 잡고 있었다. 그녀가 그들에게서 등을 돌리고 있는 동안, 모두들 열심히 움직이고 있었다. 휴스턴은 크게 한 발자국 걸어나와 멈추어 섰고, 아멜리아는 작게 세 걸음을 걸었으며, 매기가 깡충깡충 뛰다 그만 무릎을 꿇었다. 오스틴은 최대한 열심히 뛰었다.

코딜리어가 재빨리 돌아서자, 오스틴이 비틀거리며 멈추었다. 그녀는 손가락으로 오스틴을 가리켰다.

「뛰는 것 다 봤어요.」

「에이, 그런 게 어딨어요!」

모두들 소리내며 웃는 가운데 오스틴은 억울하다는 듯 소리를 질렀다.

「그럼 처음으로 돌아가요.」

오스틴은 밧줄로 금을 쳐놓은 울타리 쪽으로 쿵쿵 발소리를 내며 돌아갔다. 코딜리어는 다시 등을 돌렸고 사람들이 다시 움직이기 시작했다. 달라스는 고개를 설레설레 저었다. 보나마나 아멜리아의 머릿속에서 나왔겠지. 아멜리아는 나무에 매달린 나뭇잎의 수보다도 더 많은 게임들을 알고 있으니까.

매기와 휴스턴이 울타리 근처로 돌아가자 달라스는 미소를 지었다. 휴스턴이 딸아이를 번쩍 들어 목마를 태웠다.

코딜리어가 다시 등을 돌리자, 오스틴의 다리가 북풍이 불어올 때의 풍차 날개보다 빨리 움직이기 시작했다. 달라스는 아내를 향해 고함을 질러 알려주고 싶은 충동을 억누르기 위해 이를 악물었다.

코딜리어가 몸을 돌렸을 때는 너무 늦었다. 오스틴이 그녀를 바닥에서 번쩍 들어올렸다. 그녀가 오스틴의 목에 팔을 두르며 웃음을 터트리자 달라스의 가슴이 욱죄어왔다. 오스틴이 그녀를 빙글빙글 돌리면서 그의 웃음소리가 그녀의 것과 섞여들었다.

매기가 다시 게임을 하자고 고함을 질러댔다. 오스틴이 코딜리어를 내려놓았다. 그녀가 집을 향해 눈을 돌린 순간, 달라스와 시선이 부딪쳤다. 전에 그가 꺾었던, 하지만 그녀에게 주지 못했던 꽃들처럼 코딜리어의 미소가 시들어갔다. 달라스는 몸을 돌려 방의 반대쪽으로 걸어갔다. 한순간에 너무 늙어버린 것 같은 기분이 들었다. 일을 거들지 않는다고 휴스턴을 비난할 수는 없었다. 만일 아멜리아처럼 아내가 자신을 그런 눈으로 바라보고 매기처럼 귀여운 딸이 자신을 따른다면, 그 또한 이렇게 서서 나무에 못이나 박고 있지는 않았을 테니까.

몇 분 후, 그는 계단을 - 오늘 아침에 자신이 만든 - 오르는 발자국 소리를 들었다.

「목이 마를 것 같아서요, 레모네이드예요.」

코딜리어가 유리잔을 들고 자신 없는 모습으로 문가에 서 있었다. 달라스는 그들 사이를 가르는 짧은 거리를 걸어가 잔을 받아들고 음료수를 단숨에 들이켰다. 그리고 잔을 다시 그녀에게 건네주었다.

「고마워.」

달라스는 구석자리로 돌아가 판자를 깔고 못을 박기 시작했다.

「당신한테 부끄러워요.」

눈썹을 찌푸리며 그는 어깨너머로 시선을 던졌다.

「왜?」

코딜리어는 그가 이미 못을 박아놓은 마룻바닥을 걸어와 그의 옆에 무릎을 꿇었다.

「이제야 당신이 어떻게 하루를 보내는지 알았어요. 일주일 내내 목장을 경영하고, 마을을 짓는 일을 감독하죠. 그리고 쉴 수 있는 단 하루를 이렇게 동생의 집을 증축하는 일에 쓰고 있죠. 그런데 난 그냥 멍청한 게임이나 하고 쓸데없는 깔개나 사…….」

「깔개가 좋던데.」

그녀가 옆으로 고개를 기울였다.

「그래요?」

그는 진작 그 말을 하지 않은 걸 후회했다.

「음, 그래. 당신이 응접실 벽에 건 퀼트와 창문의 커튼들도 마음에 들어.」

「그런 것들이 방 안을 좀 포근해 보이게 만들 거라고 생각했어요. 응접실을 위한 가구들도 주문했는데.」

「잘했어.」

처음 그녀가 책을 읽어주기 시작한 밤부터, 그리고 그가 농장을 경영하는 법에 대해 일러주기 시작한 날부터 코딜리어의 눈동자에서 천천히 경계심이 사라지고 있었다. 그녀는 이제 두려움이 담겨 있지 않은 눈으로 그를 바라보았다. 달라스는 몸을 숙여 그녀에게 키스를 할까 생각해보았지만, 아직은 두려움이 완전히 가신 게 아님을 알기에 그럴 수가 없었다. 자신을 바라보는 그녀의 시선에 따스함이 배어 있기를 원했다. 그리고 자신이 그녀를 원하는 만큼이나 그녀도 그를 원하기를 바랐다. 물론, 바라기에는 너무나 어리석은 희망이었지만.

코딜리어는 시선을 떨구어, 그가 막 박아놓은 못을 손가락으로 어루만져보았다.

「마루를 까는 일은 어려운가요?」

「아니. 해보고 싶어?」

달라스가 망치를 건네자 그녀의 눈이 반짝였다.

「해봐도 돼요?」

「그럼.」

그녀가 망치를 받아들자, 달라스가 못을 건네주었다.

「못이 판자를 똑바로 뚫고 들어가야 해. 제대로 자리를 잡게 하려면, 못에서 시선을 떼지 말고 머리 부분을 부드럽게 두들겨.」

「당신이 할 때는 망치질 소리가 굉장히 세게 들리던데요.」

「나야 엄지손가락을 찧지 않고 못을 박을 수 있을 만큼 경험이 있으니까.」

「아아…….」

달라스는 나무 위에 못을 대고 망치를 움켜쥐는 그녀의 모습을 흥미롭게 지켜보았다. 양미간을 한껏 찌푸린 채 이로 입술을 살짝 깨물고 있었다. 그는 그 입술의 촉감을 기억해내고는 침을 삼켰다. 정신을 집중한 듯 그녀의 눈동자가 검게 변해갔다. 그는 열정으로 인해 진해진 그녀의 눈동자를 보고 싶었다.

입술을 더욱 더 세게 깨물며 그녀는 부드럽게 못을 두드렸다. 양미간의 주름은 더욱 더 깊어졌고, 망치를 쥔 손에 잔뜩 힘을 주어 마디가 하얗게 변했다. 그녀에게 몇 가지 충고를 해줄까 생각해보았지만, 어떤 것들은 연습과 실수를 통해서 더 잘 배울 수 있는 법이었다. 열댓 번을 내려친 끝에야 못이 새 집에 완벽하게 자리잡았다.

코딜리어는 손가락 끝으로 못을 어루만졌다.

「마을에 건물을 짓는 것도 이런 기분인가요?」

달라스는 한번도 그런 생각을 해본 적이 없었고, 그녀가 무엇을 묻는지도 정확히 이해가 되지 않았다. 코딜리어는 경이감이 가득 담긴 눈동자로 그를 바라보았다.

「아이들이 이 마루 위를 기어다니겠죠. 그런 뒤 마루 위를 걷고, 뛰고 달리겠죠. 만일 이 집이 백 년이 지난 뒤에도 그대로 남아 있다면, 오늘 당신이 만든 집에서 우리와는 절대 만날 수 없는 아이들이 커가게 될 거예요. 마을이나 목장처럼 당신이 한 모든 일들이 굉장히 많은 사람들에게 영향을 줄 테고. 하지만 내가 한 일은 거기에 비하면 아주 사소한 일뿐이에요.」

코딜리어는 망치를 바닥에 내려놓고 조용히 몸을 일으켰다. 달라스는 그녀의 발목이라도 붙잡고 싶은 욕구와 싸웠다.

「휴스턴에게 이제 엉덩이를 떼고 이쪽으로 오라고 말해주겠어?」

감정을 억누르느라 가라앉은 목소리로 그는 말했다.

코딜리어가 문밖으로 사라졌다. 달라스는 막 그녀가 박은 못을 엄지손가락으로 어루만졌다. 빌어먹을 자존심! 그녀가 떠나는 걸 원치 않았다. 자신을 향한 것이 아니기에 그녀의 웃음소리를 듣는 것도 싫었다. 그리고 멀리서 그녀의 미소를 바라보기만 하는 자신도 너무나 싫었다.

그녀에게 그냥 곁에 있어 달라고, 함께 일하자고, 옆에서 즐겁게 말동무가 되어달라고 차마 부탁할 수가 없었다.

하지만 그런 작은 일도 부탁하지 못하면서 어떻게 그녀에게 함께 자 달라고, 자신의 존재를 환영해달라고 부탁할 수 있을까?

10

　시들어가는 꽃들을 움켜쥔 채, 달라스는 온 집안을 헤매고 다녔다. 방들이 모두 텅 비어 있었다. 마못이 편안하게 자리잡고 있는 부엌을 빼고. 코딜리어에게 함께 말을 타러 나가자고 하려고, 평상시보다 조금 일찍 방목지에서 돌아왔지만 아내는 보이지 않았다.

　그는 집밖으로 걸어나와 마구간으로 향했다. 코딜리어의 암말이 마구간에 없다는 사실마저 기분을 언짢게 했다.

「슬림!」

목장 감독이 안쪽에서 걸어나왔다.

「네, 보스.」

「집사람이 어딜 갔는지 알고 있나?」

「오스틴과 함께 마을에 다녀오신다고 나가셨어요.」

「어제도 녀석과 함께 마을을 갔다온 것 같은데?」

「네, 그랬죠. 그리고 그 전날도 그러셨구요.」

　갖가지 영상들이 마음속을 헤집고 지나가자 달라스는 두려움에 몸을 떨었다. 잡화상 앞에서 코딜리어를 끌어안고 있던 오스틴. 휴스턴의 집에서 코딜리어를 안아 빙글빙글 돌리던 오스틴.

코딜리어는 오스틴과는 어떤 대화 목록이 없어도 편하게 이야기를 나눌 수 있었다. 요즘 매일 밤마다 오스틴은 달라스의 서재로 찾아와 코딜리어가 책을 읽는 걸 가만히 들었다. 가끔씩 달라스가 장부에서 고개를 들면, 세상에서 가장 아름다운 여자를 바라보듯 코딜리어를 쳐다보고 있는 오스틴을 볼 수가 있었다.

달라스는 오스틴의 침입을 불쾌하게 생각하는 자신이 못마땅했다. 오스틴은 다섯 살 때 어머니를 여읜 후로 어떤 여자의 손길도 느껴보지 못한 채 자란 측은한 동생이었다. 코딜리어의 부드러운 목소리에 깊이 빠져드는 동생의 모습을 보며 시기하는 마음을 품지 말아야 한다는 것은 잘 알고 있었지만 어쩔 수가 없었다.

「이제 부인의 안장을 올려드리지 말까요?」

눈치를 보던 슬림이 물었다.

「아니. 아니, 내 아내는 원하는 대로 자유롭게 오갈 수 있네.」

그는 빈 마방에 꽃들을 집어던지고 다시 집안으로 걸어 들어갔다.

어둠이 깔릴 때쯤, 두 사람이 집으로 돌아왔다.

식탁의 상석에 앉아, 달라스는 복도를 타고 울리는 두 사람의 웃음소리에 신경을 곤두세웠다. 자신에게는 한번도 들려주지 않았던 기쁨에 가득 찬 그녀의 웃음소리에 이를 악물었다.

달라스는 힘겹게 자리에서 일어났다. 그러고는, 할 일을 다 끝내지 않고 몰래 낚시를 갔다 숨어 들어오는 어린아이들처럼 죄책감이 가득한 얼굴로 식당으로 들어오는 두 사람을 바라보았다.

「늦어서 미안해, 형.」

코딜리어를 위해 의자를 빼내주면서 오스틴이 말했다. 오스틴을 향해 수줍은 미소를 지으며 그녀가 자리에 앉았다. 오스틴이 그녀의 옆자리에 앉아 국자를 들고 두 사람의 그릇에 스튜를 떠넣기 시작했다.

「시간 가는 줄 몰랐지 뭐야.」

「그래, 알겠다.」

다시 자리에 앉으며 달라스가 말했다.

「당신이 사랑하는 그 빌어먹을 마못에게는 먹이를 줬어.」

코딜리어는 시선을 들었다가 얼른 자신의 스튜 그릇으로 다시 눈을 내리깔았다.

「고마워요.」

「시끄럽게 짖어대는 통에 일을 할 수가 있어야지.」

「미안해요. 다음부터는 우리가 데리고 나갈게요.」

다음부터는 우리가…….

그 말이 사방에 무겁게 메아리치면서 속이 욱신거렸다.

「그래, 마을에 갔다온 건 어땠어?」

코딜리어가 재빨리 머리를 치켜올렸다. 그녀가 오스틴을 향해 시선을 던지자, 동생은 입을 열었다 다시 다물어버렸다.

「재미있었어요. 특별한 건 없었구요.」

코딜리어가 대신 대답했다.

달라스가 의자를 뒤로 확 밀치고 일어나자 바닥을 긁는 거친 소리가 식당 안을 뒤흔들었다. 마치 죄책감을 털어버리려는 듯 오스틴과 코딜리어가 움찔하며 머리를 치켜들었다.

「두 사람이 맛있게 식사를 했으면 좋겠군.」

두 사람이 아무런 반박을 하지 않아도 별로 놀랍지 않았다.

자신이 얼마나 멍청한지를 뼈저리게 느끼며 그는 밖으로 나와 울타리를 향해 걸었다. 그는 아멜리아에게 청혼을 해놓고 휴스턴에게 그녀를 마중하러 나가달라고 부탁했다. 먼길을 함께 여행하도록. 결국 아멜리아는 그의 동생과 사랑에 빠졌다.

이제 코딜리어와 결혼했지만, 오스틴에게 그녀를 보살펴주고 친구가 되어달라고 부탁했다. 도대체 이번에는 뭘 바랐던 거냐, 얼간이 달라스? 달라스는 주머니에 손을 집어넣어, 아멜리아가 처음 농장에 도착한 후 결혼 선물로 주었던 시계를 꺼내들었다. 코딜리어가 자신에게 애정의 상징으로 무언가를 선물할 거라는 생각은 한 적도 없었다. 하지만 그렇다고 그녀가 자신의 곁을 떠나리라는 생각은 더더욱 해본 적이 없었다.

코딜리어와 오스틴은 나이 차이가 많이 난다고 그는 스스로에게 상기시켰다. 하지만 사랑에 나이 따위는 장애가 되지 않는다는 것을 그도 알고 있었다. 게다가 그도 코딜리어와 나이 차이가 많이 났지만 그의 마음은 그 사실을 인식하지 못하고 있었다.

어쩌면 그의 땅 가장 먼 곳에 두 사람을 위한 집을 지어줘야 할 것 같았다. 한때는 자신의 아내였던 여인들이 동생들과 가정을 이루고 행복해하는 모습을 보며 멀쩡히 버텨낼 순 없을 테니까. 그런 뒤 또 다시 아내를 찾는 광고를 내야 할 거고. 동부 쪽 신문에 광고를 내면 어쩌면…….

「형?」

등뒤에서 오스틴의 목소리가 들려왔다.

「형과 이야기를 좀 하고 싶어.」

달라스는 시계를 주머니 속에 밀어넣고는 무관심의 벽으로 스스로를 단단하게 무장했다. 가슴속에 커다란 구멍이 뚫리는 듯한 고통을 참으며, 그는 막내동생을 향해 고개를 돌렸다.

「안 그래도 네가 그럴 거라 생각하고 있었다.」

울타리 난간 위에 팔꿈치를 올려놓으며 그가 말했다. 오스틴은 땅에 시선을 고정하고 부츠 끝으로 바닥을 쳐서 흙먼지를 일으켰다.

「이런 얘기를 하는 게 옳은 건지 잘 모르겠는데…….」

「단도직입적으로 말해라. 그게 언제나 최선의 방법이야.」

형의 시선을 마주보며 오스틴은 고개를 끄덕였다.

「디가 형에게 아무 말도 하지 말아달라고 부탁했어. 하지만 난 형이 알아야 한다고 생각해.」

달라스는 목구멍을 가득 메우는 멍울을 억지로 삼켰다.

「그래, 알겠다.」

오스틴은 두 손을 주머니 속에 찔러넣었다.

「내가 일곱 살 때 형이 날 서커스에 데려갔던 일, 기억나?」

그때 오스틴은 달라스가 화가 나면 어떻게 변하는지 알게 되었다. 1867년 크리스마스, 헤이트 앤 챔버스 뉴올리언즈 콜로셜 서커스단이 샌안토니오에 들어와 천막을 쳤다. 당시 달라스와 휴스턴은 간신히 전쟁의 후유증에서 회복되어 가는 중이었고, 주머니 속에는 몇 푼의 동전만 딸랑거리고 있을 뿐이었다. 하지만 두 사람은 오스틴에게 절대로 잊지 못할 크리스마스를 만들어주고 싶었다.

달라스는 그때의 즐거운 기억에 자신도 모르게 미소를 짓고 말았다.

「그래, 네가 끊임없이 질문을 던지며 얼마나 못살게 굴던지. 마침내 난 화가 나서 한 마디만 더하면 칼을 삼키는 사람에게서 칼을 빼앗아 네 녀석의 목구멍에 넣겠다고 위협했어.」

오스틴은 낄낄거리며 자신의 코를 문질렀다.

「난 그때 형이 정말로 그럴 줄 알았단 말이야.」

「그래도 그 위협이 먹혀들지 않았잖아. 안 그래?」

오스틴이 고개를 끄덕였다.

「맞아. 어제 디를 마을에 데려갔는데 형수가 그러더라고. 처음 서커스 구경을 해본 어린 시절의 나처럼. 너무나 많은 질문들을 한꺼번에 쏟아 붓더라고 모든 게 새롭게 느껴졌나 봐. 형제들이 한번도 디를 마을에 데려다주지 않았대. 단 한번도 말이야.」

「하지만, 네가 그렇게 해주고 있잖아. 그 일로 코딜리어가 네게 굉장히 고마워하고 있다는 걸 알아.」

오스틴이 앞으로 더 다가왔다.

「나는 형수의 질문에 별로 주의를 기울이지 않았어. 그냥 생각나는 대로 대답했을 뿐이지. 그런데 내게 질문하고 대답을 듣는 동안, 형수의 머릿속에 한 가지 굉장한 생각이 떠오른 거야. 마침내 형수가 오늘 용기를 내서 일을 착수했는데 헨더슨 씨가 노골적으로 비웃더라구. 더욱 끔찍한 일은 보이드가 거기에 있었다는 거야. 그 개자식이⋯⋯.」

「잠깐, 잠깐만⋯⋯ 지금 도대체 무슨 말을 하는 거냐?」

「오늘 마을에서 무슨 일이 있었는지를 설명하려는 거야. 디는 철도
가 이곳을 통과하면 사람들에게 잠잘 곳이 필요하다는 사실을 떠올린
거야. 그래서 호텔을 짓는 일을 생각해냈지. 지난번에 형이 그랬다며.
건물을 짓기 위해 건설업자를 고용하려면 우선 헨더슨 씨에게 가서 대
출 신청을 해야 한다고. 그래서 가장 먼저 헨더슨을 만나기로 한 거야.
　어제는 하루 종일 은행 문 앞에서 서성거리더니, 차마 안으로 들어
갈 용기가 없었는지 그냥 돌아왔어. 오늘은 마음을 단단히 먹고 용기
를 그러모아 은행 안으로 들어가는데 성공했지. 안에는 보이드도 있었
고. 형수가 헨더슨에게 살롱에 여분의 방들이 있고 그거면 숙박시설로
충분하다고 설명했지. 그 소릴 들은 보이스와 헨더슨이 대놓고 커다랗
게 웃기 시작했어. 그런데 빌어먹을 보이드가 형수에게 한마디하더라
고. 형 침대에나 신경 쓰라고.」
　「그래서, 디는 어떻게 했지?」
　악다문 이 사이로 달라스가 물었다. 오스틴의 얼굴에 미소가 번졌다.
　「봤으면 형도 자랑스러워했을 거야. 시간을 내주어서 고맙다고 헨더
슨에게 정중하게 말한 뒤 머리를 꼿꼿이 들고 도도하게 걸어나왔어.」
　「은행에 그밖에 누가 있었지?」
　「목장주들 몇하고 은행 직원들? 어쨌든 형수는 달팽이보다 더 낮게
땅바닥을 기는 듯한 모욕을 느꼈을 거야. 계속해서 재미있는 이야기들
로 웃겨보려고 노력했는데 아무래도 형수한테 필요한 건 그런 게 아닌
것 같아. 내 생각엔, 형이 달콤한 말들을 해주면 기분이 좀 나아지지
않을까 싶은데.」
　「달콤한 말들?」
　「그래. 있잖아, 왜. 여자들이 듣고 싶어하는 그런 말들. 그런 말을 들
으면 여자들은 보름달보다 더 환한 미소를 짓잖아.」
　달라스는 고개를 끄덕였다.
　「한번 해볼게.」
　오스틴의 얼굴에 함박웃음이 피어올랐다.

「전부 털어놓고 나니까 속이 후련하네. 형수는 스스로 뭘 해보겠다
고 나서면 형이 화를 낼까봐 굉장히 걱정했거든.」

「난 디에게 화내지 않아.」

「나도 알아.」

오스틴이 뒤로 물러서며 말했다.

「집안으로 들어가야 할 것 같은데? 곧 형수가 책을 읽어줄 시간이야.
난 형수가 책 읽는 걸 듣는 게 너무 좋거든.」

그는 몸을 돌려 집으로 걸어가기 시작했다.

「오스틴?」

오스틴은 걸음을 멈추고 어깨너머로 시선을 던졌다. 달라스는 그의
말들을 다시 곰곰이 생각했다.

「디에게는 내게 말했다는 걸 비밀로 해라.」

「물론이지. 난 형이 형수에게 몇 마디 달콤한 말을 해줬으면 하는
것뿐이야.」

달라스는 고개를 끄덕였다.

「알았어.」

달콤한 말들? 도대체 그런 말에 대해 아는 게 있어야지.

빌어먹을, 하나도 생각이 나지 않았다.

달라스는 경첩이 흔들거릴 정도로 세게 문을 두드렸다. 안에서 조심
스러운 발자국 소리가 들렸다.

「달라스야. 문 열어.」

삐걱거리며 문고리 돌아가는 소리가 나자, 달라스는 억지로 분을 삼
켰다. 레스터 헨더슨이 활짝 문을 열었다.

「오! 달라스, 자네 때문에 괜히 겁에 질렸잖아. 무슨 일 있어?」

「레스터, 오늘 어떤 소문을 들었는데 그것 때문에 잠을 잘 수가 있
어야지. 그게 사실이 아니길 바랄 뿐이야.」

소문이란 말에 약한 헨더슨은 재빨리 2층 베란다 밖으로 걸어나왔다.

리톤에 새로 이주해온 대부분의 사람들처럼 그도 자신의 사무실 위층에 살았고, 그 사무실이 바로 은행이었다.

「무슨 소문?」

「들어보니, 오늘 내 아내가 여기 와서 대출을 신청했다던데?」

레스터의 새된 웃음소리가 달라스의 신경을 긁었다.

「오, 그거. 걱정 말게, 달라스. 내가 거절했으니까. 보이드도 같이 있었는데, 그 친구가 동생에게 그 요청이 얼마나 어리석은지 아주 명쾌하게 설명해주었네. 자네 아내야 자네에게 아들이나 낳아주면 될 일이지. 암, 보이드가 큰 목소리로 분명하게 타일렀네.」

달라스는 이 얍삽한 족제비 같은 녀석의 목덜미를 움켜쥐지 않기 위해 대신 두 주먹을 움켜쥐었다.

「조금 더 밖으로 나오지 않겠나?」

레스터가 현관 베란다 모서리로 걸어나오자, 달라스는 멀리 지평선 너머를 가리켰다.

「저기, 뭐가 보이나, 레스터?」

레스터는 어깨를 으쓱해 보였다.

「달, 별, 땅.」

「내 땅이네. 자네가 볼 수 있는 모든 땅이 다 내 것이지. 난 아들이 없네, 레스터. 만일 내가 내일이라도 황소뿔에 받혀 죽는다면, 저 땅이 다 내 아내에게 돌아가지.」

고개를 기울이며 달라스는 말을 이었다.

「잘 생각해보라구. 내 땅은 이미 그녀의 소유야. 왜냐하면, 그녀는 내 아내가 되어주는 영광을 베풀었거든.」

그는 모자를 벗고, 고개를 숙여 헨더슨의 눈을 똑바로 쳐다보았다. 레스터가 뒷걸음질을 치자, 달라스는 그를 따라 걸음을 옮겼다. 레스터는 바람에 흔들리는 묘목처럼 난간에 기대어 떨었다.

「난 내 아내가 누구에게 애걸하는 꼴은 못 봐. 내 아내가 은행을 다시 찾거든, 자네가 반가운 표정으로 자리에서 벌떡 일어나 무엇을 원</p>

하는지 물어주면 좋겠군. 대출을 원한다면, 당연히 그렇게 해주고.」

「하지만…… 하지만 담보는…….」

헨더슨이 더듬거리며 말했다.

「방금 자네에게 그 빌어먹을 담보물을 보여준 것 같은데?」

「하지만 보이드가…….」

「보이드가 뭐라 그랬는지, 그 집 식구들이 뭐라고 하는지 따위는 관심 없어. 만일 내 아내가 달을 원하면 난 어떤 방법을 찾아서라도 그녀에게 달을 따다줄 생각이니까. 지금 당장 그녀가 원하는 건 자네 은행에서 대출을 받는 거라구. 오늘밤 그녀의 요청에 대해 다시 생각해보고, 그 요청이 우리 마을을 위해 좋은 생각이라는 것을 이해해준다면 난 굉장히 고마워할 거야.」

달라스가 뒤로 물러서자, 헨더슨이 몸을 일으키고 가슴을 폈다.

「지금 날 위협하는 건가?」

「아니, 헨더슨. 아냐.」

유혹하는 듯한 부드럽고 은근한 목소리로 달라스가 대답했다.

「난 한번도 누굴 위협해본 적이 없네. 아, 이건 약속하지. 만일 오늘 그랬던 것처럼 내 아내를 다시 또 수치스럽게 만든다면, 자네 은행 옆에다가 다른 은행을 만든다고. 아마 그러면 자넨 곧 망하겠지. 자네가 어딜 가든 죽는 날까지 자네를 쫓아다닐 거고, 그럼 자넨 다시는 은행을 차리거나 은행에서 일할 수는 없게 될 거야.」

달라스는 돌아서서 계단을 내려가다 멈추어 몸을 돌렸다.

「참, 헨더슨, 오늘 우리가 나눈 대화에 대해서는 내 아내가 몰랐으면 좋겠네.」

헨더슨은 말없이 고개를 끄덕였고, 달라스는 성큼성큼 계단을 내려갔다. 자기를 살살 구슬려놨다며 레스터 헨더슨이 그를 고소할 수는 없을 터였다.

다음날 아침, 달라스는 대화 목록을 하나씩 짚어가며 훑어보고 있는 아내를 살펴보았다.

「디?」

그녀가 고개를 들었다. 얼굴에 절망감이 깊게 새겨져 있었다.

「말하고 싶은 기분이 아니면 억지로 대화를 나눌 필요는 없어. 식탁에서 농장 경영에 대해 토론할 생각은 없으니까.」

그녀는 얼굴을 찡그리며 고개를 끄덕인 뒤, 재빨리 오스틴을 바라보고는 다시 노트로 시선을 떨구었다. 달라스는 오스틴의 푸른 눈동자가 비난하듯 자신을 바라보는 것을 느낄 수 있었다. 분명, 지난 밤 달라스가 디에게 달콤한 말을 한마디도 해주지 않았다는 것을 간파하고 기분이 상한 것 같았다.

코딜리어는 달라스에게 다시 시선을 던지며 아랫입술을 깨물었다.

「만일 헨더슨 씨가 가구제작을 위한 대출 신청을 거절한다면, 어떻게 할 건가요?」

그녀의 질문에 믿을 수 없을 만큼 큰 기쁨을 느끼며 달라스는 의자에 몸을 기댔다. 보이드나 헨더슨의 방해에도 불구하고, 그녀가 자신의 꿈을 포기할 생각이 없다는 사실이 그를 더욱 기쁘게 만들었다. 그는 코딜리어의 목록에 있는 다른 질문들도 궁금해졌다.

「그럼, 다른 마을에 있는 은행에 가서 대출을 부탁해봐야지.」

「다른 마을요?」

「아마 포트워스가 가장 낫겠지.」

「얼마나 멀리……」

문 두드리는 소리가 그녀의 질문을 가로막았지만, 달라스는 어떤 질문일지 감을 잡을 수 있었다. 그리고 아내가 그곳까지 여행해야 할 필요가 없기를 빌었다.

「오스틴, 누가 왔는지 나가봐라.」

오스틴이 의자를 밀고 일어나 걸어나갔다.

몇 분 뒤, 믿을 수 없다는 표정을 지으며 오스틴이 레스터 헨더슨을 식당으로 안내해왔다.

코딜리어는 우아하게 자리에서 일어났다.

「헨더슨 씨. 이렇게 집을 방문해주시다니, 얼마나 고마운지 몰라요. 남편과 이야기를 나누시는 동안 커피라도 드시겠어요?」

달라스는 이제껏 그의 아내처럼 우아한 사람은 본 적이 없었다. 지금 이 순간 그녀와 결혼했다는 사실이 너무나도 자랑스러웠다.

헨더슨은 모자를 벗어 손에 움켜쥐었다.

「사실은 부인과 이야기를 나누러 왔습니다.」

달라스는 의자를 끌며 자리에서 일어났다. 순간 헨더슨은 펄쩍 뛰어 달아날 것처럼 몸을 움찔했다.

「내 서재를 사용해도 괜찮아. 난 지금 소떼를 점검하러 나가봐야 하니까.」

집밖으로 나간 달라스는 마구간으로 가서 사탄에게 안장을 올렸다. 말을 타고 마구간을 나가자, 헨더슨이 마차에 오르고 있었다.

「자신이 지금 무슨 일을 벌이고 있는지 분명하게 알고 있었으면 좋겠네.」

꾹 다문 입술로 헨더슨은 내뱉듯 말했다.

달라스는 만족스러운 미소를 지었다.

「좋은 투자 대상을 고르는 안목이 없었다면, 오늘날 이렇게 성공하지 못했을 거네.」

「여자들이 사업에 대해 무얼 알겠나.」

달라스는 눈썹을 치켜올렸다.

「여자들은 집안을 어떻게 경영해야 하는지 알아. 그리고 어떻게 가족을 다루어야 하는지도 알고. 왜 여자들이 사업체를 경영하지 못할 거라고 단정짓는 거지?」

빠른 말로 뭐라고 웅얼거리며, 헨더슨은 고삐를 내려쳐 말을 움직이게 했다. 곧 마차는 마을을 향해 모습을 감추었다.

달라스는 아내가 흥분에 가득 차서 새된 목소리로 오스틴을 부르는 소리를 들었다.

　그는 아내가 기쁨을 함께 나눌 사람으로 가장 먼저 자신을 선택하지 않았다는 사실에 가슴 한쪽이 아파오는 것도 무시했다. 그러고는 빠르건 늦건, 그런 것은 상관없다고 스스로를 위로했다. 결국 때가 되면 남편을 찾아오리라.

　그때가 되면, 인생에 있어서 대가 없이 얻을 수 있는 건 아무것도 없다는 사실을 배우게 될 것이다. 그리고 코딜리어가 자신이 원하는 것을 얻는 대신에, 달라스 또한 그가 원하는 것을 가질 생각이었다.

＊　　＊　　＊

　서재 문을 두드리는 부드러운 노크 소리에 달라스는 창문너머로 바라보던 밤하늘에서 시선을 돌렸다.

「들어와.」

　코딜리어가 문을 열고 안을 흘끗 살폈다.

「잠시 이야기를 나눌 수 있을까요?」

　그녀의 목소리가 약간 떨리고 있었다.

「물론이지.」

　마치 사형집행인을 만나러 가는 사람처럼, 그녀는 방 안으로 들어와 책상 앞에 섰다. 그리고 그의 의자를 가리켰다.

「좀, 앉아요.」

「그러는 편이 좋겠어?」

　그녀가 격렬하게 고개를 끄덕였다.

　달라스는 긴 보폭으로 방을 가로질러와 의자에 앉았다. 책상 위에 팔꿈치를 올려놓고 엄지손가락과 검지손가락으로 천천히 수염을 어루만졌다.

「난…… 음…….」

　마루 위로 시선을 떨구며 그녀는 목소리를 가다듬었다.

「난 당신 마을에 호텔이 생기면 참 좋을 거라는 생각을 했어요. 그래서 대출을 받고, 커티스 씨에게 빌딩 건물을 설계해달라고…….」

「디?」

그녀가 흘끗 시선을 올렸다.

「사업에 대해 토론할 때는, 늘 상대방의 눈을 똑바로 바라봐야 해.」

그녀가 힘겹게 침을 삼키는 모습이 선명하게 눈에 보였다.

「그게 좀 어려워요.」

「당신과 함께 사업을 할 사람들도 그게 어렵다는 걸 알아. 그래서 그렇게 하는 사람을 존중하고, 그런 사람이 요구하는 일을 기꺼이 받아들이는 거야.」

「내가 왜 여기 왔는지 아나요?」

「대충 짐작은 해.」

「그럼, 내 부탁을 받아들일 건가요?」

「삶에는…… 모든 일에 대가가 있는 법이지.」

「무슨 대가요?」

불신과 두려움이 그녀의 눈동자 깊은 곳에 자리잡기 시작하자, 그의 표정 또한 어두워졌다.

「무슨 부탁인지 먼저 말해봐?」

코딜리어는 심호흡을 한 뒤 두 손을 꼭 움켜쥐었다.

「난 돈이 있어요. 그리고 건물업자도 알고요.」

그녀는 꽉 다문 턱을 꼿꼿하게 들어올리고 말을 이었다.

「이제 필요한 건 땅뿐이죠. 당신이 마을을 위해 땅을 내놓겠다고 했을 때, 난 어리석게도 공짜로 기부하겠다는 의미인줄 알았어요. 하지만, 그 땅은 여전히 당신 소유라는 사실을 오늘 오후 커티스 씨가 설명해주더군요. 장사꾼들이 건물을 지으려면, 먼저 당신에게서 땅을 사야 한다고요.」

그녀의 목소리에는 체념이 가득했다.

「땅 없이는 호텔을 지을 수가 없어요.」

달라스가 의자를 밀고 일어나자 디는 몸을 움찔했다. 가능하다면 그

녀를 붙잡아 의자에 묶어서라도 자신이 움직일 때마다 펄쩍펄쩍 뛰어
오르는 버릇을 막고 싶었다.

그는 한쪽 구석으로 걸어가 두루마리를 집어들었다. 그 종이를 책상
위에 올려놓고 부드러운 손길로 조심스레 펼쳤다. 커다란 종이가 펼쳐
지자 마을의 윤곽이 - 도로와 마을 부지가 - 모습을 드러냈다. 그는 한
쪽 끝에 잉크병을 올려 종이가 말리는 것을 막고 반대쪽 끝에는 램프
를 올려 고정시켰다.

「어디에 호텔을 짓고 싶은 거지?」

호기심이 두려움을 밀어낸 듯 디는 지도 위로 몸을 굽혔다. 자세히
들여다보던 그녀가 제일 큰 도로를 따라 손가락을 움직였다.

「중심가요.」

그녀가 침착하게 말했다.

「은행하고 잡화점이 있는 도로가 좋을 거라고 생각해요. 철도가 어
느 방향으로 깔리죠?」

「지금 예상으로는 여기 마을 끝을 통과할 것 같아.」

그는 남쪽 끝을 손가락으로 가리켰다.

「여기에 있는 이 작은 네모들은 뭐죠?」

마을로부터 조금 떨어진 부지들을 가리키며 그녀가 말했다.

「마을에 사람들이 많이 이주해올 경우를 대비해서 집터로 생각해놓
은 거야.」

그녀는 아랫입술을 잘근잘근 깨물었다.

「호텔은 철도역과 가까운 곳에 있어야 해요.」

그녀는 시선을 들어 그를 바라보았다.

「그렇게 생각하지 않아요?」

생각지도 못했던 기쁨이 날카로운 창처럼 그를 꿰뚫고 지나갔다. 그
녀가 지금 그의 의견을 구하고 있었다. 그는 힘겹게 침을 삼켰다.

「나라면 여기다 지을 거야.」

그녀는 고개를 끄덕인 뒤 달라스가 철도를 깔 거라고 말한 장소에서

조금 떨어진 곳에 위치한 작은 부지를 손가락으로 문질렀다.

「이 땅을 갖기 위해서는 얼마나 내야 하죠?」

달라스는 성공의 기쁨이 온몸을 감싸는 것을 느꼈다. 그녀의 꿈은 호텔을 짓는 것이다. 그는 꿈을 이해했다. 그의 꿈은 아들을 갖는 거였다. 간단한 거래. 서로의 꿈을 성취해주는 것. 두 사람 다 원하는 것을 갖게 되리라. 하지만 믿음이 없이는, 열정이 없이는…… 갑자기 그 대가가 너무나 커 보였다.

「미소.」

나직한 대답에 그녀가 번쩍 고개를 치켜올렸다.

「뭐라고요?」

「그 대가는 미소라고…… 오스틴이나 휴스턴한테 짓는 그런…… 아니면 당신의 빌어먹을 마못에게 보여주는…….」

그녀는 눈을 깜박이더니 몸을 똑바로 폈다. 그런 뒤 입술을 기묘하게 만들며 찡그린다기보다는 고통스러워 보이는 미소를 지었다.

그 모습이 그에게 고통스러운 가르침을 주었다. 애정이란 강제로 얻을 수 없다는 사실을. 억지로 미소를 짓게 만들 수는 없었다. 만일 그녀의 침대로 기어가 자신의 권리를 주장한다면 지금 이것보다 더 큰 공허함을 얻게 되리란 것도.

달라스는 펜촉에 잉크를 듬뿍 묻혀 도시 지도의 빈 공간에 '디의 호텔'이라고 적어넣었다. 그러고는 창문으로 걸어가 뒷짐을 진 채 달도 보이지 않는 깜깜한 밤하늘을 올려다보며, 이 끔찍한 순간이 어서 빨리 지나가길 빌었다.

「끝난 건가요?」

달라스의 뒤에서 그녀가 물었다.

「끝났어.」

「그럼, 이곳의 땅이 내 것이에요?」

「당신 땅이야.」

「오, 달라스.」

그는 창에서 시선을 돌렸다. 경외감을 한껏 드러낸 채, 코딜리어는 그가 지도 위에 적어놓은 글씨를 손가락으로 어루만지고 있었다. 눈물로 반짝이는 눈을 들어 그를 바라보며 코딜리어는 미소를…… 숨을 앗아갈 듯 환한 미소를 지었다.

「난 이제까지 한번도 무언가를 소유해본 적이 없어요. 그런데 지금 이 조그만 땅이 내…….」

「당신은 그것보다 훨씬 더 많은 걸 가졌어. 내게 미소 지을 필요도 없이 이 모든 게 다 당신 거니까.」

「무슨 말인지 이해가 안 돼요.」

「우리가 결혼한 순간부터 내 삶뿐만 아니라 모든 면에서, 그러니까 내 목장과 마을까지 당신은 내 동업자가 난 당신의 동업자가 된 거야.」

그 말이 끝나자마자, 마치 폭풍에 가려진 햇살처럼 그녀의 미소가 사라졌다.

「그렇다면 호텔도…… 당신 것이 되는 건가요?」

「우리 것이지. 하지만 난 침묵의 동업자인 셈이야.」

「그게 무슨 말이죠?」

「호텔에 관해서 당신은 뭐든 원하는 걸 마음대로 할 자유가 있어. 당신이 뭘 하든, 나는 관여하지 않겠어. 하지만 당신이 뭔가 의견이나 충고를 원한다면, 내가 있다는 걸 잊지 마.」

코딜리어는 무릎 위에 올려놓은 두 손을 응시하고 있었다.

「변한 건 아무것도 없어, 디.」

「모든 게 변했어요.」

그녀는 조용히 대답했다. 그러고는 시선을 들어 달라스를 마주보았다.

「만일 내가 이 지도 위의 빈 공간을 이용해 두 개의 호텔을 만들겠다면요?」

달라스는 눈썹을 들어올렸다.

「두 개?」

그녀는 고개를 끄덕였다.

「난 될 수 있는 한 큰 호텔을 짓고 싶어요. 그래서 이곳을 지나는 사람들 모두 내 호텔에 대해 이야기했으면 좋겠어요.」

그는 다시 책상으로 되돌아왔다.

「원한다면 다른 블록 위에도 표시하도록 해.」

미소를 지으며, 그녀는 펜에 잉크를 묻혀 또박또박 지도 위에 자신의 이름을 적어넣었다. 그러고 나서 다시 그를 흘끗 올려다보았다.

「만일 내가 세 블록을 원하면요?」

「디, 나도 계획을 가지고 있다구.」

그녀는 앞으로 몸을 숙였다.

「당신 계획은 뭔데요?」

그녀의 질문이 달라스의 가슴속에 메아리쳤다. 디가 자신의 계획을 털어놓지 않았을 때, 그는 굉장히 낙담했다. 하지만 그도 그녀와 자신의 계획을 나누려 하지 않았다. 아무것도.

달라스는 자리에 앉아, 의자의 팔걸이에 팔꿈치를 기대고 수염을 문질렀다. 그저 일을 성공시키기 위해 사람들에게 명령을 내리기만 했을 뿐, 한번도 그 일들이 무엇을 위해 어떤 목적으로 하는 건지는 사람들에게 설명해본 적이 없었다.

「음, 그러니까…… 우선 리톤으로 오고 싶어하는 신문기자가 있어.」

그녀의 눈이 동그래졌다.

「신문이요? 우리도 신문이 생기는 건가요?」

'우리' 그 말은 달라스의 마음속에 듣기 좋은 음악처럼 메아리쳤다.

「음. 우리에게도 신문이 생길 거야. 새로운 소식이나 공보 같은 기사가 실리겠지.」

「그럼, 신문 이름은 뭘로 할 건데요?」

「리톤 리더(The Leighton Leader).」

「다른 계획은요?」

「장의사. 사람은 누구나 죽어.」

그녀가 부르르 몸을 떨다가 다시 지도 위로 눈을 돌려 도로들을 따라 손가락을 움직였다.

「맥거크, 팁턴, 필리퍼…….」

많은 거리마다 붙여져 있는 이름들을 읽는 그녀의 목소리가 조금씩 잦아들었다.

「이 도로명은 전부 어디서 따온 거예요?」

그는 수염을 어루만지던 손을 멈추었다. 갑자기 마음속에 대포와 폭탄, 그리고 총성이 난무했다.

「내가 죽음으로 보낸 남자들. 소년들이었지. 그리고 적보다 나를 더 무서워했어. 그들의 이름을 딴 것은, 그들을 기억하고 존중하는 나만의 방식이야.」

「전쟁 때라면 당신도 나이가 그리 많지는 않았잖아요.」

「대부분·그랬지.」

코딜리어는 자신의 의자에 몸을 묻었다.

「당신에 대해 아는 게 너무나 적어요.」

「뭐가 알고 싶은데?」

「모든 게 다요.」

부끄러운 듯, 그녀는 시선을 피했다.

「내가 호텔을 짓고 싶어한다는 사실을 알고 있었나요?」

「소문은 들었어.」

코딜리어는 그를 흘끗 살폈다.

「성공할 거라고 생각해요?」

「전적으로.」

그녀는 두 손을 책상 위에 올려놓았다. 두 눈에 두려움이 가득 담겨져 있었지만, 그를 향한 두려움은 아닌 듯했다.

「달라스, 난 이 호텔이 뭔가 특별한 역할을 해주길 원해요.」

그녀는 자리에서 일어나 방 안을 맴돌았다. 너무나 우아하게, 너무나 품위 있게.

「무슨 특별한 역할?」

그녀는 걸음을 멈추고 자신의 의자 등받이를 움켜쥐었다.

「리톤으로 여자들을 불러들이는 데 도움이 되었으면 좋겠어요.」

그가 양미간을 찌푸렸다.

「뭐?」

코딜리어는 재빨리 의자를 돌아 다시 자리에 앉아 앞으로 몸을 숙였다. 그녀의 눈동자가 한번도 본 적이 없는 흥분으로 반짝이고 있었다.

「당신이 리톤으로 신부감을 불러모으기 위해 신문에 광고를 내야겠다고 한 적이 있죠. 내게는 그 말이 너무나 불공평하게 들렸어요. 한번도 만나지 못한 남자와 결혼을 약속하는 거잖아요. 아멜리아가 당신과 그랬던 것처럼. 약속한 후에 다른 사람과 사랑에 빠지게 되면 어쩌죠? 세상 남자들이 모두 당신처럼 관대하지는 않아요. 세상 남자들이 모두 자신의 권리를 그렇게 쉽게 포기하지는 않는다구요. 만일 그녀가 상대를 만났는데, 기대와는 달리 전혀 호감을 갖지 못하면 어떡하죠?」

코딜리어는 자리에서 벌떡 일어나 다시 방 안을 맴돌기 시작했다.

달라스는 그녀의 움직임에 매료된 채 넋을 잃고 그녀를 바라보았다. 그녀의 생각이 구체화되어 가는 과정까지 분명하게 보였다.

「여자들이 결혼과 전혀 상관없이 리톤에 올 수 있는 이유를 주고 싶어요. 호텔 안에 근사한 식당을 만들어서 남자들이 그곳에서 사업을 의논하게 만들고, 호텔과 식당의 모든 업무는 다 여자들에 의해 이루어지는 거예요. 전국 각지에서 여자들을 불러모아 교육을 시켜서 말이에요. 어쩌면 그녀들이 누군가를 만나서 결혼하게 될 수도 있겠죠. 그럼 적어도 그녀들에게 선택의 기회는 주어지잖아요.」

그녀의 말 한마디 한마디가 돌진하는 황소의 발소리처럼 그의 머릿속을 뒤흔들었다. 그녀에게는 애초 선택의 기회 따윈 존재하지 않았다. 만일 선택의 기회가 주어졌다면, 그녀가 자신과의 결혼을 선택했을지 궁금해졌다.

코딜리어는 걸음을 멈추고, 달라스의 책상을 손바닥으로 짚은 채 그의 눈을 마주보았다.

「어떻게 생각해요?」

'당신에게도 선택의 기회가 주어졌어야 했어.'

달라스는 자신의 생각을 밀쳐내고, 자리에서 일어나 창가로 걸어갔다. 멀리서, 풍차 돌아가는 소리가 들렸다. 등뒤에서 자신의 대답을 기다리는 디의 강렬한 눈빛이 느껴졌다.

그들의 결혼에 대한 결정을 내릴 때, 달라스는 그녀에게 아무런 기회도 주지 않았다. 하지만 이제는 그녀에게 기회를 줄 수가 있었다. 그녀가 원할 때까지 침실 밖에서 기다리리라.

달라스는 몸을 돌려 그녀의 시선을 마주보았다.

「당신도 이제 막 제국을 짓기 시작한 것 같군.」

11

코딜리어는 달라스의 서재에 있는 자신의 의자에 앉아 이리저리 자세를 바꾸어가면서 한때는 깨끗한 백지였던 종이더미에 많은 내용의 글들을 휘갈겼다. 건물을 세운다는 것이 생각보다 쉬운 일이 아니라는 걸 금세 깨닫게 되었다. 하지만 달라스는 그런 것을 무수히 많이 이루어냈다.

아침마다, 그녀는 식사 후 재빨리 설거지를 하고 집안을 정리했다.

여느 날처럼 침대를 정리하던 그녀는 만일 달라스가 진짜 남편이 된다면, 그와 같은 침대를 사용하게 된다면, 세 개가 아닌 두 개의 침대만 치우고 세 개가 아닌 두 개의 시트만 빨면 된다는 생각이 들었다.

코딜리어는 이런 문제에 대해 그와 이야기를 나눠볼까 고민해보았다. 하지만 용기가 나지 않았다. 달라스가 자신과 한 침대를 쓰고 싶어한다는 것, 아니 그 이상을 원한다는 사실을 분명하게 알고 있었다. 하지만 그 '이상'이 수반하고 있는 일들에 대해 아무런 준비도 되어 있지 않았다.

비록 제각기 하루를 보내고 있지만, 코딜리어는 더욱 자주 달라스를 생각하는 자신을 깨닫고 있었다.

집안일을 마치고 나면, 오스틴이 그녀를 마을로 데려다주었다. 떨어져 지내는 시간 동안, 가끔 커티스 씨가 그려준 도안을 달라스에게 보여주고 싶다는 생각이 들었다. 지금 달라스가 소떼를 돌보고 있는지 궁금했고, 우연하게라도 일이 있어 그가 마을로 내려오지 않을까 내심 기대해보기도 했다.

아주 가끔은 길 한복판에서 서로 만나기도 했다. 코딜리어는 달라스와 함께 마을을 거닐며 건물의 장단점에 대한 설명을 듣거나, 앞으로 리튼에 생겨날 또 다른 사업 - 간판 가게, 빵집, 구두 상점, 이발소 등 - 에 대해 들으며 즐거운 한때를 보냈다.

하지만 무엇보다도 매일마다 어서 빨리 밤이 되기를 고대했다. 서재의 폭신한 의자에 몸을 파묻은 채 코딜리어는 자신의 계획들에 대해 그와 의논했다. 호텔에서 일할 여자들을 불러들일 광고 문안이나 호텔 각 방에 배치할 가구들, 그리고 식당에서 팔고 싶은 다양한 메뉴 같은 것들을.

달라스는 그녀에게 소고기를 할인된 가격에 제공하겠노라고 제안했다. 하지만 코딜리어는 할인된 가격 따위는 필요 없다고 그에게 상기시켰다. 그의 동업자로서, 자신은 원하는 만큼 소를 가져갈 권리가 있다고 딱 잘라 말했다.

그 말에 그는 깊고 낭랑한 웃음을 터트렸다. 순간 코딜리어는 자신이 얼마나 그의 웃음소리를 좋아하는지, 자신의 말에 귀기울여주는 그를 얼마나 사랑하는지, 그리고 자신의 제안에 찬성해주는 달라스의 갈색 눈동자에 비추이는 자신이 얼마나 자랑스러운지를 깨달았다.

「뭐가 또 걱정이지?」

코딜리어는 식당에 관한 것들을 적은 노트에서 고개를 들었다. 그러고는 두 다리를 치마 안으로 바짝 끌어당겼다.

「아무것도요. 전 괜찮아요.」

책상에서 일어서며, 달라스는 눈을 가늘게 떴다.

「호텔에 무슨 문제라도 생긴 건가?」

그녀는 아랫입술을 잘근잘근 깨물었다.

「문제까지는 아니고요. 커티스 씨가 막 호텔의 설계도를 마쳤거든요. 그런데 그게…… 내가 생각하고 있던 설계가 아니에요.」

「그렇다면 커티스에게 말해.」

그녀는 의자에서 몸을 뒤척였다.

「그걸 설계하기 위해 커티스 씨가 열심히 일했는데, 그의 마음을 상하게…….」

「하지만 그건 당신이 원하는 게 아니잖아. 원하는 걸 그려달라고 그에게 돈을 지불하는 거야. 안 그래?」

「그래요.」

「그렇다면, 내일 마을로 가서 그렇게 말해.」

코딜리어는 종이 가장자리에 찍힌 달라스의 최근 상표를 바라보았다. 등을 맞대고 비스듬히 서 있는 두 개의 D가 마치 하트처럼 보였다. 이제 필요한 것은 큐피드의 화살뿐이었다.

그녀는 다시 상표를 바라보며, 함께 마을에 가지 않겠냐는 제안을 하기 위해 시간을 끌었다.

「내가 함께 마을로 가주길 원하는 건가?」

코딜리어는 머리를 들고 그의 강렬한 시선을 마주했다. 한때는 꿰뚫는 듯한 그의 시선이 너무나 불편했지만, 이제는 그게 단지 사람이나 사물을 바라보는 그만의 방법임을 알았다.

그녀는 부드럽게 미소를 지었다.

「아뇨, 나 혼자도 처리할 수 있어요.」

달라스의 시선이 따스해지자, 그녀의 심장이 봄날의 나비 날개짓처럼 하늘거렸다. 코딜리어의 대답이 그를 기쁘게 했다. 언제부터인가 자신이 그를 기쁘게 했나 안 했나 하는 문제가 그녀에게는 가장 커다란 관심사가 되어 있었다.

다음날, 지평선 위로 떠오르는 태양이 대지를 물들일 무렵 달라스는

마을의 천막들 사이로 말을 몰았다. 언젠가는 이들 모두 떠나고, 목재
건물들만 남게 되리라. 더 많은 사람들이 이주해오고, 마을이 성장하고
이곳이 바로 그의 아들의 미래가 되리라.
　타일러 커티스가 텐트 앞에 서서 멜빵을 늘어뜨린 채, 천막 기둥에
매달아놓은 거울을 바라보며 면도를 하고 있었다. 달라스는 그의 앞에
말을 세웠다.
　「타일러?」
　타일러는 거울에서 얼굴을 돌리고 환한 미소를 지어 보였다.
　「달라스, 이렇게 아침 일찍부터 웬일인가?」
　달라스는 안장 손잡이 쪽으로 몸을 숙였다.
　「마을을 세우는 일이 상당한 진전을 보이더군.」
　「매번 일을 다 완성했다고 생각할 때마다 또 다른 건물을 디자인하
거나 만들어달라는 주문을 받고 있네. 아무래도 이 마을은 끝없이 성
장해나갈 것 같으이.」
　달라스는 미소를 지었다.
　「나도 그러길 빌어. 일단 철길이 들어서면 더욱 붐비겠지.」
　몸을 뒤척이자, 새벽의 고요함 속에서 안장이 삐걱 소리를 냈다.
　「타일러, 내 아내가 오전에 다시 자네에게 들릴 거야. 자네가 그려준
호텔 설계도가 약간 마음에 들지 않나 봐.」
　타일러가 이마에 주름을 잡았다.
　「어제는 괜찮다고 했는데.」
　달라스는 모자를 벗으며 멀리 지평선 부근을 바라보았다. 햇살이 수
채 물감처럼 새벽 하늘을 부드러운 색조로 물들이고 있었다. 마치 그
의 삶에 햇살을 가져온 아내처럼.
　「결혼해본 적 있나?」
　「아니. 그런 즐거움을 누려본 적은 없네.」
　「그래. 그게 얼마나 큰 즐거움인지 지금까지는 나도 몰랐네. 여자들
은 우리와는 다르더군. 디가 괜찮다고 말을 해도, 그건 괜찮은 게 아니

야. 정말 괜찮다면 그녀는 미소를 짓는데…… 그것도 숨을 앗아갈 듯한 그런 미소를 짓는다네.」

달라스는 다시 모자를 썼다.

「오늘 그녀가 찾아와서 자네의 설계가 마음에 들면 분명 그런 미소를 지을 거야.」

타일러는 고개를 끄덕였다.

「알겠어.」

「고맙네, 타일러.」

그는 말머리를 돌렸다.

「저, 달라스?」

달라스가 어깨너머로 돌아보았다.

「몇 달 전에, 자네가 부탁했던 호텔 설계도는 어떻게 하지?」

달라스는 어깨를 으쓱해 보였다.

「자네가 원하는 대로 하게. 이 마을에 호텔은 하나로 충분하니까.」

코딜리어는 평생동안 지금 이 순간처럼 두려웠던 적이 없었다. 그녀는 측량기사들이 호텔이 세워질 부지를 측정하고 로프를 두르는 과정을 지켜보고 있었다.

대장간과 마차 대여업소를 짓는 일을 마친 커티스 씨는 이제 막 호텔을 지을 준비를 시작했다.

코딜리어는 결혼식 날처럼 갈색 바지와 갈색 재킷, 그리고 갈색 비단 조끼를 차려입은 달라스의 옆에 서서 그의 팔을 꼭 붙들고 있었다. 그는 땀과 먼지에 찌들어 말을 타고 돌아다니는 카우보이라기보다는 성공한 사업가처럼 보였다.

달라스가 그녀를 흘끗 내려다보았다.

「정말로 시작하는 거예요. 그렇죠?」

눈 속 깊은 곳까지 빛나는 따스한 미소를 지으며 그가 대답했다.

「그래.」

팔 안에 귀염둥이를 꼭 끌어안은 채 그녀는 어깨너머를 바라보았다. 사람들이 뒤쪽에 모여 측량기사들이 하는 일을 흥미롭게 지켜보고 있었다. 대부분 달라스의 목장 일꾼이었다.

그녀는 군중들을 헤치고 손을 흔들며 다가오는 휴스턴을 발견했다. 매기가 그의 목을 꼭 끌어안은 채 매달려 있었고, 아멜리아는 그의 팔을 붙잡은 채 함께 걸어오고 있었다. 가까이 다가온 아멜리아는 휴스턴의 팔을 잡고 있던 손을 놓고 코딜리어를 꼭 끌어안았다. 귀염둥이가 짖어댔고, 아멜리아는 웃음을 터트렸다.

「너무나 흥분돼요.」

지금 코딜리어는 미소를 짓는 것조차 힘겨웠다.

「커티스 씨 말이 10월이면 완성될 거래요.」

「넉 달 후요? 그렇게나 시간이 많이 걸려요?」

휴스턴이 묻자, 코딜리어가 고개를 끄덕였다.

「아마 굉장히 큰 호텔이 될 거예요. 그랜드 호텔이요.」

그녀는 아멜리아의 손을 꼭 움켜쥐었다.

「앞으로 그렇게 부를 거예요. 그랜드 호텔.」

코딜리어는 달라스를 향해 시선을 던졌다.

「어때요?」

「당신이 원하는 이름이면 아무거나 상관없어.」

형의 대답에 휴스턴이 웃음을 터트렸다.

「그럼, 아무거나 상관없지.」

멀리서 오스틴이 달라스에게 걸어와 그의 귀에 대고 뭐라고 속삭였다. 달라스는 고개를 끄덕였다.

「좋아.」

아멜리아가 코딜리어를 보며 미소를 지었다.

「당신이 헨더슨 씨의 은행으로 걸어 들어갔던 게 바로 3주 전이라는 사실이 믿어지지 않아요. 일단 생각이 떠오르면 아주버님보다도 행동이 더 빠른 것 같아요.」

코딜리어는 얼굴을 붉히며 시선을 내리깔았다.

「호텔이 마을 성장에 도움이 될 거라고 생각했어요. 분명, 리톤을 방문하는 많은 사람들에게 좋은 숙소가 될 거예요.」

그녀는 아멜리아를 바라보았다.

「거기다가 학교 선생님을 위한 특별한 방도 마련할 생각이에요.」

「굉장해요! 부끄럽게도 나는 도움을 준 일이 없네요.」

아멜리아가 감탄했다.

「저도 선생님을 찾는 일을 돕지 못했는걸요.」

「그 일도 이제 곧 시작해야죠.」

코딜리어는 자신을 향해 다가오고 있는 남자 형제들을 본 순간, 그만 숨이 탁 멎어버렸다. 캐머론만이 그녀에게 미소를 짓고 있었다. 가까이 다가온 동생은 손을 뻗어 그녀의 손을 움켜쥐었다.

「잘 지냈어, 디? 좋아 보이네.」

좋은 정도가 아니라, 그녀는 행복했다.

「캐머론 널 여기서 이렇게 만나다니, 정말 뜻밖이야.」

「중대한 발표가 있다고 달라스가 전언을 보냈다.」

보이드는 그렇게 말하며 그녀의 배로 시선을 떨구었다.

「중대 발표가 뭔지 이미 알 것 같은데, 네 남편은 그걸 아예 대놓고 떠들려는 모양이구나.」

그 악의에 놀란 코딜리어가 몸을 떨었다. 그녀는 지금 이 순간까지도 자신이 분노와 증오가 지배하는 집안에서 살아왔다는 사실을 미처 깨닫지 못하고 있었다.

「아버지는?」

「여행하실 만큼 좋지 못하시다.」

「편찮으신 거예요?」

「나이가 드셔서 거동이 불편하신 거지, 뭐.」

코딜리어는 달라스를 바라보았다.

「아버지를 한 번 찾아봬야겠어요.」

「내 곧 약속을 잡지.」

측량기사 한 명이 그들에게 다가왔다.

「끝났습니다.」

달라스는 고개를 끄덕인 뒤 코딜리어에게 주의를 돌렸다.

「식이 시작되기 전에 주위를 한 번 돌아보고 싶지 않아?」

「식?」

보이드가 물었다.

분명한 만족감을 드러내며 달라스가 처남을 향해 미소를 지었다.

「그래, 기공식(起工式). 우리의 중대 발표라는 게 디가 리톤에 짓기로 계획한 호텔이 오늘 작업을 시작한다는 소식이었거든.」

보이드의 얼굴이 눈에 띄게 창백해졌다.

「호텔? 지금 저 애가 아이를 가졌다는 사실을 발표하려는 게 아니야?」

캐머론이 큰형을 뒤로 밀었다.

「그게 아니라잖아, 보이드 형.」

보이드는 캐머론의 코앞에 검지손가락을 흔들어 보였다.

「다시는 그러지 마라. 알겠냐? 감히 누구한테.」.

「오늘은 디에게 중요한 순간이야. 망치지 말라고.」

「넌 호텔 짓는 일에 대해 알고 있었냐?」

캐머론의 시선이 잠시 오스틴에게 머물렀다가 경계하듯 다시 형에게로 돌아갔다.

「응, 알고 있었어.」

「난 호텔 나부랭이에는 관심 없다. 내가 관심 있는 건 저 빌어먹을 녀석이 훔쳐간 내 땅뿐이야.」

보이드가 폭풍처럼 인파를 헤치고 걸어나갔다.

코딜리어는 아직 자리에 남아 있는 형제들을 바라보았다. 두 사람은 양다리에 번갈아 힘을 주며 불안정하게 이리저리 몸을 뒤틀고 있었다.

마침내 던컨의 얼굴에 미소가 번졌다.

「춤에다가 공짜로 술과 음식이 제공될 거라는데, 그럼 난 여기 머무르겠어.」

「나도.」

약간은 흥분을 드러내며 캐머론이 재빨리 말했다.

「머물러준다니 기쁘군.」

달라스는 몸을 돌려 코딜리어를 바라보았다.

「얼른 주위를 돌아보겠어? 사람들이 언제 시작하나 다들 궁금해하는 것 같으니까.」

코딜리어는 언제나 모든 게 끝이 날지 걱정이 되었다. 모든 문제가 땅과, 자신이 달라스에게 낳아줘야 하는 아들로 귀결되었다. 하지만 정작 아들을 간절히 원하는, 그리고 함께 침실을 사용하지 않는 자신에게 화를 내야 하는 장본인은 아무렇지 않은 표정으로 지금 자신의 옆에 서서 작은 미소를 위해 맞바꾼 넓은 건설 부지를 걷고 있었다.

처음 그를 만난 날, 코딜리어는 그가 인내심이 별로 없는 사람이라는 편견을 품었다. 그러나 한 달이 지난 지금까지 그는 한번도 남편으로서의 권리를 주장하며 그녀를 괴롭힌 적이 없었다. 그는 인내심을 갖고 호텔에 대한 그녀의 계획에 귀를 기울이고 충고를 해주었으며, 그녀에게 자신이 원하는 것을 찾을 수 있는 기회를 주었다. 아무런 대가로 요구하지 않으면서 말이다.

「이 일로 당신은 뭘 얻었죠?」

첫 번째 모서리를 지나 호텔의 뒷면이 될 길을 걸으며 코딜리어가 대뜸 물었다. 달라스는 놀란 표정으로 그녀를 쳐다보았다.

「난 당신의 미소가 좋아. 호텔을 짓는 일은 당신에게 웃을 수 있는 기회를 많이 주잖아.」

「그것뿐이에요?」

「그래, 그것뿐이야.」

두 사람은 다음 모서리를 돌았다.

「굉장히 큰 건물이 될 거예요. 그렇죠?」

그녀는 사방에 둘러진 밧줄을 보며 말했다.

「마을에서 가장 큰 건물이지.」

어느새 그들은 처음으로 되돌아왔다. 커티스가 삽을 들고 구석에서 기다리고 있었다. 달라스와 커티스는 밧줄을 넘어 건물 부지의 중앙으로 걸어갔다.

코딜리어는 자신의 손을 살짝 붙잡아주는 아멜리아의 따스한 손길을 느꼈다. 휴스턴이 아멜리아의 뒤에 서 있었고, 매기는 코딜리어의 두 다리에 매달려 있었다. 오스틴이 코딜리어의 옆으로 다가와 그녀의 어깨 위에 팔을 올렸다.

캐머론과 던컨이 멀찍이 떨어진 곳에 서 있었다. 한때 가족이었던 사람들을 잃었다는 슬픔과 이제 새로이 가족을 얻었다는 기쁨이 뒤섞인 마음으로 코딜리어는 남편을 향해 시선을 던졌다.

달라스가 모자를 벗자, 모여 있던 사람들 모두 입을 다물었다. 사람들 앞에 당당하게 서 있는 남자가 바로 자신의 남편이라는 사실에 그녀의 마음이 뿌듯해져왔다.

그녀는 리톤으로 오는 모든 여인들에게 행복을 향한 선택의 기회가 주어지기를 빌었다. 코딜리어는 자신에게 기회가 주어진다 해도 달라스를 선택할 거라고 확신했다.

「약 한 달 전…….」

주위를 울리는 나직하고 당당한 목소리로 달라스가 말을 시작했다.

「저는 여러분들, 모든 친구들과 이웃들을 초대해 디를 아내로 맞는 영광을 함께 했습니다. 그리고 오늘, 리톤에 커다란 이정표를 세우는 일을 함께 하기 위해 여러분들을 다시 초대했습니다. 디의 호텔은 마을의 발전에 커다란 도움이 될 겁니다.」

그는 아내를 향해 손을 내밀었다.

「디, 이건 당신의 꿈이야. 그러니까, 당신이 시작해야지.」

코딜리어는 심장이 거세게 고동치고 무릎이 흔들렸다. 지금 한 말이 설마 이 많은 사람들 앞으로 나오라는 뜻은 아니겠지. 그녀는 뒤로 물러서다가 휴스턴의 단단한 몸에 부딪쳤다.

「앞으로 나가요, 디.」

휴스턴이 그녀의 등을 부드럽게 밀면서 조용히 말했다. 오스틴은 그녀의 어깨를 살짝 움켜쥐며 편안한 미소를 지어 보였다.

「아무것도 없이 은행에 들어가 대부를 신청할 배짱도 있었으면서, 자신의 호텔을 짓는 일인데 앞에 나설 용기도 없어요?」

'나의 호텔!'

「디, 내가 말했죠. 달라스에게 기회를 주라고요. 그럼 당신이 걸어다니는 땅까지 숭배하게 될 거라고.」

아멜리아가 속삭였다.

코딜리어는 눈물을 글썽거리고 있는 아멜리아를 바라보았다. 그러고는 다시 남편에게로 시선을 돌렸다. 그는 손을 내민 채 그녀를 기다리고 있었다. 그녀는 귀염둥이를 꼭 끌어안은 채 심호흡을 한 뒤 밧줄을 넘어갔다.

사람들이 박수를 치며 환호성을 지르고 달라스가 더욱 큰 미소를 짓자, 그녀의 떨림도 조금씩 커져갔다. 가능한 빨리 남편의 곁으로 다가가 그의 손을 마주 잡는 순간, 코딜리어는 그 또한 떨고 있다는 것을 알았다.

「이게 필요할 겁니다.」

밝게 웃음을 지으며 커티스가 그녀에게 삽을 건네었다.

「그 빌어먹을 마못은 이리 줘.」

툴툴거리는 중얼거림 사이로 미소를 숨기며 달라스는 아내의 팔을 놓았다.

귀염둥이를 그에게 건네준 뒤 코딜리어는 삽을 받아들었다. 커티스가 한 장소를 가리키자, 그녀는 삽의 손잡이를 꼭 움켜쥐고 그가 알려준 대로 발로 삽을 눌러 작은 흙덩이를 퍼냈다.

그녀는 달라스를 흘끗 쳐다보았다.

「얼마나 큰 흙구덩이를 파야 하는 거죠?」

머리를 흔들며 그는 삽을 받아 커티스에게 되돌려주었다.

「그거면 됐어.」

달라스가 구부린 팔꿈치를 내밀자, 그녀는 그 팔에 손을 얹고 그가 이끄는 대로 사람들이 기다리고 있는 곳을 향해 걸어갔다.

사람들이 그들의 곁에 몰려들어 질문을 던지자, 그녀는 달라스에게 바싹 매달렸다.

「걱정 마, 당신 곁을 떠나지 않을 거야.」

달라스가 그녀의 귀에 속삭이자, 그녀는 손가락의 긴장을 풀었다. 그가 내 곁을 떠나는 일은 결코 없을 거야. 언제나 필요할 때면 내 옆에 있어줄 거라고.

「호텔에 방이 몇 개나 있죠?」

누군가가 물었다. 코딜리어는 미소를 지었다.

「50개요.」

「식당도 생길 거라고 들었는데요?」

「네, 아주 고급 식당을 열 거예요. 이 도시에서 가장 맛있는 음식을 맛볼 수 있는.」

「맛있는 음식 이야기가 나와서 말인데.」

달라스가 끼여들었다.

「살롱 근처에서 지금 소고기 요리를 하는 중입니다. 여러분들 모두 가서 즐기시죠.」

사람들이 모두 몰려가자, 코딜리어는 달라스에게 원망하는 듯한 시선을 보냈다.

「기공식 때 사람들 앞에 나서야 할 거라고 귀띔이라도 해주지 않구선?」

「당신이 불안해할 것 같아서. 그럼 분명, 참석하지 않으려고 했을 거야. 인생의 중요한 순간을 놓치게 하고 싶지 않았어.」

'내 인생의 중요한 순간.'

「리 부인?」

코딜리어가 몸을 돌려보니, 젊은 청년이 손에 종이 조각을 움켜쥔 채 서 있었다.

「리 부인? 전 포트 워스 데일리 데모크랫의 기자입니다. 우리 마을을 통과하는 철길이 곧바로 여기 리튼으로 연결될 예정이죠. 부인의 호텔에 대한 이야기를 기사화하고 싶은데, 몇 가지 질문을 해도 괜찮겠습니까?」

코딜리어는 미소를 짓고 있는 달라스에게 시선을 던졌다.

「당신이 나서야 할 순간이야.」

그가 자리를 뜨자, 코딜리어는 그랜드 호텔에 대한 청년의 맹렬한 질문에 차분하게 대답했다. 호텔과 식당이 모두 여자들의 손으로 운영될 거라는 이야기도 털어놓았다. 기자의 마지막 질문에 대답을 한 뒤, 그녀는 사람들이 모여 있는 마을 끝 쪽으로 걸음을 옮겼다. 그곳에서 부드러운 왈츠가 들려오고 있었다. 마차에 등을 기대고 서서 바이올린을 연주하는 오스틴이 보였다. 휴스턴과 아멜리아는 춤을 추고 있었고, 베키와 던컨, 그리고 몇몇 남자들도 어울려 춤을 추고 있었다.

「디?」

그녀는 비틀거리며 걸음을 멈추고 막내동생을 향해 손을 뻗으며 미소를 지었다.

「캐머론, 네가 함께 있어서 얼마나 기쁜지 몰라.」

「행복해 보여, 디. 달라스가 잘해주나 봐?」

그녀는 살롱 쪽을 향해 시선을 던졌다. 달라스는 지금 귀염둥이를 가슴에 꼭 끌어안은 채 건물 벽에 등을 기대고 서서 커티스와 이야기를 나누고 있었다.

「그래, 아주 잘해줘.」

동생의 손을 꼭 잡으며 코딜리어가 대답했다.

「집에 놀러오지 그랬어? 너도 보이드 오빠의 시각으로만 달라스를 바라보지 않는다면, 분명 그 사람을 좋아하게 될 거야.」

코딜리어는 자신의 옆을 슬그머니 지나가는 검은 물체를 곁눈으로 슬쩍 보았다.

「커메론, 잠깐만.」

그렇게 말하며 그녀는 허둥지둥 걸음을 옮겼다.

「로울리! 로울리 쿠퍼!」

아이가 넘어질 듯 휘청거리며 걸음을 멈추고 땅바닥에 시선을 떨구었다. 그녀는 아이의 앞에 무릎을 꿇었다.

「안녕, 로울리. 날 기억하는지 모르겠다. 언젠가 널 잡화상에서 본 적이 있거든.」

「기억나요.」

「네가 심부름을 좀 해주었으면 좋겠는데…….」

아이는 검은 눈동자를 들어 올렸다가 얼른 다시 내리깔았다. 그러더니 엄지발가락으로 흙더미를 파기 시작했다. 순간 아이를 꼭 끌어안아 주고 싶은 충동을 느꼈다. 이 아이에게 그렇게 대해준 사람이 있기는 할까 싶었다.

「심부름 값은 줄게.」

그녀가 부드럽게 말했다.

아이의 시선이 번쩍 올라와 코딜리어에게 집중되었다. 하지만 그녀는 아이의 눈에 가득 차 있는 의심과 불신을 감지할 수 있었다.

「얼마요?」

「일 달러.」

아이는 아랫입술을 꼭 깨물었다.

「무슨 일을 해야 하는데요?」

「남편과 춤을 출 수 있도록, 내 마못을 보살펴주겠니?」

「얼마 동안이요?」

「내일 아침까지.」

아이가 눈을 가늘게 떴다.

「먼저 돈을 주세요.」

「좋아. 가서 남편과 이야기를 하자꾸나.」

그녀는 몸을 일으키고는 손을 내밀었다. 아이는 손가락을 구부린 채 엉성하게 그녀에게로 손을 뻗었다가 재빨리 손을 치웠다.

「손을 잡는 건 여자애들이나 하는 거예요.」

문득 자신의 형제들도 이 아이와 같은 생각을 가지고 있는지 궁금해졌다. 곰곰이 생각해보면, 오직 캐머론만 그녀와 접촉했고 그것도 언제나 주저하듯 잠시뿐이었다.

코딜리어는 자신의 아이들이 그렇게 되는 것은 원하지 않았다.

그녀는 발을 질질 끌며 뒤를 따르는 로울리와 함께 살롱을 향해 걸어갔다. 커티스가 열정적으로 건물과 설계에 대해 말하고 있었지만, 달라스의 주의는 이미 그녀에게 집중되어 있었다. 코딜리어는 그가 자신을 바라보는 순간부터 그 사실을 분명하게 인지했다.

코딜리어가 남편의 앞에 걸음을 멈추자, 귀염둥이가 깽깽거리며 그녀의 품안에서 발버둥을 쳤다.

「괜찮다면, 난 세인트클레어 양과 이야기를 나눠야겠네. 그녀가 자신의 가게를 더 넓히고 싶어하거든.」

커티스가 말했다.

「오늘, 정말 고마웠네.」

「천만에.」

커티스는 코딜리어를 향해 모자를 살짝 들어올린 뒤 자리를 떴다.

「인터뷰는 어땠어?」

달라스가 물었다.

「아는 대로 열심히 대답했다고 생각해요.」

귀염둥이가 다시 짖으면서 깽깽거렸다. 코딜리어가 로울리의 어깨에 손을 올리자 아이는 화들짝 놀라며 그녀의 손을 홱 치웠다. 순간, 그녀는 자신이 무슨 큰 잘못을 저지른 것은 아닌지 걱정이 되었다.

「여기 이 아이는 로울리 쿠퍼예요. 우리 두 사람을 위해 귀염둥이를 돌봐주겠대요.」

달라스는 눈썹을 들어올렸다.

「정말이냐?」

아이가 미심쩍은 듯 고개를 끄덕였다.

「하지만 먼저 심부름 값을 줘야 해요. 로울리에게 일 달러만 주세요.」

「아주 싸구나.」

그렇게 중얼거리며 달라스는 자신의 주머니에 손을 넣어 일 달러를 꺼내, 로울리의 손에 쥐어주었다. 로울리는 정말로 돈을 줄 거라고는 생각하지 못했던 것처럼 동전을 빤히 쳐다보았다. 아이는 동전을 주머니에 집어넣고는 더러운 손을 뻗어 귀염둥이를 들어 품에 안았다. 그리고 코딜리어를 바라보았다.

「내일 어디서 만나고 싶으세요?」

「넌 어디 사니?」

아이가 시선을 떨구었다.

「그냥 이 근처에 있어요.」

「우리가 널 찾으러 오마.」

달라스의 말에 아이는 고개를 끄덕인 뒤, 마치 부서지는 중요한 물건이라도 들고 있는 것처럼 조심스럽게 걸음을 옮겼다.

「자, 이제 말해봐. 왜 이런 일을 한 거지?」

코딜리어는 남편에게 주의를 돌렸다.

「귀염둥이가 방해가 되잖아요.」

코딜리어는 걸음을 옮겨 인도 위로 올라갔다. 이제 그녀와 달라스의 눈높이가 거의 같아졌다. 또 다른 부드러운 곡조의 노래가 허공을 가득 메우고 있었다. 그녀의 심장이 세차게 뛰기 시작했다.

「우리가 결혼하던 날, 춤이란 별로 어려운 게 아니라고 했죠? 그리고 가르쳐주겠노라고 했어요. 그 제안, 아직도 유효한가요?」

달라스는 벽에서 몸을 떼고는 손을 내밀었다.

「당신에게는 언제나 유효하지.」

코딜리어는 그의 손 위에 가만히 손을 얹었다. 그의 손은 거칠고 못이 박혀 있었지만 따스하기 그지없었다. 두 사람은 이제 춤을 추는 사람이 얼마 남아 있지 않은 장소로 걸음을 옮겼다.

달라스가 자신의 허리에 손을 올려놓자, 세상에서 가장 자연스러운 움직임처럼 코딜리어의 손이 저절로 그의 어깨 위로 올라갔다. 두 사람의 시선이 마주쳤다. 그리고 그가 음악에 따라 발을 옮기자, 그녀가 그를 뒤따랐다.

음악이 그녀의 주위를 맴돌았다. 달라스의 어깨너머로 빛 바랜 하늘이 서서히 검은색으로 물들고 있었다. 그는 오늘 아침 그녀와 함께 걷던 것처럼 손쉽게 그녀를 인도해 왈츠를 추었다.

「내가 호텔을 짓고 싶어하다는 건 어떻게 알았죠?」

그의 시선은 전혀 흔들림이 없었다.

「당신이 은행을 방문했던 날, 오스틴이 말해주었어.」

「그래서, 당신이 헨더슨씨에게 대출을 부탁했나요?」

「난 단지 당신이 담보물을 갖고 있다는 사실을 설명했을 뿐이야.」

「당신 땅, 말인가요?」

「그에게는 당신의 대출 신청을 거절할 이유가 전혀 없어.」

「만일 호텔 사업이 실패하면요?」

「그럴 리 없어.」

「어떻게 확신을 하죠?」

달라스는 그녀를 자신에게로 더 가까이 끌어당겼다. 그녀의 허벅지가 그의 다리를 스쳤다.

「결혼식 다음날, 난 잔뜩 겁에 질린 당신 모습을 봤어. 절망적일 만큼 내 곁을 떠나길 원할 거라고 생각했었는데, 당신은 그렇게 하지 않고 잘 견뎌주었어. 그런 꿋꿋함을 가진 여인이라면 절대로 실패할 리 없어.」

「당신 같은 사람을 두려워하다니, 내가 바보였어요.」

그는 가볍게 고개를 흔들었다.

「난 더 어리석었어. 당신에게 억지로 결혼을 강요하는 게 아니었는데, 시간을 들여 정중하게 청혼했어야 했어.」

코딜리어는 그가 침을 삼키는 모습을 지켜보았다.

「당신이 다른 여인들에게 주고 싶어하는 그런 선택의 기회를 당신에게도 주었어야 했어.」

코딜리어는 그의 품에 안겨, 자신에게 또 다른 기회가 주어졌다면, 그가 자신에게 정식으로 청혼했다면 어땠을까 생각해보았다. 결과는 별로 다르지 않았을 것 같았다.

달라스는 원래 잡념에 흔들리는 성격은 아니었지만, 디와 나란히 말을 타고 목장으로 돌아가고 있는 이날 밤은 온갖 생각들로 괴로웠다. 그들을 집으로 이끌어주는 달을 바라보는 그녀의 얼굴은 평온하기 그지없었고, 입술은 부드러운 미소로 곡선을 그리고 있었다. 그녀는 그 어느 때보다도 행복하고 만족스러워 보였다.

희망의 송가처럼, 코딜리어의 말이 그의 마음속에 메아리치고 있었다.

'당신 같은 사람을 두려워하다니, 내가 바보였어요.'

따스한 바람이 부드럽게 대지를 스치며 불어왔다. 멀리서 새로 지은 풍차가 덜컥대며 돌아가는 소리가 들렸다. 초원의 밤하늘을 배경으로 풍차가 모습을 드러낼 때까지 그는 침묵을 지켰다.

「당신에게 보여주고 싶은 게 있어.」

오늘 밤 자신의 행동이 그녀의 눈에 두려움을 되돌려놓지 않기를 빌며, 달라스가 조용히 말했다.

그녀가 그를 바라보았다.

「뭘 보여주고 싶은데요?」

달라스는 풍차 아래에 말을 세웠다. 그녀도 말고삐를 잡아당기며 미소를 지었다.

「당신의 숙녀들 중 한 명인가요?」

달라스는 말에서 내려 땀으로 축축해진 손을 재킷에 문지른 뒤 그녀가 말에서 내려올 수 있도록 도와주었다.

「한밤중에 이렇게 집에서 멀리 떨어진 곳까지 나와보기는 처음이에요.」

마치 누군가 엿듣기라도 하는 것처럼 그녀가 소곤거렸다.

「지금이 하루 중 내가 가장 좋아하는 시간이야. 그리고 저 위에서 내려다보이는 풍경을 굉장히 좋아해.」

그가 풍차 꼭대기를 가리키자 그녀의 눈이 휘둥그래졌다.

「어떻게 저 위로 올라가죠?」

「풍차 안에 사다리가 있고, 저 위에는 작은 발판이 놓여져 있어.」

그 발판은 정확히 오늘 같은 날을 기대하며 만든 것이었다. 그는 손을 내밀었다. 그 손 위에 코딜리어가 손을 올리자 따스한 즐거움의 물결이 온몸을 감싸안았다.

달라스는 그녀를 풍차로 안내했다.

「난간을 꼭 잡고, 한 번에 한 발자국씩. 사다리를 따라 올라가다 보면 발판이 나올 거야.」

그녀가 발판에 닿을 때까지 달라스는 그녀의 뒤쪽에 바싹 붙어서 뒤따랐다. 발판은 작았지만, 두 사람이 함께 서 있기에는 공간이 충분했다.

달라스는 지금 이 순간을 수백 번도 더 꿈꾸었다. 그녀에게 하고 싶은 말들, 자신이 느끼는 감정들, 자신이 원하는 것들, 아직 이루지 못한 자신의 꿈을 얘기하고 싶었다.

그는 자신이 보았던 모든 것을 그녀도 볼 수 있기를 원했다. 천공(天空)에 떠 있는 별들, 그들 앞에 펼쳐진 광활한 대지. 멀리 떨어진 곳에서 소떼의 울음소리가 들려왔다. 그는 바람에 묻어오는 흙향기, 풀향기, 허공에 맴도는 꽃향기, 그리고 밤의 향기를 흠씬 들이마셨다. 그리고 달콤한 그녀의 향기.

달라스는 눈앞에 펼쳐진 자연의 장엄함을 정확하게 표현할 수 있는 말이 없다는 것을 잘 알고 있었다. 마치 그들이 함께 나누어야 할 미

래처럼. 만일 그녀가 미래에 대한 어떤 꿈을 갖고 있지 않다면, 그 또
한 자신의 꿈을 정확하게 묘사할 수가 없었다. 만일 그녀가 그 꿈을
이해하지 못한다면, 그는 절대로 그 꿈을 정확하게 설명할 수가 없었
다.

「너무나 아름다워요.」

경외감에 찬 그녀의 한마디가, 그동안 그가 힘들게 일해 얻은 모든
것들을 더욱 값지게 만들어주었다.

지금 이 순간처럼 누군가의 존재를 이토록 가까이 느껴본 적이 없었
다. 어둠에 둘러싸인 채 하늘과 맞닿을 듯한 곳에 서 있는 지금, 그는
자신이 이 순간을 잘못 판단하면, 자신의 모든 꿈이 먼지가 되어 허공
으로 사라져버릴 것임을 분명하게 인식하고 있었다.

「아들을 원해, 디.」

코딜리어가 고개를 돌려 그의 시선을 마주보았다. 그녀의 눈동자 속
에 그 어떤 두려움도 보이지 않는 것이 달빛의 속임수가 아니길 간절
하게 빌었다.

「나는 이 모든 꿈을 함께 나눌 수 있는 아들을 원해. 새벽에, 석양
무렵에, 자정에 녀석을 이곳으로 데려오고 싶어. 그리고 지금의 이 장
엄함마저도 앞으로 그 아이가 이루어나갈 미래에 비하면 얼마나 하찮
은 것인지를 알려주고 싶어.」

그는 침을 꿀꺽 삼켰다.

「하지만 당신이 마지못해 허락하는 것을 받아들이고 싶지는 않아.」

마치 가치를 매기듯 천천히 주위를 둘러보는 그녀의 모습을 달라스
는 가만히 지켜보았다.

「당신에게 아들을 주고 싶어요.」

코딜리어의 부드러운 목소리가 정적을 깼다. 순간, 심장이 어찌나 크
고 거칠게 뛰는지, 그는 자신이 그녀의 말을 정확하게 알아들은 것인
지를 확신할 수가 없었다.

「당신이?」

그녀가 고개를 끄덕였다. 흐릿한 달빛 아래로 그녀의 붉어진 얼굴이 눈에 들어왔다.

「오늘 밤 당신 침실로 찾아간다면, 두려울 것 같아?」

코딜리어는 고개를 가로 저었다.

「불안하기는 하겠지만, 두렵지는 않아요.」

그녀에게 키스하고 싶다는 생각이 들었다. 달라스는 풍차 아래에서 사랑을 나누는 것을 상상해보았다.

하지만 그는 지금이라도, 결혼하기 전에 그녀에게 당연히 주었어야 했던 구애받는 순간의 떨림을 느끼게 해주고 싶었다.

12

베키 올리버는 이제껏 공포를 느껴본 적이 없었다. 하지만 지금 이 순간 그녀는 모든 것이 끔찍하고 두려웠다. 거친 손, 위스키 냄새가 풍기는 역겨운 입김, 그녀의 손목을 움켜쥔 채 등뒤로 밀어붙이는 강한 손아귀의 힘. 사내의 입술이 표적을 놓치며 그녀의 뺨에 침 자국을 남겼다.

「던컨, 그만!」

그는 자신의 허벅지를 그녀의 다리 사이로 밀어넣었다.

「자, 이리 와, 베키. 너도 키스하고 싶으면서 뭘 빼고 그래.」

키스 따위는 절대 원하지 않았다. 적어도 이 사내와의 키스는. 비명을 지르고 싶었다. 하지만 자신의 이런 모습을 - 남자의 품안에 갇혀가게 뒤쪽 벽에 붙어 있는 모습을 - 누군가가 보게 될까 두려워 그럴 수도 없었다.

「던컨, 제발 날 놔줘요.」

그녀가 애원했다.

「우선 키스부터 하고.」

눈물이 나오려 했다. 하지만 눈물을 흘리면 이 남자가 더욱 즐거워하리라는 생각이 들어서 그녀는 억지로 눈물을 삼켰다.

「던컨, 제발…….」

「흥미 없다잖아.」

오스틴의 목소리가 들리자, 안도감이 온몸을 감쌌다. 던컨의 입에서 투덜거리는 소리가 흘러나옴과 동시에 베키의 몸이 그의 손아귀로부터 자유로워졌다. 그녀는 가게 뒤쪽에 쌓인 상자들 사이로 몸을 숨기며 던컨의 얼굴에 주먹을 날리는 오스틴의 모습을 지켜보았다. 던컨이 비명을 지르며 뒤로 비틀거리다 나뒹굴었다.

오, 그녀는 너무나 기뻤다. 비록 위스키가 저 남자를 야비하게 만들었음을 알고 있지만, 그래도 기뻤다. 오스틴은 두 다리를 곧게 펴고, 양손을 공처럼 움켜쥔 채 기다리고 또 기다렸다.

「일어나, 맥퀸, 바닥에서 엉덩이를 떼고 일어나야 내가 상대를 해줄 거 아니야.」

던컨이 신음소리를 내며 옆으로 몸을 굴려 무릎을 꿇었다.

「네 녀석이 내 코를 분질렀어.」

던컨이 고개를 돌리자, 달빛에 피가 흘러내리는 것이 보였다. 베키는 숨어 있던 자리에서 달려나와 오스틴의 팔을 붙잡았다.

「그만해요, 오스틴.」

오스틴이 그녀를 바라보았다. 푸른 눈동자 속에 가득한 분노가 순간적으로 그를 던컨보다 더 무서워 보이게 만들었다. 오스틴이 이렇게까지 화난 모습은 한번도 본 적이 없었다.

「저 녀석이 당신에게 상처를 줬어.」

「아뇨, 그렇지 않아요, 단지 겁을 줬을 뿐이에요.」

오스틴이 던컨에게 삿대질을 했다.

「베키에게 접근하지 마. 또 이런 일이 있으면 그땐 네 녀석을 죽여버릴 테니까.」

그 말이 진심일 거라는 확신이 베키를 두렵게 했다. 다시 그녀에게

로 몸을 돌렸을 때, 분노로 일그러졌던 그의 얼굴에 이제는 걱정만이
가득 한 것을 볼 수가 있었다.

「집에 데려다줄게.」

일어나기 위해 발버둥치는 던컨을 무시한 채, 오스틴은 그녀를 데리
고 잡화점 한쪽에 나 있는 계단을 향해 걸어갔다. 계단 아래서 그가
조용히 물었다.

「정말 괜찮은 거야, 베키?」

'아니, 괜찮지 않아요.'

그녀는 자신의 심정을 그에게 알리지 않은 채 그냥 집안으로 들어가
고 싶었다. 하지만 걱정과 염려로 무거워진 그의 목소리가 그녀의 의
지를 꺾고, 눈물에 흥건히 젖은 얼굴을 들어 그를 마주보게 만들었다.

「오, 베키.」

오스틴은 그녀를 부드럽게 끌어안고 자신의 어깨에 그녀의 얼굴을
묻으며 말했다.

「내게, 뭔가 보여줄 게 있다고 했어요.」

목이 꽉 막힌 사람처럼 숨을 헐떡이며 그녀가 입을 열었다.

「난 정말로 몰랐…….」

「쉬…… 그래, 그랬을 거야. 쉬.」

「내게 화가 났죠?」

「아니, 아니야.」

오스틴은 그녀의 얼굴을 감싸쥐고 조심스럽게 자신을 바라보게 했다.

「어쩌면 조금은. 왜 캐머론과 춤을 추지 않았어?」

「던컨이 춤을 신청했어요. 하지만 당신이 내게 춤을 신청해주길 바
라고 있었어요.」

오스틴은 엄지손가락으로 베키의 뺨을 되풀이해서 어루만졌다. 분노
가 그의 눈 속에서 모습을 감추며 그 자리를 서서히 뜨거운 불꽃이 메
워가기 시작했다.

「음악을 연주하고 있어서 춤을 출 수가 없었어. 음악을 좋아해?」

「당신의 연주가 너무나 아름답다고 생각했어요. 아마 밤새 그 음악을 들으며 그냥 앉아만 있어도 난 행복했을 거예요.」

「춤추는 당신 모습도 너무나 사랑스러웠어, 베키. 당신에게서 눈을 뗄 수가 없었을 만큼. 비록 그게 던컨과 함께였다고 해도 말이야.」

그의 입술이 살짝 올라갔다.

「나도 밤새 당신만을 바라보면서 앉아 있을 수 있어.」

그가 살며시 고개를 숙이자 베키의 심장이 거세게 뛰기 시작했다.

「당신에게 키스하고 싶어. 싫으면 내게 멈추라고 말해, 베키. 그럼 그렇게 할게.」

「적절한 방법으로요?」

「적절하게. 그리고 당신이 바라는 대로.」

밤마다 잠이 들기 전에 담요를 덮고, 그리고 날마다 사다리에 올라 물건들을 정리하면서, 베키는 늘 그의 키스를 꿈꾸었다. 하지만 꿈속의 그 어떤 키스도 현실 속의 키스만큼 놀랍지는 않았다.

오스틴의 입술이 주저하듯 그녀의 입술을 가볍게 건드렸다. 그런 뒤 그의 입술이 살며시 움직이며 마치 연주를 시작하기 전 바이올린을 조율하듯 그녀의 입술을 조율했다. 정확한 음을 찾아내려는 듯이……

그리고 정확한 순간을 기다리는 듯이……

그 순간이 오자, 오스틴은 그녀와 입술을 마주하며 두 사람의 심장이 아름다운 소리로 공명할 수 있도록 연주를 시작했다.

달라스는 몸을 숙여 거울에 자신의 모습을 비추어보았다. 마치 처음 면도를 하는 애송이처럼 그는 턱에 세 군데나 상처를 냈다. 그는 더욱 고개를 숙이며 콧수염이 제대로 모양을 잡았는지 살펴보았다.

그는 목욕을 하고, 다듬어야 할 것들을 모두 다듬었다. 머리카락, 손톱, 그리고 수염까지.

일생을 걸쳐 이토록 불안했던 적은 단 한번도 없었다.

그는 바지만을 걸친 채 - 한번도 입어본 적이 없는 새 바지였다 - 스스로를 점검하며 혹시 디가 자신에게서 뭔가 미흡한 구석을 발견하진 않을지 고민했다. 순간 거울에 등을 비추어 보고 싶은 충동을 억지로 짓눌렀다.

그는 침대 위에 올려놓은 셔츠를 집어들어 머리 위에 뒤집어썼다. 그리고 단추를 잠그다가 갑자기 손을 멈추었다. 디가 다시 그 단추를 풀어낼 텐데, 아니면 그 자신이던가. 솔직히 지금 그는 손이 너무나 심하게 떨려 단추를 뜯어내지 않고 얌전히 풀 자신이 없었다.

차라리 단추를 풀고 가는 편이 나을까.

그는 머리 위로 셔츠를 벗어 침대에 집어던졌다. 차라리 아무것도 입지 않는 편이 나았다. 두 사람 다 왜 그가 그녀의 침실을 방문하는지 알고 있었다. 그러니 아닌 척 가장할 필요도 없었다.

심호흡을 하며, 달라스는 와인 병과 잔 두 개를 움켜쥐었다. 아멜리아와 결혼을 했을 때에는 와인을 딸 겨를이 없었고, 이후에는 이 와인을 결코 따지 못하는 것은 아닌가 하는 두려움까지 들었다.

하지만 오늘 밤…… 디는 그에게 아들을 주고 싶다고 했다.

그 말이 달라스를 흥분시키며 묘한 전율을 가져왔다. 더 이상 자신이 그녀에게서 원하는 게 무엇인지 정확히 구별할 수가 없었다. 그녀의 미소, 그녀의 웃음소리, 의자에 몸을 파묻고 사업적인 결정에 대해 고민하는 그녀의 다리를 잡아당겨 그녀의 몸을 감싸고…….

침실 문을 여는 소리가 온 복도를 가득 메웠다. 왜 이제까지 이 집 안에서는 모든 소리가 쩌렁쩌렁 울린다는 사실을 깨닫지 못했던 걸까?

맨발로 그녀의 침실을 향해 걸어가는 그의 심장이 어릴 적 달려드는 황소와 마주쳤을 때보다 더 거세게 뛰고 있었다. 머리를 다시 다듬고 수염도 한 번 어루만지고 싶었지만 손가락이 마비되어 버린 것처럼 느껴져 그저 심호흡을 하고 방 문을 두드렸다.

삐걱대는 소리와 함께 문이 열리자 그녀가 동그란 갈색 눈동자로 문틈을 살피며 떨리는 미소를 지었다. 그런 뒤 문을 활짝 열고 뒤로 물러섰다. 그는 방 안으로 걸어갔다. 막 목욕을 끝냈는지 그녀의 라벤다

향기가 방 안 가득 맴돌고 있었다.

그녀가 딸깍 소리를 내며 문을 닫자, 그의 입이 바싹 말라왔다. 아무것도 모른 채 난생 처음 창녀를 찾아갔을 때에도 이보다 불안하지는 않았다. 순간, 그는 자신이 오늘밤에 대해서는 전혀 생각해보지 않았다는 사실을 깨달았다. 그저 그녀의 눈에서 두려움을 없애기 위해 어떻게 해야 할지 고민했을 뿐이었다.

그는 몸을 돌려 그녀를 바라보았다. 디는 결혼식 날 입었던 하얀색 가운을 입고 있었다. 작은 단추들이 짝에 맞게 꼭 여며져 있었고, 턱 아래로 이어지는 곡선 부분 위로 투명한 레이스가 흔들리고 있었다. 반쯤 벗은 여자들의 모습보다 순수함이 사람을 더 유혹한다는 사실을 그는 이제야 이해할 수 있었다.

그는 술병과 잔을 들어올렸다.

「와인을 좀 가져왔어. 긴장을 풀어주는 데 도움이 될 것 같아서.」

디는 수줍은 듯 미소를 지었다.

「믿을 수 없을 만큼 떨려요.」

「그래, 나도 그래.」

그녀의 눈이 두려움으로 커졌다.

「당신도요?」

달라스는 고개를 끄덕인 뒤 탁자로 걸어가 땀이 흥건히 배인 손에 들고 있는 유리병과 잔을 바닥에 떨어뜨리기 전에 재빨리 올려놓았다. 그는 바지에 손바닥을 문지른 뒤 마개를 잡아당겼다. 그리고 붉은 액체를 두 개의 잔에 반쯤 채웠다.

달라스는 잔을 들고 몸을 돌려 하나를 그녀에게 건네주었다. 그리고 자신의 잔과 그녀의 것을 맞대었다.

「태어날 우리의 아들을 위해!」

디의 두 뺨이 석양을 상기시키듯 새빨개졌다. 그의 가슴에 시선을 고정시킨 채, 그녀는 입술에 잔을 대고 한 모금 들이켰다. 그런 뒤 작게 숨을 헐떡이며 그의 맨발 위로 시선을 떨구었다.

「디, 날 봐.」

그녀는 고개를 들어 그의 눈을 바라보았다.

「미안해요. 이게 거래라는 걸 깜박 잊었어요.」

그는 그녀의 손에 들려 있는 잔을 빼앗아 자신의 것과 함께 탁자 위에 놓았다.

「거래라고는 할 수 없지.」

윤기가 날 때까지 빗은 검은 머리카락 사이로 손가락을 집어넣고, 두 손바닥으로 그녀의 두 뺨을 감싸쥔 채 달라스는 그녀의 입술 위로 고개를 숙였다.

그의 혀가 그녀의 입술 위를 스쳐 지나갔다. 너무나 부드러웠다. 아직 남아 있는 와인 향과 함께 그녀의 입술이 가늘게 떨리고 있음이 느껴지자, 자신의 몸을 훑고 지나가는 전율을 그녀도 느끼고 있는지 궁금해졌다. 마치 밧줄로 묘기를 부리는 카우보이처럼, 그는 혀로 그녀의 입술 위에 소용돌이치듯 8자를 그렸다. 그녀가 앞으로 조금 다가서자 부드러운 가운이 그의 맨 가슴을 스쳤다. 그녀의 몸짓에 순간 예상치 못했던 쾌감이 밀려들었고 조금 더 자신감을 가질 수 있었다.

달라스는 머리를 숙이고, 그녀의 입술 곡선을 따라 가볍게 혀를 움직이며 입술이 살짝 벌어지게 했다. 그리고 따스하고 향긋하게 그를 반기는 그녀의 입술 속으로 혀를 밀어넣었다.

그는 두 사람의 몸 사이에 끼어 있는 그녀의 두 손을 느끼고는, 그 두 손이 자신의 가슴을 어루만져주기를 기다리며 계속 그녀의 입술을 탐했다. 조심스럽게 그녀의 손이 움직이자, 그는 온몸을 긴장시키며 숨이 멎는 듯한 충격을 느꼈다.

나긋한 그녀의 손길은 그가 생각한 대로 움직이지 않았다.

그는 입술을 떼고 아래로 시선을 내려 꼭 움켜쥔 가운자락을 무릎 위로 들어올린 채 서 있는 디를 바라보았다.

「지금 뭘 하는 거야, 디?」

그녀의 두 눈동자에는 혼란스러움이 담겨 있었다.

「보이드 오빠가 당신을 위해 가운을 들고 있어야 한다고 했어요. 난…… 난 제대로 하고 싶어요.」

그는 눈을 질끈 감으며 그녀의 오빠를 향해 조용히 욕설을 퍼부었다.

「내가 당신을 화나게 만들었군요.」

그는 눈을 뜨고, 붉어진 그녀의 두 뺨을 손끝으로 어루만졌다.

「아니, 날 화나게 만든 건 당신이 아니야. 하지만 당신 오빠는 정말 바보로군. 그에게서 들은 말들은 다 잊어버렸으면 좋겠어.」

손을 뻗어 그녀의 움켜쥔 주먹에서 가운을 잡아당긴 뒤, 하얀 치맛자락이 흘러내리며 그녀의 맨 다리를 감싸는 모습을 지켜보았다. 몇 마디의 부드러운 말들이 너무나 아쉬웠다.

그는 시선을 들어, 두려움을 밀어내기 위해 안간힘을 쓰는 디를 지켜보았다. 그리고 자신의 거칠디 거친 두 손으로 너무나 부드러운 그녀의 얼굴을 감싸쥐었다.

「디, 남자와 여자가 한 몸이 될 때에는…… 좋고 나쁘고의 법칙 따위는 없어. 중요한 건 두 사람 모두 그 안에서 편안함을 느껴야 한다는 거야.」

그는 엄지손가락으로 그녀의 뺨을 어루만졌다.

「내가 하는 행동이 싫다고 느껴지면, 그저 내게 말을 하면 돼. 그럼, 그만두겠어.」

「당신이 한 행동이 좋으면요?」

그는 따스하게 미소를 지었다.

「그것 역시 내게 말하면 돼.」

「하지만 당신의 감정은 내가 어떻게 알죠?」

그의 미소가 더욱 깊어졌다.

「곧 알게 될 거야.」

달라스는 그녀의 귀 뒤쪽에서 목덜미로 이어지는 곡선을 따라 입술을 움직였다.

「하지만 당신이 날 위해 가운을 들어주는 건 절대 원하지 않아. 당신을 진짜 내 아내로 맞을 때는 아무것도 입고 있지 않기를 원하니까.」

격한 숨소리와 함께, 그녀의 몸이 뻣뻣하게 굳어갔다. 그는 그녀의 섬세한 귓불을 따라 혀를 움직였다.

「지난 한 달 내내, 당신의 얼굴처럼 당신의 몸도 그렇게 사랑스러울지 상상했어. 오늘 그 모든 걸 알아낼 생각이야.」

「그럼, 당신도 아무것도 걸치지 않을 계획인가요?」

그녀가 숨을 죽인 목소리로 물었다. 그는 그녀의 귓불을 꼭 깨문 뒤, 귓속으로 혀를 살짝 집어넣었다.

「난 아무런 계획도 없는데?」

「그럼, 우린 뭘 하는 거죠?」

그는 머리를 들고 그녀의 시선을 마주보았다.

「그냥, 우리가 하고 싶은 걸 하는 거야. 만일 당신이 편안함을 느끼기까지 온 밤이 걸린다면, 그렇게 밤을 새우는 거지.」

그녀는 따스하게 미소를 지었다. 그녀의 두 눈이, 마치 천 개의 촛불이 밝혀진 것처럼 눈부시도록 반짝였다. 그녀는 그의 가슴에 손을 얹고 손바닥을 활짝 편 채 천천히 쓰다듬기 시작했다. 온몸을 훑고 지나가는 전율을 느끼면서도 그는 그녀가 두려움을 느끼지 않을까 두려워 꼼짝도 할 수가 없었다. 다시는 그녀의 눈동자 속에 비추이는 두려움 따위는 보고 싶지 않았다.

「온 밤이 다 걸리진 않을 것 같아요.」

그녀가 속삭였다.

「그렇다면, 다행이지.」

그는 다시 열정적으로 그녀의 입술을 소유했다.

그녀가 그의 가슴에서 손을 들어 그의 목을 감싸쥐었다. 그는 신음소리를 내며 가능한 가까이 그녀를 꼭 끌어안았다. 백 번도 넘게 상상했던 모습 그대로 두 사람의 몸이 꼭 맞닿았다. 하늘과 땅이, 푸른색과 녹색이, 그리고 단단함과 부드러움이 지평선에서 하나가 된 것처럼.

그는 두 사람을 갈라놓고 있는 얇은 헝겊을 뚫고 두 개의 심장이 하나가 되어 뛰는 것을 느낄 수가 있었다. 천천히 그는 그녀의 목덜미를 감싸고 있는 레이스를 어루만졌다.

자신에게 존재하는지조차 몰랐던 인내심을 발휘하며, 그는 맨 위쪽의 단추를 풀고 새로이 드러난 살결 위로 입술을 움직였다. 그가 단추를 하나 하나 풀어나가는 동안 그녀의 팔에서는 점점 더 힘이 빠져나갔다. 그의 입술은 미지의 길을 따라 계속 움직였다. 모습을 드러낸 젖가슴을 그의 손가락이 스치고 지나가자 그녀의 호흡이 거칠어졌다. 그는 젖가슴을 따라 뜨거운 키스를 퍼부으며 마지막 단추까지 모두 풀었다.

달라스는 몸을 구부려 그녀의 예민한 목 부분을 쓰다듬었다. 그녀의 온몸을 타고 흐르는 미묘한 떨림을 느낀 그는 그것이 곧 열정이기를 간절히 빌었다.

「나를 봐, 디.」

그녀의 눈동자가 그를 마주보았다.

「오빠가 일러준 대로 하는 게 더 쉬울지도 모르겠어요.」

그녀가 속삭였다.

「그건 우리 두 사람 모두를 속이는 길이야. 당신에게 약속하겠어.」

그는 두 손을 들어올려 그녀의 두 뺨을 감싸쥐었다.

「하지만, 당신의 몸을 나와 함께 나누자고 억지로 강요하지는 않겠어.」

디는 손가락으로 입술을 누른 채, 눈물을 글썽이고 있었다. 그 모습이 그의 마음을 아프게 했다. 그녀를 알기 전이었다면, 보이드의 방식이 훨씬 더 편했을지도 몰랐다. 하지만 지금의 그는 디의 머리에서 발끝까지, 그녀의 몸 속까지 모든 걸 알고 싶었다.

「나누자고요? 난 한번도 이런 일을 서로 나누는 거라고 생각해본 적이 없어요.」

그녀는 손을 내리며 부드럽게 미소를 지었다.

「그렇게 생각하니까, 많이 두렵지는 않아요.」

「난 당신의 모든 것을 알고 싶어, 디. 겉으로 보여지는 모습뿐만 아니라, 당신의 모든 것을.」

그는 그녀의 얼굴에서 목으로, 그리고 어깨로 두 손을 미끄러뜨렸다. 그런 뒤 어깨 위에 걸쳐 있는 헝겊을 옆으로 벗겨냈다. 가운이 그녀의 몸을 타고 흘러내려 발 아래 호수처럼 쌓였다. 그 광경이 그의 호흡을 앗아갔다. 그는 두 팔로 그녀를 안아 침대로 데려갔다.

조심스럽게 그녀를 내려놓은 뒤 달라스는 바지의 단추를 풀기 시작했다. 아몬드 모양을 한 그녀의 두 눈이 동그래졌다.

「두려워하지 마, 디.」

「두렵지 않아요.」

「원한다면, 눈을 감아도 좋아.」

「내가 당신의 몸을 보고 싶어할 거라고는 생각하지 않나요?」

갑자기 그는 램프의 불을 끄고 싶은 충동이 들었다. 하지만 수줍음을 타는 것은 그의 본성이 아닌데다가, 그의 알몸을 보고 싶어하는 그녀의 제안을 쉽사리 거절할 수도 없었다. 그녀의 몸에서 옷을 벗겨내는 시련을 거친 뒤니까. 그녀의 시선을 마주보며, 그는 심호흡을 하고 바지를 벗었다.

「당신에게 상처를 주지는 않을 거야.」

그가 낮은 목소리로 말했다.

「알아요.」

그녀의 시선이 조심스럽게 아래로 향했다가 다시 그를 마주보았다.

「두려워하지는 마.」

그가 부드럽게 애원했다.

「두렵지 않아요.」

그는 침대 위로 올라갔다. 그의 허벅지가 자신의 몸에 닿자 디가 움찔 몸을 떨었다. 그녀의 얼굴을 두 손으로 움켜쥐며, 그는 그녀의 귀 근처로 입술을 움직였다.

「당신이 두려워하면, 난 견딜 수가 없어, 디.」

「아주 조금 불안할 뿐이에요.」

그는 그녀의 목을 따라 입술을 움직여, 목덜미 아래쪽 움푹한 곳을 혀로 적셨다. 그녀는 너무나 신선하고 순수하고 순결한, 이제껏 알았던 여자들과는 다른 맛이 났다.

「불안해할 필요 없어.」

그는 얼굴을 숙여 볼록한 젖가슴을 입술로 가볍게 건드렸다. 그녀가 숨을 헐떡였다. 입술을 떼지 않은 채, 그는 얼굴을 들어 자신을 내려다보는 그녀를 쳐다보았다. 그러고 나서 더욱 더 낮게 몸을 숙여 혀끝으로 젖꼭지 주위에 원을 그렸다.

「달라스?」

「쉬. 매일 밤마다 난 당신을 맛보는 꿈을 꾸었어.」

그는 볼록 솟아오른 봉우리 주변으로 입술을 가져가 부드럽게 빨아들였다. 눈을 감으며 그녀가 신음소리를 냈다. 그는 젖가슴 사이에서 배 위로 입술을 옮겼다. 그리고 그녀의 배를 손으로 가만히 쓸어보았다. 지금은 초원처럼 평평하지만, 앞으로 몇 달 뒤면 오늘밤 그가 줄지도 모르는 아들로 인해 이 배가 부풀어오르리라.

허벅지 사이로 손을 밀어넣자, 그녀가 저항했다. 그는 그녀의 입에서 신음과 한숨이 새어나올 때까지 키스를 퍼부었다. 그녀가 몸을 비틀며 그에게로 다가올 때까지, 달라스는 그녀의 허벅지 사이에서 조심스럽게 손을 움직였다. 그런 뒤 들판 위에 부는 바람처럼 부드럽게 그녀의 몸 안으로 들어갔다. 그녀의 몸이 뻣뻣하게 굳어버리자 달라스는 이제까지 소문처럼 알고 있던 사실을 직접 깨달을 수가 있었다. 하지만 어쩔 수가 없었다.

「미안해, 디.」

그녀의 눈물을 삼키려는 듯 코딜리어를 꼭 끌어안으며 그는 숨가쁘게 속삭였다. 코딜리어는 더욱 더 그에게 매달리며, 용서를 구하는 그의 애원과 힘겨워하는 그의 목소리에 또 다른 눈물을 흘렸다. 그는 온몸이 긴장으로 굳어 있었다. 그녀에게 키스를 하고 있었지만, 그건 단지 키스일뿐 그 이상의 뜻은 전혀 없었다.

그녀의 목덜미 위로 지나가는 입술이 화염처럼 뜨거웠다.

「조금 나아질 거야, 디.」

코딜리어는 그의 머리카락 속으로 손가락을 집어넣어 머리를 감싸며 그의 얼굴을 들어올렸다.

「당신에게 아들을 주고 싶어요.」

그녀가 속삭였다.

주저하듯 그의 몸이 천천히 그녀의 몸 안에서 움직였다. 고통이 조금씩 사라지며, 몸 깊은 곳에서 따스함이 퍼져 나가기 시작했다.

그는 그녀의 몸 아래로 손을 밀어 그녀의 허리를 들어올렸다.

「날 따라와, 디.」

그가 거친 목소리로 그녀의 귀에 애원하듯 속삭였다.

그녀에게 다른 기회를 줄 것처럼, 그가 그녀에게서 몸을 살짝 떼었다. 하지만 그는 더욱 깊고 빠르게 그녀의 안으로 들어왔다. 그녀는 그의 조각한 듯한 육체의 움직임이 방 안에 만들어내는 그림자들을 바라보았다. 곧 그가 햇빛 속으로 그녀를 안내했다. 어떤 그림자도 떠돌지 않는 곳으로. 그녀는 자신의 몸 속에서 터지는 무수한 감각에 그의 이름을 소리쳐 불렀다.

달라스는 디의 등이 활처럼 휘면서 온몸이 긴장하는 것을 느꼈다. 더욱 더 깊숙이 돌진하며, 그도 그녀가 간 곳으로 따라갔다.

천국이라도 그렇게 달콤할 리가 없었다.

달라스는 잠에서 깨어났다. 디 옆에서 잠에 빠져들기 전에 램프의 불을 꺼놓은 덕분에, 커튼 사이로 스며드는 달빛만이 방 안을 비추고 있었다. 그는 몸을 돌려 그녀를 끌어안으려 했다.

하지만, 그녀의 자리에는 희미한 온기만 남아 있었다. 어두운 방 안을 살피자, 두 팔로 몸을 감싼 채 창문 가에 서서 밤을 응시하고 있는 그녀가 보였다.

그는 침대에서 일어나 그녀에게로 다가갔다.

「디, 괜찮아?」

그녀는 그를 올려다보며 수줍게 미소를 지었다.

「꼭 지키고 싶어요.」

「지키다니? 뭘?」

「당신이 오늘밤 내게 준 아이요.」

그는 손가락으로 그녀의 뺨 곡선을 따라 어루만졌다.

「당신에게 아이를 주지 못했을 수도 있어.」

「하지만 우리는…….」

「한 번만으로 그렇게 아이가 생기는 일은 흔하지 않아.」

「그럼, 어떻게 해야 하죠?」

「글쎄, 두 가지 길이 있어. 하나는 잠시 시간을 두고 당신의 그날이 오는지를 기다리는 거고…….」

그는 따스하게 미소를 지었다.

「아니면, 아예 아이가 생기지 않았다고 간주하고 다시 시도해보는 거지. 선택은 당신 몫이야.」

그녀가 시선을 피하자, 그의 마음이 내려앉았다.

「다음에는 오늘처럼 고통스럽지 않을 거야. 오늘은 당신이 처녀이기 때문에 그런 아픔을 느낀 거니까.」

그녀는 조용히 고개를 끄덕였다.

「기다리면서 지켜보는 편이 좋겠어요.」

그는 그녀에게 선택의 기회를 주었고, 그녀는 선택했다. 그런데 왜 마음이 아픈지 이해가 되지 않았다.

「좋아, 그렇다면…….」

그는 침대로 걸어가 바닥에 떨어져 있는 바지를 집어들었다. 갑자기 보이드가 제안한 방식대로 그녀와 잠자리를 할 것을 그랬다는 후회가 밀려들었다.

그랬다면, 그녀의 몸이 자신에게 얼마나 꼭 들어맞는지, 자신을 끌어
안은 그녀가 얼마나 달콤한지, 그리고 그녀가 얼마나 좋은 느낌을 주
는지 알지 못한 채 훨씬 더 쉽게 그녀의 곁을 떠날 수 있었을 텐데.

13

세상 모든 아내들이 사랑을 나눈 다음날 아침 남편의 얼굴을 어떻게 보는 건지, 코딜리어는 도무지 알 수가 없었다.

어떻게 그의 입술에 남아 있던 와인의 맛을, 갈색으로 그을린 그의 피부와 긴장된 근육을, 땀방울이 떨어지던 그의 턱과 자신을 짓누르던 그의 가슴을 떠올리지 않으며 남편을 쳐다볼 수 있을까? 그 신음소리와 거친 숨소리…….

그녀는 차가운 물로 얼굴을 적시며 굳게 다문 달라스의 턱과 번뜩이던 시선을 떨쳐버리려 노력했다. 그러나 차마 그를 마주볼 용기는 나지 않았고, 아이를 가졌는지 알게 될 때까지 방 안에 머물러 있고 싶은 마음뿐이었다. 다른 것을…… 놓친다 해도.

지난밤은 예상치 못했던 선물이었다. 그녀가 보았던 부모님 사이의 관계와도, 보이드가 암시했던 그런 것과도 전혀 달랐다.

노크 소리가 들려왔다. 방을 가로질러 걸어가면서 문밖에 서 있는 사람이 오스틴이기를 빌었지만, 규칙적으로 끊어지는 노크 소리가 남편의 것임을 이미 알고 있었다. 그녀는 실내복을 여미고 끈을 꼭 묶은 뒤 문을 열었다. 문틈으로 그의 시선이 자신에게 고정되자, 어젯밤의 일로 대화를 나누기 힘들어한다는 사실을 눈치채지는 않을까 싶어 그녀는 시선을 피했다.

「아침을 먹으러 내려오지 않아서…… 그래서 괜찮은지 보러왔어.」

달라스가 퉁명스러운 투로 말했다.

걸을 때마다 약간씩 불편하긴 했지만, 굳이 그 얘기를 그에게 하고 싶지는 않았다.

「괜찮아요. 정말 괜찮아요.」

그의 눈동자가 가늘어졌다.

「어디 아픈 데라도 있는 거 아니야?」

두 뺨이 붉어진 그녀는 눈썹을 내리깔았다.

「조금요.」

「미안해. 내가…… 내가…… 다음에는 더 잘할 수 있을 거야.」

그녀가 눈을 약간 들어올렸다.

「다음 기회가 있으면요. 어쩌면 어젯밤, 운이 좋았을 수도 있으니까요.」

코딜리어가 막 그의 얼굴에 스치고 지나간 표정을 놓치지 않았다면 자신이 상처를 주었다고 생각했을지도 몰랐다.

「그래, 어쩌면 그럴 수도 있겠지.」

그가 몸을 곧추세웠다.

「그 빌어먹을 마못을 데리러 마을로 나갈 건가? 아니면, 그냥 내가 데려올까?」

그의 목소리에 담긴 퉁명스러움이 마치 무딘 칼날처럼 그녀의 심장을 뚫고 지나갔다. 어젯밤 그가 갑작스럽게 방을 떠난 뒤로 코딜리어는 자신에게 뭔가 실망한 것이 아닌가 두려워하고 있었다. 이제 한치의 의혹도 없이, 실수를 저질렀음이 확실해졌다. 그녀는 새어나오는 눈물을 삼켰다.

「내가 갈게요.」

「좋아.」

몸을 돌려 몇 발자국 걸음을 옮기던 그가 멈추어 서서는 어깨너머로 시선을 던졌다.

「오늘 타일러와 이야기할 게 있어 마을에 나갈까 하는데, 괜찮다면 같이 가지.」

잔잔한 호수에 조약돌이 던져진 것처럼, 기쁨이 그녀의 마음속에 파문을 일으켰다.

「그게 좋겠네요. 준비하는 데 얼마 안 걸릴 거예요.」

「천천히 준비해. 내가 말들에게 안장을 올리고 있을 테니까.」

그녀는 방안으로 들어가 닫힌 문에 등을 기대고 서서 손으로 배를 어루만졌다. 달라스에게 받은 것보다 더 큰 것을 그에게 선물하고 싶었다. 만일 행운이 따라준다면, 어젯밤 그 일이 이루어졌을지도 몰랐다.

달라스는 너무나 많은 것들을 그녀와 나누었고, 어떤 감사로도 표현하지 못할 선물을 주었다. 뿐만 아니라, 그들의 분신인 아이까지 그녀에게 선물했다.

디와 나란히 말을 몰면서 달라스는 아주 작은 기쁨을 느끼고 있었다. 가령, 말 위에 우아하게 앉아 있는 그녀의 모습과 흘러내린 머리카락이 바람에 흔들리는 모습, 그리고 마을에 가까워질수록 점점 더 기대감으로 반짝이는 그녀의 눈동자에서…….

달라스는 새벽 내내 - 잠이 완전히 달아난 까닭에 - 고민을 한 끝에 그들에게 운이 있었는지 없었는지를 확인하기까지 그녀와의 관계를 피하기로 결심했다.

하지만 그런 결심도 아침햇살이 방 안으로 스며들 때까지일 뿐, 매일 밤 그녀에게 깊숙이 몸을 묻고 싶은 욕망을 억누를 수가 없었다. 그러나 달라스는 그것 이상의 것을 원했다. 그녀의 따스한 미소를 보며 아침을 열고, 레몬드롭을 올라타고 초원을 달리는 그녀의 웃음소리를 듣고 기쁨에 반짝이는 눈동자를 바라보며 뜨거운 햇빛을 맞고, 부드럽게 속삭이는 그녀의 목소리에 잠이 들고…….

오스틴과 둘이 앉아 아침을 먹는 동안, 달라스는 만일 그녀와 밤을 함께 나눌 수 없다면 그녀의 낮과 저녁 시간이라도 모두 차지해버리자고 결심했다.

호텔 부지가 눈에 들어오자, 코딜리어는 아예 안장 위에서 일어나 있었다.

「오, 달라스, 정말 건물을 짓기 시작했어요.」

「물론이지. 그걸 위해 어제 기공식을 한 거니까.」

「하지만, 모든 일이 너무 빠르게 진행돼서 실감이 나지 않아요.」

그녀는 몸을 돌리고 너무 눈부신 미소를 지었다. 순간 그는 그녀를 끌어안고 진한 키스를 퍼붓고 싶은 충동을 참기 위해 안간힘을 썼다.

「가까이 가서 볼 수 있을까요?」

「이건 당신 호텔이야, 디. 원하면 당신이 직접 나무에 망치질을 할 수도 있어.」

「내가요?」

「그럼.」

두 사람이 말을 세우자, 타일러 커티스가 일꾼들 틈에서 달려나와 함박웃음을 지었다.

「좋은 아침입니다.」

달라스가 말에서 내려 아내를 도와주기 전에, 타일러가 그 특권을 가로채어 디의 허리에 손을 얹고 그녀를 내려주었다.

눈앞이 흐려질 정도의 질투심이 흐물거리는 납덩이처럼 달라스의 마음속을 휘저었다. 휴스턴도 아멜리아에 대해 이런 감정을 느끼는지 궁금해하면서, 달라스는 감정을 추슬렀다. 달라스는 단 한번도 질투심을 느껴본 적이 없었다. 하지만 지금은 아내가 말에서 내리는 것을 도왔다는 이유만으로도 그 사내의 팔을 분질러버리고 싶은 분노가 울컥 솟구쳤다.

타일러가 디에게서 한 발자국 물러서면서 주위를 향해 커다랗게 원을 그렸다.

「어때요?」

「놀라워요. 벌써 건물의 뼈대를 세우기 시작했을 거라고는 생각도 못 했어요.」

「세 달 안에 호텔을 지어내면 보너스를 주겠다는 달라스의 제안 때문에, 일꾼들이 모두 새벽부터 일어나 망치질에 톱질에 야단입니다.」

타일러가 설명을 마치자마자 디는 달라스에게로 시선을 돌렸다. 따져 묻는 듯한 그녀의 시선이 불편한 듯 그가 말 위에서 몸을 움직였다.

「사람들에게 보너스를 주기로 했나요?」

「호텔이 빨리 완성될수록, 당신이 여인들을 불러와 훈련시키는 일이 앞당겨질 테니까.」

마치 강한 바람이 강타하고 지나간 듯한 표정으로 타일러가 그들을 바라보았다.

「무슨 여자들이요?」

「디는 여자들이 경영하는 호텔을 계획 중이야. 여자들이 시중을 드는 식당하고.」

「여자 급사요?」

그가 기묘한 미소를 지었다.

「일꾼들에게 그런 이야기를 먼저 했으면 보너스를 지불하지 않아도 됐을 거예요.」

「모두 품행 좋은 여자들이야. 창녀들이 아니라고. 누구든 그 여자들을 제대로 대접하지 않았다가는 내가 가만두지 않을 거야.」

달라스가 말했다.

「신부감들이라는 말인가요?」

디는 달라스를 흘끗 바라본 뒤 타일러의 물음에 대답해주었다.

「꼭 결혼을 목적으로 이곳에 오는 건 아니에요. 하지만 운명의 상대를 만난 몇몇 여자들은 결혼을 결심할 수도 있겠죠.」

「여자들은 어디서 살게 되죠?」

「식당 위에 따로 숙소를 만들 생각이에요.」

「어서 가서 사람들에게 열심히 일에 매진하라고 말해야겠네요」

디가 앞으로 걸어나갔다.

「커티스 씨?」

그는 재빨리 몸을 돌렸다.

「네, 부인?」

「제가 망치질을 해봐도 될까요?」

「네, 부인. 원하시는 일이 있다면 뭐든지요. 여자 종업원이라…… 누가 그런 생각을…….」

달라스는 뒤쪽에 서서, 아내가 자신감 있는 걸음걸이로 건설 부지 안으로 들어가 일꾼들 한 명 한 명과 인사를 나누는 모습을 지켜보았다. 그녀가 자신의 서재에 서서 주저하며 결혼 서약을 하던 바로 그 여자라는 사실이 믿어지지가 않았다.

순간 과연 그녀에게 남자들을 만날 기회나, 아니면 남편을 선택할 수 있는 기회가 주어진 적이 있었을지 의심스러웠다.

한 남자가 그녀에게 망치를 주자, 옆에 있던 사람이 그녀에게 얼른 못을 건네주었다. 다른 두 명의 남자가 판자를 들어주자, 그녀는 못을 박아넣은 뒤 자신의 추종자들을 둘러보며 만족스러운 미소를 지었다.

만일 어젯밤 그녀가 다른 남자를 침대로 초대했다면, 자신하고와는 달리, 한 번의 사랑으로 만족하지 못했을지도 모른다는 의혹이 들었다.

마음속에 그런 의혹을 품고 있는 자신이 경멸스러웠다. 하지만 디에게 선택의 여지가 있었다면 다른 남자를 선택했으리라는 사실은 너무도 확실했다.

로울리 쿠퍼는 마못을 꼭 끌어안은 채 높게 자란 풀밭에 웅크리고 앉아, 새로 짓고 있는 건물 구조를 돌아보는 숙녀를 지켜보았다.

그 숙녀는 이제까지 본 여자들 중에서 가장 아름다웠다. 마치 천사처럼 - 만일 천사가 존재한다면 - 보인다는 생각이 들었다. 그 아이는 천국과 천사, 혹은 착한 일을 하면 복을 받는다던가 하는 얘기들에 대해 무수한 의심을 품고 있었다. 하지만 저 숙녀는 그런 걸 믿고 싶게 만든다고 아이는 생각했다.

그녀는 뼈대가 세워진 장소에서 몇 발자국 걸어나와 얼마나 큰 건물이 될지 믿을 수 없다는 듯 팔을 쭉 펴 가늠해보고 있었다.

그러다가 부드러운 미소를 지으며 이쪽을 향해 걸어오기 시작했다. 아이의 심장이 콩콩 뛰기 시작하더니, 이제는 소리가 너무나 커져서 숨을 쉬는 것조차 어려웠다. 아이는 짐승을 더 세게 끌어안으며 자리에서 벌떡 일어났다. 녀석이 자유를 찾기 위해 깽깽거리며 몸부림을 쳤지만, 아이는 꼭 붙잡고 있었다.

「안녕, 로울리 쿠퍼.」

숙녀의 목소리가 너무나 달콤했다. 로울리는 어제 보았던 남자들처럼 멋있게 모자 끝을 들어올리며 인사하고 싶었다. 그녀가 앞에 무릎을 꿇고 앉았다. 마치 꽃을 안고 있는 것처럼 좋은 냄새가 났다. 하지만 그녀의 손이나 드레스 어디에서도 꽃 같은 건 찾아볼 수가 없었다.

코딜리어는 아이의 품에서 마못을 받아들었다.

「귀염둥이는 어떠니?」

「좋아요.」

그녀의 미소가 더욱 환해졌다.

「이 녀석을 돌봐줘서 정말로 고맙다.」

로울리는 그녀가 마못을 끌어안는 것처럼 자신을 안아주길 원했다. 하지만 꿈에서도 그럴 리 없다는 걸 아이는 잘 알고 있었다. 그 누구도 그럴 리 없어. 아이는 뒤로 주춤 물러섰다.

「이제 전 갈래요.」

아이는 가능한 한 빨리 휘적휘적 걸어가, 건물 사이의 그림자 속으로 몸을 숨겼다.

베란다의 흔들의자에 앉은 채, 코딜리어는 눈을 감고 바람을 타고 들려오는 노랫소리에 귀를 기울였다. 곡조가 점점 강해지고 대담해지며 커져가자, 그녀는 등뒤로 커다란 먼지를 일으키며 초원 위를 달리는 남자의 영상을 떠올렸다.

「오스틴.」

부드럽게 입을 연 그녀는 흘끗 오스틴을 향해 시선을 던졌다. 함박미소를 지으며 그가 가볍게 고개를 숙였다.

「네?」

그녀는 눈을 감았다.

「다른 곡을 연주해줄래요?」

달라스는 그녀를 집에 데려다준 뒤 소떼를 점검하겠다고 다시 사라져버렸다. 오스틴이 그녀의 옆으로 다가와 바이올린을 턱에 끼고 자신이 알고 있는 사람들을 떠올리며 만든 곡을 연주해주었다.

코딜리어는 그 곡들이 정확히 어떤 사람을 표현한 것인지 - 휴스턴, 아멜리아, 매기, 달라스 - 알아낼 수 있었지만, 이번 곡조는 확연히 달랐다. 한순간 강하다가 점점 더 약해지고 약해져서 거의 끊어질 듯이 이어지고 있었다.

눈을 뜨고 자리에서 벌떡 일어난 코딜리어는, 베란다 난간으로 달려가 그들을 향해 다가오고 있는 동생을 향해 손을 휘저었다.

「캐머론!」

「맞아요.」

연주를 멈추고 오스틴이 대답했다. 코딜리어는 홱 머리를 돌렸다.

「뭐가요?」

「이 쓸데없는 곡이 바로 캐머론을 표현한 거라고요.」

그는 자리에서 일어나 집을 향해 몸을 돌렸다.

「오스틴!」

재빨리 말을 세우고는 말에서 뛰어내리며 캐머론이 소리쳤다.

「왜?」

오스틴이 몸을 돌리며 퉁명스레 대꾸했다.

캐머론은 계단에 발을 올렸다가 자신이 환영받는 존재라는 것을 확신하지 못하는 사람처럼 엉거주춤 다시 바닥으로 내려갔다. 그의 시선이 디에게 잠시 고정되었다가 다시 오스틴에게로 향했다.

「네가 화난 거 알아.」

「젠장, 그래 화났어. 내가 베키 곁에 있지 못할 때에는 네가 내 대신 그녀를 돌봐줘야 하는 거잖아. 그게 바로 친구의 도리라고.」

캐머론이 모자 아래로 얼굴을 붉혔다.

「형과 함께 춤을 추고 있더라구. 내가 어떻게 미리 알았…….」

「그래도 알았어야지. 어디 그것 뿐이야. 네 형이 베키를 끌고 어디론가 사라졌으면 곧바로 눈치챘어야 했다고. 베키는 다음달에나 겨우 열일곱 살이 된다고. 던컨은 거의 서른에 가까운 나이고 말이야. 순진한 베키를 상대하기에는 너무 늙고 경험이 많아.」

코딜리어는 조심스럽게 현관 베란다를 가로질러 두 사람 사이에 끼여들었다.

「무슨 일이에요?」

「아무 일도 아니에요. 그 전에 내가 막았으니까요.」

오스틴이 형수에게 대답하고는, 캐머론을 향해 주먹을 흔들었다.

「네 형에게 분명하게 전해. 다시 한 번 베키를 건드리면, 그땐 죽여버린다고.」

「걱정 마, 코뼈가 부러졌으니 분명히 알았을 거야.」

「도련님이 던컨 오빠의 코뼈를 분질렀어요?」

충격을 받은 표정으로 코딜리어가 물었다.

「얼굴을 완전히 뭉개버릴 수도 있었어요. 베키가 말리지 않았으면.」

오스틴이 집 안으로 걸음을 옮기며 대답했다.

캐머론은 털썩 계단에 주저앉아 허벅지에 팔꿈치를 올리고 주먹에 턱을 받쳤다. 코딜리어는 그 옆에 앉아 동생의 손을 잡았다.

캐머론은 거의 울 것 같은 표정으로 누나를 바라보며 마주잡은 손에 힘을 주었다.

「요즘 가족들이 어떻게 지내나 궁금하지? 아버지는 병세가 악화된 게 아니야. 늘 술에 취해 계시지. 보이드 형은 증오로 가득 차서 이유 없이 화를 내고 늘 얼굴을 구기고 있어. 작은형은 마치 울타리에 서 있는 것 같아. 자신의 의지대로 행동을 할지 아님 큰형을 따를지 결정 하지 못한 사람처럼.」

「어젯밤에는 무슨 일을 저지른 건데?」

「베키를 잡화점 뒤로 데려가서 억지로 관심을 끌어보려고 했대. 오 스틴이 사람들을 위해 음악을 연주하는 동안에.」

캐머론은 고개를 흔들었다.

「내가 여자 역이었거든.」

「여자 역?」

「응, 이 주변에는 여자들이 별로 없잖아. 그래서 모자에 손수건을 집 어넣고 제비뽑기를 했어. 붉은 걸 뽑으면 그걸 손목에 매고 여자 역을 하는 거야. 난 춤을 추느라 정신이 없었어.」

코딜리어는 동생의 어깨에 턱을 기대었다.

「그래서 베키를 지켜보지 못했구나? 춤을 추느라 너무 바빠서?」

「그래.」

그녀는 어렸을 때처럼 캐머론의 손등을 문지르며, 언제부터 동생의 손이 이렇게 남자다워졌는지 놀라워했다. 불룩 솟아오른 핏줄에 힘이 빠졌다고는 해도 근육에서는 여전히 강한 힘이 느껴졌다.

「행복해, 디?」

한숨을 내쉬며 코딜리어는 그의 손을 꼭 움켜쥐었다.

「행복해. 달라스는…… 공정한 사람이야.」

그가 맞잡은 손에 힘을 주었다.

「공정하다니?」

「그걸 어떻게 설명해야 할지 모르겠다. 그 사람은 누구에게도…… 자신이 주는 것 이상을 요구하지 않아. 동이 트기 전에 일을 시작해서 밤늦게까지 중노동을 하는 사람이야. 내게 명령을 하지만 또한 내 말

에 귀를 기울여주는 사람이고. 내가 무슨 말을 하든 그렇게 진심으로
들어주는 남자는 처음이야.」
「그를 사랑해?」
그녀는 어깨를 으쓱한 뒤, 한순간 생각에 잠긴 표정으로 동생을 바
라보았다.
「아마도…….」
코딜리어는 거센 말발굽소리를 내며 그들을 향해 다가오는 말과 사
람을 향해 시선을 돌렸다. 달라스가 고삐를 잡아당겨 캐머론의 말 옆
에 자신의 말을 세웠다.
「그만 가봐야겠어.」
계단에서 벌떡 일어난 캐머론은 그렇게 말하며 재빨리 디의 뺨에 비
비듯 키스를 했다.
「같이 저녁 먹고 가면 안 돼?」
「아니. 난…….」
「캐머론, 누나가 머물길 바라네.」
달라스의 목소리가 베란다 위로 울려 퍼졌다.
캐머론은 재빨리 머리를 끄덕였다.
「그럼 그렇게 할게.」

「당신네 식구는 원래 잘 안 먹는 편인가?」
목장을 떠나 마을의 살롱을 향해 사라지는 오스틴과 캐머론을 바라
보며 달라스가 물었다. 식당에 앉자마자, 그리고 식사가 진행되는 동안
계속된 논쟁으로 달라스는 두 사람 사이의 불화를 눈치채고 있었다.
「당신의 마못도 그보다는 많이 먹을 거야.」
「자리가 약간 불편해서 그런…….」
달라스는 짙은 눈썹을 들어올리며 그녀를 향해 시선을 던졌다.
그녀는 흔들의자에 앉아 무릎에 두 손을 올려놓고 있었다.
「당신이 저 애에게 겁을 줬잖아요.」

달라스는 난간 위에 엉덩이를 걸쳤다. 아무래도 디의 곁에 꼭 붙어 앉아 밤의 시원한 산들바람을 함께 즐길 수 있는, 자그마한 그네가 필요할 것 같았다. 마을에 자리를 잡을지도 모를 가구업자에게 그네를 주문할 때 자신의 상표를 새겨달라고 부탁해야겠다고 달라스는 결심했다.

「당신이 그런 감정을 백분 이해하는 것처럼 보이는군.」

그녀는 미소를 지었다.

「당신을 두려워하지 않는 게 어떤 기분인지도 알아요.」

그 사실에 대해서는 별로 반박할 마음이 없었다. 만일 그녀가 여전히 그를 두려워했다면, 그렇게 빨리 침대 밖으로 걷어차지는 못했을 테니까.

자신의 베란다에 앉아 있는 그녀의 모습이 보기 좋았다. 풍차를 돌리는 바람처럼 좋은 기분이 들었다. 부드러운 바람에 그녀의 작은 장식품들이 소리를 내고 있었다.

달라스는 디가 다양한 크기로 꼬아서 베란다의 처마에 걸어놓은 철사 막대들로 손을 뻗었다. 그것들이 바람에 흔들리며 맑은 소리를 내고 있었다. 그녀는 이런 무수히 작은 손길들로 그의 삶에 접근하고 있었다.

「함께 산책이나 하지.」

코딜리어는 자리에서 일어나 그를 따라 계단을 내려왔다. 편안한 침묵 속에서 두 사람은 저물어가는 석양을 향해 걸음을 옮겼다.

달라스는 그녀의 손을 잡을까 생각했지만, 어젯밤 이후로 자신이 정확히 어디에 서 있는지 확신할 수가 없었다. 만일 그녀가 그의 손길을 거부한다면 자존심에 심각한 상처를 입을 것 같았다.

지난 35년간 그는 혼자서 잠을 잤다. 하지만 언제부터인가 이름을 붙일 수 없는 무언가를 절실히 원하게 되었고, 어젯밤 그 공허함이 채워지는 것을 발견했다. 그녀를 품에 안고 침대에 누워, 부드러운 숨소리를 들으며 온몸으로 스며드는 만족감을 느꼈던 아주 잠시동안.

달라스는 그녀에게 아기가 생기지 않았으면 하고 바라는 자신을 발견했다.

「나, 당신 아들을 갖지 않았어요.」

달라스는 머리를 번쩍 들어올리고 식탁 건너편의 아내를 바라보았다. 그녀는 차가운 접시 위에 시선을 고정시키고 있었다. 몇 분 전, 오스틴이 자리를 떠난 뒤 맴돌던 무거운 침묵이 깨어져 흔들리고 있었다.

「확실해?」

그녀는 짧게 고개를 끄덕였다.

「며칠 전에 알았어요. 하지만…… 조금 기다린 뒤에 말하는 게 나을 것 같아서요.」

코딜리어가 그와 눈을 마주쳤다가 두 뺨을 화염처럼 붉히며 다시 내리깔았다. 마치 놀라서 달아나는 소떼처럼 수천 가지의 감정이 그의 머릿속에서 날뛰고 있었다. 그는 그녀 앞에 무릎을 꿇고 이마에 코에 턱에 키스해주고 싶었다. 자신을 바라보길 원했지만 그녀는 빌어먹을 계란만을 응시할 뿐이어서 달라스는 자신의 감정을 어떻게 표현해야 할지 알 수가 없었다.

「그렇다면, 오늘밤에 당신 침실로 가지. 당신이 괜찮다면.」

그녀는 퉁명스럽게 고개를 끄덕였다.

「미안해요.」

「아마 오늘밤에는 운이 좋을 거야.」

「그러길 빌어요.」

단호한 발걸음으로 폭풍처럼 집밖으로 걸어나간 달라스는 울타리 기둥에 묶여 있는 사탄의 고삐를 푼 뒤 검은 말 위에 뛰어올라, 동생의 집이 시야에 들어올 때까지 평원을 거칠게 질주했다. 지난 열흘은 그에게 지옥이었다. 싫어한다는 것을 알면서도 너무나 디를 안고 싶었다. 디가 아들을 갖지 못했는데도 이상하게 전혀 실망감이 들지 않았다.

여전히 아들을 원했다. 하지만 그 꿈을 이루겠다는 조급함은 이미 줄어들었다. 지금 그가 원하는 건 며칠이라도 더 디의 침대로 가서 아늑한 잠자리를 꾸밀 수 있는 기회를 갖는 것뿐이었다.

달라스가 집 앞에서 말을 멈추고 안장에서 내려섰다. 휴스턴은 울타리 안에서 무스탕과 일을 하고 있었고, 아멜리아는 현관 베란다에 앉아 버터를 젓고 있었다. 그를 발견한 매기가 재빨리 자리에서 일어나 계단을 달려 내려왔다. 달라스가 번쩍 들어올리자 아이는 새된 비명을 질렀다.

「주근깨가 막 떨어지는데.」

「아냐.」

자신의 코를 문지르며 아이가 고함을 쳤다.

「뽀뽀해야 떨어져요. 뽀뽀. 뽀뽀해줘요.」

달라스가 비를 뿌리듯 얼굴 여기저기에 키스를 퍼붓자, 아이는 깔깔거리며 웃음을 터트렸다. 아이에게서는 방금 피어난 꽃의 향기와 고양이, 그리고 달콤한 우유 냄새가 났다. 아이의 향기가 그를 기분 좋게 하고, 아이의 순수함이 늘 그를 겸손하게 만들었다.

매기가 콧잔등에 주름을 잡으며 물었다.

「함께 놀 남동생을 주러왔어요?」

「아직은 아냐. 아직 노력 중이란다.」

「애기가 어디서 오는데요?」

달라스는 재빨리 아멜리아에게로 시선을 돌렸다. 그녀는 고개를 저으며 미소를 지었다.

달라스는 주머니에서 레몬사탕을 꺼내 조카의 손에 쥐어주었다.

「잠깐 이걸 먹고 있어라.」

「슬프지 않은데요?」

「삼촌이 슬퍼서 그래. 그래서 엄마하고 이야기를 나누고 싶거든.」

그는 매기를 현관 베란다에 내려놓았다. 아이는 사탕을 입에 집어넣고는 오물거리기 시작했다. 달라스는 모자를 벗고 난간에 팔을 올려놓은 채 아멜리아를 살펴보았다. 그녀가 약간 창백해 보였다.

「기분은 어때요?」

「아침에 약간 불편할 뿐이에요. 하지만 그것도 곧 끝나겠죠.」

「이번에는 휴스턴에게 아들을 낳아줄 건가요?」

「저이는 지나치게 딸을 원하던데요.」

「가끔 저 녀석과 내가 친형제가 맞는지 궁금하다니까요.」

「아주버님과 저이는 생각하시는 것보다 닮은 구석이 훨씬 많아요.」

그는 머리를 흔들었다.

「말을 다루는 기술이나, 말을 번식시키는 능력을 봐도 그래요. 나는 한번도 저렇게 쉽게 말을 길들여본 적이 없죠.」

「말을 얼마나 쉽게 다루느냐 하는 건 문제가 아니에요. 중요한 건 자신이 원하는 것을 알고 찾아내서 만족할 수 있는가 하는 거죠.」

그녀가 부드럽게 말했다.

「제수씨는 원하는 걸 다 가졌나요?」

「우리는 그렇다고 생각해요. 자, 이제 아주버님 마음속에 있는 슬픔을 내게 털어놔보세요?」

「진짜로 슬픈 건 아니에요. 매기가 이해할 수 있도록 그렇게 말한 것뿐이지.」

아멜리아는 믿을 수 없다는 듯 고개를 갸우뚱거렸다. 그녀에게는 마음 깊은 곳까지 바라보는 눈이 있었다. 그는 손에 든 모자를 만지작거리며 적당한 말들을 찾으려고 노력했다.

「아멜리아, 우리가 결혼했을 때 일을 기억해요?」

아멜리아는 따스한 미소를 지었다.

「여자들에게 첫 번째 결혼은 결코 잊혀지지 않는 법이에요.」

「내가 당신에게 키스했을 때…… 어땠어요?」

그녀는 마치 베란다 처마 끝에 대답이 쓰여 있는 것처럼 재빨리 시선을 들어 올렸다가 다시 달라스를 마주보았다.

「좋았다고 생각해요.」

「좋아? 날씨가 좋았던 거지. 키스는…….」

그녀의 붉어진 두 뺨을 보고 그는 재빨리 입을 다물었다.

「그럼 휴스턴이 당신에게 키스할 때는 어떻죠?」

그녀의 홍조가 더 짙어졌다.

「발가락이 오그라들어요.」

「그래서 내가 아니라 휴스턴을 선택한 건가요?」

미처 생각해보기도 전에 그 말이 먼저 튀어나왔다. 아멜리아는 사람들에게 마음속에 있는 말을 털어놓게 만드는 재주가 있었다. 그게 그녀의 매력인 동시에 그를 화나게 만드는 원인이기도 했다. 자리에서 일어난 그녀가 베란다를 가로질러 걸어와 그의 손을 마주잡았다.

「일단 사랑이 마음에 들어오고 나면, 선택은 자연히 따라오는 거예요. 어떻게 그이와 사랑에 빠졌는지는 모르겠지만 그건 당신과는 관계 없는 거예요. 단지, 내가 그랬다는 것만 알죠.」

「당신을 비난하는 게 아니에요.」

코딜리어가 그의 손을 꼭 움켜잡았다.

「나도 알아요.」

「난 단지…… 젠장.」

달라스는 목 안에 가득한 쏩쓸한 단어들을 밀어내기 위해 안간힘을 썼다.

「어떡하면 침대에서 디를 기쁘게 해줄 수 있는지 모르겠어요. 하지만 그러길 간절히 원하죠.」

「그게 바로 첫 번째 단계예요. 그녀를 기쁘게 만들어주고 싶은 마음이 드는 것.」

「그건 분명해요, 빌어먹을 일이지만. 휴스턴은 당신에게 어떻게 키스를 하죠?」

「나도 잘 몰라요. 그 순간에는 내게 키스를 한다는 것 밖에는 생각나질 않거든요. 그이에게 직접 물어봐야 할 것 같네요.」

그는 어깨너머를 흘끗 바라보았다. 휴스턴이 막 울타리의 문 사이를 걸어나오고 있었다. 달라스는 한번도 어떤 일에 대해 다른 사람의 의견을 물어본 적이 없었다. 이제 와서, 특히나 아내와의 잠자리 같은 은밀한 문제에 대해 묻는다는 게 정말로 마음에 내키지 않았다.

「솔직히 대답해줘서 고마워.」

그가 아멜리아에게 말했다.

코딜리어는 그의 어깨를 토닥였다.

「가서 휴스턴하고 이야기를 해보세요.」

거센 비바람에 잔뜩 물을 먹은 채 돌아가는 풍차 날개보다도 더 심하게 울렁거리는 뱃속을 다스리며 그는 동생을 향해 걸음을 옮겼다.

「무슨 일로 여기까지 왔어?」

셔츠의 단추를 잠그면서 휴스턴이 물었다.

「아멜리아에게 어떻게 키스하냐?」

마지막 단추를 잠그던 손가락을 잠시 멈추며, 휴스턴이 이맛살을 잔뜩 찌푸렸다.

「뭐?」

달라스는 절망감에 깊게 한숨을 내쉬었다.

「아멜리아 말이, 네가 그녀에게 키스를 하면 발가락이 오그라드는 듯한 느낌이래.」

흉터가 난 쪽의 얼굴은 전혀 움직이지 않은 채 휴스턴의 입술이 벌어지며 일그러진 미소가 번져나갔다.

「아멜리아가 그렇게 말했어? 그래?」

다시 버터를 만들기 위해 우유를 열심히 휘젓고 있는 아내를 향해 흘끗 시선을 던지며 그가 물었다. 성급한 마음에, 달라스는 그의 앞쪽으로 몸을 옮겼다.

「그래, 그렇게 말했다고. 그러니까 어떻게 키스를 했냐니까?」

휴스턴은 어깨를 으쓱해 보였다.

「그냥, 내일은 없다는 식으로 키스를 할 뿐이야.」

「그게 뭐야? 뭔가 특별한 방법이 있는 게 아니라?」

「그게 어떤 뭔데?」

「내가 그걸 알면 너에게 묻지도 않아.」

휴스턴의 눈이 가느다래졌다.

「난 키스하는 법을 형한테 배웠다고. 그걸 형이 어떻게 잊을 수가 있어?」

「방법을 잊어버린 게 아니야. 아멜리아를 빼고는 그저 창녀들에게 키스를 해봤을 뿐이잖아.」

달라스는 자신의 키스에 대한 아멜리아의 묘사를 떠올리고 얼굴을 찡그렸다.

「아멜리아 말로는 내 키스가 좋았대.」

그는 팔짱을 낀 채 앞으로 걸음을 옮겨 울타리에 팔을 올려놓았다.

「좋다니…… 맙소사. 장난으로 하는 말이 아니었다는 게 놀라울 뿐이야.」

휴스턴이 그의 옆에 나란히 기대어 섰다.

「키스하는 방법하고는 상관없는 일일지도 몰라. 어쩌면 그녀에게 키스할 때 형이 어떻게 느끼는가 하는 것이 중요할지도 모른다고.」

달라스는 동생에게로 눈을 돌렸다.

「그게 무슨 말이냐?」

휴스턴의 손가락들이 상처 부분을 문지르고 안대 위를 스치고 지나갔다.

「말하면 형이 분명 화낼 텐데?」

「아니, 화내지 않을게.」

「약속해.」

「약속한다구.」

휴스턴이 깊게 한숨을 내쉬었다.

「내가 처음으로 아멜리아에게 키스했던 건, 범람한 강을 건넌 뒤였어…….」

「지금 목장에 도착하기도 전에 아멜리아와 키스를 했다는 말이냐?」

「화내지 않겠다고 했잖아.」

「화를 내는 게 아니야. 잠시 실망한 거지. 널 믿었는데…….」

달라스는 자신의 성질을 억눌렀다. 5년 전 그는 아내를 떠나보내겠다는 심각한 결심을 했다. 하지만 이제 와서 또 다시 같은 실수를 되풀이할 생각은 없었다.

「마저 얘기해봐.」

휴스턴은 마치 굉장한 명언이라도 말하려는 듯 한 두 차례 헛기침으로 목을 가다듬었다.

「그러니까…… 그때 그녀가 날 구하겠다고 강물로 뛰어든 것에 대해 굉장히 화가 나 있었거든. 그녀가 살아 있다는 사실이 얼마나 고맙던지. 순간 내가 그녀를 사랑한다는 사실이 마치 무스탕에 받힌 것보다 더 큰 충격으로 머릿속을 강타한 거야. 하지만 차마 그런 말을 할 수가 없어서 그녀에게 보여주려 했어. 그 한 번의 키스에 내 모든 것을 담아서……. 그후로는 늘 그런 식으로 키스를 해.」

「그게 그녀의 발가락을 오그라들게 만든다는 거지.」

휴스턴이 뻔뻔스럽게 미소를 지었다.

「그런 것 같아.」

달라스는 울타리에서 몸을 떼고 걷기 시작했다.

「충고 고맙다.」

「이번에는 형도 디에게 그런 깊은…….」

「그건 내 문제야, 휴스턴. 아무래도 디를 사랑하게 된 것 같아. 그녀도 날 사랑하게 만들려면 어떻게 해야 하는지 알 수가 없구나.」

달라스는 디의 방문 앞에서 걸음을 멈추었다. 한 달에 단 하룻밤만을 그녀와 함께 보낼 수 있다면 그 하루동안 최선을 다할 결심이었다.

이번에는 지평선 위로 해가 뜨기 전까지 절대로 그녀의 침대를 떠나지 않을 생각이었다. 그녀가 다시 사랑을 나누는 것을 원하지 않는다면, 그저 그녀를 품안에 안고 밤을 지새는 것만으로 만족하리라.

노크를 하고 문이 열리기까지 기다리는 시간이 달라스에게는 영겁과도 같이 느껴졌다. 방 안으로 들어가 문을 닫았다.

「일찍 왔네요.」

브러시로 비단결 같은 검은 머리카락을 빗어 내리며 그녀가 말했다.

「기다릴 필요가 없을 것 같아서…….」

달라스는 그녀를 품에 안고 마치 내일이 없을 것처럼 키스했다. 이 키스로 그녀의 발가락들이 오그라들기를, 그리고 밤새 그를 원하게 되기를 간절히 기도하면서.

빗이 달각 소리를 내며 바닥 위로 떨어지고, 그녀의 두 팔이 도망치려는 송아지의 목에 걸린 밧줄보다도 더 단단히 그의 목을 끌어안았다.

그와 그녀의 신음이 얽히고 설키었다. 간절한 욕구가 거친 강물처럼 그를 훑고 지나갔다. 한 손으로 그녀를 꼭 끌어안은 채, 삼켜버릴 듯이 키스하며 다른 쪽 팔로 그녀의 가운 단추를 풀었다. 툭 소리를 내며 떨어진 단추 몇 개가 바닥 위로 또르르 굴러갔다.

그녀의 가운을 잡아당겨 바닥으로 떨군 달라스는 눈부신 나신을 바라보며 바지를 벗어 던졌다. 그녀를 품안에 들어올려 침대로 옮겼다. 침대에 내려놓고 자신의 몸으로 그녀의 몸을 덮으며 얼굴과 목덜미, 그리고 젖가슴에 키스를 쏟아 부었다.

그는 손으로, 입술로, 눈으로, 분홍색으로 물든 피부와 짙은 다갈색 눈동자와 아름다운 그녀의 몸을 어루만졌다.

그녀와 하나가 되었을 때, 이번에는 날카로운 신음소리나 고통스러운 비명소리도 들리지 않았다. 단지 놀라움으로 가득 찬 한숨뿐이었다. 그녀의 신음소리가 헐떡임으로 바뀔 때까지, 달라스는 더욱 거세게 그리고 깊게 돌진하며, 매순간 자신의 이름을 부르는 부드러운 목소리와 품안에 느껴지는 그녀의 전율을 즐겼다.

목 깊은 곳에서 새어나오는 신음소리와 함께 그는 이를 악다물고 머리를 뒤로 젖힌 채 마지막으로 힘차게 그녀의 몸 안으로 들어가며 쾌락의 심연 속에 몸을 맡겼다.

힘겹게 숨을 내뱉으며, 그는 떨리는 아내의 몸 위로 쓰러졌다. 여전히 전율하는 아내의 몸이 느껴졌다. 그녀의 목, 턱 그리고 뺨에 키스를 퍼붓던 그는 흘러내린 눈물의 짠맛을 느낄 수가 있었다.

스스로에 대한 모멸감이 순식간에 행복한 감정을 모두 빼앗아갔다. 부드럽게 대하겠다던 계획이 또 다시 수포로 돌아갔다. 단 한 가지 생각과 단 한 가지 목적, 그들 사이에 어떤 틈도 남지 않을 만큼 꼭 그녀를 끌어안고 그 따스하고 기분 좋은 육체에 몸을 묻겠다는 목적만 가지고 마치 성난 황소처럼 방 안으로 쳐들어왔다.

그녀가 한 달에 한 번만 몸을 섞으려 하는 것도 당연했다. 순간순간을 음미하는 대신 하늘에서 내려치는 번개처럼 급하게 그녀가 주는 것들을 가지려 했으니.

그는 눈물 방울이 맺혀 있는 눈가를 입술로 지그시 눌렀다. 따스하
고 신선한 온기가 느껴졌다.

「미안해, 디. 상처를 줄 생각은 아니었는데.」

그가 헐떡거리며 말했다.

「내게 상처를 주다뇨?」

달라스는 머리를 들고 그녀의 시선을 마주보았다. 그 짙은 눈동자
속에 그가 일으킨 고통의 소용돌이가 분명하게 보였다. 어쩌면 육체적
으로는 해를 끼치지 않았는지 몰라도 여자로서의 감정에, 남자의 욕정
을 풀어내는 상대 이상의 것을 바라는 마음에 심한 상처를 준 것이 명
백했다. 그는 그녀의 머리카락 속에 손가락을 집어넣었다.

「내가 당신에게 고통을 주었어, 디. 미안해.」

그녀는 머리를 흔들었다.

「아뇨, 고통스럽지 않았어요. 그건…… 너무나 경이로웠어요.」

'경이로웠다고? 그 성급한 짝짓기가 경이로웠다고?'

「그렇다면 왜 눈물을 흘리는 거지?」

그녀는 떨리는 손가락들로 그의 턱을 쓰다듬었다.

「당신이 너무나 고통스러워하니까요.」

그녀의 말을 믿을 수가 없어서 달라스는 아내를 빤히 응시했다.

「뭐?」

얼굴을 붉히면서 그녀가 살며시 눈을 내리깔았다.

「당신을 지켜봤어요.」

그녀가 끊어질 듯한 목소리로 속삭였다.

「으르렁거리며 신음소리를 내는 것도 들었고, 온몸의 근육을 한껏
긴장시킨 채 이를 악물고 있는 모습도 봤어요.」

그녀는 눈을 들어올렸다.

「고통이 너무나 커서 참을 수가 없는 것처럼 보였어요. 그래서 자연
의 이치는 사물을 공평하게 하는 건가 봐요. 여자들은 해산의 고통이

너무나 크기 때문에 아이를 만드는 과정에서 쾌락이라는 선물을 받지만, 남자들은 고통만을 느낄 뿐이잖아요.」

「내가 고통받고 있었다고 생각한 건가?」

그녀는 수줍게 고개를 끄덕였다. 어렸을 적에 휴스턴과 함께 쓰레기를 가지고 만든 조잡한 봉화처럼 그의 희망이 너울거리며 타오르기 시작했다.

「그래서 아이를 가졌는지 확실해질 때까지 기다려보자고 했던 건가? 내가 고통받는 일을 막으려고?」

그녀는 그의 뺨을 따라 손가락을 움직인 뒤 엄지손가락으로 콧수염을 어루만졌다.

「그토록 큰 고통에 허덕거리는 당신 모습을 차마 볼 수가 없어요.」

「오, 하나님!」

그는 털썩 침대에 쓰러져 한 팔을 눈 위에 올린 채 웃음을 터트렸다. 그의 어깨가 심하게 들썩이고 그 격한 움직임에 침대가 출렁거렸다.

「뭐가 그렇게 우스워요?」

터져 나오는 웃음을 참기 위해 안간힘을 쓰며, 그는 걱정으로 찌푸려진 그녀의 얼굴을 흘끗 바라보았다. 검은 머리카락을 어깨 뒤로 늘어뜨린 그녀는 팔꿈치로 몸을 받친 채 그를 바라보고 있었다. 그는 함박미소를 지으며 손을 뻗어 그녀의 부드러운 머리카락 속으로 손가락을 집어넣고는 달콤한 입술을 자신의 입술 위로 끌어당겼다.

「그거 알아? 당신은 정말 소중한 존재야. 너무나 소중한 존재라고.」

달라스는 유혹적인 그녀의 입술 위에 가볍게 키스를 퍼부었다.

「난 통증을 느낀 게 아니야.」

디의 진한 갈색 눈동자가 한밤중 그의 길을 밝혀주던 보름달처럼 동그래졌다.

「전혀요?」

「전혀. 사실 그 반대라고 할 수 있어.」

달라스는 그녀의 등을 어루만지며 자신의 몸 아래로 끌어당기고는 얼굴에서 미소를 지우기 위해 안간힘을 썼다.

「그러니, 자연이 당신에게 그런 대가를 준 게 아니야.」

「그럼, 굉장히 불공평하네요.」

디는 따스하게 미소를 지으며 새빨갛게 물들어가는 가슴 위로 시트를 끌어올렸다.

「하지만 기뻐요.」

간신히 삼켰던 미소가 다시 그의 얼굴 위로 번져갔다.

「그 말은, 다시 시도해도 상관없다는 뜻인가? 운이 따르지 않았는지 확인해볼 필요 없이?」

달라스의 목에 얼굴을 묻은 채 고개를 끄덕인 그녀는 그의 결후 아랫부분에 키스를 했다. 즐거움이 온몸을 관통했다. 그는 몸을 숙여 그녀의 뺨을 두 손으로 감싸쥐고는 깊은 키스를 했다. 두 사람 사이에 놓여 있던 시트가 스르르 옆으로 흘러내리자 그녀의 부드러운 피부가 그에게 그대로 느껴졌다.

한참동안, 달라스는 그녀의 발을 쳐다보기 위해 안간힘을 썼다. 자꾸만 신경이 분산되어 입술이 그녀의 턱 아래로 미끄러졌다.

「지금 뭐 하는 거예요?」

달라스는 양미간을 살짝 찌푸리며, 디가 자신의 질문과 이상한 행동을 잊어버릴 때까지 열정적으로 키스했다. 하지만 진실을 알고 싶었다. 젠장, 알 필요가 있었다.

「아멜리아는 휴스턴과 키스를 할 때면 발가락이 오그라든대. 그래서 내가 당신에게 키스를 할 때도 당신의 발가락이 오그라드는지 알고 싶었을 뿐이야.」

온몸을 사랑스러운 장밋빛으로 물들이면서 그녀는 그의 어깨에 볼을 기댔다.

「당신이 키스를 할 때 나도 온몸이 오그라드는 기분이 들어요.」

「온몸이?」

그녀는 재빨리 고개를 끄덕였다.

「모든 부분이 다요.」

「이런, 젠장.」

그는 탐욕스럽게 그녀의 입술을 소유하며, 남아 있는 밤을 위해 그녀의 몸을 꼭 감싸안았다.

「수잔 리드(Redd).」

디의 목소리에 달라스는 장부에서 시선을 들어올렸다. 디는 서재에 마련된 그녀의 의자에 몸을 웅크리고 앉아 탁자 위에 쌓여 있는 편지들을 검토하고 있었다.

「수잔이 뭘 읽어?」

그녀는 머리를 들어올리고 웃음을 터트렸다. 달라스는 그녀의 웃음소리를, 뽀얀 그녀의 목을, 즐거움으로 반짝이는 그녀의 눈동자를 사랑했다.

「수잔 리드, R-E-D-D. 호텔 지배인으로 고용할까 생각하고 있는 여자의 이름이에요. 동부에서 기숙사를 경영하고 있는데, 내 생각에는 그게 아주 유용한 경력이 될 것 같아요. 어떻게 생각해요?」

달라스는 책상에 팔꿈치를 얹고 엄지와 검지로 콧수염을 어루만졌다. 그녀가 자신에게 의견을 물어볼 때마다 늘 작은 전율이 온몸을 타고 흘렀다.

「내 생각에는…… 우리가 침대로 가야 할 시간인 것 같은데?」

그녀의 눈이 휘둥그래졌다. 하지만 그건 두려움이 아니라 놀라움과 기대감 때문이었다.

「달라스, 아직 어두워지지도 않았어요.」

그는 의자를 뒤로 밀고 자리에서 일어나 성큼성큼 그녀에게로 걸음을 옮겼다.

「우린 오늘 아침에도 사랑을 나누었어. 그때도 어둡지 않았잖아.」

「그거야 다르죠. 아직 침대로 갈 시간이 아니라고요.」

「그런 것쯤이야 내가 책임지지.」

달라스는 그녀의 손가락 사이에 들려 있는 편지를 빼앗아 탁자 위에 올려놓고 그녀를 품안에 들어올렸다.

자신을 안고 서재 밖으로 걸어나가는 달라스에게 매달린 채, 디는 그의 목에 얼굴을 묻고 웃음을 터트렸다. 갑자기 벌컥 현관문이 열리고 오스틴이 어슬렁거리며 집안으로 들어왔다.

「어디 가는 거야?」

「침대로.」

계단을 오르며 달라스가 대답했다.

「저녁은?」

「요리사에게 가봐.」

「요리사에게 가봐.」

오스틴이 말했다.

「큰형이 그렇게 말하더라니까요. 그런 뒤 마치 옥수수 위스키를 마시고 취해버린 한 쌍의 코요테처럼 낄낄거렸어요.」

휴스턴이 식탁 건너편에 앉아 있는 아멜리아를 바라보며 미소를 지었다.

「그래서, 여기로 와서 우리 저녁식사를 빼앗아 먹기로 결심했다 이거냐?」

오스틴이 어깨를 으쓱해 보였다.

「그 두 사람을 기다리는 것보다는 나으니까. 아마 아래층으로 다시 내려오지도 않았을걸.」

오스틴은 아멜리아를 보며 윙크를 했다.

「게다가 작은형수의 요리 솜씨가 요리사보다 훨씬 낫잖아.」

아멜리아는 삶은 콩이 담긴 냄비 위로 손을 뻗어 시동생의 손을 토닥였다.

「그 칭찬 고맙게 받을게요. 그리고 들어보니까, 달라스와 디 사이가 훨씬 좋아진 것 같네요.」

「그 두 사람 정말 이상하게 행동한다니까요.」

쇠고기 스테이크를 자르며 오스틴이 다시 입을 열었다.

「뭐가 이상해?」

휴스턴이 물었다. 오스틴은 탁자에 팔꿈치를 받치고 포크로 휴스턴
을 가리켰다.

「매일 밤 큰형수가 우리를 위해 책을 읽어주거든. 그동안 달라스 형
은 장부를 정리해야 하는데, 멍청한 표정으로 디만 바라보고 있다니까.
그러다가 갑자기 고개를 든 형수와 눈이 마주치잖아? 그럼 몇 분 동안
서로를 가만히 쳐다보기만 하는 거야. 형수도 책을 읽어주던 일은 완
전히 까먹어버리고 말이야. 더 기가 막힌 건, 달라스 형이 자러갈 시간
이라고 말하면, 이야기가 어떻게 진행되는지 궁금해하는 난 내버려둔
채 두 사람 다 자리를 뜬다고. 형수가 '사일러스 마너'를 읽기 시작한
게 벌써 일주일도 넘었는데 아직 1장도 다 안 끝났어.」

「아무래도 도련님이 직접 읽어야 할 것 같은데요.」

아멜리아가 제안했다.

「제가 읽는 것과 큰형수가 읽어주는 건 다르다구요.」

계속해서 스테이크를 자르며 오스틴이 대답했다.

「지금 나한테 필요한 건 인내심뿐이야. 일단 큰형이 아들을 얻고 나
면 모든 게 정상으로 되돌아올 테니까 말이야.」

「거기에는 찬성할 수가 없는걸.」

아내의 시선을 마주보며 휴스턴이 말했다. 사랑하는 여인이 세상에
그의 아이를 선사하는 순간 두 사람을 묶고 있는 결속감은 더욱 강하
고 깊어진다는 것을 경험을 통해 잘 알고 있었다.

「커티스 씨?」

코딜리어는 타일러 커티스가 일하는 천막 안으로 머리를 쑥 밀어넣
었다. 호텔과 관련된 어떤 생각 하나가 떠올라 새벽 2시에 눈을 뜬 그
녀는 그 생각들을 커티스와 나누고 싶었다. 하지만 어디에서도 그를

찾을 수가 없었다. 그녀는 천막에서 그를 기다리기로 결심하고 안으로 들어섰다.

책상 위에 펼쳐진 커다란 종이들을 본 코딜리어는 들춰보고 싶은 충동을 참을 수가 없었다. 그 종이 두루마리는 새로 지을 신문사와 약국의 설계도였다. 작고 큰 사무실들…… 모두들 리톤에서 집을 찾게 되리라.

설계도들을 한 장 한 장 넘기던 그녀는 커다란 방들이 여럿 그려져 있는 건물의 설계도를 보았다. 설계도의 맨 위에는 휘갈긴 글씨체로 '호텔'이라고 쓰여져 있었다.

코딜리어는 의자에 깊게 몸을 묻으며 설계도를 살펴보았다. 그건 그녀의 호텔이 아니었다. 믿을 수 없을 만큼 낯익은 그림은 달라스를 상기시켰다. 대담하고 힘이 넘쳤다. 방들은 다 큼직하고 편안할 뿐 아니라 실용적으로 디자인되어 있었다. 사람들이 마을을 지나다가 잠깐씩 머무는 장소치고는 너무나 화려했지만, 어느 부분에서는 그녀의 관심을 끄는 구석이 있었다. 특히 - 그녀의 생각이 옳다면 - 이 계획이 바로 남편의 머리에서 나온 것 같다는 사실이 가장 관심을 끌었다.

「리 부인, 여기까지 웬일이시죠?」

그녀는 깜짝 놀라 자리에서 벌떡 일어났다.

「커티스 씨, 이야기를 좀 나누고 싶어서 왔어요.」

그녀의 시선이 다시 설계도로 향했다.

「이건 누구 호텔이죠?」

「아! 그거요?」

죄를 지은 사람처럼 커티스가 어색한 미소를 지었다.

「어, 그러니까,. 어…….」

그는 이마 위로 내려온 금발을 연신 쓸어 올렸다.

「달라스가 호텔 설계를 부탁했었나요?」

「네, 부인. 몇 달 전의 일입니다.」

「그럼, 이제 이 설계도는 어떻게 할 생각이죠?」

「부군께서 무시해버리라고 하셨습니다. 이 마을에 호텔은 하나면 충분하다고요.」

「말씀 감사합니다, 커티스 씨.」

그녀는 천막 밖으로 걸어 나갔다.

「저와 의논할 일이 있어서 오신 거 아닙니까?」

코딜리어가 힘겹게 미소를 지었다.

「먼저 남편과 해야 할 이야기가 있어서요.」

말을 타고 목장 안으로 들어서던 코딜리어는 가축우리 옆에 서 있는 달라스를 바라보았다. 레몬드롭을 세우고 내려오는 그녀를 바라본 순간 그의 콧수염 아래로 커다란 미소가 매달렸다.

그녀는 달라스에게로 다가가 두 팔로 그의 목을 꼭 끌어안고 깊은 키스를 했다. 아내로 받아들인 순간부터 달라스는 그녀에게 수많은 선물들을 주었다. 비록 화려한 포장도 없고 색동 리본도 매어져 있지 않은, 마음으로만 느낄 수 있는 엄청난 것들을.

달라스는 허리를 뒤로 젖히고 의아한 시선으로 그녀를 보았다.

「왜 그래? 무슨 일 있어?」

「당신의 호텔 설계도를 봤어요.」

그가 양미간을 찌푸렸다.

「아, 그거. 그냥 장난 삼아 떠올려본 거야. 당신 계획처럼 실행에 들어간 것도 아니고.」

코딜리어는 그의 머리카락 사이에 손가락들을 파묻고 목덜미 근처를 어루만졌다.

「오늘 아침에 어떤 생각을 하면서 잠에서 깨어났어요. 특별한 객실을 만들고 싶었는데, 내가 원하는 게 뭔지 정확히 알 수가 없더라고요. 그래서 거기에 대해 의논할 생각으로 커티스 씨를 만나러 갔다가 당신 설계도를 본 거예요. 당신이 생각한 객실들은 내 것보다 훨씬 더 크더군요.」

「나는 남자들을 위한 방을 설계했으니까.」

「난 남자와 여자가 함께 사랑을 키워갈 장소를 만들고 싶어요.」

코딜리어는 그에게서 몸을 떼고 걷기 시작했다. 작은 씨앗이 커다란 계획으로 변해가고 있었다.

「나는 그랜드 호텔에서 일하게 될 많은 여자들이 결국은 이곳에서 결혼을 하게 될 거라 믿고 있어요. 몇몇 여인들은 슬림 같은 남자와 결혼을 하게 되겠죠. 그런 일꾼들을 위한 삶의 공간을 마련해주는 건 당신 몫이라고 생각해요.」

「그런가?」

끊임없이 불어오는 바람에 부지런히 돌아가는 풍차 날개처럼 디의 머릿속에 온갖 생각들이 돌아가는 과정을, 매번 그렇듯 흥미롭게 지켜보며 달라스가 대답했다.

그녀의 발걸음이 점점 더 빨라지고 두 눈은 흥분으로 밝게 빛나기 시작했다.

「대부분은 수수하게 결혼식을 올릴 거예요. 남자들은 결국 자신의 꿈이 이루어진 것에 대해 만족하게 되겠죠. 모두들 당신이 앞으로 짓게 될 교회에서 결혼식을 올리고 평생을 살게 될 집으로 곧장 들어가겠죠. 아마 신혼여행은 가지 못할 거예요. 하지만 난 그들에게 특별한 장소, 특별한 밤을 선물하고 싶어요. 그들의 사랑처럼 아름답고 그들의 미래처럼 웅장한 호텔이요. 두 사람은 꽃들이 가득한, 커다랗고 아름다운 침대에서 첫날밤을 보내게 되는 거죠.」

'당신도 그런 특별한 장소로 데려갔어야 했는데.'

달라스는 결혼이라는 것이 여자들에게 얼마나 중요한 의미를 갖는지, 첫날밤에 어떤 특별한 의식이 있어야 하는지에 대한 생각들을 떨칠 수가 없었다. 분명 다른 여자들의 신랑들은, 신부가 신랑을 기쁘게 해주려고 단장을 하고 있는 방에 부서져라 문을 박차고 들어가지는 않으리라.

비록 과거에 저지른 실수들을 만회할 수는 없지만, 다시 되풀이하지 않을 자신은 있었다.

그녀는 발끝을 모으고 두 손을 꼭 움켜쥔 채 그의 대답을 기다리고 있었다. 달라스는 진실 이상의 것을 말해주고 싶었다.

「그럴 생각이면 한 개 이상의 특실이 필요할 거야.」

디는 그의 손을 꼭 움켜잡았다.

「그럼 두 개로 해야겠어요. 실내 장식하는 걸 도와주겠어요? 카우보이들이 부츠를 벗고 편안함을 느낄 수 있는 곳이자, 여자들이 자신의 웨딩드레스를 벗을 수 있는 아름다운 방이 되었으면 좋겠어요.」

「그렇다면 방에 부츠잭(V자의, 부츠를 벗는 기구)을 준비해놓아야겠군.」

꿈꾸는 듯한 눈으로 그녀가 대꾸했다.

「정말 모든 방에 부츠잭을 준비해놓아야겠네요. 그런 세세한 것들은 완전히 무시하고 있었어요.」

「당신이 뭐든 무시한 게 있을 거라고 생각하지 않아. 오히려 나야말로 모든 것들을 간과한 사람이지.」

그는 디의 얼굴 위로 흘러내린 머리카락을 쓸어 올려주었다.

「당신이 얼마나 아름다운 사람인지 말하는 것조차 잊고 있었으니까 말이야.」

그녀의 두 뺨이 사랑스러운 붉은 빛으로 물들고, 두 눈이 따스해지며 입술이 살짝 벌어졌다. 그는 그녀를 품안으로 번쩍 들어올렸다.

「슬림, 아내의 말을 좀 돌봐주게.」

그녀는 남편에게 바싹 매달렸다.

코딜리어는 삶은 변화의 연속임을, 오늘밤 이후로 자신의 삶이 영원히 달라질 것임을 알고 있었다. 더 이상 그 어쩔 수 없는 운명을 미루어둘 수는 없었다.

즐거움과 슬픔이 뒤섞인 마음으로, 그녀는 이야기의 마지막 부분을 읽고 책장을 덮었다.

「내용이 굉장히 마음에 들어요.」

오스틴이 말했다.

「다음에는 어떤 이야기를 읽어주실 거예요?」

「한번 찾아볼게요.」

손가락에 낀 반지를 돌리며 그녀가 조용히 대답했다. 달라스의 시선이 자신에게 고정되어 있음을 느꼈지만 차마 마주볼 수가 없었다. 아직은.

오늘까지 그로부터 너무나 많은 것을 얻었고…… 이제 그 이상을 잃게 될지도 모른다.

오스틴이 자리에서 일어나 기지개를 켰다.

「아무래도 이제 자러 가야 할 때가 된 것 같네요.」

「내일 아침에 보자.」

달라스가 말했다. 그녀는 방을 가로지르는 오스틴의 발소리에 이어 문이 닫히는 소리에 귀를 기울였다.

「오늘 저녁 내내 한번도 날 쳐다보지 않았어, 디.」

「알아요.」

디는 책을 옆에 내려놓고 그를 향해 시선을 들어올렸다.

「오늘 프리먼 선생님을 만나러 마을에 갔었어요.」

그가 한껏 이마를 찌푸리며 의자에서 일어났다.

「어디 아픈 거야?」

그녀는 어색한 미소를 지었다.

「아뇨.」

달라스는 책상을 돌아와서 그녀의 앞에 무릎을 꿇었다.

「그럼?」

'이제 막 당신과 함께 자는 데에 익숙해졌는데, 이제 다시 혼자서 잠을 자게 됐어요.'

「아기를 가졌어요.」

그가 그녀의 배로 시선을 떨구었다.

「분명해?」

디는 그들의 아이가 자라고 있을 아랫배를 손가락으로 어루만졌다. 솔직히 긴가민가 생각하기 시작한 것은 두 달이 조금 넘었지만, 말하기 전에 확신을 갖고 싶었다. 공연히 그에게 희망을 주게 되는 일을 막기 위해, 그리고 침실로 찾아오는 이유를 빼앗기기 전에.

「당신의 아들은 봄에 태어날 거예요.」

달라스는 그녀의 손가락에 깍지를 껴 마치 날개를 활짝 편 나비와 같은 모양으로 만들었다.

「내 아들.」

달라스가 시선을 올려 그녀를 마주보았다.

「당신 기분은 어때?」

「좋아요. 정말 좋아요.」

코딜리어의 두 눈에 눈물이 가득 고였다.

「늘 울고 싶은 생각이 드는 것 빼고는 아주 좋아요. 하지만 프리먼 선생님의 말씀이, 그런 증상도 지극히 정상이래요.」

달라스가 엄지손가락으로 눈가에 고이는 눈물을 닦아주었다.

「디, 난 이 순간을 아주 오랫동안 기다려왔는데, 막상 이루어지고 보니 무슨 말을 해야 할지 정말 알 수가 없어. 하지만 그 무엇보다 너무나 고맙다는 말을 하고 싶어.」

「내게 고맙다고 말하지 말아요.」

코딜리어가 어깨를 세게 밀치자, 그가 바닥에 엉덩방아를 찧으며 뒤로 벌렁 넘어졌다. 그녀는 자리에서 일어나 그를 바라보았다.

「당신은 아들 때문에 나와 결혼한 거잖아요, 안 그래요? 내 가족들도 이 순간을 위해 날 당신에게 팔았고요. 난 마땅히 해야 할 일을 한 것뿐이에요.」

그의 상처받은 표정을 무시한 채, 코딜리어는 흘러내리는 눈물을 감추려고 재빨리 밖으로 달려나갔다. 아들을 낳아서 남편의 꿈을 이룰 수 있는 기회를 주고 싶었다. 하지만 그의 감사 따위를 바란 것은 아니었다.

코딜리어는 그의 사랑을 원했다.

아들.

이제 곧 아들을 갖게 된다.

울타리 옆에 서서, 가을의 도착을 알리는 쌀쌀한 바람을 맞으며 달라스는 바보처럼 헤벌쭉 미소를 지었다. 늦봄의 따스한 바람이 불어올 때쯤이면 품안에 아이를 안아볼 수 있으리라.

그리고 그때까지…… 그는 혼자서 잠을 청해야만 했다.

디는 그 사실을 고통스러울 정도로 분명하게 선언했다.

그런 생각들이 달라스의 얼굴에서 미소를 앗아갔다. 코딜리어는 이제까지 의무감에 잠자리를 허락한 것이 분명했다. 사실 달라스는 그녀가 차츰 진심으로 그와의 사랑을 원한다고 생각하기 시작했었다.

달라스는 몸에서 온기를 빼앗아가는 차가운 바람에 부르르 몸을 떨었다. 수년만에 처음으로 그는 겨울이 오기를 학수고대하고 있었다. 옆에 누운 디를 꼭 끌어안고 잠에서 깨어나고, 담요 안에서 서로의 온기를 나누는 순간을 상상하곤 했었는데……

그는 너무나 많은 것들이 그리웠다. 자신의 어깨에 코를 깊숙이 묻거나, 발바닥을 그의 다리에 문지르는 그녀의 행동. 사랑을 나누기 전과 사랑을 나눈 후 그녀의 향기…….

달라스는 깊게 신음을 내뱉었다.

한때 그는 자신에게는 단 한 가지 꿈만 남았다고 생각했었다. 아들을 갖는 것. 슬픈 일은, 그 작은 소원이 이루어지자 자신에게 더 큰 소원이 있음을 깨달았다는 것이었다. 그를 사랑하는 여인이 낳은 아들.

달라스는 울타리 난간 위로 주먹을 내리쳤다. 예전의 그는 사랑 따위는 필요하지 않았다. 하지만 지금의 그는 절망적일 만큼 사랑을 원하고 있었다. 도대체 어떻게 하면 코딜리어가 자신을, 부드러운 말이나 여자들이 원하는 달콤한 말이라고는 전혀 할 줄 모르는 남자를 사랑하게 만들 수가 있을까?

심지어 그는 부탁하는 법도 모르는 사람이었다. 그가 아는 거라고는 아버지에게 배운 명령을 내리는 일뿐이었다.

그는 울타리에서 몸을 돌리고 천천히 집을 향해 걷기 시작했다. 차가운 방에서 혼자 잠을 자는 것 외에 별 다른 희망은 없었다. 잠시동안 장부를 정리한 뒤 소떼를 확인하고, 그리고 풍차를 점검하고…… 자꾸만 일을 찾아내야지…….

그는 문을 열고 부엌을 지나다 말고 비틀거리며 걸음을 멈추어 섰다. 한쪽 팔에 장작을 들고 있는 디가 몸을 숙여 또 다른 장작을 집어들고 있었다.

「도대체 지금 뭐 하는 거야?」

그가 고함을 질렀다.

「내 방 불이 거의 꺼져가고 있어서요. 바람이 부는 소리를 들으니까, 아무래도 아침엔 더 쌀쌀해질 것 같아요.」

「그거 이리 내.」

달라스는 그녀의 팔 안에서 통나무 장작을 빼앗아들었다. 그러고는 몇 개를 더 집어들었다.

「당신은 일할 필요 없어.」

「난 그렇게 무능력하지 않아요.」

가느다란 허리에 두 손을 올리며 그녀가 대답했다.

문득 달라스는 어떻게 이제까지 그녀가 이렇게 가냘픈 사람인지를 깨닫지 못했을까 하는 의문이 들었다. 진작에 생각해봤어야 할 문제였다. 아이를 갖는다는 게 연약한 그녀에게 얼마나 큰 영향을 줄지.

「지금 당신더러 무능하다고 하는 게 아니야.」

자리에서 일어서며 그는 툴툴거렸다.

「장작을 옮기거나 뭔가 무거운 물건을 들거나 하는 일은 하지 않았으면 좋겠다는 말이지. 필요한 게 있으면 그냥 내게 말하라구.」

「당신이 여기 없었잖아요.」

「내가 없으면 오스틴을 부르던가.」

그녀는 마치 논쟁을 계속하고 싶은 듯한 비장한 표정이었지만 결국은 그냥 그의 곁을 지나쳐 걸어가버렸다. 디가 언제부터 저토록 고집이 센 여자가 된 거지? 내일 당장 휴스턴을 찾아가 앞으로 얼마나 더 놀라운 일들이 벌어질 것인지에 대해 미리 알아봐야겠다고 결심했다.

달라스는 디를 따라 그녀의 방으로 들어갔다. 그가 벽난로의 불씨를 다시 살리는 동안 그녀는 침대 가장자리에 가만히 앉아 있었다. 그는 자리에서 일어나 바지에 두 손을 문질렀다.

「자, 됐어. 내가 가끔씩 와서 불을 확인할 테니까, 침대에서 나올 필요 없어.」

「좋아요.」

달라스는 그녀를 응시했다. 디는 돌처럼 단단하게 움켜쥔 두 손을 무릎에 올려놓고 두 발을 꼭 붙이고 있었다.

「차가운 돌 바닥을 걸어다니려면 신발 신던가? 설마 그 정도의 상식도 없는 건 아닐 테고.」

그는 무릎을 꿇고 자신의 허벅지 위에 그녀의 발을 올려놓았다.

「얼음장처럼 차갑잖아.」

디는 발끝으로 가슴을 밀어 그를 마룻바닥 위로 세게 내동댕이쳤다.

「내 발은 괜찮아요.」

달라스는 눈을 가늘게 뜬 채, 무언가를 생각하는 표정으로 천천히 자리에서 일어섰다.

「당장 담요 안으로 들어가.」

그가 단조로운 목소리로 나지막이 말했다.

그녀는 반항하기 위해 입을 열었지만, 그가 위협적인 표정으로 다가오자 재빨리 입을 다물고 침대 안으로 들어갔다. 그는 머리 위로 셔츠를 벗어 던졌다.

「지금 뭘 하는 거예요?」

달라스는 침대 가장자리에 엉덩이를 걸치고 앉아 부츠를 벗었다.

「당신 발을 따스하게 해줄 생각이야.」

자리에서 일어나 바지를 벗은 뒤, 그는 빠르고 유연한 동작으로 침대 안으로 미끄러져 들어왔다.

「내 허벅지 사이에 발을 넣어.」

디의 두 눈이 커다래졌다.

「하지만 굉장히 차갑단 말이에요.」

「알아, 그러니까 그렇게 하라고.」

그녀는 입을 꾹 다문 채 달라스의 맨 허벅지 사이에 두 발을 집어넣었다. 그는 이 사이로 거세게 숨을 내뱉었다.

「그것 봐요, 차갑다고 했잖아요.」

「괜찮아, 당신이 따스하면 됐다구.」

그녀를 보며 달라스가 대답했다. 두 눈에 다시 눈물이 어리자, 그녀는 재빨리 시선을 돌렸다.

「당신에게 그 소식을 전하면 우리 두 사람 다 무척 행복할 거라고 생각했어요.」

그는 부드럽게 그녀의 뺨을 감싸쥐고 얼굴을 들어올렸다.

「나는 행복해, 디. 그 어느 때보다 행복해.」

그녀가 한 손을 뻗어 가슴에 대자 달라스는 펄쩍 뛰어올랐다.

「오, 맙소사. 손도 얼었잖아.」

그는 디의 다른 손까지 잡아당겨 양 손바닥을 자신의 가슴 위에 올려놓았다.

「왜 이렇게 차갑지?」

「당신은 밖에 있었는데, 어떻게 이토록 따스한 거죠?」

「난 당신보다 살집이 좋으니까.」

그녀는 아랫입술을 따라 혀를 움직였다.

「함부로 당신을 밀쳤던 일은 정말 미안해요. 서재에서, 그리고 여기서요. 도대체 내가 왜 이러는지…….」

「그런 건 상관없어. 디, 나는 아들을 원했어. 이제껏 그 어떤 것보다도 더 절실하게.」

「알아요…… 아이가 당신을 닮았으면 좋겠어요.」

달라스는 그녀의 뺨을 어루만졌다.

「아이가 어떻게 생겼을지 한번도 상상해본 적이 없군. 분명 검은 머리카락에 갈색 눈동자를 가졌을 거야.」

「키도 클 거예요.」

그녀가 말했다.

「날씬하고.」

그녀는 가볍게 고개를 끄덕여주며 달라스를 향해 부드럽게 미소를 지었다.

「얼마 지나지 않아 콧수염을 기르려고 하겠죠.」

달라스의 엄지손가락이 그녀의 뺨 위를 천천히 움직였다.

「당신이 고맙다는 말을 원하지 않는다는 것도, 무능력하지 않다는 것도 알아. 하지만 아이를 낳을 때까지는 내가 당신을 보살피고 싶어.」

그가 손을 뻗어 가운자락을 들고 천천히 머리 위로 벗겨내는데도 코딜리어는 한마디도 반박할 수가 없었다. 그가 배 위에 입술을 가져다 대도 그녀는 전혀 움직이지 않았다.

「우리 아들이 여기서 자라고 있다는 거지.」

경외감과 놀라움에 그가 중얼거렸다. 어떻게 아무 여자나 그의 아들을 낳아주기만 하면 만족할 수 있을 거라 생각했는지, 어떻게 이제까지 자신에게 디처럼 존경하고 신뢰할 수 있는 여인이 필요하다는 사실을 깨닫지 못했는지 알 수가 없었다.

그녀가 달라스의 머리카락 사이에 손을 집어넣었다. 그는 목구멍을 메운 멍울을 힘겹게 삼키며 그녀를 올려다보았다.

「당신이 내 아이의 엄마라서 너무나 기뻐.」

또 다시 눈물이 그녀의 뺨을 적셨다. 눈물의 흔적을 지우려는 듯, 달라스는 최대한 부드럽게 그녀에게 키스했다. 그런 뒤 머리를 뒤로 젖히고 그녀에게 미소를 지었다.

「코도 차가운걸. 아무래도 당신 몸을 따스하게 만들기 위해서라도 여기서 자야겠어.」

「그랬으면 좋겠어요.」

「당신이 원한다면, 그렇게 할게. 당신이 원하는 것은 무엇이든 주고 싶어, 디.」

코딜리어의 마음이 기쁜 만큼이나 갈망으로 아파왔다. 지금 두 사람을 묶어주고 있는 끈이 커다란 벽이 되어 그들을 가로막고 있었다. 제발 그 끈이 영원히 두 사람을 갈라놓는 일이 없기만을 빌었다.

오늘밤 그녀는 달라스가 그 벽을 조금이라고 허물기를 원했다. 아니, 간절히 빌었다.

「나와 사랑을 나누어요, 달라스. 이제 아이를 가졌으니까 더 이상 그럴 이유가 없다는 걸 알지만……」

달라스는 애정이 가득 담긴 두 눈으로 그녀를 바라보며 엄지손가락으로 그녀의 입술을 문질렀다.

「이제 아이를 위해 사랑을 나눠야 한다는 생각은 없어.」

그는 입술을 내리며 한숨처럼 속삭였다. 코딜리어는 달라스를, 그의 따스한 감촉을, 천천히 입술 위를 스치고 지나가는 그의 부드러운 입술을 반겼다.

태양이 떠올라 창문에 낀 차가운 서리를 녹일 때까지, 간절함이 동반된 그들의 사랑 만들기는 계속되었다. 한때 달라스를 그녀의 침실로 이끌었던 이유가 이제 그녀의 몸 속에 작은 생명의 씨가 되어 자라고 있었다. 그녀의 젖가슴은 이미 조금씩 부드러워지기 시작했고, 곧 배도 부풀어오르기 시작하리라.

코딜리어는 목적이 이루어졌으니, 아이가 태어나기를 기다리는 동안 두 사람의 틈이 점점 벌어지리라 생각했다. 더 이상은 그의 애정을 받을 수 없을 거라고.

하지만, 달라스는 처음과 같은 애정으로, 마치 그녀가 아주 희귀한 선물이라도 되는 듯 어루만지고 있었다. 그의 손가락들이 그녀의 살결을 따라 움직이고, 그의 입술이 만족을 바라며 그녀의 입술을 탐했다.

코딜리어는 자신의 몸이 따스한 액체가 된 듯한 느낌을 받았다. 온갖 감각이 머리부터 발끝까지 안개처럼 소용돌이쳤다. 섬세한 입술의 움직임을 따라, 그녀는 온몸에 애무를 받는 듯 전율했다.

그녀는 달라스의 어깨 뒤로 손바닥을 미끄러뜨려 등을 감싸안았다. 그리고 나신의 다양한 감촉과 가슴을 뒤덮은 곱실거리는 털과, 그의 움직임을 따라 변하는 단단한 근육으로 손가락을 움직이며, 부드러운 살결 위로 끊임없이 움직이는 그의 입술로 인해 촉촉하게 젖어드는 느낌을 만끽했다.

달라스는 몸을 들어올리며 그녀의 시선과 숨결을 사로잡았다. 한 번의 길고 느린 움직임으로 그녀의 안으로 들어가자 그녀의 온몸이 그를 단단히 끌어안았다. 코딜리어는 그의 부드러운 침입에 이끌려 규칙적으로 몸을 움직였다. 그의 힘, 그의 열정, 그녀의 결심, 그녀의 용기. 삶은 그들이 창조하는 것이었다.

한때는 달라스를 두려워했지만, 이제 그녀는 그를 이해하고 사랑했다.

그녀의 몸이 활처럼 휘어지며, 그의 눈 속에 영광과 승리의 감정이 스며들었다. 잠시, 달라스는 숱이 많은 그녀의 머리카락 속에 얼굴을 묻고 몸을 떨며 그녀의 가녀린 목과 어깨에 대고 끊어질 듯 숨을 몰아쉬었다.

코딜리어는 무기력한 상태로 누워 깊게 내쉬는 그의 숨소리를 들었다.

그가 자신을 사랑한다면 그 이상 바랄 것이 없었다.

그의 아이가 뱃속에 자라는 것처럼 희망이 그녀의 마음속에서 조금씩 커져갔다. 언젠가는 그도 자신을 사랑하게 될 날이 올 거라는……

15

　코딜리어는 차가운 바람이 몰아치는 주도로를 따라 서둘러 걸음을 옮기며 달라스의 양가죽 코트로 단단히 몸을 감쌌다. 이제 제법 배가 불룩해서 외투의 가운데 단추 두 개가 잠기지 않고 벌어진 것을 본 달라스는 코트를 그녀에게 벗어주고 트렁크 안에 들어 있는 오래된 코트를 꺼내 입었다.

　그녀는 옷깃을 세우고 달라스의 베이럼 향기를 들이마셨다. 그의 코트를 빌려 입으면 항상 그가 곁에 있는 것 같아 기분이 좋았다.

　그녀는 잡화점 안으로 들어가 장갑을 벗고 배가 불룩한 난로 가까이로 달려가 손을 녹였다.

　「부인의 호텔에도 난로가 있잖아요. 생전 난로를 처음 보신 분처럼 반기시네요.」

　올리버 씨의 말에 코딜리어는 미소를 지었다.

　「호텔을 떠날 때만 해도 몸이 따뜻했거든요. 그런데 점점 더 추워져서 잠깐 들른 거예요. 주문한 물건이 들어왔는지 확인도 할 겸.」

　「아, 들어왔어요. 셰익스피어 전집. 전부 12달럽니다.」

그녀가 오스틴을 위해 준비한 크리스마스 선물이었다. 책뿐만이 아니라 내년 한 해에 걸쳐 전부 다 읽어줄 계획이었다.

「마을을 떠날 때 들러 가져갈게요.」

그녀가 다시 장갑을 끼고 걸음을 옮기자, 올리버가 계산대 너머로 손을 내밀었다.

「올해가 제게는 최고의 해였어요. 부인의 식당에서 일하는 여자 종업원들을 포함해서 말이죠. 호텔에 커다란 크리스마스 트리를 세우시는 게 어때요? 그럼 카우보이들이 마음에 드는 여자들을 위해 선물을 사서 그 아래에 잔뜩 쌓아놓을 텐데.」

첫 번째의 여성들이 10월에 도착했다. 그들의 훈련이 끝날 때쯤, 코딜리어는 호텔의 1층과 2층에 식당을 열었다. 아직 3층은 실내장식을 하는 중이지만, 사업은 성공적이었다. 리톤은 점점 더 확장되어 가고 있었다. 그녀는 올리버의 손을 맞잡았다.

「내년까지 기다려보세요. 봄에 또 다른 여성들이 도착할 테니까요.」

「맙소사. 정말 진짜 도시가 되어가는군요. 처음에는 과연 그럴 수 있을까…….」

「믿음이요, 올리버 씨. 당신은 달라스의 판단을 믿었죠. 그래서 이곳으로 이주하신 거잖아요.」

거센 바람이 거리를 휩쓸며, 의상실로 향하는 그녀를 세차게 내리쳤다. 머리 위로 딸랑거리는 벨소리와 함께 그녀는 문을 열고 가게 안으로 들어갔다.

타는 듯한 붉은 머리칼의 미미 세인트클레어가 가봉실 커튼을 밀치고 머리를 불쑥 내밀었다. 체구가 큰 그녀는 직접 꾸민 화려한 입구를 향해 서둘러 걸음을 옮겼다.

「그 커다란 배에 꼭 맞는 아름다운 드레스를 찾으러 왔죠? 붉은 드레스 말이에요.」

코딜리어는 그녀의 묘사에 웃음을 터트렸다. 그녀의 허리 곡선은 하루가 다르게 늘어가고 있었고, 모두들 그 사실을 대수롭지 않게 여기는 것 같았다.

「네, 다 되었나요?」

「물론이죠, 리 부인. 남편께서는 늘 제시간에 맞추어 옷을 만들 수 있을 만큼 충분한 돈을 지불하시는걸요.」

「오, 그이한테는 아직 비밀로 해야 하는데…….」

「아직 모른답니다.」

그녀가 어깨를 살짝 들어올렸다.

「하지만 약간의 초과 수당이 붙은 청구서가 보내질 거라는 사실은 짐작하시겠죠.」

「그럼, 그이를 실망시켜서는 안 되겠네요.」

코딜리어가 농담했다.

「물론 안 되죠. 로울리를 위한 코트도 끝냈는데, 마침 어제 바람이 심하게 불기에 아이에게 주었답니다. 그렇게 마른 아이에게는 바람이 너무 차가울 것 같아서요.」

코딜리어는 앞으로 손을 뻗어 그녀의 팔을 잡았다.

「잘 하셨어요. 그 옷값도 청구서에 포함시켜주세요.」

미미는 손을 휘저었다.

「로울리 건 재료비만 청구할게요. 내가 아직 그것까지 책임질 형편은 안 되니까요.」

「고마워요. 그럼 드레스는 포장해주시겠어요. 이따 마을을 떠날 때 들러서 가져갈게요.」

미미는 코딜리어의 얼굴에 검지손가락을 바짝 들이밀고 흔들었다.

「하지만 크리스마스 때까지는 절대 입지 말아요. 그 어떤 유혹이 있어도. 분명 남편을 기쁘게 해줄 수 있을 거예요.」

「그렇게 할게요. 고마워요.」

살을 에는 듯한 바람을 맞을 각오를 하며 코딜리어는 문을 열고 서둘러 밖으로 나갔다. 그리고 무두장이의 가게로 걸음을 옮겼다. 가게 안으로 들어가자 달라스가 계산대에서 몸을 돌렸다.

　　미소를 지으며, 달라스는 코트를 활짝 젖혔다. 그녀가 품에 안기자 아이가 자라고 있는 배가 그의 몸에 닿았다.
　　「당신이 여길 들러서 다행이야. 우리 아들 녀석 이름을 결정해야 하거든.」
　　「지금 당장 아이 이름을 짓잔 말이에요?」
　　「그래. 이 안장에 아이의 이니셜을 새겨넣을 생각이니까.」
　　믿을 수 없다는 듯, 그녀는 남편의 투박한 손가락이 만지작거리고 있는, 계산대 위의 작은 안장으로 시선을 던졌다.
　　「지금 그 안장을 사겠다는 건 아니겠죠?」
　　「내 아들에게는 이게 필요해.」
　　「몇 년 후에나 필요하죠.」
　　달라스는 그녀의 코끝에 키스를 했다. 그것은 그가 사려는 물건에 대한 아내의 관심을 분산시킬 수 있는 가장 빠른 방법으로, 점점 습관처럼 되어가고 있는 행동이었다. 복잡한 문양이 수놓인 작은 부츠와 앙증맞은 검은 스테트슨 모자가 이미 유아실에서 뱃속의 아이를 기다리고 있었다.
　　「코가 굉장히 차가운걸. 호텔에 가서 방을 하나 잡는 게 어때? 당신을 따뜻하게 해줄⋯⋯.」
　　「달라스, 우리는 여행객이 아니에요. 우리는 여기에 산다⋯⋯.」
　　「이렇게 추운데 한 시간 넘게 말을 타야 하잖아. 가까운 곳에 호텔이 있는데 그렇게 하자고, 디. 따뜻하게 해줄게.」
　　코딜리어는 작은 움직임을 느끼고는 그쪽을 향해 살짝 고개를 돌렸다. 뚱뚱한 남자가 자신의 작업장으로 통하는 문가에 몸을 기대고 서 있었다.
　　「안녕하세요, 매슨 씨?」
　　「리 부인.」
　　「아무래도 아이 이름에 대해 토론해봐야겠어, 매슨. 좋은 이름이 떠오르면 다시 돌아와서, 안장에 새겨넣을 이니셜을 말해주겠네.」

굉장히 재미있다는 듯, 장난스런 미소를 띤 얼굴로 고개를 끄덕이며
매슨이 대답했다.

「그렇게 하게나, 달라스.」

달라스는 두 팔로 아내를 감싸안은 채 밖으로 나섰다. 그러고는 매
서운 바람으로부터 아내를 보호하기 위해 팔에 더욱 힘을 주었다. 두
사람은 걸음을 재촉해서 도시 끝에 위치한 붉은 벽돌의 호텔 건물로
향했다.

달라스는 한쪽 문을 몸으로 밀고는 코딜리어를 먼저 안으로 밀어넣
었다. 그녀는 순간적으로 호텔과 식당에서 풍겨오는 향기를 들이마셨
다. 신선한 장작이 타는 냄새, 새 빨간 카펫과 희미한 어둠 속에 서 있
는 촛대와 그 위에 반짝이는 불빛까지.

코딜리어는 달라스를 향해 얼굴을 돌렸다.

「정말 방을 예약하려는 건 아니겠죠? 그렇죠?」

그의 눈동자가 로비 한쪽에 붙어 있는 벽난로의 불꽃보다 더 따스한
빛을 발했다.

「여기서 밤을 보내자고.」

「옷도 안 가져 왔어요.」

「옷 같은 건 필요 없어.」

기대감과 즐거움이 용솟음쳤다. 달라스는 기대했던 것보다 더 큰 애
정을 거침없이 그녀에게 쏟아 붓고 있었다. 그의 손길은 좀처럼 그녀
의 곁을 떠나지 않았고, 시선은 코딜리어가 그를 필요로 하는 것만큼
이나 그녀가 필요하다는 듯 끊임없이 그녀를 찾았다. 매일 밤 그녀는
그의 품안에서 잠이 들었고, 매일 아침 그의 키스에 잠에서 깨어났다.

「방을 예약하는 동안, 난 잠시 식당을 둘러보고 올게요.」

달라스는 절대 후회 없을 거라는 의미가 담긴 미소를 지으며 그녀의
입술에 가볍게 키스를 해주고는 프론트를 향해 걸어갔다. 순간 아이의
발길질이 느껴졌다. 코딜리어는 코트 안으로 손을 넣어 아이를 다독이
듯 작은 언덕을 살살 문질렀다. 아이를 사랑하는 것만큼 달라스가 날

사랑해준다면…….

코딜리어는 상념을 접고 몸을 돌려, 식당을 향해 걸음을 옮겼다.

「리 부인.」

식당 지배인을 향해 그녀가 따스한 미소를 지었다.

「안녕, 캐럴라인?」

흥분에 찬 다갈색 눈을 반짝이며 캐럴라인 제임스가 그녀를 향해 다가왔다.

「안 그래도 크리스마스 이브에 여기서 파티를 해도 괜찮은지 묻고 싶었어요. 가족과 떨어져 있는 외로움을 달랠 수 있는 좋은 방법일 것 같아서요.」

「굉장히 좋은 생각이네요.」

캐럴라인이 사랑스런 장밋빛 뺨을 더욱 붉혔다.

「부인의 형제분들도 오시겠죠?」

「그럴 거라고 확신해요. 다른 일들은 잘 진행되어 가고 있나요?」

캐럴라인이 고개를 끄덕였다.

「아주 잘 진행되고 있어요. 봄에 또 다른 여성들이 도착할 거라니 얼마나 든든한지 몰라요. 카우보이들이 하루에 네 끼에서 다섯 끼 식사를 한다니까요.」

코딜리어는 살짝 미소를 지었다. 그들이 음식을 먹으러 오는 이유가 허기 때문이 아니라 여자들을 보기 위해서라는 걸 그녀는 잘 알고 있었다.

「크리스마스 파티에 대한 자세한 내용은 다음에 마을로 내려와서 다시 이야기하도록 하죠.」

「너무 늦게 오시진 마세요. 크리스마스도 두 주 밖에 남지 않았으니까요.」

두 주라……. 코딜리어는 로비를 향해 되돌아가면서, 달라스와 결혼을 한 지 벌써 일곱 달이 다 되어가고 아이를 가진 지도 거의 다섯 달이 되어간다는 사실을 떠올렸다. 아직 그에게 줄 크리스마스 선물을 결정하지 못했다. 원하는 건 모두 가지고 있는 달라스에게 필요한 것을 생각해내기란 너무 어려웠다. 이러다가 편하게 배에 커다란 리본을 둘러야 할지도 몰랐다.

그런 우스꽝스러운 생각에 가볍게 웃음을 터트리며, 그녀는 프론트를 향해 걸어갔다. 타일러 커티스와 이야기를 나누고 있던 달라스는 그녀의 몸에 팔을 둘렀다.

「자네가 이 사람에게 직접 말하라구, 타일러.」

「무슨 일인데요?」

코딜리어가 물었다. 타일러는 카운터 건너편에 서 있는 수잔 리드를 향해 시선을 던졌다. 그녀는 턱을 치켜올리고 있었다.

「리드의 의견은……」

「타일러 씨, 정중하게 리드 양이라고 불러주시죠.」

착 가라앉은 목소리로 리드가 말했다. 코딜리어는 호텔 지배인을 본 순간 첫눈에 그녀를 좋아하게 되었다. 깔끔하게 틀어올린 황금색 머리단에서 흘러내린 몇 가닥의 곱슬머리가 그녀의 두 뺨 위에서 흔들리고 있었다.

「리드 양은, 일꾼들에게 절대로 할인된 가격으로는 방을 제공할 수 없다는 겁니다. 밖에는 살이 에이는 듯한 추위가 닥쳤는데 말이죠. 모두들 며칠만이라도 천막이 아닌 따스한 호텔에서, 그리고 진짜 침대에서 잠을 자고 싶어할 거라고 생각했거든요. 적어도 호텔을 짓는 동안은 그 사람들에게 특별한 가격으로 방을 빌려주는 게 공정하지 않을까요?」

「당신의 그 일꾼은 대부분이 지저분하잖아요. 분명 벌레들을 몸에 달고 다닐 거예요.」

리드가 차갑게 쏘아붙였다. 코딜리어는 계산대 위에 손을 올려놓았다.

「정상가의 반 가격에 방을 빌려주겠어요. 하지만 숙박을 하기 전에 깨끗하게 목욕을 해야 한다는 조건을 붙이죠. 그럼 두 사람 모두를 만족시킬 수 있으리라 생각되는데요.」

타일러가 흐뭇한 미소를 지었다.

「고맙습니다, 리 부인. 리드 양과 상세한 이야기를 나눈 뒤 일꾼들에게 알리도록 하죠.」

코딜리어가 그의 팔을 토닥였다.

「당신도 당연히 이 훌륭한 방들 중 하나를 사용해보셔야죠.」

달라스는 그녀를 다시 자신 쪽으로 잡아당긴 뒤 계단을 향해 걸음을 옮기기 시작했다.

「내 생각엔 그 상세한 이야기가 바로 저 친구가 의도한 게 아닐까 싶은데?」

코딜리어의 귀에 대고 그가 나직하게 속삭였다. 코딜리어는 홱 하니 머리를 치켜올렸다.

「그 말은, 그가 지금 수잔에게 관심이 있다는 건가요?」

「응.」

그게 사실인지 확인해보기 위해 고개를 돌리려는 순간, 달라스가 힘을 주어 그녀를 계단 위로 이끌었다. 계단 위로 오른 그녀는 복도에 서서 남편을 쳐다보았다.

「어느 방이죠?」

달라스는 그녀를 들어올린 뒤 단숨에 다른 층을 향해 뛰어올라갔다.

「달라스, 위층은 아직 준비되지 않았어요.」

「정말이야? 난 이 방이라고 생각했는데?」

「여긴 신혼부부 방만…….」

눈물이 흘러 말문이 막히고 말았다.

넓은 보폭으로 복도 끝까지 걸어간 달라스는 무릎을 약간 굽히고는 손잡이에 열쇠를 밀어넣었다.

「이 특실은, 당신이 제일 먼저 사용하는 게 옳을 것 같았어.」

그는 살며시 몸으로 밀어 문을 활짝 열었다.

벽난로에는 이미 불꽃이 나른하게 타오르고 있었다. 순간, 코딜리어는 달라스가 마을로 내려온 진짜 이유는 그가 오후에 말한 것처럼 무두장이를 만나기 위해서가 아니라 자신을 이 방으로 데려오기 위함이었음을 깨달았다.

「우리 결혼식 날 밤, 당신에게 좋은 추억을 만들어주지 못했잖아. 늦었지만 지금이라도 그렇게 해주고 싶어.」

「그 이후로 당신이 내게 준 그 수많은 선물들은 어떻게 하구요?」

「당신에게 더 많은 것들을 줄 계획이야…… 더 특별한 것들을.」

아마도 그의 아들을 갖고 있기 때문이리라. 하긴 이 친절함과 배려 깊음 뒤에 어떤 이유가 있건 그게 무슨 상관이겠는가? 그의 자상함은 모두 자신을 향한 것인데.

아무리 그렇게 생각해보아도, 코딜리어의 마음 한구석에는 어두운 그림자가 드리워졌다.

* * *

새벽을 반기는 이슬처럼 달라스의 마음이 흡족감으로 흠뻑 젖어들었다. 그는 단 한번도 이런 커다란 만족감을 느껴본 적이 없었다. 그 자신에게 뿐만 아니라 인생에 있어서도. 이전까지는 아무리 많은 일을 해내도 언제나 뭔가 부족한 것 같은 느낌을 받아왔다.

그 뭔가가 지금 그를 반쯤 뒤덮은 채 천천히 정상적인 숨소리를 찾아가고 있었다. 달아오른 피부의 감촉이 조금 전까지의 헐떡이는 신음처럼 그녀의 만족감을 크게 대변해주고 있었다.

그는 가슴을 간질이는 흑단 같이 고운 머릿결을 손가락으로 빗어 내렸다. 그는 그 비단결 같은 머리카락을 사랑했다. 그녀의 다갈색 눈동자와 비스듬하게 내려온 코를 사랑했다. 코딜리어의 두 발이 그의 발등을 간질이기 시작했다. 그는 그런 작은 행동조차 너무나 사랑했다.

그리고 그는 그녀를 사랑했다.

하지만 그 마음을 어떻게 이야기해야 할지 알 수가 없었다. 언젠가 달라스는 디에게 너무 행복하다는 말을 했었다. 그 말에 그녀는 그를 바라보며 미소를 지었지만, 눈동자 속의 무언가가 그녀를 너무나 슬퍼 보이게 했다. 마치 그의 말을 믿지 못하겠다고 말하는 것처럼.

진실을 이야기했음에도 그녀의 두 눈에 소리 없는 불신이 떠오르던 기억이 머릿속을 스치자, 우물 바닥에 구멍이 뚫린 것처럼 모든 만족감이 조금씩 새어나갔다.

신부들에게 근사한 첫날밤을 보내게 하겠다는 꿈을 가지고 만든 이 특별한 방에서, 달라스는 코딜리어에게 자신의 감정을 털어놓고 싶었다. 하지만 진심을 털어놓기도 전에, 그녀는 이미 그 표정을 짓고 있었다. 결국 그는 행동으로 자신의 감정을 보여주고자 노력했다.

달라스는 만족감에 미소를 지었다. 만일 그녀의 신음과 전율이 어떤 신호라면 성공적으로 자신의 감정을 보여준 셈이었다.

하지만 코딜리어에게 그 말을…… 직접 듣고 싶었다.

달라스는 몸에 닿은 그녀의 배를 통해 아들의 태동을 느낄 수 있었다. 그의 만족감이 더욱 커졌다. 그는 디의 머리카락 아래로 손을 내려 작은 언덕 위에 손가락을 쫙 폈다.

디는 아멜리아처럼 배가 많이 불러오지는 않았다. 아마도 아멜리아는 키가 작아서 아이가 앉을 자리가 더 필요했나 보다고 이해했다. 디는 키가 커서 그들의 아이가 자랄 수 있는 자리가 넉넉한 모양이었다.

그렇게 아내의 몸이 변해가는 과정을 보는 게 좋았다. 앞으로 아들이 젖을 빨게 될 젖꼭지가 점점 더 검어지고 엉덩이가 조금씩 넓어지는 것과 우스꽝스럽게 걷는 모습을 보는 것도.

한숨을 내쉬며 코딜리어가 달라스에게 바싹 달라붙었다. 그러고는 눈을 뜨고 그를 살펴보았다.

「음…… 이 방은 생각보다 훨씬 좋은데요. 아무에게나 선뜻 빌려주기 아까울 것 같아요.」

「그럼, 빌려주지 마.」

코딜리어가 머리를 번쩍 들어올렸다.

「그게 이 호텔의 목적인걸요.」

달라스는 그녀의 얼굴 곡선을 따라 엄지손가락을 문질렀다.

「호텔 소유주가 언제든 원할 때 편리하게 사용할 수 있도록 개인실을 하나 갖고 있다고 해서 잘못될 건 없어.」

미심쩍은 듯, 코딜리어의 눈이 가늘어졌다.

「그래서 특실은 하나로 부족할 거라고…….」

몸을 일으키며 달라스는 그녀의 입술을 잘근잘근 깨물었다. 그녀는 그를 밀쳐냈다.

「내내 이 방을 그렇게 사용할 계획이었군요, 안 그래요?」

그는 어깨를 으쓱해 보였다.

「그때는 그게 좋을 것 같았어. 뭐 지금도 그리 나쁘다는 생각은 들지 않고.」

웃음을 터트리며, 코딜리어는 그의 어깨에 뺨을 기대고 손가락으로 그의 가슴을 위아래로 어루만졌다.

「이 방을 당신에게 크리스마스 선물로 줘야 할 것 같군요.」

「이미 내 것을 크리스마스 선물로 주겠다고? 무슨 선물이 그래?」

그녀가 얼굴을 들어올렸다.

「당신은 없는 게 없잖아요.」

「아니, 그렇지 않아.」

「그럼 필요한 게 있어요?」

'당신의 사랑'

그는 힘겹게 숨을 삼켰다.

「기대하지 않고 받았을 때 가치가 있는 어떤 것.」

코딜리어가 그를 빤히 바라보았다.

「그게 무슨 의미죠?」

「젠장, 나도 몰라. 그냥 새 안장이나 선물해줘.」

「아!」

그녀가 몸을 돌려 그에게서 벗어났다.

「왜 그래?」

바닥에 떨어져 있는 옷들을 주섬주섬 주워 입으면서 그녀가 어깨너머로 시선을 던졌다.

「갑자기 어떤 생각이 떠올랐어요.」

「내게 줄 선물?」

그녀가 아니라는 듯 허공에 손을 휘휘 내저었다.

「아뇨, 그냥 캐럴라인에게 해야 할 이야기가 떠올랐어요.」

「기다릴 수 없는 건가?」

「캐럴라인은 여기서 크리스마스 파티를 열고 싶어해요. 그녀에게 신문사로 가서 스튜어트 씨에게 이 근방에 보낼 공고장과 초대장을 주문하라고 부탁해야겠어요.」

「아침까지 기다려도 되는 거잖아. 다시 침대로 오라고.」

달라스가 등을 기대고 누우며 투덜거렸지만 코딜리어는 서둘러 옷을 걸쳤다. 일단 머릿속에 어떤 생각이 떠오르면 그녀는 거친 바람처럼 막무가내였다.

「몇 분이면 될 거예요.」

그녀가 서둘러 문을 향해 걸어가며 말을 이었다.

「게다가, 아래층에 내려가면 분명히 추워질 텐데, 그럼 당신이 다시 날 녹여주면 되잖아요.」

「그걸 노린 거군.」

재빨리 문밖으로 빠져나가는 디를 바라보며 그가 고함을 질렀다.

오, 하나님. 그녀는 그가 생각했던 것보다 제국을 건설하는 데 더 몰입해가고 있었다. 아마도 거기서 많은 즐거움을 얻는 것 같았다.

반면, 달라스는 요즘 베란다에 만들어놓은 벤치에 디와 함께 앉아서 시간을 보내는 등의 작은 일상에서 만족을 느끼고 있었다. 그 선물을 받고 아이처럼 좋아하는 그녀의 모습을 본 달라스는 더 작은 의자를 만들어 침대 밖 발코니에 매달아주었다.

머리 뒤로 두 손을 밀어넣으며 달라스는 천장을 올려다보았다. 그녀가 돌아오면 다시 한 몸이 되기 전에 귀에 대고 사랑한다 속삭일 생각이었다. 코딜리어가 또 다시 놀라운 소리와 리듬감 있는 움직임으로 그의 정신을 앗아가기 전에.

달라스는 미소를 지으며 눈을 감고, 그녀를 유혹할 계획을 세우기 시작했다. 디를 유혹하는 일은 너무나 쉬웠다. 그리고 그 대가로 그녀가 주는 즐거움은 지금껏 알지 못했던 것이었다.

날카로운 비명소리가 상념을 깨뜨리며 귀를 때렸다. 공포에 찬 비명은 전에도 - 그의 결혼식 날 밤에도 - 들어본 적이 있는 것이었다.

무언가에 이끌리듯 침대에서 벌떡 일어난 그는 바지를 입고 단추를 잠그며 계단을 달려 내려갔다. 심장이 거칠게 뛰고 관자놀이로 피가 솟구치고 있었다.

내려가는 길에 계단을 달려 올라오는 수잔 리드와 마주쳤다. 그녀의 갈색 눈동자 속에 두려움이 가득했다.

「사고가 났어요.」

「오, 하나님.」

달라스는 그녀의 곁을 지나쳐 서둘러 내려갔다.

「부인은 식당 뒤편에 있어요.」

그는 로비를 지나 식당을 거쳐 주방을 향해 달렸다. 문밖에 얌전하게 정리되어 있던 나무 상자들이 지금은 바닥에 제멋대로 뒹굴고 있었다. 타일러 커티스가 힘없이 늘어진 디의 몸을 들어올리는 중이었다.

맨 가슴과 맨발을 공격하는 차가운 바람에도 아랑곳하지 않고, 그는 아내의 옆에 무릎을 꿇고 앉아 떨리는 손으로 그녀의 창백한 뺨을 쓰다듬었다. 차가움이 온몸을 마비시켰다. 한 점의 온기도 향긋한 그녀의 체취도 느낄 수가 없었다.

「디?」

그녀는 마치 아이들이 놀다버린 헝겊 인형처럼 쓰러져 있었다.

「아이의 울음소리를 들었다고 하더라구요.」

날이 선 목소리로 캐럴라인이 울부짖었다.

「전 아무것도 듣지 못했어요. 하지만 부인은 밖으로 나갔고…… 뭐가 부서지는 소리와 비명소리가…… 죽었나요?」

「빌어먹을, 가서 의사를 데려와!」

달라스의 으르렁대는 고함소리에 주위에 몰려 있던 사람들이 사방으로 흩어졌다.

그는 코딜리어를 안으로 데려가 따스하게 해주어야 했다. 조심스럽게, 그는 한쪽 팔을 그녀의 어깨 아래에, 다른 팔은 무릎 아래로 밀어넣었다.

순간, 그는 극심한 두려움에 몸을 떨었다. 이제껏 부상을 입은 수많은 병사들을 운반해보았지만, 이렇게 피를 많이 쏟아내는 부상자는 처음이었다.

집이라면 더욱 안전하게, 그리고 잘 보살필 수 있을 거란 생각에 달라스는 아내를 집으로 데려왔다. 하지만 담요 아래 누워 있는 코딜리어는 계속 식은땀을 흘렸고, 안색은 여름날의 구름처럼 창백했다. 그의 손 안에 들린 그녀의 손이 연신 떨리고 있었다. 그는 너무나 두려워, 그저 그녀를 안고 있는 것밖에 아무것도 할 수가 없었다.

따스한 수건으로 그는 코딜리어의 이마에 맺힌 땀방울들을 닦아내었다. 그녀의 몸이 다시 차가워지는 걸 원하지 않았다.

만일 죽는다면, 그녀는 영원토록 저 차가운 곳에 누워 있어야 했다. 그건 생각만으로도 견딜 수가 없었다. 하지만 가슴 한구석에서는 원하지 않는 악몽처럼 그녀의 비명소리가 되풀이해서 울려 퍼지고 있었다.

평생 그녀의 비명소리가 마음속에 남게 될 것 같았다.

그녀가 신음소리와 헐떡이는 숨을 내뱉었다. 그 작고 가련한 소리가 그의 고막을 찢어놓는 것만 같았다.

도대체 이 빌어먹을 의사는 필요할 때마다 어디에 가 있는 거야? 달라스는 리톤을 위해 다른 의사를 구할 생각이었다. 달라스가 한번도 본 적 없는 사람들을 돌보기 위해 언제나 평원을 떠도는 사람이 아니라, 항상 집에 눌러 붙어 있어서 그가 필요할 때면 당장 언제 어디서 라도 달려올 수 있는 사람으로.

디가 작은 비명을 내뱉으면서 그의 손을 꼭 움켜쥐었다. 평생동안 이렇게 무능력한 기분이 든 적이 없었다. 그에게는 돈과 땅과 소떼가 있었다. 성공의 영광 속에 살아온 그가 도대체 지금 뭘 하고 있는 것인지…… 시간을 뒤로 돌릴 수만 있다면, 그래서 그녀가 호텔 방에서 떠나는 걸 막을 수만 있다면 그 모든 것과 바꿔도 상관없었다.

「달라스?」

아멜리아가 그의 어깨에 손을 얹었다.

「달라스, 디가 아이를 잃게 될 것 같아요.」

「오, 하나님.」

너무나 강한, 너무나 깊은 고통이 그를 뒤덮어 기절할 것 같았다. 그는 고개를 숙인 채 디의 손을 감싼 손가락에 힘을 주었다. 자신이 정말 간절히 원하는 것이 무엇인지 모르고 있었다는 사실을 그는 비로소 깨달았다. 그는 디의 조용한 힘이 필요했다.

「난 그녀만 잃지 않으면 돼요.」

그가 거칠게 속삭였다.

「할 수 있는 건 다할게요. 바라보기 고통스러우면 나가 계…….」

「아니, 난 그녀의 곁을 떠나지 않을 겁니다.」

달라스는 아내의 옆을 지키고 앉아, 그녀가 고통스러운 비명을 지를 때마다 이마를 어루만져주고, 고통에 몸을 비틀 때마다 손을 꼭 잡아주었다.

어떤 말도 도움이 되지 않았고 점차 무가치한 것이 되어버렸다. 그는 아이를 잃는 것은 별로 중요한 것이 아니라고, 아이는 다시 갖으면 될 거라고 아내에게 말해주고 싶었다. 하지만 그녀에게 거짓말을 할 수는 없었다. 거짓말이라는 것을 그녀가 알 거라는 사실은 그가 누구보다도 잘 알고 있었다. 그 어떤 아이도, 얼마나 특별하고 얼마나 소중한 아이더라도 첫아이를 대신할 수는 없었다.

그래서 달라스는 자신만의 방식으로 행동했다. 냉정하게 자리를 지키며, 그녀가 아닌 자신에게 모든 고통을 내려달라고 신에게 기도를 드렸다.

아멜리아가 생명이 없는 작은 몸을 담요에 감싸는 동안 달라스는 소리 없이 흐느끼는 코딜리어를 보살폈다. 그는 자리에서 일어났다.

「아이는 제가 데려갈게요.」

아멜리아가 절망감이 가득한 얼굴을 들었다.

「달라스……」

「디를 보살펴주세요. 아이는 내가 데려갈 테니.」

달라스는 너무 작아 아빠의 품을 채우지도 못하는 아이를 안고 방을 떠났다. 죽음처럼 어두운 밤이었지만, 그에게는 해야 할 일이 있었다.

그는 작은 관을 짜고, 디가 아이를 따스하게 감싸주기 위해 사놓았던 보드라운 담요를 깔았다. 그리고 그 작은 나무 상자 안에 아들을 눕혔다.

차가운 겨울 바람이 울부짖는 가운데, 그는 풍차 아래 집이 보이는 방향으로 작은 무덤을 파고 그곳에 아이를 묻었다.

천사의 부드러운 눈물처럼 조심스럽게 천국에서 눈송이가 떨어지기 시작했다. 온몸에 슬픔의 전율이 흘렀다. 달라스는 무릎을 꿇고, 방금 파낸 흙더미를 손에 움켜쥔 채 눈물을 흘렸다.

고통과 절망의 심연에서 벗어나기 위해 코딜리어는 발버둥을 쳤다. 몸의 마디마디가 저항했다. 그리고 무엇보다도 그녀의 마음은 아멜리아에게서 아이를 받아들던, 슬픔과 상실이 가득했던 달라스의 얼굴을 떠올리길 거부하고 있었다.

누군가가 자신을 토닥이자, 그녀는 눈물을 삼키며 눈을 떴다. 아직도 받을 고통이 남아 있는 건가? 왜 프리먼 선생은 다시 고문하는 걸까?

그녀가 깨어난 것을 미처 깨닫지 못했는지, 의사는 그녀의 가운을 내리고 담요를 덮어주었다. 반쯤 감긴 눈으로 바라보니, 의사는 유리창

너머로 밖을 바라보고 있는 달라스에게 다가가고 있었다.

「아내는 살 수 있는 건가요?」

「그럴 거야. 하지만 긴 휴식이 필요하네. 한동안은 그녀의 응석을 모두 받아주게.」

달라스의 어깨 위에 손을 올려놓으며 프리먼은 덧붙였다.

「그리고 더 이상 아이를 가질 수 없다는 사실을 조심스럽게 전할 방법을 찾아보라구.」

코딜리어의 심장이 철렁 내려앉았다. 그녀는 손을 입 안에 밀어넣고 울음을 터트리지 않기 위해 손가락을 깨물었다.

달라스는 고개를 치켜들고 의사를 똑바로 쳐다보았다.

「아내가 더 이상 아이를 가질 수 없다고 확신하십니까?」

의사는 깊게 한숨을 내쉬었다.

「목숨을 건진 것만으로도 운이 좋은 거야. 자네 부인은 안팎으로 몸이 상처를 입었네. 특히 내상이 심해서 많은 흉터가 남게 될 거야. 경험으로 봐서는 아무래도 다시 임신하기가 불가능할 것 같네.」

의사는 조용히 방 안을 빠져나갔다. 달라스는 움켜쥔 주먹을 유리창에 대고 고개를 숙였다.

달라스가 그의 꿈을 잃었다는 사실에 코딜리어의 심장이 산산이 부서졌다.

16

잠이 완전히 달아나지 않은 상태에서, 코딜리어는 손을 잡아주고 있는 그의 따스한 손을 인식하며 눈을 떴다. 눈꺼풀이 파르르 떨렸다. 헝클러진 머리카락에 수염도 덥수룩한 채 달라스가 침대 옆 의자에 앉아 있었다. 아이를 차가운 땅 속에 묻은 아빠의 모습이었다.

목이 메이고 눈물이 흘렀다. 그녀는 남은 힘을 쥐어짜 그의 손가락을 꼭 움켜쥐었다.

달라스가 재빨리 머리를 치켜들고 앞으로 몸을 숙였다. 눈동자에 새빨갛게 핏발이 서 있었다. 그는 부드럽게 그녀의 얼굴 위로 흘러내린 머리카락들을 쓸어 올려주었다.

「기분은 좀 어때?」

질문을 던지는 목소리가 사포처럼 거칠었다. 그는 뺨을 적시는 그녀의 눈물을 닦아주었다.

「남자아이였나요?」

달라스는 눈을 꼭 감으며 그녀의 손등에 자신의 입술을 꾹 눌렀다. 그런 뒤 다시 눈을 뜨고 그녀를 마주보았다. 그녀는 힘겹게 침을 삼키는 그를 바라보았다.

「그래. 그랬어. 내가…… 음…… 그…… 애를 풍차 근처에 묻었어. 난…… 난 언제나 바람이 불 때마다 풍차가 돌아가는 풍경을 좋아했으니까. 달리…… 뭘 해야 할지도 모르고.」

코딜리어는 일어나서 그를 꼭 끌어안고 위로해줄 힘이 있었으면 하고 바랐다. 다시 눈물이 고이기 시작했다.

「프리먼 선생님이 말씀하신 얘기 들었어요…… 내가 다시는 아이를 가질 수 없다는 걸요. 달라스, 너무나 미안…….」

「쉬. 당신은 괜찮아질 거야. 지금 중요한 건 그것뿐이라고. 당신까지 잃어버리는 게 아닌가 두려웠어.」

순간, 코딜리어는 이보다 더 그를 사랑하는 일은 불가능 할 거라 생각했다. 달라스는 지금 너무나 진실한 표정으로 거짓말을 하고 있었다. 그녀는 진실을 알고 있었다. 만일 그녀 또한 죽었다면 그는 다시 - 최근 리톤으로 이주해온 여자들 중 한 명과 - 결혼하고 그토록 필사적으로 바라는 아들을 가질 수 있었을 텐데.

그가 의자에 등을 기댔다.

「디, 무슨 일이 있었는지 알고 싶어.」

코를 훌쩍거리며 그녀는 이마에 주름을 만들었다.

「무슨 일이요?」

「당신이 방을 떠난 뒤에, 당신의 비명소리를 들었어.」

갑자기 뇌리를 스치는 생각에 코딜리어는 달라스의 손을 꼭 움켜쥐었다.

「오, 달라스. 로울리요.」

「로울리?」

「그 어린 소년 있잖아요. 어디선가 울음소리가 들려왔어요. 그래서 호텔 뒤로 나갔더니, 그 애가 골목 구석에 쪼그리고 앉아 있더라구요. 순간, 누군가 날 밀치고 상자들이 떨어져서…… 오, 달라스. 그 아이도 상처를 입었을지 몰라요. 그 애를 좀 살펴줄래요?」

「난 당신만 보살피면 돼.」

「달라스, 그 아이를 찾아야 해요.」

그녀는 자리에 일어나 앉으려 했다. 하지만 그의 두 손이 그녀의 어깨를 힘주어 눌렀다.

「누워 있어. 오스틴을 보내서 아이를 찾아보라고 할게.」

「로울리를 데려오라고 해주세요. 직접 봐야겠어요.」

로울리는 지금 자신이 큰 곤경에 빠졌다는 것을 알고 있었다. 그 실수 때문에 빠르건 늦건 언젠가는 대가를 치르게 되리라는 것도 알고 있었다. 하지만 그 일을 늦출 수 있다면 좋겠다고 마음속으로 빌었다.

아이는 따스한 방에 앉아 오렌지 빛과 붉은 빛으로 너울거리는 불꽃에 시선을 고정시켰다. 자신을 이 큰 집으로 데려온 남자는 책상에 다리를 올려놓은 채 앉아 있었다. 그의 박차가 책상 가장자리에서 대롱거리고 있었다.

그 남자는 자신의 이름이 오스틴이라고 말했다. 로울리는 예전에 '오스틴'이라는 이름의 도시에 간 적이 있었다. 도시에 자신의 이름을 붙인 걸 보면, 분명 저 남자는 굉장히 중요한 인물인 것이 틀림없었다.

로울리는 중요한 남자들에 대해 두려움을 느끼고 있었다. 그런 사람들은 자신이 원하는 것은 뭐든지 할 수 있고, 누구도 그들을 막을 수 없었다.

오스틴이 서랍을 잡아당겨 열자 로울리는 심장이 몸밖으로 튀어나올 듯 깜짝 놀랐다.

「우리 큰형이 늘 여기에 레몬사탕을 넣어두거든. 하나 먹을래?」

아이는 그의 손에 들린 커다란 봉지와 손바닥 위에 놓인 노란색 사탕을 바라보았다. 그가 바로 아무런 해도 입히지 않고 무엇도 바라지 않은 채 사르사파릴라 막대를 준 남자라는 것을 로울리도 기억하고 있었다. 하지만 그건 아주 오래 전의 일이었다. 로울리는 고개를 흔들어 기억을 털어버리고는 다시 불꽃을 응시했다.

아이는 선물을 받는 것에 대해 이제 알 건 다 알고 있다고 자신했다. 빠르건 늦건 거기에는 늘 무거운 대가가 따르는 법이었다.

「말수가 적은 편이구나. 그렇지?」

오스틴이 말했다.

로울리는 저 불 속으로 달려들면 불꽃이 자신을 삼켜버릴지 궁금했다. 아이는 가끔씩 그런 생각을 했다. 그 누구도 자신을 건드릴 수 없고, 그 누구도 자신에게 상처를 줄 수 없게 사라져버리는 방법을.

「엄마는 어디 계시냐?」

「아마 죽었을 거예요.」

「정확히는 모르고?」

문이 열리자, 오스틴은 발을 내리고 자리에서 일어났다. 덩달아 로울리도 벌떡 일어났다. 다리가 후들후들 떨리고 있었다. 마침내 자신을 만나고 싶어하는 사람을 대면하는 순간이었다.

「결국 찾아냈구나.」

그 남자가 말했다.

그 남자는 굉장히 컸다. 로울리는 예쁜 숙녀하고 함께 있는 그를 본 적이 있었다.

「응. 애 아버지는 살롱에서 나가떨어졌더라고. 술집주인한테, 일어나면 아이가 여기에 있다고 전해달랬어.」

「좋아.」

그 남자가 책상 뒤에 놓인 의자에 앉자, 오스틴은 책상 모서리에 엉덩이를 걸쳤다. 로울리는 겁에 질린 모습을 보여주고 싶지 않았지만, 아무래도 그리 성공적인 것 같지는 않았다.

그 남자가 앞으로 몸을 숙였다.

「내가 누군지 알아?」

로울리는 고개를 끄덕였다.

「네, 선생님. 예쁜 숙녀분을 소유한 분이세요.」

살짝 미소를 짓는 듯 그의 콧수염 끝이 비스듬히 올라갔다.

「그렇게 생각할 수도 있겠구나. 내 이름은 달라스 리이고, 그 예쁜 숙녀분은 리 부인이라고 부르지.」

그의 입술이 다시 딱딱하게 다물어졌다.

「며칠 전 밤에 그 숙녀가 많이 다쳤단다.」

로울리는 심장이 이렇게 쿵쾅거리다가 금방이라도 가슴을 뚫고 나올 것 같아 너무 두려웠다.

「죽었어요?」

「아니, 하지만 아파…… 아주 많이. 그녀 말이, 누군가가 밀었다고 하던데, 혹시 누가 밀었는지 아니?」

로울리는 재빨리 고개를 흔들었다. 그러고는 거짓말하고 있다는 걸 달라스 리가 알지 못하도록 마룻바닥으로 시선을 던졌다. 방 안에 침묵이 번져갔다. 게걸스럽게 모든 걸 삼켜버리는 화염에 통나무가 스러져가는 소리가 들렸다. 곧 모든 게 타버리고 재만 남겠지. 아이는 자신 또한 그렇게 재가 되어버렸으면 하고 바랐다.

「그녀를 보고 싶으냐?」

아이는 얼른 고개를 들었다. 달라스 리가 마음속까지 뚫어보는 듯한 시선으로 자신을 살펴보고 있었다. 순간 리 씨에게 거짓말을 하는 사람은 누구든 엉덩이에 커다란 물집이 날 것임을 깨달았다.

로울리는 주저하며 고개를 끄덕였다. 예쁜 숙녀를 만나게 해주는 대가가 어떤 것인지는 걱정이 되었지만, 그녀를 직접 보고, 자신에게 미소를 지어주지 못할 정도로 심하게 다친 게 아니라는 것만은 확인하고 싶었다. 아이는 그녀의 미소가 좋았다. 그녀의 미소는 다른 사람들의 미소는, 뭔가 추한 생각을 감춘 미소와는 전혀 달랐다.

리 씨가 자리에서 일어나 오스틴을 바라보았다.

「프리먼 선생이 부엌에서 요기를 채우고 계실 거야. 그분을 위층으로 모셔와.」

오스틴이 손을 휘휘 저으며 방을 걸어나갔다. 달라스가 로울리의 어깨 위에 손을 얹자 아이는 등을 잔뜩 움츠렸다.

달라스 리는 꿰뚫어보는 듯한 눈으로 잠시 로울리를 살펴보았다. 아이는, 그가 분명 자신의 뼛속까지도 꿰뚫어보고 있다고 생각했다.

「날 따라와라.」

달라스는 그렇게 말을 하고 성큼성큼 문 쪽으로 걸음을 옮겼다.

로울리의 입안은 여름날 땄던 목화솜처럼 바싹 말라 있었다. 아이는 달라스를 따라 복도로 걸어갔다. 한번도 이렇게 큰 집이나 넓은 계단을 본 적이 없었다. 남자 열 명이 나란히 계단에 서 있어도 여유 있을 것 같았다. 계단 맨 위에 올라서자, 로울리는 세상을 거느린 왕인 것처럼 잠시 아래를 내려다보고 싶은 충동을 느꼈다. 하지만 감히 그럴 수는 없었다. 리 씨처럼 세상을 내려다보며 사는 남자들은 그런 기분을 이해해주지도, 참아주지도 못하는 법이었다.

달라스가 문을 열었다.

「여기다.」

로울리의 심장이 세차게 타오르는 불꽃처럼 퍼덕거렸다. 어쩌면 예쁜 숙녀가 자신을 향해 미소를 지어주고, 손을 잡고, 바람처럼 부드러운 목소리로 괜찮다고 속삭여줄지도 몰랐다. 그녀가 땀에 젖은 자신의 손을 만지는 것이 두려워, 로울리는 짧은 바지에 손을 문지르며 안으로 들어갔다.

심장이 바닥 위로 털썩 내려앉았다.

아이는 방 안을 둘러보며, 자신이 지금 함정에 빠진 것이 아니라는 표시를 찾아보았다. 하지만 그 나이의 소년이 가질 수 없는 경험으로, 로울리는 지금 자신이 처해 있는 상황의 진실을 분명하게 알고 있었다.

아이는 진실에 대해, 희망에 대해, 그리고 꿈에 대해 잘 알고 있었다.

로울리는 질질 끄는 발소리에 재빨리 몸을 돌렸다. 마치 관에 누워 있어야 할 것 같은 남자가 문 앞에 서 있었다.

「이분은 프리먼 선생님이시다.」

달라스가 말했다.

「이분이 지금부터 널 살펴보실 거야.」

로울리는 목구멍에서 뜨겁게 타오르는 불덩이를 힘겹게 삼켰다.

「그 예쁜 숙녀분은……」

「프리먼 선생님이 먼저 널 진찰해보신 다음에, 곧바로 만나게 해주
마.」

「그분도 제가 그러길 원하나요?」

「그래.」

달라스는 의자를 향해 가볍게 고갯짓을 한 뒤 복도로 걸어나와 문을
닫았다.

로울리는 배신과 실망의 씁쓸함과 싸웠다. 꽃향기를 실은 바람이 불
고, 발 아래 부드러운 풀잎이 느껴지고, 몸을 따스하게 감싸주는 햇살
이 비추이던 장소에서 쫓겨난 기분이었다.

달라스는 누가 디를 밀쳤는지, 누가 그들의 아이에게 해를 끼쳤는지
를 아이가 알고 있다는 의심이 들었다. 하지만 소년의 눈동자 깊숙한
곳에 담긴, 너무나 친밀한 감정 또한 읽을 수 있었다. 두려움.

아이는 그 어떤 일이 있어도 달라스에게 자신이 아는 걸 말하지 않
으리라. 그날 호텔 뒤에 있던 그 사람을 달라스보다 더 두려워할 테니
까.

「달라스, 진찰 시간이 너무 길어지는 것 같아요.」

달라스는 창문에서 눈을 떼고 아내를 바라보았다. 그는 디의 등뒤에
베개를 쌓아올려 그녀가 침대에서 일어나 앉을 수 있도록 도와주었다.
달라스는 그녀의 식사를 날라주고, 그녀가 물을 많이 마시는지 확인을
했으며, 매일 밤마다 그녀의 옆에 앉아 책을 읽어주었다. 하지만 디는
소년의 안전 외에는 어떤 것에도 관심을 보이지 않았고, 결국 오스틴
을 시켜 이틀만에 아이를 찾아냈다.

「우리가 지금 기다리는 입장이라 그래. 원래 뭔가를 기다릴 때는 시
간이 빠르게 가는 법이잖아.」

그녀의 피부는 여전히 너무나 창백했다.

「다시 머리를 빗겨줄까?」

「아니에요.」

꼭 움켜쥔 두 손을 바라보며 그녀가 말했다.

아이를 잃은 뒤로, 코딜리어는 그와 시선을 맞추려 하지 않았다. 그런 그녀를 비난할 수는 없었다. 달라스는 디가 섬세한 존재라던 장인의 말을 믿으려 하지 않았다. 사고가 나던 날도 그저 침대에 누워 디가 돌아오면 다시 그녀의 몸을 가지는 환상에 빠져서, 아무런 호위도 없이 침실에서 나가게 내버려두었다.

수치심이 온몸을 파고들었다. 너무나 소중한 여인을 제대로 보살피지 않았고, 결국 그런 부주의가 두 사람에게 커다란 대가를 치르게 만들었다. 아들뿐만 아니라 함께 미래를 만들어나갈 기회까지. 코딜리어는 그에게 아들을 주고 싶어했고, 아주 짧은 순간이었지만 진심으로 그를 원하는 것처럼 보였다. 아이를 갖고 있는 동안, 그녀는 자주 웃음을 터트렸고 행복한 기대에 끊임없이 눈부신 미소를 짓고 있었다.

밤늦게까지, 그들은 많은 이야기를 나누었다. 디가 아이에게 읽어주고 싶은 책들, 달라스가 가르치게 될 목장의 경영 기술, 디가 아이에게 가르쳐줄 건축 방법. 아이를 풍차 위로 데리고 올라가 엄마 아빠의 꿈이 무엇인지, 얼마나 거대한지를 말해주고 싶었는데…….

그 수많은 계획이 하룻밤 사이에 먼지로 변해 초원 위로 날아가버렸다.

문이 열리고, 프리먼 선생이 문틈으로 해골 같은 머리를 밀어넣었다.

「달라스, 잠시 자네와 이야기를 나누고 싶네.」

디가 이마를 찌푸렸다.

「로울리가 많이 다쳤나요?」

「그 애는 괜찮아요. 그냥 달라스와 좀 할말이 있을 뿐이에요.」

의사가 말을 마치고 복도로 사라지자, 달라스는 방을 걸어나와 문을 닫았다.

프리먼 선생은 두 주먹을 옆구리에 올린 채 창 밖을 바라보고 있었다.

「이럴 때면, 난 누구에게도 해를 끼치지 않겠다던 내 맹세를 후회하곤 하네.」

의사가 악다문 이 사이로 내뱉었다.

「저 아이는 바싹 말라 갈라진 땅보다 더 큰 상처를 가지고 있네. 저 애가, 내가 자신에게 무슨 짓을 저지를 거라고 생각했는지, 자네 아나?」

프리먼이 거칠게 고개를 휘저었다.

「아니, 당연히 모르겠지.」

그가 몸을 돌리자, 달라스는 늙은 노인의 눈가에 맺힌 눈물 방울을 볼 수 있었다.

「저 아이를 팔아왔던 남자가 스스로를 그 애의 아버지라고 자처한다는 사실이 너무나 유감스러울 뿐이네.」

달라스의 머리가 획 젖혀졌다.

「팔아요? 누구에게요?」

「남자들…… 여자보다 소년을 더 좋아하는 남자들 말이야.」

달라스는 속이 울렁거렸다.

「분명합니까?」

「증명할 수는 없네. 하지만 거기에 내 목숨을 걸어도 좋아.」

「이 리톤에요?」

「성도착자들이라고 자네나 나와 다르게 생긴 게 아니네. 외모만 보고 그 사람의 머리나 마음속에 무슨 생각이 들었는지 어찌 알아보겠나? 소위 사회에서 알아준다는 사람들이 자네의 뱃속을 뒤집히게 만들 만한 짓을 하는 걸 내 숱하게 보아왔네. 그런 사람들을 보면서 내가 배운 건, 그런 종자들은 이 세상과는 너무 동떨어진 곳에 있어서 내 치료 따위는 원하지 않는다는 거야.」

달라스는 내재되어 있던 분노가 용솟음치는 것을 느꼈다.

「저 아이를 위해 선생님이 해주실 수 있는 일이 있나요?」

의사는 고개를 저었다.

「외상은 거의 완치됐네. 하지만 내가 걱정하는 건 아이의 마음속에 깊이 새겨진 고통이야. 어린것이 가엾게도 평생 그 상처를 끌어안고 살아야겠지.」

「저 아이를 다시 마을로 돌려보내지는 않을 겁니다.」

달라스가 단호하게 말했다.

「그럼, 애 아버지한테는 내 알림세.」

「아이 아버지 문제도 제게 맡겨주십시오.」

로울리 쿠퍼는 모두들 의사란 사람이 자신을 살펴보길 원하는 것을 보니 자신이 커다란 실수를 저질렀구나 싶어 걱정스러웠다.

자신이 무슨 말을 했는지 기억이 나지 않았다. 하지만 의사 선생님은 자신의 생각을 순식간에 모두 읽어버린 것처럼 보였다. 비쩍 마른 노인은 바닥에 구토할 것 같은 표정을 지었고, 로울리는 이제 모두들 자신이 예쁜 숙녀를 만나는 것을 허락하지 않을 거라고 생각했다.

문 열리는 소리가 들렸다. 아이는 벗어놓은 옷 꾸러미와 함께 자신의 수치심을 여린 팔로 재빨리 감싸안았다.

달라스 리가 입구를 가득 메우고 있었다.

「로울리, 옷 입어라.」

로울리는 고개를 끄덕이고 그가 말한 대로 했다. 솔직히 아까부터 옷을 입고 싶었지만, 의사 선생님이 아무런 말도 없이 방을 나가는 바람에 그를 기다리는 중이었다. 어쩌면 평생 원하는 대로 행동하지 못할지도 몰랐다.

떨리는 손으로 주섬주섬 두 개의 단추를 잠그고 나자, 더 이상 잠글 단추도 남아 있지 않았다. 하지만 목 위에 있는 단추를 잠그니 그나마 안전한 기분이 들었다. 아이는 시선을 들어 탑처럼 서 있는 남자를 바라보았다.

달라스는 복도를 향해 걸어갔다.

「따라와라.」

마지막으로 다시 한 번, 예쁘게 장식되어 있는 따스한 방을 쳐다보고 나서, 로울리는 천천히 복도로 걸어갔다. 달라스는 구석에 있는 방의 문을 열고 서서 기다리고 있었다.

「그렇게 발을 끌면서 걷지 마라. 널 보고 싶어하는 아내가 무척 걱정하고 있으니까 말이다.」

로울리의 심장이 언젠가 두 손으로 움켜쥐었던 나비의 날갯짓처럼 파닥거렸다. 리 씨의 눈이 자신에 대한 사실을 모두 알고 있음을 말하고 있었다. 그런데도 여전히 예쁜 숙녀를 만나게 해주려고 한다. 리 씨가 마음을 바꾸기 전에 로울리는 서둘러 방 안으로 들어갔다.

그리고 비틀거리며 걸음을 멈추었다.

예쁜 숙녀는 천사와 같은 표정을 지은 채 침대 위에 앉아 있었다. 그녀가 부드럽게 미소를 지으며 손을 뻗었다.

「로울리, 이렇게 날 만나러 와주어서 고맙구나.」

로울리가 침대 가까이로 걸어가자, 예쁜 숙녀는 손을 휘저었다.

「네 손을 잡아줄래?」

아이는 고개를 저었다.

「전 깨끗하지 않아요.」

「괜찮아, 로울리.」

자신의 말을 손이 더럽다는 뜻으로 그녀가 이해하고 있다는 걸 로울리는 알았다. 하지만 자신의 영혼이 너무나 더럽고 추하다는 사실을 차마 말할 수가 없었다. 두 눈에 눈물을 그렁그렁 담은 채 아이는 다시 고개를 저었다.

리 씨가 침대 반대편으로 걸어가 아내의 옆에 섰다.

「괜찮다, 로울리.」

로울리는 힘겹게 머리를 들고 그를 바라보았다. 리 씨가 고개를 끄덕이고 있었다.

아이는 조금 더 가까이 다가가 손가락 끝으로 숙녀의 손을 건드렸다.

그녀가 아이의 손을 살며시 잡아당겼다. 따스하고 부드러운 손이 아이의 손을 폭 감싸쥐었다. 엄마도 이런 손을 가지고 있었을까.

예쁜 숙녀가 부드럽게 손을 잡아당기자, 로울리는 더욱 가까이 다가가느라 침대 쪽으로 몸이 기울어졌다. 그녀는 손가락으로 아이의 이마를 어루만졌다. 로울리는 한번도 이런 기분 좋은 손길을 느껴본 적이 없었다.

「괜찮니?」

아이는 고개를 끄덕였다.

「상자들이 내 위로는 떨어지지 않았어요.」

「그래, 다행이구나.」

로울리는 갑자기 그녀의 비명소리와 사방에 묻은 피, 그리고 아기에 대한 외침을 기억해냈다.

「아기는 어디로 갔나요?」

예쁜 숙녀의 두 눈에 눈물이 맺히고, 리 씨의 시선이 바닥으로 떨어졌다.

「그 애는 천국에 있단다.」

그녀가 조용히 말했다.

「죄송해요.」

로울리는 새어나오는 눈물을 참지 못한 채, 몸을 일으켜 세우기 위해 안간힘을 썼다.

「죄송해요.」

그녀는 손을 다시 잡아당겨, 아이를 가슴에 꼭 끌어안았다.

「그건 네 잘못이 아니야.」

하지만 그게 자신의 잘못이라는 것을 로울리는 알고 있었다. 만일 내가 비명을 지르지 않았더라면…… 비명을 지르지 않고 참으면 되었을 텐데…….

코딜리어는 흐느끼는 아이를 끌어안은 채 앞뒤로 몸을 흔들었다. 로울리는 자신에게 이토록 많은 눈물이 있었다는 걸 알지 못했다. 겨우 눈물을 멈추었지만, 그녀의 가운이 흠뻑 젖어버렸다. 하지만 그녀는 별로 신경 쓰지 않는 듯했다.

한참동안, 로울리는 그녀의 손을 잡은 채 가만히 침대 옆에 서 있었다. 그러다가 숙녀가 잠이 들자 그녀의 턱까지 담요를 끌어당겨 덮어주는 리 씨를 거들었다. 창 밖을 보니 벌써 어둑어둑 해가 지고 있었다. 로울리는 달라스의 뒤를 따라 커다란 방들을 지나 부엌에 도착했다.

오스틴이 작은 식탁에 앉아 스튜를 홀짝이고 있었다.

「앉아라.」

달라스가 말했다.

로울리는 의자에 걸터앉았다. 뱃속이 성난 개처럼 으르렁거리자 너무나 창피했다. 오스틴이 보며 미소를 지었다. 달라스가 그릇에 스튜를 담아 로울리 앞에 내려놓았다.

「좀 먹어라.」

로울리는 그 말에 몸을 움찔 떨었다.

「전 돈이 없어요.」

「내가 준 일 달러는 어떻게 했니?」

「묻어두었는데 사람들이 그 위에 호텔을 지었어요. 한참 있다가 사람들이 뭘 하는지 알았는데…… 이미 늦어버렸어요.」

달라스가 콧수염을 문질렀다.

「그래서 호텔이 그렇게 성공했나 보구나. 호텔 이름을 '럭키 달러 호텔'로 바꾸어야 할지도 모르겠다. 하여간에 어서 먹어라. 넌 내 아내에게 웃음을 찾아주었고, 내게 그건 일 달러보다 더 값지단다.」

로울리는 조심스럽게 스튜를 떠서 입으로 가져갔다. 보통 때는 아빠가 남긴 음식을 먹었고 언제나 양이 부족했다. 한번도 자신만의 음식이란 것을 받아본 적이 없었다. 자신만의 음식. 입과 위장은 더 빨리 움직이라고 자꾸만 재촉하고 있었다. 하지만 로울리는 천천히 먹기 위해, 날마다 배불리 먹었던 것처럼 행동하기 위해 안간힘을 썼다.

식사를 마치자, 달라스는 아이에게 목욕을 하라고 시킨 뒤 오스틴이 입던 옷을 가져다주었다. 그 옷은 오스틴이 여덟 살 때 입던 옷이라는 말도 해주었다. 옷이 몸에 딱 맞는 걸로 보아, 아마도 자신이 지금 여덟 살쯤 되었다는 의미인가 하고 아이는 생각했다. 그리고 자신도 나이가 들면 오스틴처럼 키가 클 수 있는지 궁금했다.

리 씨에게서 도망칠 수도, 맞서 싸울 수도 없다는 것을 알기 때문에 로울리는 얌전히 그를 따라 의사에게 진찰을 받았던 방으로 되돌아갔다. 리 씨가 걸음을 멈추고 눈앞에 뭔가를 들어 보였다.

「이게 뭔지 아니?」

「열쇠요.」

「그럼, 이걸 어떻게 쓰는 건지도 알아?」

「제가 도망가지 못하게 문을 잠가두시려는 거죠.」

달라스는 방으로 들어가 문 안쪽에 있는 구멍에 열쇠를 집어넣었다.

「지금부터 여긴 네 방이다. 로울리 네 마음대로 문을 닫고 열쇠로 잠그면, 네가 원하지 않는 사람은 아무도 이 방에 들어올 수가 없어.」

「아저씨도요?」

아이가 의심스럽다는 듯 물었다.

「그래, 나도. 약속하마.」

달라스는 방에서 나간 뒤 문을 닫았다. 로울리는 열쇠를 구멍 안으로 깊숙이 집어넣고 돌려보았다. 딸깍하는 소리가 들렸다.

로울리는 잠시 문에 귀를 대고 가만히 서 있었다. 복도를 울리는 리 씨의 발소리가 들렸다. 계단을 밟아 가는 소리가 점점 작아지다가 더 이상 아무런 소리도 들리지 않을 때까지 로울리는 가만히 서 있었다.

창문으로 흘러들어 온 달빛이 아이의 얼굴을 환하게 비추어주고 있었다. 로울리는 침대로 걸어가 신발을 벗고 담요 안으로 기어 들어갔다. 담요에서 향긋하고 깨끗한 냄새가 났다. 마치 지금의 로울리처럼.

아이는 가능한 오랫동안 문을, 그리고 열쇠구멍에 꽂혀 있는 열쇠를 응시했다. 차츰 눈이 스르르 감겼다. 로울리는 태어나서 처음으로 아무런 두려움 없이 잠을 잘 수가 있었다.

달라스는 흔들리는 나무문을 열어 젖히고 살롱 안으로 걸어 들어갔
다. 막 부어낸 신선한 위스키 냄새와 퀴퀴한 담배 냄새가 후각을 자극
했다.

토요일에 왔을 때에는 사람들과 부딪치지 않고 살롱 안을 걷는 것
자체가 불가능했지만, 오늘밤에는 마을의 몇몇 쓰레기들만 죽치고 있
었다.

몇몇은 탁자에 앉아 카드 게임을 하고 있었고, 한쪽 구석에는 한 남
자가 혼자서 위스키를 홀짝이고 있었다. 또 다른 남자 하나가 바에 두
팔꿈치를 올려놓은 채 서 있었다.

「이봐, 주인. 위스키를 달라고.」

거칠게 갈라지는 목소리로 그 사내가 말했다.

「외상으로는 술을 안 판다니까.」

보우는 술잔을 말려 잘 닦은 뒤 샹들리에에 매달린 촛불에 대고 깨
끗한지 확인하는 작업을 계속하며 대답했다.

「집에나 가지 그래, 쿠퍼?」

「아직 취하지 않았다니까.」

달라스는 바로 걸어가 계산대 위에 돈을 내려놓았다.

「위스키.」

보우는 그의 앞에 잔을 내려놓고 술을 가득 따른 뒤 카운터 반대쪽
으로 걸어갔다. 흔들리던 쿠퍼의 검은 눈동자가 술잔에 고정되었다. 그
는 갈라진 입술 위로 혀를 축였다.

「내게 술 한 잔 살 생각 없수? 응?」

「아니. 하지만 자네 아들에 대해 이야기를 좀 하고 싶은데.」

「로울리? 내 아들?」

쿠퍼의 입술이 비틀어지며 야비한 미소가 떠올랐다.

「어, 이거 로울리에게 흥미를 보일 타입은 아니라고 생각했는데 말

야. 하긴 사내들이란 원래 겉과 속이 다른 법이지, 암.」

사내는 가까이 몸을 숙였다. 썩은 냄새가 물씬 나는 숨결이 더러운 먼지처럼 달라스의 얼굴에 달라붙었다.

「20분에 5달러유. 20달러면 밤새 데리고 있어도 되고.」

달라스는 프리먼의 말이 틀렸기를 빌었다. 아니, 간절히 기도했다. 그는 목소리에 혐오감이 배어 나오지 않게 하기 위해 애를 써야 했다.

「밖으로 나가서 이야기하는 게 어떤가?」

쿠퍼가 히죽거렸다.

「암, 사람들에게 은밀한 취향에 대해 알리고 싶진 않겠지. 그런 건 존중해준다고. 내 입을 꾹 다물고 있겠단 말이야.」

사내는 비틀거리며 살롱 밖으로 걸어나갔다. 달라스는 건물 구석에서 그를 발견했다. 장대 위에 매달린 등이 손을 내밀고 있는 남자에게 희미한 빛을 뿌리고 있었다.

달라스는 한번도 사람을 때려본 적이 없었다. 누군가를 설득시키거나 복종시킬 때도 말로 충분했고, 그것만으로도 그의 명령을 거부한 사람을 충분히 후회하고 뉘우치게 만들 수 있었다.

하지만, 오늘밤은 말로는 충분하지 않을 것 같다는 생각이 들었다. 달라스는 주먹을 움켜쥔 채 팔을 뒤로 젖혔다가 쿠퍼의 코 위로 정확히 내리꽂았다.

멧돼지처럼 비명을 지르던 쿠퍼는 비틀거리며 뒤로 물러섰다. 얼굴을 감싼 손가락 사이로 피가 흐르고 있었다. 풀썩 다리가 꺾이면서, 그는 바닥에 무릎을 꿇었다.

달라스는 쿠퍼가 일어서기를 기다렸다가 불룩하게 튀어나온 배에 주먹을 찔러넣었다. 달라스는 신음소리와 함께 상체를 구부리려는 쿠퍼의 턱을 다시 한 번 주먹으로 가격했다.

뼈 부러지는 통쾌한 소리가 났다. 쿠퍼는 바닥에 뻗은 채 신음하고 울부짖었다.

「때리지 마세요. 제발 때리지 마세요.」

달라스는 비굴하게 애원하는 아이의 아버지 옆으로 몸을 숙여 그의 셔츠를 움켜잡고 일으켜 세웠다. 쿠퍼가 다시 소리를 질렀다.
「그만!」
달라스는 피투성이가 된 물체를 빤히 바라보았다.
「로울리에게 다시는 접근하지 마. 안 그러면 다음에는 권총을 사용하게 될 테니까.」
「그 애는 내 아들이야.」
「이제부터는 아니야.」
달라스는 사내를 바닥에 집어던졌다.
「이제부터는.」

*　　*　　*

달라스는 계란과 비스킷을 꾸역꾸역 입 안으로 밀어넣고 있는 로울리를 가만히 지켜보았다. 음식이 그 아이만을 위한 것이라는 사실을 확신시키기까지 거의 10분이 넘게 걸렸다.
일단 확신이 서자, 로울리는 마치 그가 제안을 철회할까 두렵기라도 한 듯, 계란과 비스킷 4개가 담긴 접시를 끌어안고 먹는 데 열중했다. 달라스는 아이가 과연 제대로 된 음식을 먹어본 적이 있을까 하는 의심이 들었다.
달라스는 탁자에 팔꿈치를 괴고 앉아 천천히 컵에 담긴 블랙 커피를 홀짝였다. 오늘 아침, 달라스는 디에게 식사를 가져다주면서 아이를 집에 머물게 할 계획이라고 말했다.
「나도 그 애가 여기에 있었으면 좋겠어요, 달라스. 하지만 그게 최선이라고 해도, 우리가 다른 사람들의 삶을 함부로 휘저을 수는 없는 거예요. 어쩌면 로울리는 그곳에서 더 행복해할지도 몰라요. 물론 그 애가 그럴 거라고는 생각하지 않지만, 아무것도 알려주지 않고 무턱대고 사는 환경을 바꾸어버리는 건 좋지 않을 것 같아요.」

물론, 그녀가 옳았다. 달라스는 아무것도 알려주지 않은 채, 아무런 생각 없이 결혼으로 디의 삶을 휘저었다. 아마도 달라스는 다른 사람의 인생은 무시한 채 사람들의 삶을 자기 생각대로 결정짓는 버릇이 있는지도 몰랐다. 누군가에게 의사를 물어본 기억이 없었다.

로울리가 접시 위의 마지막 비스킷을 입에 밀어넣고 컵에 담긴 우유를 단숨에 비우자, 달라스는 들고 있던 커피 잔을 내려놓았다. 그는 오스틴을 흘끗 바라보다가, 로울리에게 시선을 고정시켰다.

「로울리, 네게 제안이 있다.」

순간, 소년은 눈에 의심의 빛을 떠올리며 마치 방금 먹은 아침을 모두 뱉어내고 싶다는 듯한 표정을 지었다.

「보조가 한 사람 필요해.」

달라스는 서둘러 말을 이었다. 로울리의 이마에 주름살이 졌다.

「보조요?」

「그래. 나는 커다란 목장을 소유하고 있지. 그만큼 많은 책임감도 따르고. 하지만 가끔은 그 모든 일을 혼자서 해내지 못할 때가 있단다. 그래서 누군가 날 도와줄 사람이 필요해.」

「어떤 일인데요?」

달라스의 뱃속이 욱죄어왔다. 로울리 같은 어린 소년이 이토록 삶을 의혹 어린 눈초리로 바라봐서는 안 되는 법이었다.

「저 빌어먹을 마못을 돌보는 것도 일 중 하나지.」

「그건 자신 있어요.」

「그럴 거라고 생각한다. 그 일 말고도 내 안장에 기름칠을 하고, 말을 빗질해줄 사람이 필요해. 내가 소떼를 점검하러 나간 사이에 아내의 말동무도 해줘야 하고. 그러면 위층에 있는 방에서 잠을 재워주고, 배가 부를 정도로 먹여주마. 일주일에 일 달러씩 용돈도 주고.」

로울리의 검은 눈동자가 놀라움으로 동그래졌다.

「일주일에 일 달러씩 주신다구요?」

「모으건 쓰건 그건 네 마음이다. 하지만 땅에 묻지는 말아라, 알겠니? 만일 저금하고 싶으면, 은행에 보관할 수 있도록 조치해주마.」

로울리는 얼굴을 다시 찌푸리면서 아랫입술을 잘근잘근 씹었다.

「아빠는…….」

「네 아버지랑은 어젯밤에 다 이야기를 끝냈다. 아버지 말이, 네가 원한다면 여기 머물면서 날 위해 일하는 것도 좋다고 하더구나.」

로울리가 검은 머리카락이 이마 위에서 쉴새없이 찰랑거리도록 맹렬하게 고개를 끄덕였다.

「그럴게요. 정말 열심히 일할 수 있어요.」

「그래, 잘 하리라 믿는다, 아가야.」

날카로운 고통이 단도처럼 달라스의 가슴을 후볐다. 그는 소년을 그런 식으로 부를 생각이 없었다. 자신의 아이는 지금 차가운 땅 속에 누워 있었다. 그는 의자를 밀치고 자리에서 일어났다.

「다 먹었으면 위층으로 올라가서 아줌마에게 책을 읽어달라고 해라. 내 아내는 큰 소리로 책 읽는 걸 좋아하니까.」

로울리를 집에 머물게 하려던 마음이 변하기 전에, 달라스는 서둘러 집밖으로 걸어나갔다. 저 소년은 결코 자신의 아이를 대신할 수 없었다. 그 무엇도, 그 어떤 것도 그럴 수는 없었다.

17

　침실 창가에 서서, 코딜리어는 마음처럼 차갑고 한때 아이가 자라고 있던 자궁처럼 공허한 땅을 멍하니 바라보았다.

　여전히 가끔씩 태동이 느껴지는 듯한 기분이 들었다. 그녀는 손바닥으로 배를 어루만지며, 때때로 달라스가 커다란 손을 자신의 배에 얹고 세 사람이 하나가 될 순간을 숨죽여 기다리던 모습을 떠올렸다. 아이의 발길질을 느끼면 달라스는 그녀에게 부드러운 미소를 던지곤 했다. 그의 따스한 입술이 배에 부드럽게 키스할 때면, 그녀는 자신이 소중한 존재인 듯한 기분이 들었다.

　하지만, 소중한 것은 바로 뱃속에 자라고 있던 그의 꿈이었다.

　눈시울이 뜨거워지자, 그녀는 눈물을 흘리지 않기 위해 노력했다. 코딜리어는 우는 데, 그리고 가슴에 느껴지는 통증을 억누르는 데 지쳐 있었다. 그 상흔이 평생 지워지지 않을 거라는 사실을, 그리고 결코 이루어지지 않을 갈망에 점점 더 지쳐갈 거라는 사실을 알고 있었다.

　아이가 뱃속에서 자라듯, 달라스가 언젠가 사랑해줄 거라는 희망도 그녀의 마음속에서 함께 자라고 있었다. 그녀 때문이 아니라 그녀가 낳아줄 아이로 인해 그는 자신의 꿈을 이룰 수 있는 기회를 맞았었다.

하지만 그 희망은 그들의 아들과 함께 죽어버렸다.

달라스는 매일 밤 그녀의 침실로 찾아와 안부를 물었다. 하지만 침대 위로 올라온 적도, 그녀를 따뜻하게 안아준 적도 없었다. 더 이상 별을 바라보듯 그녀를 바라보지도 않았다.

그 무엇보다도 코딜리어는 그 순간들이 그리웠다.

노크 소리가 들리자, 그녀는 잿빛 하늘에서 시선을 떼었다.

「들어오세요.」

달라스가 방 안으로 들어왔다.

「아직 준비를 못 했군.」

그녀는 달라스가 자신을 위해 마을에서 가져온 붉은 드레스를 바라보았다. 어떻게 아이를 죽인 엄마가 붉은 색 옷을 입을 수 있단 말인가? 살아서 세상에 나오지 못한 아이의 죽음은 애도하지도 못한다는 얘긴가?

「사람들을 만날 기분이 아니에요.」

「지난 2주 동안 한번도 방 밖으로 나간 적이 없잖아, 디. 계단을 걸어 내려가는 일이 힘들어서 그런 거면, 내가 옮겨주겠어. 크리스마스 이브는 우리 가족에게는 아주 특별한 날이야. 우리가 가진 유일한 전통이라고.」

그의 결후 부분이 천천히 올라갔다 내려왔다.

「당신이 우리와 함께 있어준다면, 내게는 커다란 의미가 될 거야. 날 위해서가 아니라, 로울리를 위해서라도. 그 아이가 크리스마스에 대해 알고 있는지조차 의심스럽거든.」

로울리…….

코딜리어는 자신이 책을 읽어줄 때마다 숨조차 제대로 내뱉지 못하고 돌처럼 가만히 앉아 있던 아이를 생각했다.

「10분 안에 아래층으로 내려갈게요.」

달라스는 고개를 끄덕이고 방을 떠났다. 그녀는 조금 전에 남편이 가져다놓은 따스한 물에 서둘러 얼굴을 씻고, 머리를 빗어 목덜미 부분에 묶었다. 그런 뒤 붉은 드레스를 입었다. 그가 붉은 옷을 입은 자신의 모습을 좋아한다는 것을 알고 있기에…… 달라스를 위한 보잘것없는 선물이었다.

코딜리어는 생각 없이 복도로 나갔다가, 고개를 숙인 채 벽에 기대서 있는 달라스를 발견하고 놀라 걸음을 멈추었다. 조금 전까지 희미하게 보이던 것들이 이제 선명하게 그녀의 마음속으로 들어왔다.

반짝이는 부츠와 검은 재킷 안에 입은 붉은 색 조끼, 그녀의 드레스와 어울리는 붉은 색…… 그리고 목에는 검정 타이를 매고 있었다.

천천히, 그가 시선을 들었다. 한 번쯤은 그가 자신을 향해 미소를 지을 거라고 생각했다. 하지만 달라스는 지금 불안한 표정으로 그녀를, 결혼 서약으로 그와 묶여 있는 여인을, 그의 꿈을 절대 이루어줄 수 없는 여인을 바라보고 있었다.

그가 벽에서 몸을 떼고 코딜리어에게 팔꿈치를 내밀었다.

신사들이 늘 그렇게 하듯…… 심지어 그녀조차 자신을 존중하지 못하고 있는데도, 그는 그녀에게 예의를 다하고 있었다.

코딜리어는 용감하게 미소를 지으며 그에게 손을 뻗었다. 천천히, 그들은 계단을 내려갔다. 두 사람 사이에 침묵의 벽이 희미하게 드리워지고 있었다. 어떻게 한 번 안아보지도 못한, 머리를 한 번 쓰다듬지도 못한, 잘 자라는 키스 한 번 해주지 못한 아이가 이렇게 영혼까지 고통스럽게 만들 수 있는지……

그들은 응접실로 걸어갔다. 그곳은 화려하게 변해 있었다. 한쪽 구석에 빨간 리본들과 팝콘, 건포도와 밝은 색으로 칠해진 말편자 같은 것들이 가지마다 매달려 있는 값비싼 히말라야 삼나무가 천장을 찌를 듯 서 있었다.

인디언 복장을 한 오스틴이 트리 옆에 앉아 있었고, 매기가 그 옆에 무릎을 꿇고 있었다. 오스틴은 나무 아래에 놓은 꾸러미를 들어 자신들의 귓가에 대고 흔들었다. 안에서 부스럭거리는 소리가 들리자 매기의 미소가 더욱 커졌다.

「뭐라고 생각하냐?」

「강아지.」

오스틴이 낄낄거렸다.

「그런 것 같지는 않은데.」

그는 꾸러미를 내려놓고 다른 것을 집어들었다.

휴스턴과 아멜리아는 서로의 손을 맞잡고 소파에 앉아 딸에게서 눈을 떼지 않은 채 뭐라고 속삭이고 있었다.

로울리가 달라스와 똑같은 재킷과 조끼를 입고, 타이를 맨 채 빈 의자 옆에 서 있었다. 검은 머리카락이 치렁하게 흘러내리고 있었다. 윤이 날 정도로 닦은 얼굴을 긴장시킨 채 두 손을 허리춤에 꼭 붙인 모습을 본 코딜리어는, 크리스마스가 선물을 받는 날이라는 사실을 아이가 과연 알고 있을지 궁금했다.

매기가 비명을 질렀다.

「디 숙모 와요.」

아이는 자리에서 벌떡 일어나 방을 가로질러 달려와서 코딜리어의 무릎에 작은 팔을 둘렀다.

「너무나 기뻐요.」

코딜리어는 달라스를 올려다보았다.

「지금?」

그는 그녀의 코끝을 손가락으로 톡 건드렸다.

「좀 있다가.」

어색한 동작으로, 아멜리아가 휴스턴의 도움을 받아 자리에서 일어났다. 그녀는 부풀어오른 배 위에 손을 얹고 부드러운 미소를 지으며 뒤뚱뒤뚱 방을 가로질러 다가왔다. 두 눈 가득 눈물이 고인 그녀는 코딜리어를 꼭 끌어안았다.

「메리 크리스마스.」

아멜리아가 속삭였다.

코딜리어는 새어나오는 눈물과 싸웠다. 이번 크리스마스는 기쁨으로 가득 할 거라고 기대했었다. 이렇게 슬픔으로 얼룩진 크리스마스가 아니라. 코딜리어는 그녀의 손을 맞잡으며 떨리는 미소를 지었다.

「기분은 좀 어때요?」

아멜리아가 환하게 미소를 지으며 밝게 말하려고 애를 썼다.

「아침에 일어났는데, 집을 천장부터 바닥까지 모두 깨끗하게 치우고 싶어졌어요. 오늘처럼 피곤하지 않는 날이 크리스마스 이브라서 너무 기뻐요.」

「나도요.」

휴스턴이 끼여들었다.

「아멜리아는 제가 청소를 도와주길 원하더라구요.」

그는 몸을 앞으로 숙여 디의 뺨에 키스를 했다.

「메리 크리스마스, 형수님.」

「이쪽에 앉지 그래?」

달라스가 그녀를 이끌고 로울리가 마치 침묵 속의 보초병처럼 지키고 서 있는 의자로 걸어갔다. 의자에 앉으며, 그녀는 로울리를 향해 미소를 지은 뒤 아이의 옷깃을 손가락으로 어루만졌다.

「아주 멋있구나.」

아이의 두 뺨에 홍조가 떠올랐다. 로울리는 달라스의 것처럼 반짝반짝 윤이 나는 새 부츠로 시선을 떨구었다. 코딜리어는 슬픔에 잠겨 아이에게 새 옷이 필요할 거라는 생각을 미처 하지 못했다. 그녀는 특별한 이날을 위해 아이에게 근사한 옷을 장만해준 달라스에게 고마움을 표시하기 위해 그쪽으로 시선을 던졌다.

하지만, 그는 이미 자리를 옮겨 트리 옆에 서 있었다. 그가 목을 가다듬었다.

「우리 어머니는 전통을 믿었지. 그분은 결코 많은 것을 가지지 못하셨지만, 자신이 가진 모든 것들을 특별하게 여기셨어.」

그의 시선이 휴스턴과 오스틴을 번갈아 쳐다보았다.

「아마 오스틴은 이 전통을 기억하지 못할 거야. 네가 너무 어릴 때 어머니가 돌아가셨으니까. 하지만 휴스턴과 나는 분명하게 기억해. 우리는 그 소중한 기억들을 모두 오스틴과 함께 나누기로 맹세했었지. 또한 우리의 가족들과 함께 나누기로. 언제나 어머니가 우리 곁에 계신 듯한 기분이 들거든.」

그는 다시 목을 가다듬었다.

「어쨌든, 어머니는 언제나 크리스마스 선물을 풀어보기 전에 꼭 노래를 부르셨어.」

휴스턴이 그의 옆으로 걸음을 옮겼다. 오스틴은 바이올린을 집어들어 턱에 받친 뒤 줄 위에 활을 올려놓았다. 한 번의 길고 느린 활의 움직임과 함께 방 안 가득 아름다운 음악이 퍼져나갔다. 그리고 달라스와 휴스턴이 나직한 목소리로 바이올린의 선율에 음을 더했다.

「고요한 밤, 거룩한 밤…….」

달라스의 나직하면서도 낭랑하게 울려 퍼지는 목소리가 방 안 구석구석까지 파고들었다. 휴스턴의 노래 솜씨는 마치 소떼에게서 노래를 배운 것 같았지만, 그건 중요하지 않았다. 그 노래는 그들의 마음속에서, 그리고 추억에서 나오는 것이었다. 코딜리어는 경외감에 휩싸인 채 자리에 앉아, 그들을 세상에 내보낸 한 여인에 대한 삼 형제의 경건한 존경의 노래에 귀를 기울였다.

「아 - 기 잘도 잔 - 다.」

달라스의 목소리가 갑자기 사그라지면서 침묵 속으로 빠져들었다. 그의 시선이 그녀에게 머물렀다. 그 짧은 순간, 디는 그가 감춰왔던 생생한 고통을 직접 볼 수 있었다. 아멜리아의 목소리가 방 안을 가득 메우고 있었다. 그녀가 노래를 부르며 휴스턴의 옆으로 다가가자, 그가 두 팔로 아내를 감싸안았다.

코딜리어는 방 안을 가로질러 가 두 팔로 달라스를 꼭 안아주고 싶었다. 그리고 다 괜찮을 거라고 속삭여주고 싶었다. 그녀는 자신의 앞에 서 있는 한 가족을 바라보았다. 서로 사랑하는 네 사람을. 그녀는

차마 그들 곁에 다가가…… 망가진 자신을 받아달라고 애원할 용기가
없었다.

작은 손이 그녀의 어깨를 토닥였다. 부드럽게 로울리를 향해 미소를
지어 보이며, 코딜리어는 이 아이 또한 자기와 같은 감정을 느끼고 있
는 것이 아닌가 하는 의심이 들었다.

노래의 마지막 소절이 끝나고, 모두들 오스틴이 만들어낸 바이올린
선율이 잦아들기까지 잠시 기다렸다.

매기가 머리를 한껏 젖히고 달라스를 올려다보았다.

「지금이요?」

그가 따스하게 미소를 지었다.

「그래 지금.」

매기는 비명을 지르고 손뼉을 치며 방을 달렸다.

「지금, 오스틴 삼쫀. 지금.」

오스틴은 바이올린을 내려놓고 조카를 향해 검지손가락을 들어 보였
다.

「엿보기 없기. 다른 사람들이 모두 선물을 받을 때까지 먼저 풀어보
기 없기.」

아이는 고개를 끄덕이며 다시 이리저리 뛰기 시작했다. 휴스턴과 아
멜리아는 소파로 걸어가 다시 자리를 잡았고, 달라스는 가슴에 팔짱을
낀 채 벽에 등을 기대고 섰다.

코딜리어는 로울리의 손을 잡고 힘을 주었다.

「크리스마스 트리 가까이 가서 구경하고 싶지 않니?」

로울리는 푹 숙인 머리를 흔들었다. 하지만 그녀는 아이가 흘끔흘끔
트리 쪽으로 곁눈질하고 있다는 것을 알 수 있었다.

오스틴이 무릎을 꿇고 앉아 선물을 향해 손을 뻗었다.

「좋아. 뭐가 있나 보자.」

그는 얼굴을 찌푸린 채 선물 상자를 이리저리 살펴보았다.

「흐음…… 기다려봐. 오, 여기 있다.」

오스틴이 함박 웃음을 지었다.

「매기 메이.」

아이는 좋아라 손뼉을 치고는 선물을 받아 자신의 발 아래로 질질 끌어다놓았다. 오스틴은 손을 뻗어 또 다른 상자를 집어들었다.

「매기 메이.」

매기가 여섯 번째 상자를 받아들자, 오스틴은 얼굴을 한껏 찌푸린 채 조카를 노려보았다.

「왜 너만 자꾸 선물을 받는 거야?」

「난 굉장히 착했어.」

매기는 커다란 미소를 짓고는, 어깨너머로 로울리를 바라보았다.

「오빠는 착한 일 안 했어?」

코딜리어는 자신의 손 안에 놓인 로울리의 손이 움찔 떨리는 것을 느꼈다. 소년이 턱을 악다물었다.

「아니야, 매기. 아주 착했단다.」

아이를 대신에서 대답하며, 코딜리어는 자신의 몸이 건강해서 마을로 가 아이를 위한 선물을 사두었으면 좋았을 거라고 생각했다. 혹시 방에 아이에게 선물로 줄 만한 것이 있는지를 두리번거렸다.

「어디 보자…… 그러고 보니까…….」

오스틴이 뜸을 들이다 말했다.

「이건 로울리 거다.」

그는 매기에게 선물을 건네었다.

「뛰어가서 전해주고 와, 매기 메이.」

매기는 벌떡 일어나 로울리에게 선물을 가져왔다. 매기가 로울리 앞에 선물을 내밀었지만, 소년은 그저 직사각형의 상자를 바라보기만 할 뿐이었다.

「선물인데, 갖고 싶지 않아?」

매기가 의아한 듯 물었다.

「내가 대신 받아둘게.」

코딜리어는 선물을 받아 아이의 발치에 내려놓았다. 그녀는 아이를 생각해서 일부러 꼬리표를 찾아 읽어준 오스틴에게 고마운 마음이 들었다.

「이런, 이런…….」

오스틴이 과장되게 혀를 내두르며 고개를 흔들었다.

「또, 로울리.」

「우와!」

매기는 고함을 지르며, 막내삼촌이 건네주는 커다랗고 편편한 상자를 받아들고 다시 로울리를 향해 달려왔다.

「여기 이건 날 위한 거네?」

오스틴은 재빨리 리본을 풀고 상자를 뜯기 시작했다. 매기가 새된 비명을 지르며 그의 팔을 움켜쥐고는 험악하게 인상을 썼다.

「기다려야지.」

「그럼 나머지 것들을 빨리 돌리자, 매기.」

마음이 급해진 매기가 오스틴을 도와서 어른들의 발치에 재빨리 선물을 쌓아놓았다. 코딜리어는 자신에게 주어진 두 개의 선물 꾸러미를 바라보았다. 하나는 오스틴이, 하나는 휴스턴과 아멜리아가 준 것이었다. 아이를 잃은 뒤로 모든 것에 흥미를 잃어버리긴 했지만, 남은 선물의 숫자로 판단해보건대 달라스가 주는 선물은 없는 게 분명했다. 그는 멀찍이 서서 선물이 오고가는 모습을 지켜보고 있었다. 달라스의 표정만 보고 있어도 그녀는 그의 선물이 가족들에게 주어지는 순간을 알 수 있었다. 사랑하는 사람들에게 커다란 선물을 주게 되어 기쁜 듯 그는 가끔씩 눈가에 따스한 미소를 흘렸다.

하지만 코딜리어는 아직 그로부터의 선물을 받지 못했다.

「이런, 도대체 이건 또 뭐야?」

트리 뒤쪽에 놓여 있던 커다란 상자를 잡아당기며 오스틴이 말했다.

「하느님 맙소사! 로울리 거잖아. 매기 메이, 이리 와서 이걸 미는 걸 도와줘.」

　두 사람은 굉장한 볼거리를 구경시켜주려는 듯 호들갑을 떨며 선물 꾸러미를 밀었다. 로울리 앞에 도착한 뒤, 매기는 헉헉거리며 상자 위에 몸을 걸치고는 고개만 치켜올렸다.

「나보다 훨씬 더 착했나 봐.」

오스틴이 손뼉을 쳤다.

「끝. 자, 이제 우리가 뭘 받았는지 봐야지.」

오스틴은 서둘러 방을 가로질러 가 마치 매기 또래 마냥 좋아라 포장지를 뜯기 시작했다.

코딜리어는 조용한 발소리를 듣고 고개를 들어올렸다. 달라스가 붉은색 리본으로 장식한 작은 선물 상자를 들고 그녀의 앞에 섰다.

「너무 작아서…… 트리 아래 놔두었다가는 잃어버릴 것 같아서.」

떨리는 손으로 그녀는 선물을 받아 조심스럽게 리본을 풀고 포장지를 벗긴 후 상자를 열었다. 하트 모양의 로켓이 면 헝겊 위에 놓여져 있었다. 금 로켓 위에는 섬세하게 작은 꽃들이 새겨져 있었다. 뜨거운 눈물을 삼키며 그녀는 얼굴을 들고 달라스를 보았다.

「난…… 난…… 아무것도 준비한 게 없어요.」

「이런 상황에서, 당신에게 뭘 기대하겠어.」

그가 로울리의 앞에 쪼그리고 앉았다.

「선물은 풀어보지 않을 거니?」

로울리는 한참동안 달라스를 바라보다가 다시 포장된 상자들로 시선을 떨구었다. 이것들이 모두 정말로 자신을 위한 것이란 사실이 믿어지지 않았다. 혹시 남은 물건을 주는 건가 싶었지만, 포장지 위에 정성껏 쓰여진 이름은 그것들이 모두 자신을 위한 선물임을 분명히 말해주고 있었다. 난생 처음으로 받아보는 진짜 선물.

「난 언제나 가장 작은 것부터 뜯어보곤 하지.」

로울리가 제일 처음으로 받았던 선물을 집어들어 아이에게 건네면서 달라스가 말했다. 로울리의 입술이 바싹 말라 들어갔다. 먼저 고백을 해야만 했다. 고백하면 모두들 선물을 다시 빼앗아가겠지만, 그래도 리 씨에게 진실을 말해야 했다.

「난 착하지 않아요.」

달라스는 엄지와 검지로 콧수염을 문질렀다. 이제 로울리는 그가 심각한 생각에 잠길 때 그런 행동을 한다는 사실을 알고 있었다.

「착한 사람이 되는 것과 나쁜 짓을 하는 건 다르단다. 가끔 사람들은 어쩔 수 없이 나쁜 일을 해야만 할 때가 있어. 자신이 하는 일을 좋아하지 않으면서 말이야……. 하지만 그것 때문에 나쁜 사람이 되는 건 아니란다.」

로울리는 좋아하지 않는 일을 너무나 많이 해야만 했다.

달라스가 상자를 귀에 대고 흔들어보았다. 뭔가 시끄럽게 부스럭거리는 소리가 들렸다.

「오스틴, 너 혹시 여기다가 방울뱀을 집어넣은 건 아니지?」

오스틴은 새 장갑에 한 손을 밀어넣으며 얼굴을 들어올렸다.

「쉿! 깜짝 선물을 망칠 셈이야?」

달라스는 눈썹을 치켜올렸다.

「어떻게 생각하냐?」

로울리가 코를 찡긋거렸다.

「겨울에는 방울뱀이 잠을 자잖아요.」

「그럼, 네가 직접 뜯어서 확인해볼래?」

로울리는 고개를 끄덕이며 선물을 받아들었다. 손가락이 너무나 심하게 떨려 작은 끈 조각을 움켜쥐는 것조차 힘들었다. 로울리는 간신히 나비 모양으로 묶인 리본을 풀고 포장지를 옆으로 치웠다. 그런 뒤 숨을 삼키며 뚜껑을 열고 안을 살펴보았다.

「아!」

아이가 낮게 탄성을 내질렀다.

살아오면서 ― 잡화상에 있는 건 빼고 ― 이렇게 많은 사르사파릴라 막대를 본 적이 없었다. 비록 숫자를 셀 줄은 모르지만 백이 굉장히 많은 숫자라는 것을 알고 있었고, 그래서 상자 안에 적어도 백 개의 막

대가 있는 것 같다는 짐작을 했다. 아마 꼬부랑 할아버지가 될 때까지 먹어도 다 먹지 못할지도 몰랐다.

「언제든 먹고 싶을 때 먹어라, 로울리.」

활짝 웃음을 지으며 오스틴이 말했다.

「지금 하나 먹어도 되나요?」

「물어볼 필요 없어.」

달라스가 대답해주었다.

「다 네 거니까, 원하는 대로 하면 돼.」

내 것!

백 개의 사르사파릴라 막대. 아마도 그 이상의……. 입 안 가득 군침이 고이자 아이는 상자에서 한 개를 꺼내 껍질을 벗기고 입에 집어넣었다. 톡 쏘는 맛이 입 안에 퍼졌다. 아이는 예쁜 숙녀를 올려다보았다. 그녀의 두 눈에 눈물이 가득 고여 있었다. 그녀도 사르사파릴라 막대를 받고 싶은 모양이라고 생각했다. 하지만 그녀가 받은 선물 중에는 사르사파릴라와 비슷한 게 없었다. 로울리는 무언가를 원한다는 것이, 그리고 그걸 절대로 가질 수 없다는 것이 어떤 것인지 잘 알고 있었다. 아이는 상자를 그녀에게 내밀었다.

「한 개 먹을래요?」

쏟아지는 눈물을 주체하지 못하면서도 코딜리어는 환한 미소를 지어 보이려 애쓰며 상자로 손을 뻗었다.

「고맙다.」

로울리가 해냈다. 내가 예쁜 숙녀를 미소짓게 만들다니! 단 한번도 다른 사람에게 절망을 주는 것 외에 다른 것을 해본 기억이 없었다. 자신에게 뭔가 나눌 수 있는 좋은 것이 있다는 사실에 마음이 뿌듯해졌다. 비록 혼자 다 먹을 수는 없다고 해도.

로울리는 달라스에게 상자를 내밀었다.

「한 개 먹을래요?」

리 씨도 미소를 지으면서 막대를 한 개 꺼내 입 안에 집어넣었다.

로울리는 리 씨가 사르사파릴라 막대사탕을 다 먹고 나면 그의 수염에
서도 사르사파릴라 향이 날지 궁금해졌다.

용기를 그러모아, 소년은 방 안을 돌아다니며 자신의 선물을 다른
사람들에게도 나누어주었다. 심지어는 선머슴 같은 여자아이에게까지.
사람들의 얼굴에 미소가 번지는 것을 바라보면서 로울리는 그들에게
더 많은 것을 줄 수 있으면 좋겠다고 생각했다. 자리로 돌아온 아이는
아직 열어보지 않은 두 개의 상자로 시선을 던졌다. 이미 자신이 받은
선물보다 더 좋은 선물이 존재할 것 같지는 않았다.

로울리는 사탕 상자를 옆에 놓고 두 번째 선물을 - 가장 큰 선물은
남겨두고 - 풀어보았다. 상자 안에 담긴 선물을 본 순간 가슴이 철렁
내려앉았다. 담요. 사람들이 자신을 마을로 돌려보내고 나면, 빌딩 구
석에서 잠들 때 사용하면 될 것 같았다. 로울리는 열심히 일하며 그들
이 자신을 계속 데리고 있어주길 원했지만, 그래도 그들의 마음에 들
지 않았던 모양이었다.

「마지막 상자를 열어보지 그러냐?」

달라스가 말했다.

지금 심정으로는 그 상자의 포장을 풀고 선물이 무엇인지 확인하고
싶은 마음이 없었지만, 로울리는 고개를 끄덕였다. 리본을 풀고 종이를
벗긴 뒤 상자 뚜껑을 열고 안을 빤히 들여다보았다.

공들여 닦은 듯 반짝반짝 빛나는 갈색 가죽이었다. 리 씨가 상자 안
으로 손을 뻗어 안장을 빼내주었다.

달라스는 손가락으로 안장 한구석을 쓰다듬었다.

「이게 네 이니셜이다.」

이니셜이 뭔지는 몰랐지만, 아무튼 훌륭하게 새겨진 글씨를 볼 수
있었다. 엉덩이가 닿는 곳을 제외하고 작은 문양들이 안장 주변에 멋
지게 새겨져 있었다.

「이런, 이제까지 이런 멍청한 선물은 한번도 본 적이 없어.」

가까이로 걸어와 안장을 살펴보던 오스틴이 말했다.

「도대체 무슨 생각을 하고 있는 거야? 형?」

코딜리어도 달라스가 무슨 생각을 하는지 궁금했다. 그 안장은 그가 그의 아들에게 주려고 생각했던 물건이었다. 그가 결코 가질 수 없는⋯⋯.

「말이 없다면, 안장이 무슨 소용이냐 이거야.」

오스틴이 되물었다.

「하지만 우리가 말을 가져왔어.」

매기가 재빨리 두 손으로 입을 틀어막으면서 아빠를 향해 동그란 녹색 눈을 돌렸다. 휴스턴이 딸아이를 허공 위로 들어올리자, 아이는 새된 비명을 질렀다.

「그래도 생각보다 비밀을 오래 지켰구나.」

미소를 지으며 그가 말했다.

「밖으로 나가지.」

몸을 일으킨 달라스가, 코딜리어에게 못이 박힌 손을 내밀었다. 그녀는 달라스의 손을 맞잡으며, 다정하게 자신을 어루만지던 그 손길의 감촉을 기억했다.

달라스는 그녀의 손을 끌어당겨 일으켜주었다. 오스틴이 근처 의자에 놓인 코트를 건네주자, 그는 코트를 받아 코딜리어의 몸을 감싸주었다. 다른 사람들도 코트를 입으면서 문을 지나 베란다고 향했다.

로울리도 재킷을 집어들긴 했지만, 장승처럼 서서 숨을 멈춘 채 문을 노려보고 있었다. 코딜리어는 아이를 향해 손을 뻗었다.

「이리 오렴, 로울리. 마지막 선물은 너무나 커서 포장할 수가 없었나 보구나.」

아이는 맹렬하게 머리를 흔들었다.

「말은 없어도 돼요. 여길 떠나고 싶지 않아요.」

「여길 떠날 필요는 없단다, 아가야.」

아가야. 쉽게 튀어나온 달라스의 말에 코딜리어의 심장이 욱죄어왔다.

「그걸 타고 떠나라는 거 아니에요. 아니면 왜 말을 주려는 거죠?」

「말을 타고 목장을 돌아다니면서 소들의 수를 세는 일을 도우라고 할 참인데, 생각 없는 거냐?」

로울리의 검은 눈동자에 당황한 기색이 역력했다.

「수를 셀 줄 몰라요.」

「밧줄에 매듭을 묶을 줄은 아니?」

로울리는 힘차게 고개를 끄덕였다.

「그렇다면 숫자 세는 법은 내가 가르쳐주마.」

코딜리어는 눈을 꼭 감았다. 달라스는 아들에게 가르치려고 계획했던 것들을 로울리에게 가르칠 생각이었다. 달라스가, 아들을 부르려고 했던 그 호칭으로 로울리를 불렀다는 사실을 깨닫고나 있는지 궁금했다.

로울리는 달라스의 피를 이어받지도 못했고, 성도 리가 아니었다. 그럼에도 불구하고, 코딜리어는 혹시 이 아이가 그들 가슴에 난 상처를 조금이라도 메워줄 수 있지 않을까, 하는 희망을 품었다.

눈을 뜨며, 코딜리어는 한쪽 팔로 로울리를 감싸안았다.

「어떤 계획을 세우기 전에, 먼저 말을 보는 게 어떨까? 아직 그 녀석을 갖고 싶은지도 결정하지 않았잖아.」

로울리가 고개를 저었다.

「말을 가질 거예요. 아무리 못생겼다고 해도요.」

달라스는 목을 가다듬으면서 미소를 짓는 듯 한쪽 입술을 슬쩍 들어올렸다.

「넌 사람들을 즐겁게 만드는 재주가 있구나, 로울리.」

그들은 손에 손을 맞잡고 씁쓸한 기억들은 모두 뒤에 남겨놓은 채 한 가족이 되어 현관을 향해 걸어갔다.

갈색과 하얀색 점이 박힌 말이 베란다 난간에 묶여 있었다.

로울리는 코딜리어의 손을 놓고 난간으로 걸어갔다. 달라스는 여전히 그녀의 손을 꼭 움켜쥐고 있었다. 달라스의 손길에, 코딜리어는 아이가 태어나길 기대하면서 함께 나누었던 다정한 순간들을 떠올라 마음이 아려왔다.

몸을 돌린 아이의 눈에는 놀라는 기색이 역력했다.

「정말 저게 내 말이에요?」

「그래 네 거야.」

삼 형제가 동시에 말했다.

다정하게 서로의 얼굴을 쳐다보는 형제들의 시선에서, 코딜리어는 자신의 형제들 사이에는 존재하지 않는 어떤 끈을 보았다.

「누군가가 페인트를 뿌린 것처럼 보이지? 그래서 종자의 이름을 페인트, 아니면 핀트(얼룩배기)라고 부른단다.」

아멜리아가 설명해주었다.

「네가 이름을 지어주지 그러니?」

「점박이! 점박이가 좋아.」

베란다 난간을 움켜쥔 채 뒤로 몸을 젖히며 매기가 소리를 쳤다.

로울리는 제정신이 아닌 사람을 보듯 매기를 바라보았다.

「점박이? 그건 말에게 어울리는 이름이 아니야.」

매기가 코를 찡그리며 혀를 쑥 내밀었다.

「그럼?」

로울리도 인상을 찌푸렸다.

「우리 엄마 이름이 쇼니였대요. 재를 쇼니라고 불러도 될까요?」

로울리가 머뭇거리며 말을 이었다.

「꼭 그렇게 안 불러도 괜찮아요. 원하는 대로 하셔도……」

갑자기 아멜리아가 배를 움켜쥔 채 작게 신음성을 토하면서 휴스턴을 향해 몸을 굽혔다. 휴스턴은 숨을 헐떡이는 아내를 두 팔로 감싸안았다. 달라스는 코딜리어의 손을 꼭 움켜쥐었다.

「무슨 일이야?」

보통 때의 침착함이 아니라 공포가 담긴 목소리로 휴스턴이 물었다.

「엄마? 엄마?」

두 눈에 눈물이 그렁그렁 고인 매기가 엄마에게 손을 뻗으며 울먹거
렸다. 오스틴이 핏기가 사라진 얼굴로 재빨리 조카를 품에 안았다.
아멜리아의 숨소리가 다시 차분해졌다. 그녀는 공포에 질린 가족들
의 얼굴을 빙 둘러보며 애써 미소를 지었다. 그녀는 손으로 목 아래를
부드럽게 문질렀다.
「미안해요. 하지만 이제 집에 가야 할 것 같아요.」
휴스턴이 무슨 소리냐는 듯 아내를 바라보았다.
「진통이 시작된 거야?」
「그런 것 같아요. 집으로 가요.」
「무슨 소리야.」
휴스턴은 아내를 두 팔로 들어 안고 달라스를 바라보았다.
「어느 방으로 갈까?」
「디의 침실로 가. 구석에 있는 방이야.」
「여기서 아기를 낳고 싶지 않아요.」
「말도 안 되는 소리!」
휴스턴이 신경질적으로 대꾸했다.
「오스틴, 가서 프리먼 선생을 모셔와.」
휴스턴은 저항하는 아내를 안고 집 안으로 사라졌다. 오스틴이 매기
를 달라스의 품에 안겨주었다.
오스틴이 투덜거렸다.
「이 12월에…… 대체 형수는 어떻게 이런 최악의 달을 선택한 거야?
내 조카를 무슨무슨 디셈버 같은 이름으로 불러야 하는 일만은 절대
사양하겠어.」
「가서 의사 선생이나 불러와. 아이 이름을 짓는 건 나중에 고민하자
고.」
달라스의 말에 아무런 반박 없이, 오스틴은 재빨리 마구간을 향해
달렸다. 달라스는 손끝으로 매기의 코를 건드렸다.
「엄마는 곧 괜찮아질 거야.」

「정말?」

아이가 떨리는 목소리로 물었다.

「약속할게.」

조카를 달래고 나서 달라스는 코딜리어를 바라보았다.

「휴스턴이 알아서 잘 하겠지만, 의사 선생이 올 때까지. 곁에서 뭔가 필요한 것은 없는지 좀 살펴주겠어? 우리는 쇼니를 마구간에 들여놓고 들어갈게.」

코딜리어는 그를 향해 떨리는 고갯짓을 한 뒤, 모든 게 다 잘되게 해달라고 빌면서 집 안으로 들어갔다. 그녀는 침실 밖에 서서 용기를 내기 위해 심호흡을 한 뒤 문을 열었다.

휴스턴은 이미 아내를 침대에 눕혀놓은 뒤 벽난로에 장작을 더 집어 넣고 창문에 커튼을 치고 있었다. 그녀의 겉옷들이 의자 위에 쌓여 있었다.

코딜리어는 두 사람을 향해 떨리는 미소를 지었다.

「내 잠옷을 빌려줄까요?」

「네.」

「아뇨.」

휴스턴과 아멜리아의 상반되는 대답이 동시에 튀어나왔다.

두 눈에 슬픔을 가득 담은 채, 아멜리아가 코딜리어를 향해 손을 뻗었다. 코딜리어는 서둘러 방을 가로질러 와서 그녀의 손을 잡았다.

「너무 미안해요. 하루종일 조금씩 진통이 있었지만, 이렇게 될 줄 몰랐어요. 당신을 힘들 게 할 것 같아서, 절대로 여기서 아이를 낳고 싶지 않았는데…….」

코딜리어는 아멜리아의 얼굴에 달라붙은 머리카락을 쓸어 올렸다.

「그런 소리 말아요. 난 괜찮으니까. 잠옷을 빌려줄게요. 아멜리아에게는 좀 크겠지만, 그래도 훨씬 편할 거예요.」

아멜리아는 마지못해 가볍게 고개를 끄덕였다. 코딜리어는 재빨리 옷장으로 걸어갔다. 등뒤에서 헐떡이는 숨소리가 들렸다. 아멜리아는 얼굴을 찡그린 채 휴스턴의 손을 꼭 움켜쥐고 가쁜 숨을 뱉어내고 있었다.

「자, 힘 빼고 긴장 풀어.」

위로하는 투로 그가 말했다.

「댁이나 힘 빼고 긴장 풀어요!」

아멜리아가 쏘아붙이고는, 침대에 머리를 떨군 채 잠시 힘들게 숨을 내쉬었다. 그러고 나서 남편을 보며 애써 미소를 지어 보였다.

「내가 이 방에서 한 말은 신경 쓰지 말고 모두 잊어버려요.」

그녀는 천천히 긴 한숨을 내쉬었다.

「이번 아기는 굉장히 빨리 나올 것 같아요.」

그 '굉장히 빨리'가 코딜리어에게는 충분히 걱정될 만큼 길었다. 프리먼 선생을 도우면서 보낸 한 시간 한 시간이 너무나 길게 느껴졌다. 아멜리아의 이마를 닦고, 손을 잡아주고, 모든 일이 다 잘되어 가고 있다고 위로하며, 자정이 되기 몇 분 전 희미한 울음소리가 들릴 때까지 코딜리어는 정신없이 움직였다. 의사가 아멜리아의 품에 아이를 안겨주자, 코딜리어의 두 눈에 눈물이 고였다.

「오, 너무 예뻐요.」

조금은 진정된 목소리로 아멜리아가 말했다. 코딜리어는 아멜리아의 목덜미에 흐르는 땀을 닦아주었다.

「정말 예쁘네요.」

아멜리아가 그녀를 바라보았다.

「휴스턴을 불러주겠어요?」

「아니, 아직은 아냐.」

프리먼 선생이 제지했다.

「아직 다 끝나지 않았다고. 도대체 왜 여자들은 아이만 품에 안겨주면 모든 게 끝났다고 생각하는지 모르겠단 말이야.」

「아마 이 순간을 애타게 기다려왔기 때문이겠죠.」

딸아이의 검은 머리칼을 손가락으로 쓸어 올리며 아멜리아가 말했다.

「아이는 잠시동안 코딜리어에게 맡겨요. 그리고 부인과 나는 일을 마칩시다.」

프리먼이 명령을 했다.

코딜리어는 그 소중한 아이를 받아 안고, 자신의 아이를 감싸기 위해 준비해놓았던 푸른 담요로 몸을 감싸주었다. 아이가 푸른색 눈동자로 그녀를 말뚱말뚱 올려다보았다.

「지금 목욕시킬까요?」

코딜리어가 물었다.

「잠시 세상에 적응할 시간을 줘요. 아기 엄마가 잠든 뒤에 목욕을 시켜도 되니까.」

「휴스턴이 보고 싶어요.」

아멜리아의 말에 의사는 그녀에게 담요를 덮어주었다.

「이제 남편을 데려다드리지. 오늘밤 내 임무는 다 끝난 것 같으니까, 집으로 돌아가 볼까나. 내일 진찰하러 올 테니 푹 쉬어요.」

옹이진 손가락으로 아멜리아에게 손짓을 하며 의사가 말했다.

「내가 집에 가도 좋다고 할 때까지, 여기서 꼼짝 말도록.」

그녀는 부드럽게 미소를 지었다.

「고맙습니다.」

「고마워 할 필요는 없지. 이게 바로 의사가 해야 하는 일이자, 개중 내가 가장 좋아하는 일이니까.」

그가 이맛살을 찌푸렸다.

「아니 생각해보니까, 내가 좋아하는 유일한 일이군.」

의사는 그녀의 머리를 쓰다듬었다.

「내일 봅시다.」

코딜리어는 아멜리아의 품 안에 다시 아기를 안겨주었다.

「아빠에게 어서 딸을 보여주고 싶겠죠?」

아멜리아가 그녀의 손을 움켜쥐었다.

「고마워요. 나보다 견디기 힘들었을 텐데…….」

코딜리어가 그녀의 손을 맞잡고 살짝 웃어 보였다.

「그렇다고 어디 도망가지 않을 테니, 걱정 말아요.」

코딜리어가 약간 뒤로 물러서자, 프리먼 선생이 발을 끌면서 그녀의 곁을 지나 방을 나갔다.

「자네가 여기서 기다릴 거라고 생각했지.」

「집사람은 무사한가요?」

프리먼 선생의 옆을 지나쳐 방 안으로 들어오며 휴스턴이 물었다.

「물론이지.」

휴스턴은 방을 가로질러 침대 옆으로 가 무릎을 꿇었다. 그의 시선이 아내에게 똑바로 고정되어 있었다. 미소를 지으면서, 아멜리아는 담요를 살짝 젖혔다.

「딸이에요.」

「딸.」

경이로운 듯 아기를 바라보며, 휴스턴은 커다란 손가락으로 꼭 움켜쥔 작은 주먹을 건드렸다.

「제 엄마만큼 예쁘군.」

휴스턴은 아내에게로 시선을 돌렸다.

「다시는 당신을 만지지 못할 것 같아.」

아멜리아는 코딜리어를 향해 얼굴을 돌렸다.

「디, 아이를 좀 보살펴줄래요?」

아주 조심스럽게, 코딜리어는 아기를 두 팔로 감싸안았다.

「이번에는 정말이야.」

다짐하는 휴스턴의 뺨을 어루만지며, 아멜리아가 대답했다.

「알아요. 하지만 지금은 이리 와서 안아줘요.」

휴스턴은 조심스럽게 침대 위로 올라가 아내를 두 팔로 감싸안고 누워, 그녀의 머리 위에 턱을 올려놓았다.

「사랑해.」

「우리더러 나가달라는 신호 같은데.」

코딜리어는 재빨리 고개를 돌렸다. 어느새 달라스가 곁에 다가와 있었다. 강렬한 시선으로 자신을 바라보는 달라스를 마주한 순간, 그녀의 심장이 말발굽소리처럼 요란한 소리를 내며 뛰었다.

「아기를 씻겨야 하는데…….」

달라스가 고개를 끄덕이며 말했다.

「이미 부엌을 따뜻하게 해놓았어.」

코딜리어가 뒤따라 방을 나오자, 그는 재빨리 문을 닫고 근심 어린 표정을 던졌다.

「당신은 괜찮아?」

계단을 내려가며 그가 물었다.

「조금 피곤할 뿐이에요.」

「휴스턴은 일이 주 정도 더 머물러야 할 것 같다고 하던데. 이럴 줄 알았다면, 두 사람은 오늘밤 여기 오지 않았을 거야.」

「얼마나 다행이에요. 분명 우리가 필요했을 텐데.」

그들은 식당을 지나쳤다.

「아이들은 어디에 있어요?」

「해가 지자마자 침대에 밀어넣었어.」

그가 부엌문을 열었다.

따스하고 편안한 기분이 온몸으로 퍼져나가는 것을 느끼며, 코딜리어는 아이를 가슴에 꼭 끌어안았다. 달라스는 낮은 난로 위에 놓인 주전자를 들어 그릇에 물을 따랐다. 탁자 위에는 이미, 그가 준비해놓은 담요와 수건들이 가지런히 놓여 있었다.

「전에도 경험이 있군요.」

코딜리어가 조용히 말하자, 달라스는 그녀를 흘끗 바라보았다.

「매기가 태어났을 때. 휴스턴은 아멜리아를 걱정하느라고 넋이 나가서 전혀 쓸모가 없었거든.」

「우리…… 아들이 태어났을 때도요?」

그의 목울대가 천천히 올라갔다 내려갔다.

「그래, 그 애도.」

그는 물주전자를 내려놓았다.

「아기는 거기 목욕 수건 위에 내려놔. 내가 아기를 잡고 있을 테니까 당신이 씻겨줘.」

코딜리어는 아기를 내려놓았다. 달라스는 부드럽게 아기의 검은 머리카락 아래로 커다란 손을 밀어넣었다.

「아기의 머리를 먼저 씻겨야 해. 별로 좋아하지 않겠지만, 점점 더 익숙해지겠지.」

코딜리어가 따스한 물방울을 작은 머리 위에 떨어뜨리자, 아기가 한껏 얼굴을 찡그린 채 울부짖기 시작했다.

「내가 아프게 한 걸까요?」

울음소리가 점점 더 커지자, 코딜리어가 당황한 얼굴로 물었다.

「아니, 폐 운동을 하는 것뿐이야.」

코딜리어가 목덜미를 씻길 수 있도록, 조심스럽게 아기를 뒤집어 안으며 그가 대답했다.

「너무나 작아요.」

「그래. 하지만 어느새 훌쩍 자라버리지.」

아기를 목욕시키는 달라스를 바라보며, 코딜리어는 마음 한구석이 시려왔다. 저 사람은 앞으로도 많은 아이들을 돌보게 되겠지. 그의 아이들이 아닌, 휴스턴의 아이들과 오스틴의 아이들을……

로울리의 아버지처럼 아들을 가졌다는 것에 대해 감사할 줄 모르는 사람과 남은 인생 동안 아이를 얻지 못한 채 괴로워하며 살아가야 할 달라스를 비교하자니, 불공평한 운명이 너무나 원망스러웠다.

아이를 안고 있는 모습이 너무나 잘 어울리는 달라스.

아이를 사랑과 경이로움이 담긴 눈으로 바라보는 달라스.

아들에게 고통밖에 주지 않는 로울리의 아버지와 달리, 달라스는 분명 그의 아들에게 심장까지도 꺼내주려 할 텐데…….

코딜리어는 아기를 다 씻긴 뒤, 조카딸을 닦아주고 푸른색 배내옷을 입히는 달라스의 모습을 지켜보았다. 그들의 아들에게 입혀주려 했던 작은 옷.

달라스는 부드러운 담요로 아이를 감싼 뒤 품에 안았다. 미소를 짓는 듯 그의 콧수염이 살짝 벌어졌다.

「안녕, 꼬마 디셈버. 예쁘게 생겼구나. 엄마를 만날 준비는 됐니? 맘마 먹으러 갈까?」

그는 슬픔이 가득 담긴 눈으로 코딜리어를 바라보았다.

「당신이 아이를 위층에 데려다주겠어?」

순간, 코딜리어는 더욱 그를 사랑하게 되었다.

「아뇨, 당신이 갔다오세요.」

그가 자리를 뜨자, 코딜리어는 부엌을 둘러보았다. 그들이 함께 휴스턴의 아이를 돌보았다. 두 사람은 언제나 그랬듯, 아주 잘 해냈다.

「우리는 아주 좋은 부모가 될 수 있었을 텐데……. 그런 기회조차 주어지지 않다니 이건 너무 불공평해.」

부엌 구석에 서서 그녀가 속삭였다.

목적지도 정하지 않은 채, 그녀는 집 밖으로 걸어나갔다. 하얗게 덮인 눈 위에 그녀의 슬리퍼 자국이 남았다.

주위에는 바람이 매섭게 몰아치고 있었다. 풍차가 덜컥거리며 돌아가는 소리가 들렸다. 그리고 그녀는 처음으로 아들의 무덤 앞에 섰다.

아이의 무덤에 바쳐진 비문는 너무나 간단했다.

리의 아들
1881

아이를 안아보고 싶었다. 목욕시키고, 머리카락을 빗어 넘겨주고, 아이가 자라는 모습을 지켜보고 싶었다. 아이의 눈물이 그녀의 어깨를 촉촉하게 적시고, 아이의 고운 웃음소리가 그녀의 마음을 가득 채우길 원했다.

그녀는 절대 가질 수 없는 것을 간절히 원하고 있었다.

잃어버린 모든 것에 대한 고통으로 눈앞이 아득해졌다. 아들과 그 아이가 그들에게 주었을 사랑과 꿈. 달라스는 이제 결코 그녀를 사랑하지 않으리라.

숨죽인 발자국 소리가 들렸다. 하지만 그녀는 몸을 돌릴 수가 없었다. 흘러내리는 눈물을 닦으려 노력해보아도 부질없었다. 닦아도 또 다른 눈물이 두 뺨을 흠뻑 적시고 있었다. 두 손으로 얼굴을 감싸고 고통을 억누르려 했지만 그럴수록 아픔은 더욱 커져만 갔다.

달라스가 그녀의 어깨 위에 양가죽 재킷을 덮어주고, 두 팔로 그녀를 감싸안았다.

코딜리어는 울부짖음을 토해내며 그에게 안겼다.

「난 아이의 얼굴도 보지 못했어요.」

「너무나 작았어. 윤곽이 분명하지는 않았지만…… 당신을 많이 닮은 것 같았어.」

「아파요…… 마음이 너무 아파요.」

「알아.」

그의 목소리에도 억눌렀던 감정들이 묻어났다.

「이 아이를 잃으면서 우리는 너무나 많은 것을 잃었어요.」

「세상 전부를 잃었지.」

그의 말이 바람소리와 함께 그녀의 귓가에 메아리쳤다.

세상 전부를……

18

아래층으로 내려가던 코딜리어는 현관 앞에 서 있는 던컨과 캐머론을 보고 비틀거리며 걸음을 멈추었다. 캐머론이 그녀를 올려다보며 미소를 짓자 기쁨이 용솟음쳤다.

서둘러 다가가 캐머론의 손을 잡자 동생이 두 뺨에 키스를 해주었다. 그런 뒤 그녀는 던컨을 향해 손을 뻗었다.

「오빠, 이렇게 얼굴을 보니까 너무나 좋아.」

「누나가 없으니까 크리스마스도 전 같지 않아.」

캐머론이 말하자, 던컨이 동의를 하듯 고개를 끄덕였다.

「오늘쯤 잠시 들르려고 했어. 하지만······.」

그녀는 계단을 향해 고갯짓을 했다.

「어젯밤에 아멜리아가 아기를 낳았어. 그래서 일이 바빠졌거든.」

안쓰러워하며 캐머론은 그녀의 배로 시선을 떨구었다.

「누나가 아이를 잃었다는 소식 들었어.」

아무런 경고도 없이 눈시울이 뜨거워지고 목이 메어와, 그녀는 그저 고개만 끄덕였다.

「정말 유감이다, 디. 사실 우리가 오늘 여기에 온 건······.」

던컨이 입을 열었다. 그녀는 손으로 입술을 꼭 누르며 슬픔을 억누를 힘이 나기를 간절히 빌었다.

「보이드 형이 달라스를 만나고 싶어해서야.」

코딜리어는 눈물을 삼켰다.

「보이드 오빠도 왔어?」

「응, 지금 서재에서 달라스와 이야기를 나누고 있어.」

「무슨 얘기?」

한 사람은 자신의 부츠를, 다른 사람은 천장을 올려다보면서, 형제들은 서로의 시선을 피했다. 순간 불길한 예감이 그녀의 마음속에 자리잡았다. 그녀는 서둘러 복도를 지나 반쯤 열려 있는 문을 향해 손을 뻗었다.

달라스는 창가에 서서 밖을 바라보고 있었고, 보이드는 종이 조각을 손에 들고 책상 앞에 서 있었다.

「난 상황을 그렇게 보고 있네.」

보이드가 말했다.

「계약에 따르면, 그 애가 아들을 낳아주면 자네는 우리에게 땅문서를 주기로 했지. 코딜리어는 아들을 낳았어. 불행하게도 죽었지만, 사실은 변함이 없어. 그 애는 이 거래에 있어서 자신의 임무를 다했어. 이제, 난 자네 땅을······.」

「지옥에나 떨어져요.」

코딜리어가 말했다.

달라스가 홱 몸을 돌렸다. 무관심한 표정으로 얼굴을 가리기 전, 그녀는 달라스의 눈에 가득 고인 고통을 볼 수 있었다.

「디······.」

「이건 네가 상관할 문제가 아니다, 코딜리어.」

「대체 뭐 하자는 거죠? 그깟 땅 한 뙈기와 날 맞바꾸더니, 그래놓고 뻔뻔하게 이젠 내가 상관할 문제가 아니라고 하는군요? 어떻게 감히 그럴 수 있죠? 어떻게 감히 우리 집으로 와서 우리에게, 달라스에게 무얼 요구할 수가 있느냔 말이에요. 그 어떤 법정도 오빠의 편에 서 주지는 않을 거예요. 어떻게 죽은 아들이 살아 있는 아들과 똑같다는 거죠?」

「디…….」

달라스가 말했다.

「아뇨.」

그가 입은 상처 때문에, 그들이 잃은 것들에 대한 고통 때문에 코딜리어의 마음이 저려왔다. 그녀는 차가운 시선으로 오빠를 바라보며 손가락으로 그의 가슴을 쿡쿡 찔렀다.

「우리는 상처입었다구요, 젠장. 우리는 절실히 바라던 것을 잃었어요. 다시는 그걸 가질 수도 없죠. 도대체 내가 아파하는 동안 내 가족들은 어디 있었죠? 내가 생사의 기로에 놓여 있는 동안 우리 가족은 어디 있었느냐구요? 그저 원하는 땅덩어리에 표시나 하고 있었겠죠.」

분노에 몸을 떨고, 실망감에 아파하며 그녀는 말을 이었다.

「다시는 내 집에 발을 들여놓지 않았으면 좋겠어요. 내가 달라스에게 살아 있는 아들을 주지 못했기 때문에, 오빤 절대로 땅을 갖지 못할 거예요. 난 지금 뭔가를 힘껏 때려주고 싶은 생각뿐이에요, 보이드. 만일 오빠가 지금 당장 내 눈앞에서 사라지지 않는다면, 내가 때릴 상대는 바로 오빠가 될 거예요.」

보이드가 달라스를 노려보았다.

「저 애가 저렇게 나불대도록 그냥 놔둘 생각인가?」

달라스가 심각하게 고개를 끄덕였다.

「만일 내 아내가 자넬 때리길 원한다면, 난 아내를 위해 자넬 붙잡고 있을 용의도 있네.」

「약속을 지키지 않은 것에 대해, 반드시 후회할 날이 올 거야.」

저주를 퍼붓듯 고함을 지르고 나서, 보이드는 성큼성큼 걸어 방을 빠져나갔다.

　얼어붙은 강물에서 빠져나온 사람처럼 몸을 부들부들 떨며 코딜리어
는 의자에 털썩 주저앉았다. 달라스가 그녀의 옆에 무릎을 꿇었다.
　「난 한번도 약속을 물린 적이 없어, 코딜리어. 하지만 당신을 위해서
라면 그렇게 하겠어. 원한다면 내일 당장 다시 강에 울타리를 치겠
어.」
　그녀는 고개를 흔들었다.
　「지금은 내가 뭘 원하는지 모르겠어요. 그냥 안아줘요.」
　달라스는 두 팔로 그녀를 감싸안았다. 그녀는 그의 어깨에 얼굴을
묻고 흐느꼈다. '맥퀸'이라는, 지금 막 잃어버린 가족을 위해, 그리고
'리'라는 결코 가질 수 없는 가족을 위해.

　마구간 뒤쪽을 어슬렁거리며 걷던 오스틴은 누군가 달리는 듯, 혹은
부족한 공기와 싸우는 듯 희미하게 헐떡거리는 숨소리를 들었다. 그는
걸음을 멈추고 주의 깊게 귀를 기울였다. 그런 뒤 아주 조심스럽게, 그
리고 조용히 마구간의 다락으로 올라갔다.
　로울리가 한쪽 구석에 몸을 웅크린 채 두 팔로 무릎을 감싸고, 앞뒤
로 몸을 흔들고 있었다.
　오스틴은 짚이 깔려 있는 바닥에 주저앉았다.
　「로울리?」
　오스틴은 공포가 무엇인지 알지 못했다. 하지만 지금 그는 아이가
공포에 질려 있다고 확신했다. 작은 어깨 위에 손을 얹자 아이의 떨림
이 그대로 느껴졌다.
　「그 사람이 여기 있어요.」
　로울리가 속삭였다.
　「누가 여기 있다는 거야?」
　「디 아줌마를 다치게 한 사람이요.」
　오스틴은 배를 깔고 다락방의 열린 창문으로 밖을 바라보았다. 울타
리에 매어 있는 세 마리의 말이 눈에 들어왔다. 하지만 설마 맥퀸 형

제들 중 하나가 코딜리어를 해쳤으리라고는 생각하지 않았다. 그는 어깨너머를 흘끗 바라보았다.

「그 사람이 여기 있는 게 확실하니?」

겁에 질린 거북이처럼, 로울리는 자꾸만 어깨를 움츠렸다.

「그 아저씨가 아빠한테 돈을 줬어요.」

「그 사람이 왜 네 아버지한테 돈을 줬다는 거지?」

로울리는 몸을 앞으로 숙였다.

「나를…… 아프게 하려고요.」

수치심이 가득 담긴 목소리로 로울리가 말했다. 순간 분노가 오스틴을 휘감았다.

「저들이 떠날 때, 누군지 내게 말해주겠니?」

로울리는 맹렬하게 고개를 저었다.

「내가 말하면, 그 사람이 날 죽일 거예요.」

「약속하마, 로울리. 그자가 다시는 널 건드리지 못하게 할게.」

그는 앞으로 손을 내밀었다.

「누구인지 꼭 알아야 해. 이리 와서 날 도와주겠니?」

달팽이보다 느리게, 마치 언제라도 구석으로 다시 도망갈 태세로, 아이가 앞으로 기어 나왔다. 오스틴은 아이를 옆으로 잡아당기고 둘 다 바닥에 편편하게 배를 깔고 누운 뒤 짚더미 위로 시선을 던졌다.

집에서 나와 말 등에 오르는 맥퀸 삼 형제가 오스틴의 눈에 들어왔다.

「로울리, 누구니?」

로울리는 떨리는 손가락을 들었다.

「가운데 있는 사람이요.」

「분명해?」

「네.」

오스틴은 고개를 돌려 소년을 바라보며 미소를 지었다.

「잘했다, 로울리. 이제 모든 걸 내게 맡겨두면 돼.」

＊　　＊　　＊

두 시간 뒤, 오스틴은 비틀거리며 살롱 안으로 들어갔다. 담배 연기가 자욱하고, 사람들의 말소리는 마구 뒤얽혀 소음이 되고 있었다. 그는 구릿빛 동전을 계산대 위에 탁 올려놓으며 주위를 샅샅이 둘러보았다.
「맥주.」
오스틴은 잔을 받아 그 씁쓸한 증류액을 한 모금 들이켰다. 가족들에게 그는 언제나 가장 어리고 보살핌을 받아야 하는 어린애였다.
하지만 이번만은 아니다.
그는 총집에서 총을 꺼내 조심스럽게 겨냥한 뒤 살롱의 벽에 총알을 박아 넣었다. 정확히 보이드 맥퀸의 머리 위쪽에.
우당탕 소리를 내며 의자에서 바닥으로 몸을 던진 보이드가 뭐라고 욕설을 퍼붓고 있었다.
방을 가로질러 걷는 동안, 오스틴은 자신이 이토록 침착할 수 있다는 사실이 믿어지지가 않았다. 사람들이 그에게서 슬금슬금 떨어졌다. 보이드와 함께 앉아 있던 사람들도 서둘러 다른 탁자로 이동했다.
오스틴은 탁자를 손으로 짚은 채 보이드를 노려보았다.
「난 진실을 알고 있어. 모든 걸 말이야. 가능하면 멀찍이 떨어지는 게 좋을 거야. 내게서, 그리고 내가 가족이라고 생각하는 사람들에게서. 그렇지 않으면 다음 총알은 네놈의 심장에 박힐 테니까.」
휴스턴이 몸을 돌렸다.
「네 놈에겐 날 죽일 만한 배짱이 없어.」
보이드가 이죽거렸다.
오스틴은 천천히 몸을 돌려 적을 마주보았다.
「내 말을 명심해, 맥퀸. 네놈의 흔적을 이 세상에서 없애버리는 것만큼 내게 큰 기쁨이 되는 일은 없다는 걸.」

슬픔으로 얼룩졌던 겨울을 지우려는 듯 화사한 봄이 찾아왔다. 빨간색, 노란색, 파란색…… 풍부한 색깔이 담요처럼 땅을 뒤덮었다.

코딜리어는, 자신의 집 현관 베란다 앞에 앉아 로렐 조이에게 젖을 먹이는 아멜리아를 바라보고 있었다. 아이는 통통한 팔다리를 흔들며 규칙적으로 입술을 오물거리고 있었다. 행복해 보이는 모습이지만, 가슴 한구석이 아파오는 것은 어쩔 수가 없었다.

코딜리어는 로울리와 남자들이 망아지를 낳으려는 암말을 돕고 있는 곳으로 시선을 돌렸다. 출산은 항상 어디서나 일어나는 일이었다. 그때마다 가질 수 없는 것에 대한, 그리고 자신이 달라스에게 줄 수 없는 것에 대한 고통은 깊어만 갔다.

「뭔가 심각한 결심을 한 사람처럼 보여요.」

아멜리아가 입을 열었다. 코딜리어는 자신이 사랑하는 사람들에게서 눈을 떼고, 아랫입술을 잘근잘근 깨물었다.

「혼인 무효 신청을 낸다고 했죠? 이유가 뭐예요?」

아멜리아는 로렐을 어깨에 걸쳐 안은 채 블라우스의 단추를 잠그며, 그 질문이 의도하고 있는 해답을 발견하려는 듯 조심스럽게 그녀를 바라보았다.

「이유는요 뭐, 너무 당연한 일이죠. 우리 결혼은 '완성'될 수 없으니까요.」

코딜리어는 심장이 내려앉는 것을 느꼈다.

「그래도, 한때는 두 분 사이가 너무나 좋았잖아요.」

'한때는……'

호텔에서 함께 보냈던 그날 이후로 달라스는 그녀의 침대로 오지 않았다. 마치 그녀를 어떻게 해야 할지 모르겠다는 듯한 조심스러운 시선으로 코딜리어를 바라보기만 할 뿐이었다.

「여자가 더 이상 결혼생활을 원하지 않으면 어떻게 해야 하죠?」

「아주버님과는 이야기해봤어요?」

「아뇨. 우린 더 이상 아무런 이야기도 나누지 않아요. 결혼을 하기 전보다 훨씬 더 서먹하게 지내죠.」

「아주버님도 마음이 아프셔서…….」

「그건 나도 마찬가지예요. 달라스의 아픔을 끝내줄 수 있는 사람은 나뿐이에요.」

로렐 조이가 트림을 하자 아멜리아는 재빨리 몸을 움직였다.

「무슨 소리예요?」

「그이를 떠날 거예요. 아들을 낳아줄 수 있는 누군가를 만나 결혼할 수 있는 기회를 주려고요.」

아멜리아가 고개를 흔들었다.

「이혼을 원하실 거라고는 생각하지 않아요. 아기를 잃었을 때, 코딜리어마저 잃지 않게 해달라고 제게까지 애원을 하시던 걸요.」

「말은 원래 쉬운…….」

「아주버님에게는 아니에요. 달라스가 기분 내키는 대로 말하는 것을 본 적은 단 한번도 없어요.」

「그때는 자신이 한 말의 대가가 어떤 것인지 몰라서 그랬을 거예요. 그토록 원하는 아들을 내가 낳아줄 수 없다는 사실을 말이에요.」

아멜리아의 눈동자에 동정심이 가득 찼다.

「달라스를 사랑하는군요.」

눈물이 코딜리어의 시야를 가렸다.

「도와줘요, 아멜리아. 그가 원하는 걸 가질 수 있도록 도와줘요.」

아멜리아는 체념의 한숨을 내쉬었다.

「토마스튼 씨와 이야기해보세요.」

「그 변호사요?」

아멜리아는 고개를 끄덕였다.

「'이혼'이라는 법이 있나 봐요. 어떤 법인지는 정확히 모르지만, 어쨌든 이혼한 여자들은 경멸이 담긴 시선을 피하지 못해요. 디, 그러니까 다시 한 번 생각을 해봐요.」

코딜리어는 몸을 돌려 남자들을 바라보았다. 달라스가 로울리의 옆에 쭈그리고 앉아 손가락으로 암말을 가리키고 있었다. 자신의 아이에게 가르치고 싶어했던 모든 것들을 그는 소년에게 설명하고 있었다. 그에게는 마땅히 자신의 피를 이어받은 아이를 가르칠 수 있는 기회가 주어져야만 했다.

「이젠 그럴 필요 없어요.」

그녀가 부드럽게 말했다.

쇼니의 마방 안에 서 있던 로울리는 처음에는 언젠가 침대 속에 숨겨놓았던 썩은 삶은 계란처럼 불쾌한 악취를 맡았다. 결국 그 계란은 먹지 못하고 버려야 했다. 그런 뒤, 해골의 손가락뼈가 뒷덜미를 스치고 지나가듯 싸늘한 예감이 온몸에 흘렀다.

그는 침을 삼키며 마방에서 슬금슬금 기어나왔다. 마구간 올빼미가 휙 날아오른 순간, 로울리의 심장은 거의 멈출 뻔했다. 구석에서 어두운 그림자가 움직이고 있었다. 로울리는 얼른 마구간 문틈 사이로 흔들리며 들어오는 햇살을 보았다. 황혼의 햇살. 아이는 미소를 지었다. 리 씨가 집 뒤쪽 계단에서 기다리고 있으리라.

갑작스러운 통증에, 로울리는 뭔가가 자신을 후려쳤다는 것을 느끼며 바닥에 나가떨어졌다. 누군가가 자신을 올라타고 커다란 손으로 목을 짓눌렀다. 이유를 알 수 없었다. 만일…… 만일 또 나쁜 일을 해야 한다면…… 숨을 쉬지 않겠다고 결심했다.

익히 알고 있는 얼굴이 로울리의 앞에 바싹 다가왔다. 엉망으로 헝클어놓은 나무 퍼즐처럼 얼굴이 이상하게 보였다.

눈 속에서 흰자와 검은자가 싸움을 하더니, 결국 검은자가 이겼다.

「손을 떼주지. 하지만 고함을 지르면 네 녀석 숨통을 끊어놓을 줄 알아.」

아빠가 귀에 거슬리는 목소리로 말했다.

아빠.

머릿속에 온갖 생각들이 마구 흘러 들어왔다.

손이 치워지자, 로울리는 코를 찌르는 아빠의 악취가 불러일으키는 혐오감을 삼키기 위해 깊게 숨을 들이마셨다.

아빠는 몸을 일으키고 마치 매기의 헝겊 인형을 다루듯 가볍게 로울리를 들어올렸다. 그가 자신을 벽에 집어던지자, 로울리는 차라리 고통을 느끼지 못하는 인형이었으면 좋겠다고 생각했다.

「사는 게 환상적이지? 안 그러냐, 꼬마야?」

아이의 아빠가 거칠게 말했다. 로울리가 고개를 흔들자, 아빠도 따라서 고개를 흔들었다. 그가 웃을 때마다 새까맣게 썩은 치아가 보기 흉하게 드러났다.

「하지만, 나도 이제 그렇게 살 거다, 환상적으로. 네가 날 좀 도와줘야겠다.」

로울리는 어디론가 그가 해치지 못하는 곳으로 도망쳐, 아무 소리도 듣지 못하기를 빌었다. 결국 듣고 말았지만.

하지만 아이는 자신이 그렇게 해야 한다는 것을 알고 있었다. 그러지 않으면 아빠가 그녀를 죽일 테니까.

로울리의 머릿속이 공포로 붉게 물들어갔다.

*　　*　　*

소풍은 로울리의 생각이었다.

「그곳에 가면 행복해질 거예요.」

아이가 시선을 내리깔면서 말했다.

코딜리어는 뭔가 이상하다고 생각했다. 하지만 달라스의 곁을 떠나는 일로 머리가 너무나 복잡했다. 로울리는 그녀에게 소풍을 가기에 완벽한 장소를 안다며, '달라스가 가르쳐준 곳'이라고 했다.

그때, 아이가 보낸 암시를 깨달아야만 했다. 로울리는 늘 달라스를 리 씨라고 불렀다.

나중에야, 그녀는 아이가 주려했던 작은 암시와 신호 그리고 부적절한 언어들을 이해할 수가 있었다.

하지만 눈치를 챈 것은, 돗자리 깔개에 앉아 음식을 즐기려고 할 때 말을 탄 남자들이 모습을 드러내자, 로울리가 눈물이 가득 고인 충혈된 눈을 돌리며 그녀의 시선을 피해서였다. 그제야 그녀는 아이가 소풍을 제안한 숨겨진 이유를 이해할 수 있었다.

친애하는 리

나는 지금 쿠퍼 씨의 인질로 잡혀 있어요. 내일 정오까지 천 달러를 준비해서 당신 목장 끝의 메마른 우물로 와주세요. 총도 칼도 없이 혼자 와야 해요.

다친 곳은 없어요. 하지만 당신이 그의 지시를 따르지 않는다면, 그가 날 죽일 거예요.

당신의 아내로부터

인질범은 코딜리어의 손아래 놓인 종이를 낚아채 랜턴의 불빛에 비추어보았다.

「좋아, 좋아, 정확히 내가 말한 대로 썼군.」

코딜리어는 과연 그가 글을 읽을 줄이나 아는지 궁금했다. 그녀는 그 편지를 쓰고 싶지 않았다.

그녀는 쿠퍼가 시킨 대로 행동할 수밖에 없었던 이유인 로울리를 흘끗 바라보았다. 아이는 오두막 수석에 놓은 나무 상자 위에 미동도 없이 앉아 있었다. 무릎 위에 두 손을 올려놓은 모습이 어린 꼬마가 아니라 다 자란 성인처럼 보였다. 아이는 랜턴의 흔들리는 불꽃을 응시하는 것처럼 보였다. 단지 불꽃만이 존재하는 것처럼…… 방 안에 아무도 없는 것처럼.

랜턴을 응시하면서 조용히 앉아 있는 아이의 관자놀이 부분에는 총이 겨냥되어 있었다.

「그럼 시작할까?」

총을 들고 있는 사내가 물었다. 로울리의 아버지가 고개를 끄덕였다.

코딜리어가 상황을 미처 이해하기도 전에, 그가 방아쇠를 당겼다. 방 안에 울려퍼지는 딸깍이는 소리와 함께 그녀는 비명을 질렀다.

로울리의 아버지가 웃음을 터트렸다.

「다시 한 번 운이 좋구나, 로울리.」

그는 손을 들어올려 로울리의 얼굴을 내려쳤다. 로울리는 상자에서 떨어져 바닥에 처박혔다.

「안 돼요.」

코딜리어는 비명을 지르며 구석으로 달려가 아이를 두 팔로 끌어안 았다. 아이는 추운 날 찬물을 뒤집어 쓴 것처럼 심하게 떨고 있었다.

「녀석은 아무것도 못 느껴.」

아이의 아버지가 낄낄거리며 지껄였다.

「머리가 좀 돌았거든. 혼이 빠진 것처럼 말야. 나처럼 영리하지가 못 해.」

그는 자신의 관자놀이를 가리켜 보였다.

「하지만, 난 말야. 난 생각하는 사람이야. 언제나 생각을 하지.」

그가 무릎을 꿇고 가까이 다가오자 역겨운 악취가 뒤따랐다.

「내가 지금 무슨 생각을 하는지 알아?」

코딜리어는 온몸에 남아 있는 힘을 그러모아 로울리를 더욱 세게 끌 어안았다.

「당신이 무슨 생각을 하건 나와는 상관없어요.」

「그가 이리로 올 거야. 그가 오면 말이지, 난 그를 죽일 거야.」

「이유가 뭐죠, 당신은 돈을 가질 수⋯⋯.」

「내가 말했지. 난 생각하는 사람이라고. 그 놈을 죽이라고 당신 오빠 가 내게 돈을 줬어. 하지만 달라스 리는 죽이기에는 쉽지 않은 인물이 지. 분명 저항할 테니까. 그래서 난 생각을 했지. 달라스 리는 자기는 똑똑하고 난 멍청하다고 생각해. 그래서 난 다시 생각을 했어. 그의 마 누라를 납치하자. 그래서 돈을 가져오게 만들고 그런 뒤 죽이자. 나는 그에게서 돈을 받고, 거기다 당신 오빠에게서도 돈을 받아내는 거지.」

「달라스는 오지 않아요. 그는 하찮은 것과 값진 것을 맞바꿀 만큼 그렇게 멍청하지 않으니까요. 그는 아들을 원하지만 나는 아이를 낳을 수 없어요. 내가 죽으면, 그는 아들을 낳아줄 수 있는 여자와 결혼할 수 있는 기회를 갖게 될 텐데, 여기 올 리가 없죠.」

로울리의 아버지가 자리에서 일어났다.

「네 남편이 오기를 기도해야 할걸. 만일 오지 않으면……」

그의 시선이 그녀의 몸을 훑고 지나가자, 코딜리어는 온몸에 흐르는 전율을 막기 위해 안간힘을 써야 했다.

「너와 시간을 보내기 위해 돈을 쥐어줄 사내들을 아주 많이 알아. 저 꼬마의 에미한테 돈을 지불했던 것처럼 말야.」

「꼬마라뇨? 지금 로울리를 말하는 건가요? 당신은 자기 아내까지……」

「그년은 내 아내가 아니었어. 내가 발견한 계집일 뿐이지.」

그는 자신의 관자놀이를 툭툭 쳤다.

「난 생각하는 사람이라고 했잖아. 여기저기 데리고 다니면서 그년이 죽을 때까지 많은 돈을 벌었지. 그년의 아들에게 내 성을 주기는 했지만, 난 저 꼬마의 아비는 아닌 것 같아. 저 애는 내 소싯적처럼 인물이 훤하지도 않거든. 그리고 그년처럼 저런 쓸모 없는 애새끼를 내지르지 않을 테니까…… 넌 그년보다도 더 가치가 있지.」

19

　방 안에 내려앉은 어둠 속에 가만히 서서 달라스는 창문 너머를 바라보았다. 그를 감싸는 고독과 함께. 전에는 한번도 고독이란 것을 느껴본 적이 없었다. 분명 동반자 관계가 무엇인지 경험해본 적이 없어서, 자신의 생각을 들어줄 누군가가 곁에 있다는 게 얼마나 위로가 되는지, 하늘에 떠 있는 별들을 지켜보는 그런 단순한 일을 함께 하는 것 자체도 얼마나 큰 기쁨이 되는지 몰랐기 때문일지도 몰랐다.

　달라스는 다시금 디가 서재에 찾아와서, 의자 위에 발을 올려놓은 채 그녀의 생각과 계획들을 자신과 의논해주기를 원했다. 하지만 보이드와의 언쟁 뒤로 그녀는 서재에는 결코 찾아오지 않았다.

　그는 그녀가 식당 탁자 위에 남겨놓은 쪽지를 구겨버렸다.

　'로울리와 소풍가요.'

　몇 달 전이었다면, 분명 함께 가자고 제안했을 터였다. 하지만 지금은 심지어 호텔을 점검하러 마을에 가는 동안조차 그와 함께 있고 싶지 않은 눈치였다.

　그들은 점점 더 이방인이 되어가고 있었다.

사고 이후로, 달라스는 그녀의 침대에서 자는 게 너무나 두려웠다. 그녀에게 상처를 줄까 봐 너무나 두려웠다. 하루하루가 지나갈수록 그들 사이도 점점 더 벌어졌지만, 그 틈을 어떻게 메워야 할지 도무지 감이 잡히지 않았다.

그녀가 오늘밤은 집으로 돌아올 생각인지 궁금했다. 코딜리어가 호텔에서 자는 날이 점점 늘어나고 있었다. 그는 가슴에 턱이 닿을 정도로 깊숙이 고개를 떨구었다. 젠장, 그녀가 그리웠다. 하지만 어떻게 해야 그녀를 돌아오게 만들 수 있을지 알 수가 없었다.

그를 향한 그녀의 미소도, 웃음소리도 사라져버렸다. 가끔씩 로울리 때문에 그녀가 웃음을 터트리는 소리를 들을 수 있었다. 그럴 때마다, 그는 그 웃음이 자신을 위한 것인 양, 그렇지 않다는 걸 아주 잘 알고 있으면서도 가슴속에 고이 간직했다.

아이를 잃어버린 날 밤, 그녀는 달라스를 향해 품고 있던 호감들을 한꺼번에 다 잃어버린 듯했다. 어떻게 그녀를 비난할 수 있겠는가. 그녀를 보호해주지 못한 남자가. 마치 말라버린 우물처럼 아무런 쓸모도 없는 사람이 말이다.

빠르게 달려오는 말발굽소리에 고개를 들자, 말을 타고 달려오던 사내가 팔을 번쩍 치켜드는 모습이 보였다. 동시에 돌덩이가 날아오더니 유리창이 산산조각 났다.

도대체 이게 무슨 짓이야!

달라스는 돌덩이를 찾아 거기에 묶여 있는 끈을 풀고 종이를 펼쳐 들었다. 디의 사인을 굳이 확인하지 않아도, 그녀의 흘려 쓴 글씨체를 알아볼 수 있었다.

책상에 앉아, 그는 램프의 불을 조금 더 올렸다. 그리고 쪽지를 수십 번 반복해서 읽어나갔다. 그때마다 그 단어들이 계속해서 그의 등줄기에 차가운 냉기를 흘려보냈다. 달라스는 책상에 팔꿈치를 얹은 채 두 손에 얼굴을 묻고 손가락으로 이마를 문질렀다. 젠장, 뭘 해야 할지 알수 없었다.

북쪽의 우물가는 수 킬로미터 사방으로 아무것도 존재하지 않는 평원이었다. 누군가를 데리고 가면……

달라스는 깊게 한숨을 내쉬었다. 아마도 오늘 그가 본 석양이 삶의 마지막 석양이 될 것 같다는 생각이 들었다. 밀려드는 너무나 많은 후회들로 마음이 괴로웠다. 의심할 여지없이, 우물가 어디선가 그를 향해 총알이 날아오리라.

* * *

경첩이 덜컥거릴 때까지 달라스는 문을 두드렸다. 문이 살짝 열리고, 헨더슨이 어둠 속에서 밖을 빠끔히 내다보았다.

「이런, 이런, 달라스. 오늘은 자네 부인이 대출 신청을 하러 온 적도 없는데?」

「나도 알아. 천 달러가 필요하네. 현금으로.」

「아침 8시, 은행 문을 열 때 보세나.」

그가 다시 문을 닫으려 하자, 달라스는 재빨리 문틈으로 손을 밀어넣었다.

「지금. 지금 당장 필요해.」

「뭣 때문에?」

「사업상. 두 배의 이자를 물도록 하겠네.」

헨더슨은 종종걸음으로 밖으로 걸어나왔다. 달라스는 그를 따라 계단 아래로 걸어갔다. 헨더슨이 열쇠꾸러미를 손에 든 채 허둥거리자, 달라스는 꾸러미를 빼앗아 맞는 열쇠를 직접 찾아주고 싶은 충동을 간신히 억눌렀다.

헨더슨은 마지막 자물쇠를 열고, 어깨너머로 달라스를 흘끗 바라보았다.

「여기서 기다리게. 곧 가지고 나올 테니까.」

달라스는 고개를 끄덕이며 그에게 안장 가방을 건네주었다.

「한 장도 빠짐없이 정확해야 하네.」

헨더슨이 나올 때까지, 달라스는 인도 가장자리를 따라 걸으며 거리에 일렬로 늘어서 있는 보안관의 사무실과 디의 호텔로 시선을 돌렸다. 내일 집으로 돌아오지 못할 경우를 대비해서 보안관을 흔들어 깨울까 하는 생각도 해보았다. 하지만 쿠퍼가 디를 풀어주지 않는다면, 누가 사실을 안들 무슨 소용이 있겠는가.

그는 호텔로 다시 시선을 돌렸다. 자부심으로 가슴이 뿌듯해졌다. '그랜드 호텔', 코딜리어가 꿈꾸고 현실로 이루어낸 곳. 하지만 얼마나 그녀를 자랑스러워하는지, 그녀를 아내로 맞아서 얼마나 기쁜지 코딜리어에게 이야기한 기억이 전혀 없었다.

한평생 후회할 만한 일은 피해서 살았다고 생각했는데, 지금 그는 하지 못한 일이 너무나 많다는 사실을 발견했다.

달라스는 태양이 정확히 머리 위로 올라오기 한 시간 전에 우물가에 도착했다. 초원 위로 부는 미풍에 풍차가 덜컥거리며 돌아가고 있었다. 그는 안장 위에서 몸을 움직거리며 기다렸다.

그는 땅을 사랑했다. 그 광활함을, 그리고 남자를 끌어당기는 매력을. 제대로 대접해준다면, 땅은 훨씬 더 많은 것으로 보답해주었다. 하지만 그래도 그 땅이 깊은 밤 그의 몸을 안아주거나, 한겨울 그의 발을 따스하게 녹여주지는 않았다.

그는 말을 타고 다가오는 남자 하나를 보았다. 인질 교환이 이루어질 장소가 바뀐다고 해도 그리 놀랍지는 않았다. 여전히 희망은 남아 있었다.

다가온 사람은 쿠퍼가 아니었다. 전에는 한번도 본 적이 없는 부랑자였고, 다시는 보고 싶지 않은 인상이었다.

「돈은 가져왔나?」

몇 개는 사라지고 몇 개는 썩은 이 틈으로 그가 말을 내뱉었다.

「그래, 내 아내는 어디에 있지?」

「캠프에.」

검은 헝겊을 내밀며 그가 대답했다.

「눈을 가려.」

달라스는 더러운 손에서 헝겊을 받아 두 눈을 가렸다. 다른 사람의 규칙에 따라 행동하는 일에는 익숙하지 않았지만, 지금은 선택의 여지가 없었다. 디의 목숨을 구할 수만 있다면, 뭐든지 할 수 있었다.

그의 어리석음으로 아내는 아이를 잃는 아픔을 겪어야 했다. 이번에는 절대 그렇게 부주의하게 행동하지 않을 생각이었다.

검은 헝겊이 석양빛의 느낌을 둔하게 만들었지만, 강렬한 태양의 빛으로 시간을 어림잡던 달라스였기에 대충 움직이는 방향을 측정할 수 있었다. 서쪽, 해가 지는 방향으로.

한 시간쯤 갔을까, 사탄이 비틀거리며 걸음을 멈추었다.

「이제 헝겊을 풀어도 좋아.」

달라스는 악취가 풍기는 헝겊을 재빨리 잡아당겼다. 그의 눈이 작은 협곡에 내려앉은 어둠에 적응하기까지 조금 시간이 걸렸다.

그의 시선이 재빨리 움직이며 어떤 위험이 존재하는지를 감지하려 했다. 머리 위의 가지에 두 팔이 묶인 채 나무에 등을 기대고 선 디가 공포가 가득 담긴 눈으로 그를 바라보고 있었다.

달라스는 안장 가방을 움켜쥐고 말에서 내려왔다. 그러고는 쿠퍼의 야비한 미소를 무시한 채 코딜리어를 향해 걸음을 옮겼다. 하지만 모래 바닥 위에 방울뱀처럼 꿈틀거리고 있는 채찍을 무시하는 것은 불가능했다.

「그녀를 풀어줘.」

로울리의 아비라고 자처하는 인간을 혐오스러운 눈길로 바라보며, 달라스가 명령했다. 그자의 얼굴에 여전히 멀쩡한 부분이 남아 있다는 사실이 심히 유감스러웠다.

쿠퍼가 담배즙을 내뱉었다.

「돈을 받을 때까지는 안 돼.」

달라스는 쿠퍼의 발 밑에 가방을 집어던지고는 디를 향해 걸어갔다.

「거기쯤에서 걸음을 멈추지 그래. 그렇지 않으면 터바이어스가 네놈 마누라를 쏠 텐데.」

쿠퍼가 이죽거리며 말했다.

달라스는 재빨리 몸을 돌렸다. 쿠퍼의 바로 옆에 서 있는 남자의 리플이 디를 겨냥하고 있었다. 달라스를 캠프로 데려온 사내는 말에서 내려와 한 팔로 로울리를 끌어안은 채 아이의 관자놀이에 총을 겨누고 있었다. 달라스는 로울리 또한 공포에 질려 있을 거라고 생각했다. 하지만 아이의 눈에는 조용한 체념만이 남아 있었다. 순간 달라스는 분노를 참을 수가 없었다.

「이제 돈을 가졌으니까, 아이와 여자는 놓아줘.」

쿠퍼가 낄낄거렸다.

「이건 돈하고는 상관없는 문제야. 내가 네놈에게 받아야 할 빚이 있거든.」

그가 채찍을 휘두르자, 찰싹 하는 소리가 협곡 안에 메아리쳤다.

「네놈이 한 짓 때문에, 이 얼굴로는 더 이상 창녀들을 꼬실 수 없게 되었어. 그러니 댁도 똑같은 대접을 받아야겠어.」

그의 입술에 미소가 번지며 눈동자가 기대감으로 번들거렸다.

「몇 대면 저 여자 목숨이 끊어질 거라고 생각하나?」

달라스가 위협적으로 발을 내디뎠다.

총소리가 허공에 울려 퍼졌다.

디가 비명을 질렀다.

달라스는 그 자리에 얼어붙었다. 그는 천천히 어깨너머로 시선을 던졌다. 디가 미친 듯이 고개를 흔들고 있었다. 핏자국도 없었고, 디의 표정에 어떤 고통도 새겨져 있지 않았다.

「다음 번에는, 터바이어스가 제대로 쏘아 맞출 거야.」

쿠퍼가 말했다.

힘겹게 침을 삼키며, 달라스는 쿠퍼의 행동 하나하나에 정신을 집중시켰다. 이제 모든 위험을 감수해야 할 순간이 왔다고 생각했다.

「내 아내를 죽이면, 천 달러도 없어.」

낄낄거리는 웃음소리를 내며 그는 안장 가방에 발길질을 했다.

「이 멍청한 놈. 돈은 이미 내 거야.」

「그래?」

갑자기 웃음소리가 사그라지며, 쿠퍼가 무릎을 꿇고 앉아 안장 가방을 풀기 시작했다. 미친 듯이 그는 종이조각을 끄집어냈다. 한 장 한 장…… 모두 백지였다. 분노로 얼굴이 붉으락푸르락해진 그는 달라스를 캠프로 데려온 사내를 매몰차게 노려보았다.

「퀸, 이 멍청이! 저놈을 여기로 데려오기 전에 안장 가방 안을 확인했어야 할 거 아냐.」

「안장 가방을 살펴보란 소리는 안 했잖아. 그냥 데려오라고만 했지.」

쿠퍼가 달라스를 바라보며 으르렁거렸다.

「돈은 어디 있지?」

「안전한 장소에. 천 달러 모두. 하지만 디가 안전하다는 것을 확인하기 전까지 그 돈은 줄 수 없어. 아내를 데리고 떠날 수 있게 해주면, 돈을 갖고 돌아오겠어. 내가 약속하지.」

「그깟 약속! 내가 천치인줄 아나? 돈을 받지도 못하고 네 놈을 내 눈앞에서 그냥 놔줄 줄 알아? 내가 널 산 채로 떠나게 할 줄 아나구!」

「그렇다면, 이 문젠 다른 방식으로 해결해야겠군. 아내를 마을로 데려가서 호텔에 숙박시켜. 거기서 디가 돌아오기를 기다리고 있는 사람이 있을 거야. 내 아내가 안전하다는 사실을 확인하면, 그가 돈을 줄 거야. 그때까지 내가 여기에 인질로 있으면 되겠군.」

쿠퍼의 눈이 가늘어졌다.

「그게 누구지? 네 형제들 중 하나인가?」

그가 턱을 문지르며 다음 말을 이었다.

「그래, 오스틴. 분명 오스틴일 거야.」

달라스가 고개를 흔들었다.

「아니, 네가 내 동생들이라고 추측할 거라 생각했어. 하지만 이 사람은 절대 상상도 못했을걸.」

쿠퍼가 발을 구르며 손가락 관절이 하얗게 변하도록 채찍을 세게 움켜쥐었다.

「돈이 어디 있는지 말해. 젠장, 말 안 하고는 못 배길걸.」

재빠른 손놀림과 함께 채찍이 뒤로 올라갔다가 찰싹 소리를 내며 떨어졌다. 그 소름 끼치는 소리가 허공에 울려 퍼졌다. 디가 살을 베어내는 듯한 고통에 숨을 헐떡거렸다.

「이 빌어먹을 놈!」

달라스가 으르렁거렸다.

「누군지 말해.」

쿠퍼가 고함을 질렀다.

「아니면 저년이 죽을 때까지 채찍질을 할 테니까.」

쿠퍼가 다시 손을 뒤로 젖히자, 달라스는 디를 보호하기 위해 달려갔다. 그는 자신의 몸으로 그녀를 감싸안은 채, 등에 느껴지는 채찍질에 이를 악물었다.

그는 팔을 뻗어 밧줄의 매듭을 더듬거리며 찾았다.

「그걸 풀기만 해봐. 그럼 바로 터바이어스가 저년의 심장에 총알을 박아줄 테니까.」

달라스는 손을 멈추었다. 그는 한번도 무언가를 애원하거나 요구한 적이 없었다.

「젠장, 무릎이라도 꿇을까? 그녀를 마을로 되돌려 보내주기만 하면, 뭐든지 하겠어. 그녀가 호텔에 들어만 가면, 어떤 남자가 돈을 들고 널 기다리고 있을 거라니까.」

「그거야 네 놈 말이고.」

쿠퍼가 고함을 질렀다.

「보안관이 날 기다리고 있을 게 분명해.」

달라스는 날카로운 채찍 소리에 다시 이를 악물었다. 하지만 자신의 등을 베고 지나가는 고통에 온몸이 비명을 지르는 것은 막을 수가 없었다. 날카로운 채찍 끝에 그의 셔츠는 아무런 방패막이도 되어주지 못했고, 달라스는 자신의 도박이 실패했다는 사실을 뼈저리게 느꼈다. 적어도 쿠퍼가 그와 협상을 할 만큼의 도덕심은 남아 있기를 바랐었다.

또 다시 채찍이 때리고 지나가자, 그는 디의 떨리는 손을 꼭 움켜쥐었다.

「비켜요, 달라스.」

그녀가 거칠게 속삭였다.

「괜찮아.」

고통이 온몸을 휘감자, 달라스는 눈을 꼭 감았다. 다시 눈을 떴을 때, 그는 디의 눈가에 가득 고인 눈물을 볼 수 있었다.

「울지 마, 디.」

악 다문 이 사이로 그가 거친 숨을 몰아쉬며 말했다.

「저놈에게 그런 만족을 주지 말라고.」

디는 용감하게 고개를 끄덕였다. 눈을 깜박거려 눈물을 떨구는 그녀의 모습이 보였다. 그녀보다 더 훌륭한 아내는 존재하지 않았다.

「여기서 멀리 떠나요.」

그를 내리치는 채찍처럼 낮은 목소리로 그녀가 속삭였다.

「오빠들 중 하나가 당신을 죽이라고 저 사람에게 돈을 줬대요.」

「그럴 거라고 생각했어. 그래서…… 당신을 마을로 돌려보내라고 시킨 거야.」

달라스는 떨리는 손가락으로 그녀의 부드러운 뺨을 쓰다듬었다.

「내게 한 약속을…… 내 땅을…….」

고통이 더욱 심해지며 그의 생각들을 앗아갔다. 계속되는 맹렬한 공격에 온몸의 근육이 떨려오고 있었다. 그는 그녀의 목과 온기에, 그리고 따스한 향기에 얼굴을 묻었다. 그녀에게 뭔가를 말하고 싶었다. 뭔

가 중요한 말을…… 하지만 자꾸만 엄습하는 고통에 그 생각이 점점
더 멀어져갔다.

「미안해.」

어둠 속으로 빨려 들어가기 전에 그는 간신히 그 말을 할 수 있었다.

양초 밑둥치에서 흔들리는 작은 불꽃으로 달라스의 등을 비추면서,
코딜리어는 상처 부위를 살펴보려고 애를 썼다.

그녀는 남아 있는 셔츠 조각을 제거했다. 찢어진 피부에서 새어나온
선홍색 핏줄기가 그의 넓은 등을 타고 흘러내리고 있었다. 그의 바지
는 채찍을 맞는 동안 흘러내린 피로 이미 검붉게 변해 뻣뻣하게 굳어
있었다.

의식이 없는 상태에서도, 달라스는 신음을 내뱉으며 주먹을 움켜쥐
고 있었다. 그녀는 떨리는 손가락으로 상처로 엉망이 된 그의 등을 어
루만졌다. 어떻게 해야 그의 고통을 덜어줄 수 있을지, 어떻게 해야 상
처가 감염되는 것을 막을 수 있을지 알지 못했다. 그렇다고 감염이 그
녀의 유일한 걱정거리도 아니었다. 저들은 그를 죽일 생각이었다. 가능
한 천천히 고통으로 괴로워하다가 죽게 만들 의도였다.

「여긴 왜 왔어요?」

주름진 이마 위에 흘러내린 검은 머리카락들을 쓰다듬으며 그녀는
갈라져가는 목소리로 속삭였다.

열쇠가 돌아가고 오두막의 문이 열리는 소리에 그녀는 온몸을 뻣뻣
하게 긴장시켰다. 문이 열리고 쿠퍼가 안으로 달려 들어왔다.

「아직 안 깨어났나?」

코딜리어는 달라스의 등을 그의 시야에서 가리기 위해 몸을 움직였
다.

「네.」

쿠퍼는 방에 쌓여 있는 잡동사니들을 건너 달라스의 옆으로 다가와
쪼그리고 앉았다. 그러고는 그의 머리카락을 움켜쥐고 머리를 들어올

렸다. 달라스가 신음을 하면서 천천히 눈을 떴다.

「누가 돈을 가지고 있지?」

쿠퍼가 물었다.

「지옥에나 가.」

쿠퍼는 달라스의 머리를 더러운 바닥에 처박았다.

「내일 저 여자를 데리고 마을로 가겠어. 만일 내가 빈손으로 돌아오게 되면, 넌 천천히 죽게 될 거야. 아주 고통스럽게. 인디언들과 함께 시간을 보낸 적이 있어서, 어떻게 하면 며칠에 걸쳐 최대한 잔인하게 사람을 죽일 수 있는지를 알고 있거든.」

그는 몸을 일으켰다.

「그리고 만일 거기에 돈이 있으면…….」

애원하는 듯 들리는 자신의 목소리를 혐오하면서 코딜리어가 말했다.

「그를 놔줄 건가요?」

쿠퍼가 그녀를 보며 사악하게 미소를 지었다.

「만일 내가 돈을 받으면, 그때는 아주 빨리 죽여주지. 내가 전에 말했잖아, 당신 오빠가 저놈을 죽여달라고 돈을 줬다니까. 그를 고통 없이 빨리 죽이느냐, 잔인하게 천천히 죽이느냐를 결정하는 것 외에는 아무런 선택도 없어. 죽음은 정해진 거니까.」

그는 쾅 소리를 내며 문을 닫고 오두막을 떠났다. 코딜리어는 문이 잠기는 소리를 들었다. 그녀는 달라스의 귀에 입술을 댔다.

「정말 누군가 돈을 가지고 호텔에서 기다리고 있어요?」

「응.」

「누구죠?」

「당신은…… 모르는 편이…… 안전해.」

「당신을 여기 남겨놓고 떠날 수 없어요.」

투덜거리고 신음을 내뱉으며, 그는 자리에 일어나 앉기 위해 발버둥을 쳤다. 흘러내린 땀으로 그의 긴장한 근육들이 번쩍이고 있었다. 거칠게, 그는 그녀의 뺨을 감싸쥐고 가까이로 당겼다.

「당신은 떠나야 해.」
「쿠퍼가, 쿠퍼가 당신을 죽일 거예요.」
더듬거리며 그녀가 속삭였다.
「그럴지도 모르지.」
그가 흙더미 위로 손가락을 찍었다.
「봐, 내 생각에 우리는 지금 여기에 있어.」
희미하게 반짝이는 촛불 아래로, 코딜리어는 그가 떨리는 손가락으로 그린 X자를 바라보았다.
「북쪽 끝, 우물은 여기.」
또 다른 X자.
「여기가 집.」
X.
「마을.」
달라스는 고통으로 얼룩진 눈을 들어 그녀를 응시했다.
「일단 호텔에 도착하면, 누군가가 당신의 방문을 노크할 때까지 기다려. 그가 '당신은 내 마음을 가지고 있습니다'라고 말할 거야. 그에게 지도를 그려주고, 함께 보안관을 찾아가. 운이 좋으면…… 그들이 제시간에 여기에 도착할 거야.」
코딜리어는 그의 눈 속에 담긴 체념을 보고, 그럴 가능성이 아주 작다고 생각하고 있음을 알았다. 달라스의 얼굴에 새겨진 고통을 보며, 그녀는 그의 가슴 위에 손을 올려놓았다.
「누워요. 조금이라도 힘을 아껴야죠. 출혈을 막을 수 있는 방법이 있는지 알아봐야겠어요.」
숨소리가 얕아지며, 그는 그녀를 향해 손을 뻗었다. 등에 입은 상처의 아픔이 얼마나 큰지, 그의 숨결에서 느낄 수가 있었다. 벌어진 상처를 봉할 방법이 없었다. 그녀는 페티코트를 뜯어 가장 심한 상처를 눌러 더 이상의 출혈을 막기 위해 애를 썼다. 그의 악다문 이 사이로 신음소리가 새어나왔다.

「미안해요. 어떻게 해야 할지 모르겠어요.」

디는 그의 얼굴을 살펴보았다. 두 눈이 꼭 감겨 있었다. 달라스가 다시 의식을 잃었다는 사실에 감사를 드리며 디는 그의 뺨을 어루만졌다.

코딜리어는 채찍이 스치고 지나간 흔적을 따라 손가락을 움직였다. 그런 희미한 상처는 출혈도 멈춰 있었다. 그녀는 달라스의 옆에 누워, 그의 상처가 모두 자신에게 옮겨지기를 바라는 마음으로 그를 꼭 껴안았다.

잠을 잘 생각은 아니었다. 언제 잠이 들었는지도 정확히 알지 못한 채, 문을 긁는 소리에 그녀는 잠에서 깨어났다. 초는 이미 다 타버려 작은 오두막은 어둠 속에 잠겨 있었다.

문을 긁는 소리가 점점 더 커지더니 딸깍 하는 소리와 함께 메마른 경첩이 삐걱거리는 소리가 들려왔다. 작은 그림자가 문가에 서 있었다.

「디 아줌마?」

코딜리어는 무릎을 꿇고 앉았다.

「로울리?」

소년은 조금 앞으로 걸어 들어왔다.

「지금 가야 해요.」

「네 아버지는 어디에 있니?」

「모두들 스컹크처럼 술에 취해 곯아떨어졌어요. 빨리요.」

코딜리어는 달라스의 어깨를 흔들었다. 그가 신음을 했다. 그의 뺨을 가볍게 때리던 그녀는 달라스의 열이 심한 것을 발견하고 경각심을 가졌다.

「달라스?」

다시 그의 뺨을 때렸다.

「달라스, 일어나요.」

신음소리를 내며, 그는 다시 자신을 때리려는 그녀의 손을 움켜쥐었다.

「로울리가 문을 열었어요. 지금 떠나야 해요.」

그녀는 그의 어깨 아래로 손을 밀어넣었다.

「날 도와줘요. 제발 일어나요.」

힘겹게 그녀는 달라스를 일으켜 세울 수 있었다. 그의 두 팔을 어깨에 걸치고, 허리를 두 팔로 감싸안은 채 코딜리어는 그를 지탱하기 위해 안간힘을 썼다.

「말은?」

로울리가 어둠 속에서 속삭였다.

「그 사람들은 원래 안장을 내려놓지 않아요. 그래도 빨리 도망쳐야 돼요. 들키면 내 엉덩이에 채찍질을 할 거예요.」

그들은 비틀거리며 어둠 속에서 움직였다. 달라스가 어떻게 안장 위에서 몸을 버틸지 걱정스러웠지만, 아직까지는 잘 버텨주고 있었다.

그들은 가능한 빨리 자유를 향해 말을 달렸다.

코딜리어는 달라스가 그려준 지도를 마음속에 새기면서 언젠가 그가 보여주었던 북극성을 따라 말을 달렸다. 그녀는 자신들이 향하는 정확한 방향이 어디인지 ─ 인질범들에게서 멀리 도망가고 있다는 것만 알고 있을 뿐 ─ 집과 마을과 그리고 휴스턴의 집이 어디에 위치하고 있는지는 알지 못했다. 그저 사람들이 쫓아오기 전에 가능한 멀리 달아나야 한다는 생각뿐이었다.

얼마나 달렸는지도 알지 못한 채 계속 말발굽소리를 울리며 초원을 내달렸다. 로울리는 연신 어깨너머를 살피고 있었다. 그런다고 아이를 나무랄 수는 없었다. 만일 붙잡힌다면, 아이가 받아야 할 벌이 얼마나 클지 의심할 여지가 없었다.

「디!」

그녀는 재빨리 달라스를 돌아보았다. 그가 안장 머리 위로 몸을 숙이고 있었고, 말의 속도는 점점 더 느려지고 있었다. 그녀는 자신의 말을 세우고 주춤거리는 사탄을 향해 말머리를 돌렸다.

「달라스?」

그는 숨소리가 얕아지고 고삐를 움켜쥐고 있는 손가락 관절이 새하

얇게 변해 있었다.

「날 묶어줘.」

「뭐라고요?」

「지금 기절하기 직전이야. 내가 떨어지기라도 하면, 당신 혼자 무슨 힘으로 날 말 위에 다시 올려놓겠어.」

그는 안장에 매여 있는 밧줄을 풀기 위해 안간힘을 썼다.

「말 위에서 떨어지지 않게 날 안장에 꽉 붙들어매라고.」

그녀는 주위를 둘러보았다.

「조금 더 힘을 내봐요. 곧 집에 도착할 거예요.」

「아직 몇 시간은 더 달려야 할 거야.」

한쪽 입술이 슬쩍 올라갔다.

「너무 많은 땅을 소유해서 생기는 문제야. 집으로 가는 길이 너무 머니까.」

로울리가 조심조심 자신의 말을 그녀에게 밀어붙였다. 앳된 얼굴에 걱정이 가득했다.

코딜리어는 손을 뻗어 아이의 손을 잡아 부드럽게 힘을 주었다.

「내가 아저씨를 돕는 동안, 잠시 망을 보고 있어줘. 누군가 다가오는 것이 보이면, 재빨리 마을로 달려가.」

아이는 고개를 끄덕인 뒤 이제까지 달려온 방향으로 걱정스러운 시선을 보냈다. 코딜리어는 말에서 내려와 안장에서 밧줄을 풀어내면서 달라스를 살폈다. 찌푸린 얼굴 위에 고통이 깊게 새겨져 있었다.

「어떻게 하면 되죠?」

「밧줄을 안장의 각반 아래로 집어넣어서…… 내 두 발에 감아…… 밧줄을 올리고…… 내 허리에 묶어…… 그리고 안장 머리에 묶은 뒤…… 허리를 감아서 내 손을 거기에 묶어. 디, 약속해. 내게 무슨 일이 생겨서…… 더 이상 말을 달리지 못한다고 해도…… 그냥 계속 달려가겠다고.」

「싫어요.」

「디……..」

「그럴 수 없어요.」

그녀는 밧줄을 그의 다리에 묶은 뒤 매듭을 만들었다.

「내가 안전하기를 원한다면, 목숨을 걸고 말에 매달려 있어요.」

「언제부터 그렇게…… 고약해진 거야?」

지금 이렇게 고통스러워하는 그에게 그런 요구를 한다는 것 자체가 불공평했지만, 그가 삶을 포기하는 것을 용납할 수가 없었다. 그녀는 밧줄이 상처 입은 맨 등에 닿지 않도록 조심스럽게 돌려 그의 손에 묶었다.

그의 지시대로 일을 마친 뒤, 코딜리어는 레몬드롭의 등에 올라 사탄의 고삐를 받아들었다.

「내가 지금 제대로 가고 있는 건가요?」

달라스는 주위를 살펴본 뒤 하늘을 올려다보았다.

「남…… 동쪽으로 가.」

그녀는 고통스러워하는 남편의 시선을 무시한 채 고삐로 사탄을 내리쳤다.

새벽이 되기 전까지 집에 도착하면 좋겠다는 희망을 품고…….

20

캐머론은 자리에서 벌떡 일어났다. 목이 뻣뻣하고 베개 대신 사용했던 팔이 저려왔다. 그는 그랜드 호텔의 로비로 시선을 던졌다.

로비는 텅 빈 채 침묵만 감돌았다. 심지어 커다란 벽난로에서 타오르던 불꽃마저도 조용히 죽어가고 있었다. 창 밖에는 한밤의 어둠이 세상을 뒤덮고 있었다. 그가 마지막으로 보았을 때와 같은 어둠이.

그때가 언제였지?

그는 자리에서 일어나 주머니 속으로 손을 집어넣어 시계를 꺼냈다.

2시 30분.

만일 졸던 모습을 달라스에게 들켰다면, 자신을 죽이려고…….

그는 서둘러 로비로 달려가 프론트에 놓여 있는 작은 종을 두들겼다. 수잔 리드가 졸린 눈으로 책상 뒤쪽에 있는 작은 방에서 얼굴을 내밀었다.

「뭐 필요한 거라도 있으세요?」

「리 부인이 숙박부에 서명을 했나요?」

목소리에 불안한 기색을 드러내지 않으려 노력하며 그가 물었다.

수잔은 한숨을 내쉬며 고개를 흔들었다.

「아뇨, 하지만 부인은 방 열쇠를 가지고 계세요. 그러니까 제게 알리지 않고 방으로 올라가셨을 수도 있죠.」

「어느 방이죠?」

「3층, 첫 번째 방이요.」

「고마워요.」

캐머론은 서둘러 계단을 올라가 문을 두드렸다.

「디?」

예상치도 못했던 공포를 느끼며 그는 발로 방문을 걷어찼다. 방 안은 비어 있었다. 다시 불안감이 온몸을 휘감았다. 누나는 지금쯤 여기에 있어야만 했다. 젠장, 왜 달라스는 이런 무거운 짐을 내 어깨에 지운 건지. 기다려야 하나? 아니면 떠나야 하나?

그는 주머니에서 동전을 꺼내 공중에 던졌다. 앞면이면 떠나야지.

탁 소리와 함께 동전이 마루바닥에 떨어졌다.

앞.

뜨거운 불꽃이 잔혹하게 달라스의 등을 훑고 지나갔다. 그는 망각이라는 고치 속으로 파고 들어가 평안을 찾고 싶었다. 하지만 등을 태우는 참을 수 없는 고통에 온몸이 정신없이 떨려오고 있었다.

「젠장!」

「미안하네, 하지만 상처를 깨끗하게 소독하지 않으면 안 돼.」

프리먼 선생.

달라스는 억지로 눈을 떴다. 순간 자신이 침대에 엎드린 채 매트리스를 꼭 움켜쥐고 있다는 사실을 깨달았다.

「디?」

「여기 있어요.」

그의 손 위에 손을 올려놓으면서 디가 부드럽게 대답했다.

달라스는 손을 뒤집어 자신의 손가락을 그녀의 것과 한데 얽고 싶었다. 하지만 그랬다가 그녀의 뼈를 부러뜨리지나 않을까 걱정스러웠다. 그는 프리먼 선생의 무자비한 치료를 참아내느라 자신을 통제할 수가 없었다.

「집인가?」

코딜리어가 열이 들끓는 이마 위에 차가운 손을 올려놓았다.

「네, 집이에요. 내가 호텔에 나타나지 않자 캐머론이 여기로 와서 오스틴에게 무슨 일이 일어났는지를 전부 말했대요. 그래서 오스틴 도련님이 우리를 찾기 위해 사람들을 풀었죠. 새벽녘에 그들을 만났어요.」

그녀가 그의 이마를 쓰다듬었다.

「어떻게 캐머론에게 돈을 맡길 정도로 그 애를 믿은 거죠?」

「우리가 결혼하던 날…… 캐머론만이 날 위협할 정도로…… 유일하게 당신을 걱정하더군. 쿠퍼는 어떻게 됐지?」

「보안관을 부르러 마을로 갔던 오스틴이 함께 그들을 체포하러 갔어요. 당신이 그려주었던 그 지도를 도련님한테 그려주었거든요.」

「잘했군. 당신…… 오빠들은?」

모든 이야기를 들은 캐머론은 깊은 마음의 상처를 입은 것 같았다. 그녀는 동생에게 상황이 정리될 때까지 호텔에 머물라고 일렀다. 그 애는 거친 불화를 견디어 낼만큼 강인하지가 못했다.

「그들은 내가 알아서 처리하겠어요. 그러니 당신은 건강을 회복할 생각만 해요.」

「난로에 불을 꺼.」

그녀는 입술로 그의 귓불을 문질렀다.

「여기는 불이 없어요. 지금 열이 심해서 그래요. 당신의 등이……. 당신의 등이 엉망이에요.」

달라스는 뺨 위로 빗방울이 떨어진 것 같다고 생각했다. 부드럽고 따스한 빗물이. 그리고 어둠 속으로 빨려 들어가며 아무런 고통도 느껴지지 않았다.

코딜리어는 달라스의 뺨에 떨어진 눈물을 조심스럽게 닦아냈다. 그리고 자신의 얼굴도 닦아냈다.

「달라스가 살아날까요?」

「젠장⋯⋯. 너무나 많은 피를 흘렸어. 거기다가 감염과 싸우고 있고. 내가 할 일은 그저 엄청난 바느질뿐이니.」

프리먼 선생의 목소리에도 초조함이 가득 담겨 있었다. 의사는 지친 눈으로 그녀를 바라보며 말을 이었다.

「하지만, 그는 투사야. 이번에도⋯⋯ 잘 이겨낼 거야.」

그가 다시 자신의 일로 돌아가자, 코딜리어는 너덜너덜해진 달라스의 등으로 눈을 돌렸다. 부드러운 손이 그녀의 어깨를 감쌌다.

「로울리는 좀 먹여서 목욕시켰더니, 지금 막 잠이 들었어요. 이제 좀 쉬어요, 디.」

아멜리아였다. 코딜리어는 머리를 흔들었다.

「달라스의 열이 내릴 때까지는 그럴 수 없어요.」

「시간이 한참 걸릴 거예요.」

「알아요.」

프리먼 선생이 자리를 뜬 뒤에도, 그녀는 달라스의 곁을 지키고 앉아 이마와 목덜미의 땀을 닦아주고 부풀어오른 손목에 연고를 발라주었다. 매번 그의 등을 볼 때마다 눈물이 흘러내렸다.

달라스는 심한 고통에 괴로워하고 있었다. 무의식 상태에서도 이를 악물고, 이마는 찌푸린 채 두 주먹을 잔뜩 움켜쥐고 있었다. 가끔씩 그의 몸이 요동을 치고, 신음소리가 마치 초원에서 길을 잃은 송아지의 울부짖음처럼 바뀌곤 했다.

오후 늦게, 계단을 오르는 발자국 소리가 천둥처럼 집안에 메아리쳤다. 그녀는 자리에서 일어나 방 안으로 들어오는 휴스턴과 오스틴을 맞았다. 보안관이 뒤를 따라 들어왔다.

「형은 좀 어때요?」

형의 등에 시선을 고정시킨 채 휴스턴이 물었다.

「계속 싸우고 있어요. 그 남자들을 찾아냈⋯⋯.」

「찾았어요.」

침대 옆에 놓인 의자에 몸을 던지며 오스틴이 대답했다.

그녀는 보안관을 바라보았다. 모자를 움켜쥐고 서 있는 그는 방 안에 서 있는 것조차 힘들어 보였다.

「그들을 체포했나요?」

「아뇨, 부인. 모두 죽었습니다.」

코딜리어가 뒷걸음질을 쳤다.

「죽어요?」

「네, 누가 우리보다 먼저 그곳에 도착해 그들을 죽였어요. 상황을 보니 잠들어 있는 사이에 목을 베어버린 것처럼 보이더군요.」

코딜리어는 두 눈을 꼭 감았다.

「그렇다면, 오빠들 중 누가 그들에게 달라스를 죽이라고 사주했는지 알아낼 방도가 사라진 거군요.」

「네, 부인.」

「보이드예요.」

오스틴이 대답했다.

「왜 보이드라고 생각하나?」

보안관 래스킨이 물었다.

「형제들 중 그가 가장 나이가 많아서? 설마 그가 자네를 쐈다고 누명을 덮어씌우려는 건 아니겠지? 체포하려면 합당한 이유를 들어야 할 것 아닌가?」

오스틴이 자리에서 벌떡 일어났다.

「그를 체포할 수 있는 합당한 이유가 있다구요.」

휴스턴이 거칠게 헛기침을 하자, 오스틴이 시선을 떨구었다.

「어쨌든 달라스 형은 그를 체포하는 걸 원하지 않을 거예요. 형은 자신의 문제는 스스로 풀고 싶어하니까.」

휴스턴이 오스틴과 보안관 사이에 끼여들었다.

「우리 모두 지쳐 있네. 그리고 이렇게 우리끼리 왈가왈부해봤자 소용없는 일이고.」

래스킨은 모자를 깊숙이 눌러썼다.

「하여간에 달라스가 깨어나는 대로 연락을 주게. 그가 뭔가 단서가 될 만한 것을 알고 있을지도 모르니까.」

그는 오스틴을 향해 손가락을 들어 보였다.

「법을 어길 생각은 꿈에도 하지 말게. 그렇게 되면 두 사람을 다 집 어넣는 수도 있으니까.」

코딜리어가 오스틴의 팔 위에 손을 올려놓으며 진정시켰다.

「이번 일은 내가 알아서 처리하겠어요.」

그녀는 보안관을 똑바로 마주보며 말했다.

「감사합니다, 보안관님. 저희가 어떤 정보를 얻게 된다면, 곧 바로 알려드리죠.」

「그렇게 해주십시오, 부인. 더 이상 아무런 힘이 되어드리지 못해서 죄송합니다.」

보안관이 방에서 나가갈 때까지 기다렸다가, 코딜리어는 오스틴을 향해 몸을 돌렸다.

「아주버님이 가로막기 전에 무슨 말을 하려고 했죠?」

오스틴이 휴스턴을 바라보자, 휴스턴이 고개를 저었다. 코딜리어는 오스틴의 어깨를 손으로 꾹꾹 눌렀다.

「내 친구가 되어주겠다고 약속했잖아요? 내게 감추는 게 있는 거죠?」

오스틴은 무거운 한숨을 내쉬었다. 그는 슬픔이 가득 담긴 눈으로 바라보며 그녀의 뺨을 손가락으로 어루만졌다.

「그날 밤 호텔 뒤에서 형수님을 해친 사람이 바로 보이드예요.」

코딜리어는 얼굴에서 핏기가 사라지는 걸 느꼈다.

「아니에요!」

그녀는 오스틴이 침을 삼키는 모습을 지켜보았다.

「맞아요, 디. 더욱 분명한 건, 그가 바로 로울리에게 상처를 주는 것을 즐긴 사람이에요. 그 애의 아버지에게 돈을 지불하고.」

그녀는 비틀거리며 뒤로 물러나 의자에 털썩 주저앉아 두 손으로 입술을 눌렀다.

「미안해요. 형수님한테는 절대로 말하지 않을 생각이었는데.」

「달라스도 아나요?」

「아뇨, 작은형하고만 이 일에 대해 이야기를 나누었어요. 만일 큰형이 알면 보이드를 죽이려 할 거예요.」

「그 사실만으로 이 사건에 대한 책임이 보이드에게 있다는 의미는 아니에요.」

휴스턴이 지적했다.

「분명한 건, 그가 야비하고 교활하고…… 양심 없는 놈이라는 거예요.」

코딜리어는 자리에서 일어나 심호흡을 했다.

「두 사람 중 누가 달라스를 좀 돌봐주실래요? 오늘 오후에 내 가족과 이야기를 좀 나누어야겠는데.」

「내가 함께 갈게요.」

오스틴이 말했다.

코딜리어는 그의 눈을 똑바로 응시했다.

「그 사람들은 내가 직접 상대하고 싶어요. 함께 가준다니 든든하지만, 괜히 말려들게 되는 것은 원하지 않아요.」

「형은 집사람이 돌봐줄 겁니다. 우리 둘 다 함께 가겠어요.」

휴스턴이 말했다.

「좋아요. 그럼 그렇게 하죠.」

코딜리어는 집 밖으로 걸어가 마구간으로 갔다. 그곳에서 그녀는 사탄의 털을 빗질하고 있는 슬림을 찾아냈다. 모두들 나름대로 달라스를 위해 무언가를 해야겠다고 생각하는 모양이었다.

「슬림?」

그가 고개를 돌려 일그러진 미소를 지어 보였다.

「네, 부인.」

「사람들을 모아주었으면 좋겠어요. 오늘 오후에 내 가족들과 이야기를 하러 가고 싶은데, 혼자서 가긴 그렇거든요. 모두에게 리플과 다른 무기들을 준비하라고 분명하게 전해줘요. 필요하다면 그걸 사용할 준비도 해서. 하지만…… 내 명령이 있을 때만 사용하라고 말이에요.」

「네, 부인.」

「오스틴과 휴스턴도 함께 갈 거예요. 두 사람은 나와 함께 집 안으로 들어가게 될 것 같은데, 그때 당신도 그곳에 함께 있었으면 좋겠어요.」

「그러죠, 리 부인. 부인의 말에 안장을 올려놓겠습니다.」

노크를 하고 싶은 마음마저 들지 않아, 코딜리어는 그냥 문을 박차고 들어갔다. 휴스턴과 오스틴, 그리고 슬림이 그녀의 뒤를 따랐다.

아버지의 집은 H자 형태를 하고 있었다. 1층짜리 단층 건물의 양쪽에는 세 개의 침실이 있었고, 중앙이 거실 역할을 했다. 그녀는 거실을 지나 곧바로 아버지의 서재로 향했다.

아버지는 위스키를 마신 듯 책상 건너에 나른하게 앉아 있었다. 던컨은 의자에 몸을 묻고 앉아 있었고, 보이드는 창문 너머를 바라보고 있었다.

보이드가 몸을 돌렸다. 방을 가로지르는 그녀의 마음속에 눈앞이 깜깜해질 정도로 새하얗고 뜨거운 분노가 자리잡았다. 그녀는 손을 쳐들어 힘껏 보이드를 후려쳤다.

그가 코딜리어의 손목을 붙잡고, 살 속에 손가락이 파고 들어갈 정도로 세게 눌렀다.

「뭐 하는 짓이냐?」

세 개의 총이 동시에 딸깍 소리를 냈다.

「우리 형수님을 놔줘.」

오스틴이 으르렁거렸다.

「아니면 지금 상태로 총을 쏠지도 몰라.」

보이드가 그녀를 놔주었다.

「도대체 이게 무슨 일이냐, 디?」

던컨이 자리에서 일어나며 물었다.

「보이드가 내 아이를 죽였어. 어떻게 그럴 수가 있지? 어떻게 날 그렇게 내버려두고 도망갈 수 있냐고? 그래놓고 감히 달라스에게 땅을 요구해?」

목안을 가득 메우는 노여움을 곱씹으며 그녀는 몸을 돌렸다. 이런 급격한 감정의 변화는 한번도 느껴본 적이 없었다.

「젠장, 너 지금 어디 와서 까부는 거…….」

코딜리어가 재빨리 몸을 돌리자 보이드가 뒤로 멈칫 물러섰다.

「아직 내가 제대로 까부는 걸 보지 못했나 본데.」

보이드의 얼굴에 가증스러운 미소가 번졌다.

「진정해라, 코딜리어. 이런 행동은 너답지 않아.」

「이게 나다운 거야. 이제 나는 이 집에 살았을 때의 그 억압에서 자유로워졌으니까.」

보이드가 방을 가로질러 아버지의 의자 뒤에 섰다.

「그래, 네 주장이 뭔지 알겠다. 하지만 우리 집안 문제를 이렇게 다른 사람들 앞에서 떠벌릴 필요는 없잖냐.」

「내 주장이 뭔지 안다고?」

코딜리어가 되물었다. 속이 점점 더 거세게 요동을 쳤다. 하지만 아직 목소리는 냉정을 유지하고 있었다.

「아직 내 주장은 펴보지도 못했어. 잘 들어, 지금 당장 달라스의 강에서 소떼를 치워. 내일 오전 중으로 우리 일꾼들이 달라스와 내가 결혼했을 때 걷어냈던 울타리를 그대로 다시 되돌려놓을 테니까. 이쪽의 소떼가 한 마리라도 남아 있으면 모두 압수해버리겠어.」

그녀의 아버지가 비틀거리며 자리에서 일어났다.

「지금 제정신이냐? 네 남편이 약속을…….」

「네, 그이는 나와 결혼을 하면 울타리를 치우겠다고 약속했죠. 그리고 그 약속을 지켰어요. 전 지금 막 오빠들 중 한 사람이 쿠퍼에게 그이를 죽이라고 사주한 덕분에 내 남편의 생명이 위태로워질 정도로 고통받는 모습을 지켜보고 왔어요.」

보이드는 아무런 미동도 보이지 않았다. 오히려 던컨이 고개를 푹 숙였다. 코딜리어의 심장이 철렁 내려앉았다.

「오, 작은오빠…… 오빠가 아니라고 말해.」

「네가 지금 무슨 말을 하는지 모르겠다, 디.」

던컨이 시선을 들어올린 순간, 코딜리어는 그의 눈에서 진실을 읽었다. 계획을 세운 건 보이드이고, 던컨 또한 그 사실을 알고 있었다.

「알고 있었어…….」

그녀가 속삭였다.

「오빤 보이드의 계획을 알고 있었어. 분명 그곳에도 함께 갔겠지.」

「네가 무슨 말을 하는지 모르겠어. 쿠퍼는 술주정뱅이야. 그가 하는 말은 다 거짓말이라고.」

「던컨의 말이 맞아.」

보이드가 동조했다.

「우리의 말이 쿠퍼가 한 말과는 완전히 다르겠지. 그런데 넌 누굴 믿을 거냐? 가족이냐, 아니면 술주정뱅이냐?」

「쿠퍼와 그의 동료들은 죽었어.」

그녀가 체념적으로 말을 이었다.

「우리에게 어떤 증거도 없기 때문에, 보안관은 아무도 체포하지 않을 거야. 하지만 이거 하나는 분명히 해두겠어. 만일 달라스가 죽어서 내가 그의 땅을 모두 상속받는다고 해도, 오빠들이 좋아할 필요는 없을 거야. 결코 그 땅을 소유할 수 없을 테니까. 아무것도 얻는 건 없을 거라고. 지금 당장 우리 땅에서 소떼나 치워줘.」

코딜리어는 휙 몸을 돌렸다.

「코딜리어.」

그녀는 걸음을 멈추고 천천히 아버지의 목소리가 울린 곳으로 몸을 돌렸다.

「지금 넌 네 오빠들을 살인자라고 비난했다.」

「아버지, 오늘 이 순간부터 내 핏줄은 캐머론뿐이에요. 만일 제가 지금까지 구구절절 이야기했음에도 불구하고 저 두 사람을 이 집에 계속 머무르게 하신다면, 제게는 아버지 또한 존재하지 않는다고 생각할 거예요.」

「넌 네 에미처럼 성질이 사납고 고집스럽구나. 그래서 리에게 그토록 널 꽉 잡아매둬야 한다고 경고를 했건만…… 그 사람은 내 말을 들으려 하지 않았어.」

「달라스는 다른 사람의 발자국을 따라다니는 사람이 아니에요. 그리고 그에게 나와의 결혼을 허락하신 것이 당신이 내게 주신 최고의 선물이었어요.」

시간이 지나면 지날수록 달라스의 체온은 점점 더 올라갔다. 심하게 몸을 떨고 있었지만, 코딜리어는 그에게 담요를 덮어줄 수가 없었다. 프리먼 선생이 달라스의 상처 입은 등에 공기가 통해야 한다고 말한 이유도 있지만, 뭔가가 살갗을 스치는 고통을 그가 참아낼 수 있을 것 같지 않았다.

어둠이 내려앉을 때쯤, 그들은 맥퀸의 집에서 돌아왔다. 휴스턴은 아멜리아와 아이들을 데리고 집으로 돌아갔고, 오스틴은 말을 타고 마을로 나갔다. 로울리는 아주 깊게 잠들어, 그녀가 이마에 흘러내린 머리카락을 쓸어 내리는데도 전혀 몸을 뒤척이지 않았다.

코딜리어는 밤새 달라스의 옆에 앉아 그의 손을 잡은 채 밤을 지새웠다. 강하지만 부드러운 손. 강한 만큼 다정다감한 남자. 물론 달라스는 완강하게 그 사실을 부인하겠지만, 그녀는 그 진실을 납득시킬 만한 많은 증거들을 보아왔다. 그런 퉁명스러움 뒤에 그는 텍사스만큼이나 넓은 마음을 가지고 있었다.

질질 끄는 발소리에 몸을 돌린 그녀는 문가에 서 있는 로울리를 보았다. 검은 머리카락이 한쪽으로 삐죽 솟아 있었다. 그녀는 손을 내밀었다.

「이리 와서 옆에 앉으렴.」

아이는 서둘러 걸어왔다. 하지만 그녀 근처에서 갑자기 걸음을 멈추었다.

「그럴 수 없어요, 디 아줌마. 내가 아줌마를 속였잖아요. 그런데……시키는 대로 안 하면 아줌마를 죽인댔어요. 리 씨까지 아프게 할 줄은 몰랐어요. 하나님한테 맹세해요. 정말 몰랐어요. 이제 아빠가 무슨 말을 해도 듣지 않을 거예요. 맹세해요, 아빠가 뭘 시켜도 안 할 거예요. 날 죽인다고 해도요.」

그녀는 아이를 향해 손을 뻗었다. 그리고 저항을 무시한 채 아이를 자신의 무릎에 앉히고 끌어안았다. 그녀는 앞뒤로 몸을 흔들었다. 아이가 이제까지 참아내야 했던 그 힘겨웠던 삶이 너무나 마음 아팠다.

「그 사람은 더 이상 널 해치지 못할 거야, 로울리.」

손가락으로 아이의 머리카락을 쓰다듬으며 그녀가 속삭였다.

「그는 아주 멀리 갔단다. 하늘나라로 갔어.」

로울리가 고개를 치켜들고 그녀의 표정을 살폈다.

「그러니까…… 죽은 거예요?」

그녀는 그렇게 무감각하게 말하고 싶지 않았다. 솔직히, 그가 하늘나라로 갔다고 생각하지는 않았다. 하지만 로울리에게 애정을 보여주지 않았다고 해도, 쿠퍼는 로울리의 아버지였다.

「누군가가 그를 죽였단다.」

「너무나 기뻐요. 죽어서, 그래서 더 이상 다른 사람을 괴롭히지 못하니까 너무나 기뻐요.」

코딜리어는 아이의 얼굴을 가슴으로 끌어당겼다. 곧, 아이의 따스한 눈물이 옷을 적셨다. 아이에게 슬퍼할 시간이 필요하다는 것을 알고 있었다. 비록 쿠퍼가 로울리를 사랑하지 않았다고 해도 그는 여전히 아이의 아버지였다. 오늘 오후 가족과 작별을 한 그녀 또한 슬퍼할 시간이 필요했다.

마침내 코딜리어는 가족들이 - 캐머론은 제외하고 - 단 한번도 자신에게 진실한 사랑을 보여준 적이 없다는 사실을 인정했다. 하지만 작별은 여전히 마음을 아프게 했다.

*　*　*

그녀는 로울리를 침대에 데려다놓고 다시 달라스의 옆으로 돌아와 의자에 앉아 잠시 선잠이 들었다. 새벽녘, 문을 두드리는 소리에 잠에서 깨어난 코딜리어는 먼저 그의 뺨에 손을 대어보았다. 여전히 열이 심했다.

노크 소리가 계속 들려오자, 그녀는 왜 오스틴이 문을 열어주지 않는 건지 궁금해졌다. 잠에서 깨어나지 못하는 건가?

코딜리어는 복도를 달려가 오스틴의 방문을 두드렸다.

「오스틴, 밖에 좀 나가볼래요?」

아무런 대답도 들리지 않자, 그녀는 오스틴의 방문을 열었다. 침대는 비어 있었고, 잠을 잔 흔적도 없었다. 어제 집에 들어오지 않은 건가? 그녀는 서둘러 아래층으로 내려가 재빨리 문을 열었다.

보안관이 문 앞에 서 있었다. 그녀는 그의 곁을 스쳐지나가 걸음을 멈추었다.

「슬림?」

한 무리의 사람들 속에서 목장 감독이 앞으로 나왔다.

「네, 부인?」

「마을로 가서 프리먼 선생님을 좀 모셔와요.」

그녀는 보안관을 향해 몸을 돌렸다.

「죄송해요, 보안관님. 무슨 일이시죠?」

「오스틴과 이야기를 나누고 싶은데요?」

얼굴 위로 흘러내린 머리카락들을 손가락으로 쓸어 올리며 그녀는 과연 마지막으로 빗질을 한 게 언제인지 기억해보려 애를 썼다. 너무나 오래 전이었다.

「우리 도련님은 지금 집에 없어요.」

불길한 예감을 느끼며 그녀가 대답했다.

「어젯밤에 마을에 갔어요. 침대를 보니…… 집에 와서 잔 것 같지는 않고 아무래도 호텔에 가서 확인해보는 게 좋을 것 같은데요.」

「이미 마을 주변은 다 돌아봤습니다. 어젯밤 이후로 그를 본 사람이 아무도 없더군요. 호텔에 방문하지도 않았고요.」

불안함이 척추를 타고 흘렀다.

「분명 마을에 간다고 나갔어요. 오스틴에게 무슨 일이 생긴 건가요?」

보안관의 어깨너머로, 힘없이 마구간으로 걸어가고 있는 로울리가 보였다.

「로울리.」

그녀가 손짓을 하자 아이는 재빨리 집을 향해 달려왔다.

「로울리? 혹시 오스틴을 못 봤니?」

아이가 고개를 저었다.

「아뇨, 오스틴 아저씨한테 그 남자에 대해 이야기를 한 후로는 본 적이 없어요.」

코딜리어는 아이의 앞에 무릎을 꿇었다.

「그 남자?」

「리 씨를 죽이라고 아빠한테 돈을 준 사람이요.」

그녀의 심장이 거세게 뛰기 시작했다.

「누굴 말하는 거냐, 얘야?」

보안관이 물었다.

로울리는 코딜리어를 똑바로 바라보지 못한 채 대답했다.

「아줌마를 해친 사람이요.」

「보이드?」

「이름은 잘 몰라요. 아빠는 언제나 '특별한 친구'라고 불렀지만, 난 그 사람이 특별한 것 같지는 않아요.」

코딜리어는 자신의 오빠에 대한 로울리의 평가에 동의했다. 그는 전혀 특별하지 않았다. 그저 잔인할 뿐.

「어떻게 그 남자가 리 씨를 죽이라고 아빠한테 돈을 지불한 사람인 걸 알지?」

그녀가 질문했다.

「아빠가 나한테 '특별한 친구'를 위해 리 씨를 죽일 거라고 했어요. 그리고 그 남자한테 나를 줄 거라고 그랬어요.」

자신의 앞에 놓인 운명을 알게 된 순간 아이가 느꼈을 공포를 생각하니, 혼자서 도망가지 않고 그들을 위해 도와준 것 자체가 너무나 놀라웠다. 그녀는 아이를 품안으로 잡아당겼다.

「그 애길 오스틴에게 했니?」

로울리는 고개를 끄덕였다.

「다 알아서 한다고 그랬어요.」

검정말을 탄 남자의 희미한 윤곽이 멀리서 모습을 드러내자 그녀는 자리에서 일어났다. 옆에 있던 보안관 래스킨이 엉덩이에 매달린 총에 손을 올려놓았다.

「오스틴이에요.」

오스틴은 걱정스러운 시선을 보안관에게 고정시킨 채 말을 멈추고 재빨리 말에서 내려왔다.

「무슨 일이에요, 형수?」

불현듯 그녀는 자신도 보안관이 이 새벽에 방문한 이유가 무엇인지를 모르고 있음을 깨달았다.

「나도 잘…….」

「지금 그 셔츠에 붙은 게 핏자국인가?」

래스킨 보안관이 지적했다.

오스틴은 셔츠를 살펴보다가 옆구리 쪽에 묻어 있는 희미한 핏자국을 손가락으로 문질렀다. 그는 머리를 들고 보안관을 마주보았다.

「어딘가에 긁혔나 보네요.」

「자네가 어젯밤에 어디에 있었는지 증명해줄 사람이 있나?」

보안관이 물었다. 약간 뒤로 물러선 오스틴의 시선이 코딜리어와 보안관을 번갈아 바라보고 있었다.

「대체 무슨 일이에요?」

래스킨 보안관이 갑자기 쩌렁쩌렁 울리는 목소리로 말했다.

「리 부인, 이런 식으로 슬픈 소식을 전하고 싶지는 않았지만, 보이드가 어젯밤 살해당했습니다. 초원에서 복부에 총을 맞고 쓰러져 있는 그의 사체를 발견했죠.」

코딜리어는 비틀거리며 뒤로 물러나 근처의 기둥을 감싸안았다. 그에게 굉장히 화가 나 있었고, 그를 증오하고 있었는지 몰라도 이런 걸 원한 것은 아니었다. 그 누구도 그토록 고통스러운 죽음을 맞이할 이유가 없었다.

「자, 그럼, 오스틴…… 어젯밤에 어디에 있었는지를 증명해줄 사람이 있나?」

오스틴은 용서해달라는 듯 침묵의 애원이 담긴 시선으로 코딜리어를 바라본 뒤 대답했다.

「아뇨.」

「그거 좀 안됐군.」

보안관이 현관 베란다에서 걸어나오면서 수갑을 꺼내들었다.

「왜냐하면 죽기 전에 보이드가 땅에 자네 이름을 남겼거든.」

달라스가 고열에 시달리는 동안, 코딜리어는 오스틴을 걱정하면서도 차가운 물로 끊임없이 그의 몸을 닦아주었다.

그날 아침, 마을에 도착한 순회 판사는 달라스가 회복될 때까지 재판을 연기해야 할 부득이한 이유는 없다고 결정을 내렸다.

「디?」

달라스의 날카로운 목소리에 그녀는 침대 기둥에 묶어놓은 그의 팔을 어루만졌다. 고열로 인한 일시적인 흥분 상태에서 몸부림치는 것을 막기 위해 의사는 억지로 묶어놓을 것을 제안했다.

코딜리어는 열이 끓는 그의 이마 위에 입을 맞추었다.

「당신은…… 도망가야 해.」

두 눈을 고통으로 번뜩이며 그가 헐떡거렸다.

「괜찮아요, 이제 우리 둘 다 안전해요. 집이에요.」

「집?」

코딜리어는 그새 여윈 그의 뺨에 자신의 뺨을 문질렀다.

「네, 집이에요.」

「죽으면 내 아들 옆에 묻어줘.」

순간 코딜리어는 분노가 솟구쳤다.

「당신은 죽지 않아요.」

코딜리어는 손가락으로 그의 턱을 움켜쥐었다.

「내 말 들려요? 늘 꿈꾸던 당신의 아들을 가져야 하잖아. 내 말 들려요? 당신은 원하는 걸 다 이루어야죠. 그러려면 살아야 되요.」

달라스는 고통스러운 시선으로 그녀를 바라보았다.

「그건…… 내가 원하는 게…… 아냐.」

그의 눈이 다시 감기고 몸에서 긴장이 빠져나가는 것이 느껴졌다. 코딜리어는 고열이 그의 머릿속까지 침입한 것은 아닌가 하는 걱정이 들었다. 그가 원하는 것은 아들이었다. 그가 원해왔던 단 하나. 그런데 이제 와서 그걸 부인하다니?

땅거미가 질 무렵, 그녀는 복도를 따라 걸어오는 발자국 소리를 들었다. 휴스턴이 방 안으로 들어왔다. 이미 그의 표정이 배심원들이 어떤 판결을 내렸는지 말해주고 있었다.

「유죄 판결이 내려졌어요.」

그녀의 심장이 철렁 내려앉았다.

「어떻게 유죄라고 할 수 있죠? 내가 직접 가서 증언을…….」

휴스턴은 침대 기둥을 움켜쥔 채 나무의 소용돌이 무늬에 이마를 기대고 섰다.

「그런다고 해도 아무것도 달라지지 않을 겁니다. 오스틴 녀석이 보이드와 던컨을 죽이겠다고 협박하는 걸 들은 사람이 있다는군요. 젠장, 심지어는 살롱으7로 가서 보이드의 머리 바로 위에 총알을 박아넣으며, 언제든 그를 죽여버리겠다고 선언한 적도 있구요.」

코딜리어는 두 눈을 질끈 감았다. 휴스턴이 덧붙였다.

「그 증언을 듣는 순간, 녀석을 뒤흔들어주고 싶은 충동을 느꼈다니까요.」

「이 일에 대해 달라스가 알게 되면, 그 사람은 죽은목숨이에요.」

「맞아요. 보안관이 내일 오스틴을 헌츠빌(앨라배마주 북동부 매디슨군의 군청 소재지)의 감옥으로 수송한답니다.」

「그렇게 빨리요?」

휴스턴이 고개를 끄덕였다.

「달라스가 회복되길 기다리는 걸 겁내는 것 같더군요. 달라스가 분명 간섭하고 들 테니까요.」

휴스턴이 메마른 웃음을 터트렸다.

「보안관 그 사람 눈치는 빠르군요.」

「오스틴과 이야기하고 싶어요.」

「제가 형을 간호하고 있을게요. 저녁은 아멜리아가 준비하고 있어요. 오늘밤 모두 여기에서 지낼 생각입니다. 형수님을 도울 수 있는 일은 뭐든지 하고 싶어요. 오스틴을 위해서 할 수 있는 일은 더 이상 아무것도 없어 보이니까요.」

감옥은 그녀의 호텔과 같은 벽돌로 지어졌지만 그곳처럼 아름답지도 웅장하지도 않았다. 그 건물은 차갑고 냉혹하고 우울해 보였다.

보안관의 사무실은 협소했다. 그는 의자에 앉아 서류들이 널린 책상에 발을 올려놓고 있었다. 그의 뒤쪽에 있는 문이 조금 열려 있었다.

「오스틴을 만나러 오신 모양이군요.」

발을 내려놓고 자리에서 일어나며 그가 말했다.

코딜리어는 목이 메어와서 그저 고개만 끄덕였다. 그녀는 용감하고 강해져야 했다.

보안관이 손짓을 했다.

「저쪽 문으로 들어가시면 만날 수 있을 겁니다.」

앞으로 어떻게 해나가야 할지 모른 채, 코딜리어는 조심스럽게 문을 통과했다. 바닥에서 천장까지 이어지는 막대기들이 복도 양쪽으로 죽 늘어서 있었다. 또 다른 기둥들이 양쪽을 각각 다시 둘로 나누고 있었다. 네 개의 감방.

마지막 감방에 있는 오스틴은 철장에 기댄 채 그 사이로 손을 뻗어 자신의 셔츠를 움켜쥐고 있는 베키 올리버의 얼굴을 감싸쥐고 있었다.

고개를 약간 들던 오스틴은 코딜리어를 발견하고는 마음이 따스해지는 미소를 지었다.

「아, 형수!」

지금 그가 처한 상황이 그녀의 머릿속에서 그려질 듯했다.

「조금 있다가 다시 올게요.」

「아니, 괜찮아요. 베키는 막 돌아갈 참이었어요.」

얼굴이 눈물로 범벅이 된 베키가 머리를 뒤로 젖히고 오스틴을 바라보았다.

「오스틴, 그들에게 말하게 해줘요.」

「쉬.」

그가 엄지손가락으로 그녀의 입술을 꼭 눌렀다.

「당신은 그냥 날 기다려주면 돼, 내 사랑. 우리가 이야기한 대로.」

그녀는 흐느끼면서 오스틴의 손을 놓고 코딜리어의 곁을 지나쳐갔다. 오스틴이 잠시 벽을 응시했다. 코딜리어는 그의 긴장한 목덜미 근육이 힘겹게 움직이는 것을 보았다. 그녀는 입을 열기 전에 잠시 그가 냉정을 되찾을 시간을 주었다.

「난 보이드를 죽이지 않았어요, 형수.」

코딜리어의 시선을 똑바로 마주보며 그가 말했다. 그녀는 손을 뻗어 그의 까칠까칠한 덕을 어루만졌다.

「알아요, 오스틴. 그 사실만이 이 어려운 상황 속에서 내가 유일하게 믿고 있는 일이에요.」

오스틴이 마치 그녀가 그의 어깨 위에 지워진 커다란 짐을 내려준 것 같은 표정을 지었다.

「형은 좀 어때요?」

「열이 내리지 않아요.」

해야 할 말들이 많았지만, 두 사람은 창살을 사이에 두고 서로를 바라볼 뿐 아무것도 입 밖으로 낼 수가 없었다. 코딜리어는 한숨을 깊게 내쉬고 마지막으로 모험을 했다.

「지금 누군가를 보호하려는 거군요, 그렇죠?」

오스틴이 눈을 내려 부츠를 바라보며 마치 자유를 되찾으려는 듯 창살을 발로 툭툭 걷어찼다.

「캐머론인가요?」

「나요?」

「만일 보이드를 죽인 누군가를 보호하려는 거라면…….」

「그런 건 아니에요.」

그는 여전히 바닥을 내려다보고 있었다. 순간, 진실이 번개 치듯 그녀의 머릿속을 치고 들어왔다. 왜 아무도 그런 생각을 하지 못한 건지 궁금했다.

「베키.」

코딜리어가 힘겹게 속삭였다.

「베키와 함께 있었군요.」

오스틴이 시선을 들어올렸다.

그녀는 두 손으로 차가운 창살을 움켜쥐었다.

「그래서 베키가 그들에게 말하게 해달라고 했던 건가요? 오스틴, 그녀가 증언을…….」

그는 처량하게 머리를 흔들었다.

「5년이면 돼요, 디. 그녀의 이름을 더럽힐 수는 없어요. 우리는 앞으로도 이곳에서 살면서 결혼하고 아이를 낳고 기를 거예요. 사람들이 그녀의 뒤에서 뭐라고 수군거리며 욕하는 것을 원하지 않아요.」

「하지만 지금 당신은 살인죄로 고소를 당했어요. 사람들이 그걸 가지고 수군거릴 거라고는 생각하지 않나요?」

「일단 감옥에서 나오면, 누가 그랬는지 밝혀내겠어요. 내 손으로 직접.」

「하지만 오스틴…… 5년이에요.」

「5년 전 작은형이 아멜리아와 결혼을 했어요. 하지만 마치 어제처럼 느껴질 뿐인걸요. 그렇게 긴 시간은 아니에요.」

「자유가 없을 때에는 그것조차 영원처럼 긴 법이에요.」

오스틴은 창살 사이로 그녀의 두 손을 감싸쥐었다.

「달라스 형에게 이 문제에 개입하지 말라고 분명하게 이야기해줘요.」

코딜리어는 모든 힘을 쥐어짜 그의 손을 움켜쥐었다.

「스스로를 잘 돌봐야 해요. 건강하고.」

「내 말과 바이올린을 잘 보관해주세요. 집으로 돌아오면 그 두 가지 물건이 반드시 필요할 테니까.」

21

새벽 무렵, 마침내 달라스의 열이 떨어지기 시작하자 코딜리어는 안도감에 눈물을 흘렸다. 고통까지 사라진 것은 아니었지만, 이제 그를 묶어둘 필요까지는 없었다. 그는 자리에 일어나 앉을 수도 없을 만큼 건강이 악화되어 있었다. 하지만 이제는 코딜리어가 떠 먹여주는 수프를 홀짝일 수 있게 되었다.

달라스가 요기를 하는 동안, 그녀는 그들이 돌아온 뒤에 목장에서 일어난 일들에 대해 재잘대며 설명했다. 가능한 오스틴에 대한 언급은 피하려고 노력하면서, 강 건너로 다시 울타리를 옮겨놓은 것과 로울리의 아버지가 죽은 것, 그리고 리톤에 극장을 짓겠다는 자신의 계획에 대해 말했다.

극장에 대해 언급할 때는 달라스가 미소를 짓기도 했다.

휴스턴과 그의 가족들도 여전히 집에 머물면서 달라스의 간호를 도와주었다. 모두들, 달라스에게 '까다로운 환자'라는 말도 너무 후한 표현이라고 입을 모았다.

열이 내린 지 3일째 되던 날, 방 안으로 들어간 코딜리어는 숨을 헐떡이며 침대 가장자리에 앉아 있는 달라스를 보았다. 매트리스를 움켜쥐고 있는 달라스는 온몸이 땀으로 젖어 있었다.

「이렇게 일어나 있으면 안 돼요.」

서둘러 침대 곁으로 다가간 코딜리어는 발치에 아침식사가 담긴 쟁반을 내려놓으며 그를 꾸짖었다.

「오스틴은 어디에 있지?」

그렇게 두려워하던 순간이 닥쳐오자, 코딜리어는 이제까지 연습했던 말들이 갑자기 진부하게 느껴졌다. 그녀는 달라스의 앞에 무릎을 꿇고 앉아 그의 손을 잡았다. 고통으로 일그러진 달라스의 얼굴이 눈에 들어왔다. 어떻게 여기에다 더 큰 고통을 더한단 말인가?

「헌츠빌에 있는 감옥에 있어요.」

그녀가 등에 채찍질이라도 한 것처럼 달라스의 표정이 새하얗게 질렸다. 그녀는 맞잡은 손에 힘을 주었다.

「보이드 오빠가 살해당했어요. 문제는 오빠가 죽기 전에 바닥에 오스틴 도련님의 이름을 써놓았다는 거예요. 배심원들이 살인죄로 5년형을 언도했어요. 도련님이 끝까지 그날 밤 누구와 함께 있었는지 말하지 않았거든요.」

「녀석이 누구와 함께 있었는데?」

악다문 이 사이로 달라스가 물었다. 코딜리어는 그의 무릎에 이마를 얹었다.

「그 누구에게도 알리고 싶어하지 않아요.」

코딜리어는 애원이 담긴 눈동자로 그를 올려다보았다.

「말할게요. 하지만 그 전에 도련님의 믿음을 배신하지 않겠노라고 약속해줘요.」

그녀는 달라스가 바싹 긴장하는 모습을 지켜보았다.

「약속할게.」

체념한 듯 달라스가 말했다.

「베키 올리버와 있었대요.」

「지금 당장, 내 말에 안장을 올리라고 해.」

달라스가 벌떡 일어서는 바람에 코딜리어는 엉덩방아를 찧었다.

「내게 약속했잖아요.」

「약속을 깨지는 않을 거야. 그렇다고 가만히 앉아서, 여자 때문에 삶의 5년을 감옥에서 썩겠다는 녀석을 두고볼 수 없잖아.」

그는 비틀거리며 발걸음을 옮겨 침대 옆 탁자에 기대고 섰지만 결국 바닥에 쓰러지고 말았다. 그가 고통스러운 신음을 지르며 뒹굴자, 코딜리어는 휴스턴을 소리쳐 불렀다. 휴스턴이 방 안으로 달려 들어와 달라스의 옆에 무릎을 꿇고 앉아 그의 두 팔 아래로 손을 집어넣어 일으켜 세우려 했다.

「무슨 일이죠?」

「오스틴 도련님 얘기를 했더니…….」

달라스가 동생을 노려보았다.

「도대체 일을 왜 이렇게까지 만든 거냐?」

「내가 할 수 있는 일은 모두 다했어. 하지만 모든 증거들이 오스틴에게 불리했다고. 게다가 빌어먹을 오스틴 녀석은 아예 입조차 떼지 않았으니, 게임 끝난 거지. 말할 기회가 주어졌는데도, 벙어리처럼 입을 꼭 다물고 있었다니까.」

휴스턴은 간신히 달라스를 일으켜 세웠다. 달라스는 동생에게서 벗어나 비틀거리며 균형을 잡기 위해 애를 썼다.

「당신에게 이 일에 개입하지 말라고 전해달랬어요. 그건 도련님 자신의 문제니까 알아서 처리하겠다고요.」

코딜리어가 말했다.

「이게 알아서 처리한 거야? 감옥에 들어가 앉아 있는 게?」

달라스는 부자연스러운 동작으로 방을 가로질러 가서, 커튼을 젖히고 문을 연 후에 발코니로 나갔다. 그는 신선한 공기를 들이마시며 현기증과 싸웠다. 등에 느껴지는 고통도 참기 힘들었지만, 지금 그의 마음을 파고드는 고통에 비교하면 아무것도 아니었다.

「우리가 할 수 있는 일은 아무것도 없어.」

달라스의 뒤에서 휴스턴이 조용히 말했다.

「그것도 판사가 두 집안 사이의 불화를 감안해서 아량을 베푼 거야.」

달라스는 두 팔을 넓게 휘저으며 고함을 질렀다.

「저길 봐. 저게 다 내 거야. 저 넓은 땅덩이가. 하지만 저것조차 내 아들이 죽어가는 걸 막지 못했어. 동생이 누명을 쓰고 살인죄로 감옥에 가는 것도 막지 못했고. 도대체 저따위 것이 다 뭐란 말이야!」

달라스는 고개를 숙였다.

「녀석을 보고 싶어, 휴스턴.」

「형 마음은 알아. 하지만 오스틴은 형이 그러는 걸 원치 않아. 형, 우리가 그 애를 길렀잖아. 나도 내 어린 동생이 고통을 겪는 걸 지켜보고 싶지는 않다구. 하지만 그 녀석도 이제는 남자야. 자신이 지키고자 하는 침묵의 대가가 어떤 것인지 알고 있는 사내라고. 알면서도 기꺼이 그걸 감당할 생각인 거야. 이제 우리가 할 수 있는 일은 녀석이 돌아왔을 때, 마음 편히 머물 수 있는 장소를 마련해주는 것뿐이라야.」

「도대체 이 녀석이 무슨 생각으로 이런 짓을 한 거야.」

「아무래도 우리의 뒤를 밟는 것 같은데? 사랑하는 여인을 보호하기 위해 무슨 일이든 하는.」

코딜리어는 달라스가 기력을 되찾을 때까지, 그의 상처가 다 나아서 셔츠를 입고 목장의 일을 처리해나갈 수 있게 될 때까지 기다렸다.

다짐하듯 심호흡을 한 뒤 그녀는 달라스의 서재를 노크했다. 그의 목소리가 들리고, 문을 열고 들어가는 동안, 그녀의 용기가 조금씩 새어나가고 있었다.

다시는 이 방에 들어오게 될 일도 없겠지. 다시는 저 방 건너편에서 들려오는 그의 목소리를 들을 수도 없을 거고. 문을 열 때마다 자리에서 일어나 신사처럼…… 마치 그녀를 사랑하는 남자처럼 미소를 짓는 모습도 볼 수도 없으리라.

코딜리어는 가능한 빨리 문을 닫고 두 손을 꼭 쥐었다. 달라스는 그녀가 꼼꼼하게 정리해놓은 장부 위를 연필로 톡톡 두드렸다.

「내가…… 회복되는 동안 당신이 헐거운 구석을 모두 조여놓은 것 같아.」

「아프지 않았으면, 당신이 했을 거라고 생각되는 일들만 대충 처리했을 뿐이에요. 당신 일꾼들이 많이 도와주었어요.」

그녀는 조금 앞으로 다가갔다.

「달라스, 우리 상황에 대해 많은 것을 생각을…….」

「우리 상황?」

입술이 바싹 마르자, 방에 들어올 때 물도 한 잔 들고 올 걸 그랬다는 아쉬움이 들었다.

「그래요, 우리 상황. 우린 정략결혼을 했어요. 하지만 이젠 그걸 묶어주던 이유가 사라졌죠. 내 가족들은 당신의 땅을 받을 가치도 없고, 요구할 권리도 없어요. 다시 말해 나는 당신에게 아들을 낳아줄 수가 없다고요.」

달라스는 연필을 장부 위로 내던졌다.

「디!」

「이혼을 위한 청원서를 내야겠어요.」

자신의 결심이 눈송이처럼 녹아버리지 전에 재빨리, 그리고 단조로운 목소리로 코딜리어가 말했다.

「이혼? 그게 당신이 원하는 건가?」

그것만이 자신의 말을 믿게 만들 유일한 방법임을 알기에, 코딜리어는 불신이 가득한 그의 눈을 힘겹게 마주보았다.

「그게 우리 두 사람을 위한 최선이라고 생각해요.」

달라스는 창가로 걸어가 자신의 땅을 바라보았다.

「이혼한 여자들의 삶이 어떤 건지 알고 있는 거야?」

　달라스가 나지막한 목소리로 묻고는, 몸을 돌려 그녀의 눈을 마주보았다.
「우리가 어떤 이유를 대건 간에, 사람들은 당신의 도덕성을 의심할 거야. 우리의 결혼이 실패한 것은 모두 당신 탓이라고 비난할 거라고. 게다가 다른 건물을 짓고 싶어하는 당신의 계획이나 재혼하고자 하는 계획도 모두 실패할…….」
「그렇다면 다른 도시로 가겠어요. 날 아는 사람이 없는 곳으로. 사람들이 철길을 세우고, 그 길을 따라 마을들이 번성하게 되면 호텔의 수요도 당연히 늘어날 거예요.」
「하지만 그건 몇 년의 힘겨운…….」
「결혼하기 전이라면 그런 생각이 날 두렵게 했을 거예요.」
　복받치는 눈물과 싸우며 코딜리어가 말을 이었다.
「하지만 당신의 아내로 지낸 동안 난 강한 사람이 되었어요.」
　그의 입술 한쪽 끝이 살짝 올라갔다.
「당신은 늘 강했어, 디. 단지 그걸 몰랐을 뿐이지.」
　순간, 그녀는 자꾸 나약해지려는 자신을 느꼈다. 그녀는 달려가 그의 품에 안기고 싶었다. 하지만 그녀는 대신 턱을 치켜올렸다.
「아침에 떠나겠어요.」
「좋아.」
　달라스가 그녀에게서 얼굴을 돌렸다.
「그게 당신이 원하는 거라면.」
　그건 코딜리어가 원하는 일이 아니었다. 하지만 삶은 그녀에게 이 선택만을 강요했다. 그녀는 달라스가 행복해지기를 바랄 뿐이었다. 그리고 자신이 달라스의 옆을 지키고 있는 한, 그는 결코 행복해질 수 없음을 알고 있었다.
「로울리 말인데요, 여기 머무는 게 그 애한테는 가장 좋을 것 같아요.」
「그건 문제없을 거야. 이미 봉급도 올려줬고.」

「떠나기 전에, 제가 그 애에게 모든 걸 설명하겠어요. 아침에 당신을 만나고 떠날 수 있을까요?」

「아마 힘들 거야. 소떼를 점검하러 가야 하니까.」

「그렇다면 지금 작별인사를 해야겠군요. 마음의 상처에도 불구하고, 소중히 간직하고 싶은 추억들이 너무 많아요. 거기에 대해 고맙다는 말을 하고 싶어요.」

「젠장, 관두라고.」

달라스가 갑자기 몸을 돌렸다. 그의 두 눈에는 분노가 활활 타오르고 있었다.

「고맙다는 말 따위는 필요 없어.」

「그거 안됐군요. 그래도 난 하고 싶으니까.」

희미한 미소가 잠시 그의 얼굴을 스치고 지나갔다.

「내가 결혼한 그 수줍음 타던 여자는 어디로 간 거지? 내가 침실 문을 걷어차자 겁에 질렸던 여자 말이야? 지금 같으면 아마 빗을 집어던질지 모르겠군.」

「맞아요, 그럴 거예요.」

손이 그렇게 떨리지만 않았다면, 본능적으로 손을 뻗어 그의 이마에 흘러내린 머리카락을 쓸어 올려주었을지도 몰랐다.

「다음 번 결혼식 날 밤에는 문을 걷어차지는 말아요.」

「그래…… 그럴게.」

달라스의 차분한 대답이 생각했던 것보다 더 큰 상처를 주었다. 그는 새로운 아내를 맞아 다시 결혼식을 치르고 그토록 바라는 아들을 얻고…… 코딜리어가 그에게 꼭 주고싶어 했던 꿈들이 모두 이루어지겠지. 고통이 아니라 당연히 기뻐해야 했다.

「그럼 이제 짐을 싸야겠어요.」

그녀는 서재를 가로질러 복도로 향하다가 걸음을 멈추고 어깨너머를 바라보았다.

「달라스, 다음 번에는 꽃을 그냥 침대 위에 올려놓지 말고 아내에게 직접 주도록 해요. 그렇지 않으면 그 꽃을 너무 늦게야 발견하게 되니까요.」

모든 말들이 그의 몸 속에서 비명을 지르는 동안, 그녀는 재빨리 방을 빠져나갔다.

로울리 쿠퍼는 너무나 많은 슬픔을 알기에, 보기만 해도 그걸 알아볼 수 있었다.

디 아줌마는 이제까지 알아왔던 그 누구보다 더 슬픈 표정을 짓고 있었다. 어쩌면 저녁에 보았던 리 씨보다도 더 슬퍼 보이는 것 같았다.

코딜리어는 마치 종이에 그린 듯한 미소를 지으면서 자신의 침대 가장자리에 앉았다. 그건 그녀가 항상 보여주던 그런 따스한 미소가 아니었다. 눈 속에는 그 어떤 미소도 담겨져 있지 않았다.

어느 한순간, 아이는 그녀가 울지도 모른다는 생각을 했다. 그녀가 손을 꽉 움켜쥐었을 때는, 자신의 손가락뼈가 부러지는 소리가 들리지 않는 게 이상했다. 떨리는 손가락으로 그녀는 로울리의 이마에 흘러내린 머리카락을 쓸어 올렸다. 머리카락이 다시 흘러내리자, 그녀는 되풀이해서 머리카락을 쓸어 올려주었다.

「사랑한다, 로울리.」

마침내 그녀가 조용히 입을 열었다.

이제까지 들었던 그 어떤 것보다도 아름다운 말이었다. 순간 로울리는 울음을 터트리는 사람이 자신일지도 모르겠다는 두려움이 생겼다. 로울리 역시 그녀를 사랑하기 때문에 그 말을 되돌려주고 싶었다. 하지만 가슴속에 가득 들어차 있는 고통이 말문을 막고 있었다.

「아줌마는 이 집을 떠날 거야. 그래서 그 말을 네게 해주려고……. 내가 떠나도 네 생활은 전혀 달라지는 게 없다는 사실도.」

「떠나요?」

갈라진 목소리로 아이가 물었다.

「그래, 다른 마을에 호텔을 지으러 갈 계획이란다.」

「리 씨는요?」

「여기에 머물면서 널 돌봐주실 거야.」

「다시 돌아올 거예요?」

그녀는 아랫입술을 깨물었다.

「아니, 그래서 네게 아주 특별한 두 가지 부탁을 하고 싶어. 네가 귀염둥이를 돌봐줬으면 좋겠구나. 그리고 리 씨도. 아저씨의 새. 아내도, 나만큼 널 사랑해줄 거야.」

코딜리어는 자리에서 일어나 이불을 집어들었다.

「이제 자야지.」

로울리는 담요 안으로 기어 들어갔다. 그녀가 아이의 어깨 위로 이불을 잘 덮어주었다. 그런 뒤 언제나처럼 몸을 숙여 아이의 이마에 키스를 해주었다. 로울리는 팔을 뻗어 그녀의 목을 끌어안았다.

「사랑해요, 디 아줌마. 제발 가지 말아요.」

코딜리어가 아이를 꼭 끌어안았다.

「가야 해, 로울리. 왜냐하면 아저씨를 너무나 사랑하거든. 그래서 떠나야 해.」

「떠나지 못하게 할 거예요. 리 씨가 아줌마를 떠나지 못하게 할 거예요.」

코딜리어가 몸을 일으켰다. 그러고는 아이의 얼굴을 마음속에 새겨놓으려는 듯 한참동안 바라보았다.

「아니, 그렇지 않을 거야. 아저씨는 언제나 내가 원하는 대로 해줬거든. 하지만 나는 그가 원하는 걸 줄 수가 없단다.」

디 아줌마가 자신의 이마에 재빨리 키스를 하고 - 마지막 키스, 아이가 받을 수 있는 마지막 키스를 - 방을 빠져나가 문을 닫았다.

희미한 달빛이 방 안으로 스며들고 있었다. 로울리는 자물쇠에 꽂혀 있는 열쇠를 바라보았다. 아이는 이제 그걸 돌려야 할 필요를 느끼지 못했다.

로울리는 옆으로 돌아누워 몸을 공처럼 말았다. 그리고 벽에 흔들리는 그림자를 쳐다보았다. 리 씨를 찾아가 남자 대 남자로 디 아줌마가 떠나는 일에 대해 이야기를 나누고 싶었다. 하지만 문제가 무엇인지를 알 수가 없었다.

리 씨는 자신이 원하는 것을 위해 어떻게 싸워야 하는지 아는 남자였다. 로울리는 빠르거나 늦거나 간에 리 씨가 결국은 디 아줌마가 집에 머물 수 있도록 만들 거라고 확신했다.

코딜리어가 마지막 짐을 박스에 집어넣을 때쯤, 아래층의 시계가 12시를 알렸다.

무겁게 한숨을 내쉬며 그녀는 쑤셔오는 허리의 통증을 무시하고 짐에 손을 뻗었다. 믿을 수 없을 만큼 피곤했지만, 잠을 이룰 수 있을 것 같지가 않았다. 달라스의 품에 안겨 잠들지 않은 이후로 제대로 잠을 자본 적이 없었다.

오늘밤에는 안아달라고, 그저 안아달라고 부탁해볼까 생각해보았다. 하지만 그러고 나면 그를 떠나는 게 두 사람 모두에게 더욱 힘들어질까 두려웠다. 함께 했던 기억을 떠올린다고 해도, 그래서 그들 사이에 어떤 열정의 불꽃이 일어난다고 해도, 그건 사라져갈 불씨에 불과했다.

코딜리어는 방을 가로질러 커튼을 밀치고 문을 열었다. 그리고 발코니로 걸어나갔다. 수 만개의 별이 검은 벨벳 하늘 위에서 반짝이고 있었다. 풍차 꼭대기에서 그녀는 달라스의 눈으로 땅을 바라볼 수 있었었다.

왜 예전에 자신이 이 땅을 황량하다고 생각했는지 알 수가 없었다.

그녀는 말울음소리를 듣고 울타리를 향해 시선을 던졌다. 갑자기 심장이 방망이질 치기 시작했다. 그녀는 천천히 발코니 난간 너머로 몸을 숙였다. 그녀의 남편이 어깨를 축 늘어뜨리고 머리를 숙인 채 울타리 위에 앉아 있었다.

만일 달라스 리가 얼마나 강한 남자인지 몰랐다면…… 그가 울고 있다고 생각했을지도 몰랐다.

가슴속 깊이 고통스러운 응어리를 품은 채, 코딜리어는 슬림이 마지막 짐을 마차에 싣는 모습을 지켜보았다.

지난밤 로울리에게 작별인사를 할 때 가능한 마음을 모두 닫아버렸다. 아이를 떼어놓는 것도, 아이를 혼자 남겨놓고 떠나는 것도 너무나 힘든 일이었다. 그래도 떠나는 것만이 모두를 위해 최선이었다.

자신의 앞에 어떤 미래가 펼쳐져 있는지, 어디로 가서 무슨 '일을 해야 할지 불확실했다. 로울리에게는 안정이 필요했다. 이곳에서 달라스와 함께 있으면 안정된 삶을 얻을 수 있을 것이다.

달라스는 땅의 일부이고 토양 속에 깊게 뿌리를 내리고 있었다.

마지막 상자가 커다란 소리를 내며 마차에 실려졌다. 순간 그에 답하듯 코딜리어의 가슴이 욱죄어왔다. 그녀의 입술이 메마르고, 눈가가 얼얼해지면서 꿋꿋함을 지키기가 어려워졌다.

슬림이 몸을 돌리며 바지에 두 손을 문질렀다.

「다 끝났습니다. 저, 말도 데려가실 건가요?」

레몬드롭. 그 말을 타고 달라스와 나란히 초원을 달렸었는데…….

코딜리어는 고개를 끄덕였다.

「그럼, 말과 부인의 안장을 챙겨오죠.」

슬림이 성큼성큼 걸음을 옮겨 마구간을 향해 걷기 시작했다. 코딜리어는 현관이 열리는 쾅 하는 소리와 베란다 위를 걷는 무거운 발자국 소리를 들었다. 지난밤 말했던 것처럼 달라스가 소떼를 점검하러 갔기를 빌었다. 그에게 다시 작별인사를 할 자신이 없었다.

코딜리어는 몸을 돌려 달라스의 단호한 시선을 마주보았다. 그는 두 손을 엉덩이에 얹은 채 기둥에 몸을 기대고 서 있었다. 검은 눈동자와 굳은 표정이 마치 사냥감을 공격할 순간을 기다리는 야생동물처럼 보였다.

코딜리어는 손을 꼭 움켜쥐며 이별의 고통을 완화시킬 말들을 찾았다. 하지만 이별의 고통은 쉽게 감춰지지 않았다. 그녀는 목소리를 가다듬었다.

「짐은 다 실었어요. 슬림은 레몬드롭을 데리러갔고요. 그 말은 내가 데려가는 게 옳은 것 같아서요.」

달라스는 가게 앞에 세워져 있는 나무 동상처럼 서서 그녀를 노려볼 뿐이었다. 만일 그의 턱 근육이 움직이지 않았다면, 그가 돌로 변해버렸다고 생각했을 것이다. 코딜리어는 그의 침묵을 긍정의 뜻으로 받아들였다.

「당신이 변호사와 연락하겠어요? 아니면 내가 할까요?」

그의 시선이 더욱 강렬해졌다.

「아무래도 내가 이야기하는 게 좋을 것 같아요.」

허공을 가득 메운 침묵을 깨고 그녀가 다시 입을 열었다.

「변호사에게 이 문제를 해결할 수 있는 최선의 방법을 찾아서 당신에게 알리라고 할게요. 어디로 갈지 정할 때까지, 호텔에 있는 우리 방에서 머물겠어요. 리톤을 떠나는 건 분명해요. 내가 떠나는 게 우리 두 사람 모두에게 편할 거예요. 그럼, 결정되는 대로 알릴게요.」

이제 할말도 남아 있지 않았다. 그런데도 그녀는 말을 멈출 수가 없었다. 그렇지 않으면 곧 눈물이 쏟아질 것 같아서.

「당신이 그토록 바라는 행복을 찾을 수 있길 빌어요.」

코딜리어는 재빨리 몸을 돌리고 마차 앞쪽을 향해 걸어갔다.

「가지 마.」

억눌린 듯, 고통이 가득 담긴 목소리가 그녀의 마음을 찢고 굳은 결심을 흔들었다. 코딜리어는 두 뺨에 흐르는 눈물을 닦고 천천히 몸을 돌렸다. 그리고 고통스러운 진실을 털어놓았다.

「그럴 수 없어요. 당신이 원하는 것을 줄 수도 없는 내가 무슨 염치로 여기 머물겠어요. 난 당신에게 아들을 줄 수 없어요.」

달라스가 베란다에서 걸어나와 그녀에게 야생화 다발을 건넸다.

「여기에 머물면서 내가 필요로 하는 것을 줘.」

달라스의 손아귀에서 시들어가고 있는 한 다발의 꽃을 본 순간, 코딜리어의 심장이 아려왔다. 하지만 그녀는 맹렬하게 고개를 흔들었다.

「내게 이럴 필요 없어요. 리톤에는 당신에게 아들을 낳아줄 의향이 있는 여인들이 열 명도 넘게 있어요. 그리고 앞으로 한 달 후면 더…….」

「그 어떤 여자도, 당신을 사랑하는 것처럼 그렇게 사랑할 수는 없어. 그건 내일 아침 태양이 떠오를 거라는 사실만큼이나 확실해.」

숨이 막히고, 온몸의 떨림이 점점 더 커져갔다. 그리고 모든 말들이 목에 탁 걸린 듯했다. 달라스가 날 사랑한다고? 그녀는 그가 침을 삼키는 모습을 바라보았다.

「내가 그리 쉬운 남자가 아니라는 건 알아. 당신이 날 사랑할 거라고는 기대하지도 않고. 하지만 이런 날 참아준다면, 당신을 행복하게 해주기 위해서 뭐든지 다 하겠노라고 약속하겠어.」

코딜리어 재빨리 앞으로 다가가 그의 따스한 입술을 떨리는 손가락으로 꼭 눌렀다.

「오, 하나님. 내가 당신을 사랑하는 걸 몰랐나요? 왜 내가 당신 곁을 떠난다고 생각한 거죠? 당신을…… 사랑하기 때문에 떠나려는 거예요. 당신이 꿈을 이루길 바라기 때문에…… 아들을 얻을 수 있도록 하려고…….」

달라스는 눈을 감으며 거친 손을 들어 자신의 입술을 누르고 있는 떨리는 손을 붙잡았다. 그리고 그 손바닥 한가운데에 키스를 했다.

「당신에게, 우리의 유산을, 그리고 꿈을 물려줄 아이를 가질 수 없다는 사실로 인해 공허감을 느끼거나 지평선 너머를 바라보며 아쉬워하는 날이…… 없을 거라고는 약속할 수 없어.」

눈을 뜨고 달라스는 그녀를 똑바로 응시했다.

「하지만 당신이 날 떠남으로 인해 느끼게 될 공허함은 매일, 매시간 날 갉아먹을 거야. 아주 어렸을 적, 나는 성공을 찾아서 전쟁터로 나갔지. 하지만 아무것도 찾을 수가 없었어. 이곳에 와서 난 커다란 목장이란 제국을 세우고 마을을 번성시키면 그 성공을 발견할 수 있을 거라고 생각했어.」

그는 엄지손가락으로 그녀의 입술을 문질렀다.

「하지만 나는 성공이 무엇인지를 모르겠다는 사실밖에 찾지 못했어. 당신이 두려움이 담겨 있지 않은 눈으로 날 바라보며 환한 미소를 지어주기 전까지는 말이야.」

달라스의 시선이 그녀의 얼굴 위로 유유히 흘러 다녔다.

「수백 년, 수천 년 후에도, 내가 여기에 세운 모든 것들이 다 먼지가 되어 바람에 날아간다고 해도…… 내 남은 여생을 당신을 사랑하며 보낼 수만 있다면, 난 부유하고 행복한 사람으로 죽을 수 있을 거야.」

눈물이 넘쳐 그녀의 두 뺨을 타고 흘렀다.

「내 곁에 있어줘.」

아무런 말없이 고개를 끄덕이며 코딜리어는 두 팔로 그의 목을 감싸 안았다. 그가 코딜리어를 들어 올려 방으로 데려가는 동안 그녀의 손에서 꽃들이 떨어져내렸다.

「당신 등이…….」

달라스가 계단을 오르려 하자 그녀가 걱정스러운 목소리로 말했다.

「괜찮아.」

괜찮을 리가 없었다. 그녀를 보호하려다 얻은 그 상처는 평생 남을 것이다. 수백 번도 넘게 그녀는 그의 고통을 덜어주기 위한 다른 방법들을 떠올렸다. 그러나 그 수백 번이 넘게 아무것도 떠오르지가 않았다.

방에 들어서자, 코딜리어는 그의 몸을 타고 미끄러지듯 바닥으로 내려왔다.

끝없는 인내심과 애정으로, 마치 일생에 걸친 일이라도 되는 듯 그는 조심스럽게 그녀의 옷을 벗겼다. 봉긋 솟아오른 그녀의 젖가슴 위로 움직이던 달라스의 손가락 끝에, 그가 크리스마스에 선물로 주었던 심장 모양의 로켓이 닿았다.

「내 선물을 목에 걸고 있는지 몰랐어.」

달라스가 쉰 목소리로 말했다.

「당신의 심장을 조금이라도 더 가까이 할 수 있을 것 같아서요.」

「이미 당신은 오래 전에 내 심장을 소유했어. 언제 그렇게 됐는지, 그리고 어떻게 그렇게 됐는지는 기억나지 않지만 말야. 내가 이걸 선물하면 당신이 내 마음을 이해할 수 있을 거라고 생각했어. 오늘에서야 깨달은 거지만, 이 말을 하는 게 그리 어려운 것도 아니군. 당신을 사랑해.」

달라스의 입술이 내려와 그녀의 입술을 뒤덮고, 깊게 그리고 따스하게 키스했다. 전에도 셀 수 없을 만큼 많이 그녀에게 키스를 했지만, 한번도 이런 느낌은 아니었다. 마치 첫키스인 것처럼, 그리고 그것만이 그를 만족시킬 수 있는 유일한 존재인 것처럼 느껴졌다.

달라스는 그녀를 사랑했다. 그가 자신을 침대로 옮기는 동안, 코딜리어는 왜 이전까지 그 사실을 깨닫지 못했는지 이해할 수가 없었다. 그는 너무나 다양한 방법들로 그 사실을 보여주었고, 그녀가 자신의 그림자를 떨쳐버릴 수 있을 때까지 환한 빛을 선사해주었는데.

달라스는 몸을 움직여 옷을 벗어버리고는 그녀의 옆에 누웠다. 그녀의 손가락이 가슴 위를 움직이자 그의 눈동자가 더욱 검어졌다. 그의 등뒤로 손을 미끄러뜨리던 코딜리어는 그가 영원히 지니고 살아야 할 울퉁불퉁한 상처를 느끼고 눈물을 흘렸다.

달라스가 그녀의 뺨을 감싸쥐었다.

「울지 마.」

「당신에게 이런 짓을 한 그들이 너무나 증오스러워요.」

달라스가 그녀의 뺨에 키스를 했다.

「당신 역시 상처를 가지고 있잖아. 할 수만 있다면, 내가 그것들도 가져오고 싶어.」

하지만 그럴 수 없다는 것은 두 사람 모두 알고 있었다. 그녀의 상처는 마음속에 존재했다. 두 사람 모두 사경을 헤맸고, 그 흉터는 그들의 승리를 기억하기 위한 흔적일지도 몰랐다.

코딜리어는 그의 얼굴을 손으로 어루만지며 흔들림 없는 검은 눈동자를 마주보았다.

「달라스. 나 때문에 당신의 꿈을 포기하게 된 걸 후회하지 않을 건가요?」

「당신이 바로 나의 꿈이야, 디. 그 동안 그 사실을 깨닫지 못했을 뿐이지. 하지만 내 몸의 일부분은 언제나 당신을 찾고 있었어.」

그의 삶이, 그리고 희망이 가득 담긴 입술이 뜨겁고 거칠게 그녀의 것을 찾았다. 그의 손길이 꺼져가던 코딜리어의 열정을 다시금 뜨겁게 불타오르게 했다.

코딜리어는 대담하게 그의 목과 가슴에 키스를 퍼붓고 가슴을 어루만져, 달라스에게서 깊은 만족의 신음소리가 터져 나오게 했다.

그들은 사랑을 나누었고, 서로의 꿈을 충족시켰다. 이제까지는 그의 꿈을 이룰 수 있을 거라 기대하며 사랑을 만들어왔다. 하지만 이제 서로에 대한 사랑을 확인하며 사랑을 나눌 수 있었다.

디의 몸 안으로 깊게 침잠해가며 그는 그녀의 시선을 똑바로 응시했다. 두 사람이 하나가 되는 완벽함에 경이로움을 느끼며 그녀의 갈색 눈이 더욱 짙어졌다. 그가 몸을 움직이기 시작하자 그녀의 몸에 밝게 타오르던 불꽃이 한번도 느끼지 못했던, 온갖 감정과 색깔, 그리고 소리로 폭발하기 시작했다.

달라스는 온몸을 전율하며 그녀의 몸 위로 무너졌다. 그는 그녀의 귀 근처에 거친 숨소리를 내뱉으며 그녀의 머리카락 속으로 손가락을 집어넣어 부드럽게 어루만졌다.

「사랑해요.」

그녀가 속삭였다.

「이제 당신이 내게 크리스마스 선물을 줄 시간이야.」

지친 목소리로 달라스가 나지막하게 속삭였다.

「크리스마스 선물이요?」

「내가 크리스마스에 원하던 유일한 것, 당신의 사랑.」

코딜리어는 오래 전 호텔에서의 그날 밤, 그가 했던 말을 기억하며 눈을 감았다.

'부탁을 하지 않은 채 받았을 때 가치가 있는 어떤 것.'

그건 바로 남은 여생동안 코딜리어가 그에게 주어야 할 선물이었다.

에필로그

1884년 5월

아내의 비명소리에 달라스가 의자를 박차고 일어나려 했다.

「앉아.」

어정쩡한 자세로 동작을 멈춘 그는, 온몸을 감싸는 공포를 억누르며 휴스턴을 노려보았다.

「앉으라고.」

휴스턴이 다시 명령했다.

달라스는 주먹을 꽉 움켜쥐었다.

「지금 같은 때 남편이 아내의 옆에 있어줘야 하는 거야.」

「형수를 더 미치게 할 뿐이라고. 젠장, 형이 지금 나까지 미치게 만들고 있잖아.」

달라스는 다시 의자에 앉아 팔꿈치를 허벅지에 괴고 두 손에 얼굴을 묻었다.

「프리먼 선생은 분명 집사람이 아기를 가질 수 없다고 했는데……

젠장, 다시는 그녀를 만지지 않겠어.」

「아마 그러기 힘들걸.」

고개를 들어올린 달라스의 얼굴에 생긴 주름 주름마다 단호한 결심이 새겨져 있었다.

「아니, 아니야.」

「어려울 텐데. 어느 날 밤인가, 형수가 순진한 얼굴을 하고 형에게로 몸을 기대면…….」

동정과 연민과, 이해의 감정이 휴스턴의 시선에 담겨 있었다.

「형은 형수에게 또 다시 손을 뻗게 될걸.」

서재의 문이 열리고 그림자처럼 조용히 로울리가 안으로 들어왔다.

「엄마가 비명 지르는 소릴 들은 것 같아요.」

달라스는 소년을 보며 미소를 지었다. 아이의 검은 머리카락은 깨끗하게 다듬어져 있었고, 얼굴은 말끔하게 씻겨져 있었다. 새로 입은 작업복에 묻어 있는 흙과 풀 잎사귀가 아무리 어른인 척 해도 아직 아이라는 사실을 증명하고 있었다.

두 사람은 아이를 입양하는 서류를 완성 짓기 오래 전에, 로울리를 자신들의 아이로 받아들였다. 하지만 달라스의 제안에도 불구하고, 로울리는 자신의 성을 고수하고 있었다. '리'란 이름을 갖기에는 자신이 너무 부족하다는 말을 중얼거리며……. 달라스는 시간과 인내심을 가지고 기다리면 언젠가 소년이 마음을 바꿀 거라 희망하고 있었다.

로울리는 금세 디를 '엄마'라고 부르게 되었다. 하지만 아이는 아직 리 씨를 달라스라고 부를 뿐이었다. 달라스는 아이가 다시 남자를 믿기까지는 오랜 시간이 걸릴 거라고 생각했다.

「귀염둥이를 데리고 산책을 갔다오지 그러니?」

달라스가 제안했다.

로울리는 방 안으로 조금 더 들어왔다.

「이미 친구들하고 놀 수 있도록 데리고 나갔다왔어요.」

달라스는 얼굴을 찌푸렸다.

「친구들이라고?」

로울리가 고개를 끄덕였다.

「네. 초원에 굉장히 많은 귀염둥이의 친구들이 있거든요. 모두들 '등 집고 넘기 게임'을 좋아하는 것 같아요. 하지만 한 놈도 그녀를 뛰어넘지는 못해요. 귀염둥이의 등을 넘으려고 하다가…… 아마 그냥 귀염둥이를 향해 뛰는 걸 더 좋아하나 봐요. 아니면 아직 뛰어넘을 만큼 힘이 세지 못하던가.」

「오, 맙소사. 그래 귀염둥이는 좋아해?」

로울리는 어깨를 으쓱해 보였다.

「글쎄, 잘 모르겠어요. 그냥 밖에 나가는 게 더운가 봐요. 하긴 그렇게 털이 뒤덮여 있으면 정말 더울 거예요.」

휴스턴의 웃음소리가 방 안에 울려 퍼졌다.

「너무 늦기 전에 목줄을 많이 만들어놔야겠군.」

막 동생을 향해 입 다물라고 소리를 치려는 순간, 코딜리어의 비명 소리가 집 안에 메아리쳤다. 로울리가 눈에 띄게 창백해지면서 방구석으로 뒷걸음질을 쳤다.

「로울리를 돌봐줘.」

달라스는 의자에서 몸을 일으키며 말했다. 그러고는 서둘러 서재 밖으로 나와 한 번에 두 개씩 계단을 뛰어올라갔다. 막 침실에 가까이 다가간 순간, 그는 작은 울음소리를 들었다. 달라스는 비틀거리며 걸음을 멈추었다. 심장이 거세게 뛰었다. 문에 이마를 기대고 선 채 그는 아들의 희미한 울음소리에 귀를 기울였다. 생각지도 못한 기적이었다. 그와 코딜리어 사이에 나눈 사랑으로 인해 아이가 태어나다니.

갑자기 문이 열리면서 달라스는 쓰러지듯 방 안으로 들어갔다. 그는 자신을 향해 미소 짓는 아멜리아를 보며 간신히 몸의 균형을 잡았다.

「안녕하세요, 아빠?」

「디는 어때요?」

「무사해요.」

달라스는 침대 쪽으로 흘끗 눈길을 던졌다. 늦은 오후의 햇살이 침실 구석에 그림자를 드리우고 있었다. 적어도 그의 아들은 멋진 시간을 선택해 태어날 만큼 훌륭한 감각을 지니고 있었다.

「디를 볼 수 있을까요?」

「프리먼 선생님이 지금 마지막 정리를 하고 계세요.」

아멜리아는 그의 팔을 잡고 방 안으로 끌어당겼다. 그는 침대 발치에 어색하게 서서 아들의 이마를 손가락으로 어루만지고 있는 아내를 바라보았다.

프리먼 선생이 검정색 가죽가방을 닫으며 달라스를 향해 엄한 시선을 던졌다.

「이 아이를 마음껏 반기게나. 아이를 더 낳긴 힘들 것 같으니까. 내 장담하지. 어떻게 자네 부인이 아이를 가져서 낳았는지조차 불가사의니까.」

의사가 발을 끌며 밖으로 나가자 아멜리아가 그의 뒤를 따라나가며 문을 닫아주었다. 경이로움이 담긴 시선으로 아내를 바라보는 달라스를 남겨놓은 채.

디가 그를 바라보며 수줍은 미소를 지었다. 달라스는 침대 주위를 걸어와 그녀의 곁에 무릎을 꿇었다. 그리고 헝클어진 그녀의 머리카락을 쓸어 올려주었다.

「기분은 어때?」

「피곤하지만 행복해요.」

기쁨으로 그녀의 두 눈이 반짝이고 있었다.

달라스는 그녀의 품안에 안겨 있는 작은 아이를 바라보았다. 작은 머리, 주름지고 찌글찌글한 얼굴, 검디검은 머리카락…….

「우리 아들은 머리숱이 굉장히 많은데.」

달라스는 시선을 돌려 디를 바라보았다. 갑자기 그녀는 미소를 지우면서, 그에게서 아들을 보호하려는 것처럼 아이를 꼭 끌어안았다.

「왜 그래? 우리 아들에게 무슨 문제가 있는 거야?」

그녀는 천천히 혀로 입술을 축였다.

「아뇨, 이 애는 괜찮아요.」

달라스는 눈을 가늘게 떴다.

「아니, 괜찮지 않아. 당신이 괜찮다고 한 것 중에 한 가지도 괜찮은
게 없었잖아.」

디는 깊게 숨을 들이마신 뒤 퉁명스럽게 말했다.

「우리의 아들은 딸이에요.」

「도대체 그게 무슨 말이야, 우리 아들은 딸이라니.」

그녀는 조심스럽게 담요를 펼치며 말했다.

「딸이라고요.」

그는 이리저리 휘젓는 다리와 작은 발가락, 그리고 연신 숨을 들이
마셨다 내뱉는 작은 가슴을 바라보았다. 아이가 추위를 느낄 것이 걱
정된 달라스는 재빨리 아이를 담요로 감쌌다. 우연히 아이가 뻗은 손
에 그의 손가락이 닿자 아이는 손을 쫙 펴서 달라스의 손가락을 꽉 움
켜쥐었다.

순간, 그 작은 손이 그의 심장을 움켜쥐는 듯한 기분이 들었다.

「미안해요.」

디가 조용히 말했다.

「미안하다니?」

달라스가 힘겹게 물었다.

「당신은 아들을 원하잖아요…….」

「내겐 아들이 있어. 그리고 이제 딸이 생겼고.」

그는 디의 뺨을 손가락으로 문질렀다.

「우리에게 딸이 생겼어. 엄마와 꼭 닮은 예쁜 딸이.」

두 눈에 눈물이 가득 고인 그녀는 손을 뻗어 달라스의 까칠까칠한
뺨을 쓰다듬었다.

「당신을 너무나 사랑해요.」

딸 위로 몸을 숙여, 그는 디에게 깊은 키스를 했다. 그의 모든 사랑

을 모두 보여주려는 듯.

「딸을 낳아주어서 고맙다고 말하면, 날 때릴 텐가?」

달라스가 조용히 물었다.

그녀는 그의 목에 얼굴을 묻었다.

「아뇨, 난 당신이 실망할까 봐 두려웠어요.」

「당신이 내게 준 것 중, 날 실망시킨 것은 하나도 없었어.」

부드러운 노크 소리가 난 뒤 천천히 문이 열렸다. 휴스턴이 문틈으로 고개를 들이밀었다.

「로울리가 굉장히 걱정하고 있어.」

디는 손을 흔들었다.

「로울리를 안으로 들여보내주세요.」

로울리는 쭈뼛거리며 들어와 조심스럽게 달라스의 옆으로 다가왔다.

「엄마가 비명을 지르는 소릴 들었어요.」

디는 손을 뻗어 아이의 손을 잡았다.

「가끔은 너무나 아플 때가 있단다. 하지만 그 대신 우리는 너무나 귀한 선물을 받게 되지.」

그녀는 살며시 아이를 들어 보였다.

「네게 여동생이 생겼어.」

로울리가 험악하게 얼굴을 찌푸렸다.

「여동생이요?」

「동생을 보렴. 어떻게 생각하니?」

로울리는 달라스를 향해 시선을 흘끗 던졌다.

「진짜 못생겼어요.」

달라스는 씩 미소를 지었다.

「로울리에게 몇 년만 시간을 주자고. 그럼 의심할 여지없이 생각이 바뀔 테니까.」

「이 아이를 어떻게 부르고 싶어?」

디가 달라스의 시선을 마주보았다.

「'페이스'라는 이름을 생각하고 있었어요.」

코딜리어가 조용히 대답했다.

「꿈에 대한 믿음을 절대로 잃지 말라고요.」

달라스는 희미한 울음소리에 잠에서 깨어났다. 램프의 불꽃을 아주 작게 밝힌 뒤 그는 조심스럽게 디를 품에서 내려놓았다. 그리고 맨발로 침대를 빠져나와 이른 저녁 아이를 눕혔던 - 딸의 완벽한 외모에 감탄을 하며 직접 목욕을 시킨 뒤 - 요람을 향해 다가갔다.

조심스럽게, 그는 아이를 품에 안았다.

「안녕, 스위트하트.」

아이가 짙은 푸른색 눈으로 자신을 빤히 바라보자, 달라스는 시간이 지나면 아이의 눈동자가 과연 갈색으로 변할는지 궁금해졌다. 그는 침대를 향해 시선을 던졌다. 디는 한쪽으로 몸을 만 채 눈을 감고 고른 숨을 내쉬고 있었다.

조용히, 달라스는 방을 가로질러 커튼을 젖히고 문의 빗장을 풀었다. 그러고는 발코니로 나가 훈훈한 밤공기 속으로 걸음을 내딛었다.

한 팔로 딸을 꼭 감싸안으며 그는 멀리 지평선 너머를 가리켜 보였다.

「네가 볼 수 있는 한 멀리까지 바라봐……그게 다 네 땅이란다, 페이스. 언젠가, 널 풍차 꼭대기로 데려가 꿈에 대해 말해줄게. 너도 그 꿈들을 향해 달려가야겠지. 네 엄마와 나는 항상 널 지켜볼 거야. 그게 바로 사랑의 의미니까. 항상 그 자리에서 지켜봐주는 것. 널 사랑한다, 내 딸아.」

그는 딸아이의 뺨에 뽀뽀를 했다.

「너무나 많은…… 상처가 있지만 그것도 다 사랑의 한 부분이라는 생각이 드는구나.」

달라스는 한참동안 그렇게 아이를 품에 안고 서서, 황금만이 부를 평가하는 가치라고 생각했던 속좁은 꿈을 꾸던 자신을 되새겨보았다.

「지금 뭐 해요?」

등뒤에서 졸음 섞인 목소리가 들려왔다.

달라스는 어깨너머로 시선을 돌려 자신을 향해 조심스럽게 걸어오는 디를 바라보았다.

「아이에게 별을 보여주면서, 오스틴도 여기에 있었으면 좋겠다는 생각을 했어.」

디는 그의 허리에 팔을 두른 뒤 어깨에 뺨을 기댔다. 조심스럽게 품 안에 안긴 딸에게 주의를 기울이며 그는 아내를 더욱더 가까이 끌어당겼다.

「그 녀석도 여기 있었으면 좋았을 텐데.」

목에 뭔가가 가득 잠긴 것처럼 달라스가 속삭였다. 그는 여전히 무슨 일이 일어났는지를 이해할 수가 없었다. 단 하나, 동생이 무죄라는 것 말고는.

그 사건에 대해 달라스가 할 수 있는 일은 아무것도 없었다. 그가 고용한 탐정도 오스틴의 무죄나 다른 사람의 범행이라는 증거를 찾아내지 못했다.

디는 양손으로 달라스의 뺨을 감싸고 시선이 마주할 수 있도록 그의 머리를 돌렸다.

「그 이유가 무엇이든 도련님이 침묵을 지키기로…….」

「그 이유라는 게 너무나도 바보 같으니까 그렇지.」

디는 부드럽게 미소를 지었다.

「당신은 그럼 사랑하는 여인을 보호하기 위해 그런 바보 같은 짓을 저지른 적이 없었나요?」

순간, 디의 따스한 시선이 그가 지금 궁지에 몰려 있음을 말해주었다. 그 또한 그런 짓을 저지른 적이 있었다. 혼자서 그녀를 찾아 나섰던 일. 그리고 디를 위해서라면 죽음이 자신을 기다리고 있다 하더라도, 또 다시 그렇게 할 것임을 알고 있었다. 자신은 디를 고통에서 구하기 위해 목숨까지 내버리려 했으면서, 어떻게 사랑을 위해 5년의 자유를 포기하겠다는 동생을 비난할 수 있을까?

달라스는 고개를 저으며 별들이 반짝이는 창공을 올려다보았다.

오스틴이 집으로 돌아올 때쯤이면, 그의 딸도 걷기 시작하겠지. 그의 아들은 소떼를 몰고, 그의 아내는 리톤에 극장을 세웠을 테고. 그리고 그녀는 꿈을 이루기 위한 또 다른 일에 도전하고 있을 것이다.

달라스는 디를 더욱 가까이 끌어안고 그녀의 눈동자를 바라보면서, 깊은 사랑의 늪으로 침잠해갔다.

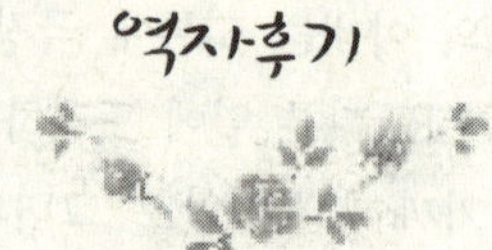

'Leigh Brothers 시리즈' 중 두 번째 이야기인 이 책은, 텍사스의 도시 이름을 딴 삼 형제 중 장남의 이야기입니다. 많은 상처를 딛고 일어나 힘겹게 제국을 건설하고, 꿈을 이루고, 그 꿈을 이어나갈 아들이라는 존재를 갈망하는 달라스 리의 이야기이죠. 그는 세상에 대한 사랑을 모두 품어 안을 만큼 넓은 마음을 가지고 있으면서도, 그 사실을 깨닫지 못한 채 '아들'을 얻는 것만이 자신의 모든 성공을 빛나게 만들어줄 수 있으리라 믿고 있죠. 그의 동반자인 디는 '여자의 자리는 남자의 보호 아래 있다'라는 보수적인 생각과 억압 속에서 자랐습니다. 더군다나 어린 시절의 아픈 경험으로 남자를 두려워하며 살죠. 그런 그녀는 아버지와 오빠들이 강물을 얻기 위해, 그들이 늘 욕설을 퍼붓던 남자에게 자신을 주었다는 사실을 깨닫고 절망을 거듭하게 됩니다. 하지만 그녀는 조금씩 꿈을 품게 되고, 달라스의 꿈을 이해하게 되죠.

이토록 아픔을 간직한 사람들이기 때문에, 두 사람은 서로의 마음을 털어놓는 일에 너무나 인색하죠. 서로를 사랑하게 되었으면서도 그 사실을 고백하지 못하고, 자꾸만 상대방을 생각해주는 만큼 더욱더 많은 길을 돌아가게 됩니다. 사랑이라는 게 그런 것이 아닐까 생각합니다. 고백할 때, 솔직하게 털어놓을 때 가치 있는 것. 그냥 가슴속에 품고 있다 사라지는 사랑은 마치 흘려버린 물과 같은 거라는 생각이 들었어요. 아무리 물이 소중하다 해도 그냥 땅속으로 스며들어간 물은 더 이상 가치를 지닐 수 없을 테니까요. 고백하지 않는다고 해도, 돌고 돌아서 결국 사랑은 제자리를 찾아오겠지만, 거기까지 도달하는 과정이 그만큼 힘들 거라는 생각이 듭니다. 디와 달라스처럼, 그리고 그들이 겪어야 했던 아픔처럼요.

제가 런던에 와 있는 동안, 할머니가 돌아가셨습니다. 사람이 사람을 사랑한다는 게 참으로 무서운 건가 봅니다. 로맨스 소설을 읽다보면, 어떤 상황에 닥쳐 갑자기 누군가를 사랑했다는 사실을 깨닫는 주인공들을 만나게 되죠. 그럼 바보같이 자신의 감정조차 이해하지 못하냐, 꼭 왜 헤어지고 나면 후회하냐 이런 생각을 했었습니다.

하지만 사랑이라는 것이 얼마나 당연한 감정인지를 이제야 알 것 같습니다. 늘 곁에 계시고 늘 존재하는 분이기에 당연하게 여겼던 그 존경과 원망과 아쉬움까지도 그게 다 사랑이었습니다. 당신이 얼마나 날 사랑하셨는지, 그리고 내가 당신을 얼마나 사랑했는지를 이제야 깨닫게 됩니다. 그리고 그 말 한 마디를 하지 못한 게 너무나 아쉽습니다.

달라스와 디는 서로를 너무나 사랑하지만, 그 사랑을 고백하는 것을 너무나 두려워했죠. 사랑을 믿을 수 없기에, 상대방을 너무나 사랑하기 때문에 너무나 많은 상처를 가슴에 품고 있기에, 그리고 사랑을 알지 못했기에…… 여러분들 중에도 그런 분 계신가요? 사랑하는 것이 두려워 사랑을 고백하지 못하고 계신가요?

그냥 고백하세요. 옛말처럼 '하고 후회하는 게 안 하고 후회하는 것보다 낫다'고, 아마 그 후회마저도 가치 있을 겁니다. 그리고 아주 짧은 그 말 한 마디가 분명 세상을 바꾸어줄 겁니다.

2002년 1월 런던에서

Teresa Medeiros

The Bride and the Beast

독자들에게,

난 내가 더 이상 사람인지 야수인지 기억할 수가 없어서 오랫동안 웨이크레이그 성을 배회하고 있었습니다. 그런데 폭풍우가 몰아치던 어느 날 밤, 미신을 섬기는 밸리블리스의 주민들이 먹을 것을 바치라는 야수의 요구를 들어준답시고 연약한 처녀 하나를 데려와서 성 뜰 안의 말뚝에 묶어두고 갔더군요.

내 명령이 사람들의 마음속에 두려움을 불러일으켰는데, 이 대담한 여인은 감히 나한테 반항을 하더군요. 드래곤을 믿지 않는다는 그녀의 말을 듣고 난 후, 난 할 수 없이 그녀를 포로로 잡아두기로 결심했습니다. 어쩌면 마을 사람들에게 내 정체가 탄로 날지도 모른다는 위험을 무릅쓰고 말이죠.

그런데, 내가 그만 그녀의 자는 모습을 보고 싶어서 달빛에 몸을 가려 탑 안으로 슬그머니 들어가게 되었답니다. 야수의 거친 외모 아래 뜨거운 남자의 심장이 뛰고 있다는 것을 그녀는 전혀 알지 못했지요. 그웬덜린 와일더가 드래곤을 믿든 믿지 않든, 난 모든 수단을 동원해서 그녀에게 한가지 믿음을 가르쳐줄 생각입니다. 세상 그 무엇보다 신비로운 진실한 사랑이 존재한다는 것을 말이죠.

여러분의 영원한 벗,
웨이크레이그의 드래곤 올림

<u>4월 말 출간예정입니다.</u>

Carla Kelly

REFORMING LORD RAGSDALE

흔들리는 시간 속에서,
당신은 그렇게 나를 깨워 일으킵니다

랙즈데일 경은 정부와 술과 도박을 즐기고, 성가시게 책임질 일 따위는 피해가며 마음 내키는 대로 런던 생활을 해나간다. 그런데 어느 순간 그가 싫어하는 조건 – 똑똑하고, 고집 세고, 무엇보다 아일랜드 태생이라는 – 을 모조리 갖춘 계약직 하녀와 함께 살게 된다.

아일랜드의 전쟁터에서 아버지와 시력을 잃고 난 후부터 랙즈데일 경은 아일랜드에 대한 애정을 전혀 갖지 못한다. 그런데 어느 날 밤, 랙즈데일 경은 엠마를 끔찍한 운명에서 구해주고 그녀의 고용계약서를 말소시켜준다. 은혜를 갚고자, 엠마는 그를 개과천선시켜 새 사람이 될 수 있게 해줘야겠다고 마음먹는다.

분별없는 정부와의 관계와 술, 도박을 끊게 하고, 그를 정숙한 집안의 사윗감에 걸맞은 남자로 만드는 것이 엠마가 하고자 하는 일이었다. 엠마는 보통사람의 상식을 뛰어넘는 독특한 방식으로 이 모든 일을 이루어낸다.

그런데, 랙즈데일 경을 사람답게 만드는 일은 뜻하지 않게도 그와 친구가 되게 하고, 랙즈데일은 아버지에 대한 애기와 자신의 삶을 망쳐놓은 끔찍했던 재난에 대해 엠마에게 들려준다. 랙즈데일은 결코 자신이 좋아할 수 없다고 생각했던 이 여인에게 서서히 그리고 깊이 사랑을 느끼게 되는데……

5월 둘째 주 출간예정입니다.

옮긴이 조지현

1973년 생.
세종대학교 교육학과 졸업.
현재 프리랜서로 활동 중.
번역서로는 『웨딩』『백학의 선율』
『아름다운 너에게』『아름다운 언약』『진실』
『매혹』『미완의 사랑』『달콤한 약속』 등이 있다.

코딜리어의 웨딩드레스

    지은이/러레인 히스
    옮긴이/조지현
    펴낸이/양장목
    펴낸곳/현대문화센타
    주소/서울시 은평구 대조동 191-1(122-842)
    전화/384-0690~1 팩스/384-0692
    Homepage:http://www.hdbook.co.kr
    천리안ID/hdpub

    출판등록일/1992년 11월 19일(제3-448호)
    초판 1쇄 인쇄일/2002년 4월 23일
    초판 1쇄 발행일/2002년 4월 28일

    값 9,000원

    ISBN 89-7428-188-0

    ※ 잘못 만들어진 책은 교환해드립니다.